Bernard Minier

Bernard Minier, né en 1960, originaire de Béziers, a grandi au pied des Pyrénées. *Glacé* (2011), son premier roman, a reçu le Prix du meilleur roman francophone du Festival Polar de Cognac et figure dans la liste des 100 meilleurs polars depuis 1945 du *Sunday Times*. Son adaptation en série télévisée par Gaumont Télévision a été diffusée en 2017 sur M6 puis sur Netflix. Après *Le Cercle* (2012), *N'éteins pas la lumière* (2014), *Une putain d'histoire* (2015, Prix du meilleur roman francophone du Festival Polar de Cognac), *Nuit* (2017), *Sœurs* (2018), *M, le bord de l'abîme* (2019), *La Vallée* (2020) et *La Chasse* (2021), il a publié *Lucia* en 2022 et *Un œil dans la nuit* en 2023. Ses livres, traduits en 27 langues, sont tous publiés aux Éditions XO et repris chez Pocket. Bernard Minier est considéré aujourd'hui dans toute l'Europe comme l'un des maîtres du thriller.

Retrouvez toute l'actualité de l'auteur sur :
www.bernard-minier.com
www.facebook.com/bernard.minier

BERNARD MINIER

[illegible]

[illegible]

UN ŒIL DANS LA NUIT

ÉGALEMENT CHEZ POCKET

Glacé
Le Cercle
N'éteins pas la lumière
Une putain d'histoire
Nuit
Sœurs
M, le bord de l'abîme
La Vallée
La Chasse
Lucia
Un œil dans la nuit

BERNARD MINIER

UN ŒIL DANS LA NUIT

XO
EDITIONS

ISBN : 978-2-266-34005-2
Dépôt légal : avril 2024

À Ambre, Carlos, Émilie et Isabelle,
qui savent pourquoi.

L'horreur ne va pas sans l'imagination.

Arthur Conan Doyle

Prologue

— Je vais mourir, mon père.

Le patient dévisageait le prêtre.

Il cligna des yeux dans la pénombre de la chambre.

Un éclat vif entre ses paupières.

L'homme qui venait de parler avait cinquante-huit ans ; ancien décorateur dans le cinéma, il se mourait en effet.

Dehors, la nuit était orageuse. Éclairs de chaleur, grondements encore distants au-dessus des montagnes. Dans la chambre, le bruit sourd, régulier, des machines. Et derrière la porte close, ceux du petit centre hospitalier : l'écho de pas et de portes, en dépit de l'heure tardive.

Le prêtre se pencha. Son visage entra dans la lumière.

— Le crabe… il est partout, mon père, articula Matthias Laugier. Métastases, ils appellent ça… Moi, j'appelle ça l'Ennemi. Car c'est une guerre. Et je l'ai perdue. J'avais aucune chance de toute façon…

Le visage du père Daniel Eyenga demeurait profondément concentré. C'était le patient qui avait réclamé sa présence. Le prêtre s'était renseigné auprès du personnel médical. Cancer de la plèvre, cancer pulmonaire en phase terminale. Avec des atteintes du péritoine, du péricarde, des testicules, du larynx. L'amiante : très présent, jusqu'à son interdiction, sur les tournages de films, dans les décors et les équipements.

— L'amiante, dit Matthias Laugier comme s'il lisait dans les pensées du curé. Il y en avait beaucoup dans les décors de cinéma à l'époque, dans la peinture, dans les gaines de ventilation, et même dans la neige artificielle. Partout. Ils l'ont interdit depuis. Mais cette saleté de maladie met trente ans à se déclarer.

Le prêtre hocha la tête.

Il avait devant lui, ouverte sur la tablette près du lit, une petite boîte en plastique renfermant une faible quantité d'huile qu'il avait bénie durant la dernière messe chrismale. Il enfila des gants avant de toucher le malade.

Dans le halo de la lampe, le visage étroit, aux os saillants, pareils à des couteaux, était aussi gris que si on l'avait frotté avec de la cendre, les yeux enfoncés dans les orbites.

Le prêtre balaya du regard la pièce faiblement éclairée, cherchant la poubelle. À cause du protocole anti-Covid, il n'avait pas le droit de sortir quoi que ce soit d'ici. Ainsi les gants, la boîte et la pipette scellée contenant le vin consacré – dont il allait déposer une goutte sur la langue du malade en guise de communion – iraient tous dans la poubelle à pédale avant d'être incinérés. Il avait mis le vin de côté lors de la dernière messe, acheté la pipette dans une pharmacie.

— Ce n'est pas seulement pour recevoir l'onction des malades que je vous ai fait venir, dit l'homme.

L'attention du père Eyenga se reporta sur le patient. Celui-ci avait prononcé cette dernière phrase avec une intonation des plus étranges.

— Si je vous disais ce que j'ai vu, mon père, vous en perdriez le sommeil, croyez-moi… *Vous perdriez votre foi en Dieu.*

Le patient regardait fixement l'ecclésiastique. Ce dernier vit au fond des orbites du malade une lueur qui lui arracha un frisson.

— Que voulez-vous dire, mon fils ?

— *L'enfer, mon père... J'ai été un de ses démons…*

Un souffle glacé passa sur la nuque du prêtre.

— Reprenez-vous, murmura-t-il d'une voix étranglée. Ne dites pas des choses pareilles.

Il entendit la respiration caverneuse – et il pensa aux poumons nécrosés.

— Vous n'avez pas idée, mon père… pas idée de ce que j'ai vu, *de ce que nous avons fait…* Je suis sûr que, s'il y a une lumière au bout du tunnel, pour nous ce sera celle des flammes de l'enfer…

Il y avait quelque chose d'effrayant, d'un peu ridicule aussi, dans les paroles du patient. Une larme roula sur sa joue ravinée. Soudain, la main qui avait une aiguille de perfusion enfoncée dans la veine serra celle, gantée, du prêtre. Eyenga sursauta.

Puis la main le lâcha, se déplaça vers le tiroir de la table de chevet, de l'autre côté du lit. Une enveloppe cachetée à l'intérieur. La main aux longs doigts noueux s'en saisit, la tendit au prêtre.

— Vous le savez, mon père, avec cette saloperie de Covid on n'a pas le droit de sortir quoi que ce soit d'ici et je ne peux pas le faire moi-même. S'il vous plaît…

Eyenga lança un regard coupable vers la porte.

— Vous savez bien que moi non plus je n'ai pas le droit, mon fils. (Il ne s'habituerait sans doute jamais à appeler « mon fils » une personne plus âgée et à l'article de la mort.) Tous les objets dont je me sers iront dans cette poubelle.

— S'il vous plaît, mon père… c'est important.

La main qui brandissait l'enveloppe était agitée d'un tremblement. Le curé aperçut le dessin d'une spirale sur le papier kraft, ainsi qu'un prénom et un nom.

— Qu'est-ce que c'est ? demanda-t-il.

— S'il vous plaît, mon père. Faites ça pour moi. Vous devez la remettre en mains propres, j'insiste. Ce sont mes dernières volontés…

Une grimace de douleur contracta ses traits. L'homme avait l'air aux abois. Le prêtre regarda le nom inscrit sur l'enveloppe.

Kenneth Zorn. Curieux patronyme, se dit-il.

— C'est qui ? voulut-il savoir.

— Vous le trouverez sans peine sur Internet. Je ne connais pas son adresse actuelle. S'il vous plaît, mon père, s'il vous plaît… C'est important…

L'homme d'Église consulta sa montre. Les heures des visites étaient passées depuis longtemps, mais il avait droit à quelques écarts ici, spécialement dans des situations comme celle-ci. De temps en temps, la pénombre de la chambre était illuminée par le flash d'un éclair de chaleur. Il régnait en ce mois de juin une température suffocante, qui déposait un vernis de sueur sur le front sombre du prêtre.

— Mon fils, je…

— Je vous en prie, mon père, je vous en prie, le supplia Laugier. Si vous voulez sauver une âme… S'il est encore temps de le faire…

Eyenga hésita. Il avait la bouche sèche. C'était un curé moderne, féru de nouvelles technologies, de science. Peu porté sur la superstition. Pourtant une pensée irrationnelle venait de s'insinuer en lui. Celle qu'une forme de malveillance était à l'œuvre ici. Dans cette chambre.

Le prêtre frissonna encore une fois, comme s'il avait froid. Il n'avait qu'une envie : se tirer. Il prit l'enveloppe. *Qui était ce Zorn ?* Qu'y avait-il donc dans cette enveloppe de si important et pourtant de si léger quand il la palpa ? Plutôt un petit objet qu'une lettre… *Un bijou ? Une clé USB ?* Il la glissa dans la poche de sa veste. Prit la boîte en plastique contenant l'huile bénite. Oignit le front et les paumes du patient en répétant des phrases qu'il avait si souvent prononcées qu'elles avaient fini par se vider de leur substance :

— « Dieu notre Père, de qui vient tout réconfort, par ton Fils tu as voulu guérir toutes nos faiblesses et nos maladies, sois attentif à la prière de notre foi… »

Dix minutes plus tard, il filait le long des couloirs. Émergeait avec soulagement dans la nuit chaude. Au-dessus des toits d'Ax-les-Thermes, les éclairs craquaient, pareils à des mains invisibles déchirant le tissu de la nuit. Mais toujours pas de pluie.

Il pressa le pas jusqu'à la place du Breilh, où était garée sa Volvo.

Les cafés étaient fermés, les lumières de l'hôtel-restaurant éteintes, le parking de la place désert en dehors de sa voiture. Dans le silence de la petite ville endormie, l'église Saint-Vincent jetait son clocher contre la nuit et le profil des montagnes. Derrière elle, l'obscurité grondait, flagellée de lueurs.

Grondant, le cœur du prêtre l'était aussi. Ce qu'il avait ressenti dans cette chambre lui avait rappelé ce qu'il avait éprouvé, enfant, en assistant à une cérémonie *bwitie* dans son village au bord du golfe de Guinée. Tout était remonté à la surface. Les eaux inertes du delta, les mille et un bruits de la nuit africaine, les calebasses et les écuelles remplies de poudres de couleur, le féticheur psalmodiant des formules rituelles. Il avait huit ans quand il avait assisté à la cérémonie, à la clarté des bougies.

Il avait ressenti ce soir le même pouvoir obscène plus fort que la mort. La même crainte atavique. Pourquoi ? Qu'avait-il perçu que sa raison ne pouvait appréhender ?

Tout à coup, un éclair plus puissant que les autres cisailla le ciel noir. L'espace d'un instant, sa lueur aveuglante étira sur l'asphalte du parking une ombre géante : celle de la croix au sommet de l'église.

Une croix inversée... orientée dans sa direction…

Il était seul sur la place, minuscule silhouette au bout de l'immense croix d'ombre qui s'allongeait vers lui.

Saisi d'une peur très ancienne, il se dépêcha de déverrouiller la voiture et de se mettre au volant.

L'enfer, mon père... J'ai été un de ses démons…

Il démarra, le cœur battant, quitta le parking, roulant trop vite dans les rues endormies.

L'enfer, mon père... J'ai été un de ses démons…

Il ne commença à mieux respirer qu'au bout de plusieurs kilomètres.

Mardi 21 juin

1

Dans son rêve, il voit un cheval décapité suspendu à des câbles dans le blizzard glacé. Il voit un cercle d'étudiants réunis autour d'une piscine où flottent des poupées aux yeux bleus, ouverts et fixes. Il voit un brave berger allemand qui se fait dévorer par des loups en défendant son maître dans une forêt polonaise. Il voit un chalet brûlant comme une torche dans la nuit, avec à l'intérieur deux âmes perdues, maudites. Il voit deux sœurs en robe de communiante sous la lune, se tenant par la main. Une silhouette étendue sur un lac gelé de montagne, recouverte d'une carapace de glace. Un jeune homme-cerf renversé par une voiture sur une route déserte... Bien d'autres... Il voit un père assis à son bureau, l'écume aux lèvres. Un bébé mort : son bébé. Il voit des morts : femmes, hommes, enfants... Il voit le meurtre, la torture et le carnage, la haine, la vengeance, l'appât du gain, le deuil, la stupidité. Et personne n'y peut rien changer. Car c'est ainsi depuis la nuit des temps.

Un son strident le blessa tel un stylet planté dans son oreille.

Il se réveilla. Et comprit. Chaque fois que le téléphone sonnait à l'aube, il savait que l'océan de la nuit venait de rejeter un nouveau cadavre sur le rivage du jour.

2

Le panneau à l'entrée du grand hôpital psychiatrique indiquait les pavillons de soin, la cafétéria et l'auditorium sur la gauche, les services administratifs, les parkings, le restaurant du personnel et le bureau des admissions à droite.

Mais il n'eut pas besoin de s'orienter : les rotations des gyrophares jetaient des éclats bleus droit devant, au-delà de la barrière, illuminant la monumentale galerie d'arcades couronnée par la flèche de la chapelle.

Il roula jusque-là, descendit de voiture, demanda où ça se passait au planton qui bayait aux corneilles – et qui manifestement n'avait pas vu la scène de crime, sans quoi il aurait été infiniment moins détendu –, puis s'engagea à pied sous le porche avant de tourner à droite et de suivre la galerie ouverte, passant d'une arcade à l'autre, le visage frappé par l'aube acidulée.

Toute une architecture d'un autre siècle se déployait, un vaisseau de pierre lourd, lugubre et néanmoins conçu pour réparer les âmes, se dit-il en marchant alternativement dans la lumière rasante du matin et dans l'ombre des piliers. Mais les âmes, contrairement aux choses, ne se réparent pas. Tout au plus peut-on les aider à ne pas s'autodétruire, à survivre. Et à ne pas blesser les autres.

Quelqu'un pourtant, en ces lieux, avait pris la vie de quelqu'un d'autre.

— Désolé de t'avoir réveillé, Servaz, avait déclaré le nouveau commissaire divisionnaire au téléphone. On a un homicide.

— Homicide ? avait répété un Martin Servaz quelque peu endormi.

Il avait été tiré d'un rêve des plus déplaisants. Un rêve où il revoyait tous les morts qu'il avait laissés sur le bord de la route, tous ceux qui avaient prématurément quitté son existence, tous ceux qui avaient émaillé sa carrière de flic.

— Le mieux, c'est que tu viennes voir.

Il avait fini d'ouvrir les yeux sur l'autre moitié du lit : vide et froide. Il était sous la douche en se demandant si Radomil, son voisin de palier, un musicien bulgare arrivé à Toulouse avec sa fille quelques années plus tôt, était levé et s'il allait pouvoir confier Gustav à cette dernière, quand le téléphone avait de nouveau sonné. C'était Vincent Espérandieu cette fois – son adjoint.

— Tu es en route ?

— Pas encore.

— Tu as quelqu'un pour garder Gustav ? avait demandé Vincent.

— Je comptais demander à Anastasia, la fille de mon voisin. Elle cherche toujours du boulot.

— Pas la peine. J'ai dit à Charlène de passer le récupérer. Il prendra son petit déjeuner avec Flavien et Megan.

Charlène Espérandieu : la très belle femme de son adjoint[1]. Son fils serait ravi de prendre le petit déjeuner en sa compagnie et avec ses « cousins ». C'est ainsi que Gustav les appelait. Car Vincent était son meilleur ami autant que son adjoint. Peut-être même son *seul* ami. Avec Samira, bien sûr : l'autre membre éminent de son groupe d'enquête. Mais Samira était trop différente, trop indépendante, trop à part. Il se dit une fois encore que, s'il voulait profiter de son fils, c'était maintenant. Il savait que plus Gustav allait grandir, moins il aurait envie de passer du temps avec son père. Il connaissait la solution : lâcher la Crim, se trouver un boulot pépère au sein de la police avec des horaires bien bornés et des week-ends à soi, envoyer promener tout le reste.

Et il souhaitait aussi consacrer plus de temps à Léa si jamais elle rentrait d'Afrique…

Léa… Un pincement au cœur… Il aperçut un autre flic en uniforme un peu plus loin, qui lui montra le chemin quand il eut dégainé sa brème. Puis un autre encore. Personne en vue à part des flics.

À distance, sous une autre galerie, le nouveau divisionnaire était en grande conversation avec le proc, ainsi qu'avec deux hommes en blouse blanche, qui étaient peut-être des infirmiers ou des psychiatres.

Mince, la quarantaine, en paraissant dix de moins, arborant costumes bien coupés et cravates en soie, Hervelin était le plus jeune directeur qu'ait connu le SRPJ. Il avait grimpé dans le ciel de la police toulousaine avec une trajectoire digne d'une fusée SpaceX. La raison de cette fulgurante ascension était on ne peut plus simple : il était nul en travail de terrain, mais expert en statistiques, en réglementations, en parlottes et bientôt – Servaz n'en doutait pas – en ouverture de

1. Voir *Glacé*, XO Éditions et Pocket.

parapluie. Hervelin avait tout de suite regardé l'enquêteur le plus célèbre de la maison non comme un atout mais comme un danger pour sa propre carrière. Parce que personne, pas même lui, n'ignorait que c'était aussi l'enquêteur le plus *incontrôlable* de la maison. Sentant une présence dans l'angle de son champ de vision, le nouveau divisionnaire pivota. Il ne parut pas spécialement réjoui en découvrant son enquêteur vedette.

— Le commandant Servaz, déclara-t-il sobrement, sans que son visage exprimât quoi que ce fût. Il dirigera le groupe qui va mener l'enquête.

— Oui, oui, tout le monde connaît le commandant, réagit le magistrat.

Servaz se surprit à se demander si ça relevait du compliment ou bien du sarcasme. Il n'ignorait pas qu'il était considéré comme une espèce de légende au sein du SRPJ et du parquet, comme une anomalie aussi, que toutes sortes de rumeurs, de faits plus ou moins avérés et d'exagérations patentes circulaient à son sujet, et que n'importe quel nouveau venu dans la police ou la justice toulousaines finissait tôt ou tard par entendre parler de lui. Plusieurs interrogations accompagnaient généralement ces cancans. Comment faisait-il pour avoir autant de résultats ? Pourquoi était-il toujours commandant ? Pourquoi ne demandait-il pas une autre affectation ?

— Commandant, voici le Dr Rollin, dit le divisionnaire en essuyant une poussière invisible sur son costume. C'est lui qui dirige l'établissement. Et voici M. Joubert, infirmier.

Servaz examina les deux hommes. Le psychiatre, la cinquantaine, tignasse grise, visage allongé et lunettes, les mains profondément enfoncées dans les poches de sa blouse deux tailles au-dessus, qui flottait sur ses épaules tel un vêtement sur un cintre. L'infirmier, la trentaine, une de ces barbes longues et taillées au carré qu'affectionnent les moins de quarante ans par les temps qui courent. Il y en avait plein les rues. Semblables à un débarquement d'extraterrestres déguisés en pères Noël. Le visage du jeune infirmier était tendu, celui du psychiatre en proie à la stupeur. Servaz se demanda à quel point ce qu'il y avait à l'intérieur était pénible à voir.

— Je dois vous avouer qu'au cours de ma carrière j'en ai vu des choses choquantes et des patients agressifs, commença le psy d'une voix émue. Mais ça… ce qui s'est passé là-dedans… c'est… c'est au-delà des mots.

Servaz se tourna vers le divisionnaire, qui s'empressa de regarder ailleurs.

— Qui a trouvé le corps ? demanda-t-il.

— C'est moi, dit le soignant. En faisant ma ronde ce matin. J'ai aussitôt prévenu M. le directeur.

Que se passait-il ici ? On avait l'impression que ces hommes pourtant endurcis étaient bouleversés.

— C'était un de vos patients ? demanda Servaz en se tournant vers le psychiatre.

Ce dernier hocha la tête.

— Stan Du Welz. Quarante-cinq ans. Il travaillait dans le cinéma. Il faisait des allers-retours réguliers entre l'intérieur et l'extérieur. Diagnostiqué psychotique avec une schizophrénie paranoïde. Mais il était médicalement stabilisé et il bénéficiait d'un protocole de soins adapté.

— Un autre patient s'est… euh… *évadé*, ajouta Hervelin. Il occupait la chambre voisine de celle de la victime.

Servaz observa le psychiatre. Il était presque aussi blanc que sa blouse. Il y avait de quoi. Ce n'était pas la première évasion à Camelot : plusieurs « fugues », comme les appelait pudiquement l'administration, avaient fait la une de la presse régionale et nationale au début de l'année. L'établissement avait alors renforcé sa surveillance, les gardes et les astreintes, fermé des unités de soins pendant le week-end, au grand dam des syndicats de soignants, qui considéraient que l'hôpital n'était pas une prison et qu'avec ces mesures il allait se transformer en cocotte-minute.

— Le lieutenant Samira Cheung et le capitaine Vincent Espérandieu sont déjà à l'intérieur, précisa Hervelin en montrant du menton la porte ouverte, sans paraître désireux de la franchir lui-même.

Servaz la détailla. Métallique. Blanche. Solide. Un gros bouton-poussoir sur le mur permettait de la déverrouiller de l'extérieur.

Il entra. Un vestibule. Une porte de chaque côté, pourvue d'un hublot qui devait permettre aux soignants de jeter un coup d'œil sans déranger les pensionnaires. Cela s'était passé dans la pièce de droite, à en croire les flashs qui en jaillissaient en même temps qu'une voix familière :

— L'homme, de type européen, est allongé sur le dos…, était en train d'énoncer Samira Cheung. Une boule de tissu enfoncée dans la bouche… Les chevilles et les poignets attachés par les sangles de cuir à fermetures métalliques d'un lit de contention d'environ un mètre dix de large… Tailladé en de nombreux endroits… Présence de plaies sur le visage, le thorax, les membres, le bas-ventre, l'aine, le sexe… Grande quantité de sang, mais l'assassin a évité les artères… Le corps est froid, il montre des signes de rigidité, le sang a séché et durci… mort depuis plusieurs heures.

Il s'avança.

L'odeur lui sauta aux narines. Vomi, sueur, excréments. Vincent et Samira tournaient le dos à la porte, de même que les techniciens en combinaison blanche, gants et surchaussures bleus. Samira parlait à son téléphone.

Un carnet à la main, un technicien traçait un croquis, à l'ancienne. Servaz nota que les opérations se déroulaient dans un calme inhabituel. L'atmosphère évoquait une veillée funèbre. Même Samira effectuait les premières constatations d'une voix plus basse que d'habitude. Il comprit pourquoi en regardant le lit au-delà de ses adjoints. Il contempla la scène sans bouger, depuis le seuil, les sens en éveil, les idées très claires, comme toujours lorsqu'il était sur une scène de crime.

Un tableau horrifiant : dans cette pièce de quatre mètres sur trois, un assassin s'était déchaîné.

La clarté de l'aube entrait par la fenêtre à barreaux. Elle caressait le lit, se joignait à la puissante lumière halogène provenant des projecteurs braqués sur la victime. L'homme étendu sur le dos était nu à l'exception d'un slip de coton. Le visage bleui, les lividités visibles dans les parties basses du corps, le sang qui trempait abondamment le matelas et qui s'était assombri en s'oxydant et en se solidifiant, tout démontrait que Samira avait raison : mort depuis plusieurs heures.

La lueur crue des projecteurs conférait à la scène une intensité macabre. Celle du petit jour lui ajoutait une poésie délicate et morbide.

Mais ce furent les blessures qui retinrent l'attention de Servaz. Plaies noires, coupures, lacérations, nombreuses, se croisant ou parallèles, dessinant un réseau dense sur la peau blanche : le tueur avait tailladé sa victime jusqu'au moment où elle s'était vidée de son sang. Une galaxie de traînées rouges et de flaques brun-noir constellait le corps pâle mais aussi le lit, comme un tableau abstrait. L'assassin avait choisi des endroits particulièrement sensibles pour frapper : tétons, joues, oreilles, doigts, flancs et aussi le sexe, qui émergeait du slip baissé et portait à sa racine la marque circulaire d'une blessure profonde, tandis que le coton, blanc à l'origine, était trempé de sang.

Il avait aussi enfoncé dans la bouche de sa victime une boule de gaze qui s'effilochait et que l'homme avait souillée de son vomi. Il y avait d'autres traces de vomissures sur le menton et la poitrine – ce qui signifiait que l'agresseur lui avait retiré le bâillon à un moment donné.

Pour le faire parler ? Ou parce que ça lui a plu de l'entendre crier, parce qu'il voulait qu'on le supplie, qu'on implore sa pitié ? Et personne n'a rien entendu ?

Samira poursuivait l'enregistrement des constatations sur son téléphone :

— Les blessures ont beaucoup saigné… Très certainement *ante mortem*…

Servaz détailla le lit de contention, les solides sangles en cuir et les boucles en métal utilisées pour maintenir un patient trop agité. Se demanda si tous les lits de cette unité étaient identiques ou si Stan Du Welz avait eu droit à un traitement spécial – avant celui, tout aussi spécial, de cette nuit.

Quoi qu'il en soit, le tueur avait mis à profit l'installation : Du Welz avait les poignets et les chevilles emprisonnés, les bras presque en croix, les jambes en V. Le dispositif destiné à le protéger de lui-même – ou à protéger les autres – s'était retourné contre lui.

Il n'y avait pas de trace de lutte. Pourquoi ? se demanda Martin. Qui se sentit immédiatement épuisé. Il en avait trop vu, trop entendu. Les flics, les juges : ils passaient leur temps à colmater une brèche qui ne cessait de s'agrandir. Plus vous résolviez d'affaires, plus de nouvelles surgissaient. À quoi bon ? L'époque où il pensait que ce qu'il faisait servait à quelque chose était depuis longtemps révolue.

Il sentit que son cerveau était au bord de l'implosion. Toussa. Samira se retourna.

— Oh, tu es là, constata-t-elle. Pas joli-joli, hein ? Qu'est-ce qui peut pousser quelqu'un à faire une chose pareille, à ton avis ?

Elle avait prononcé ces mots comme elle aurait parlé de la pluie et du beau temps. Ça le remit sur les bons rails. Rien de tel que le recul et le sang-froid de Samira Cheung pour commencer une journée de travail.

Visuellement, c'était une autre histoire. Samira ressemblait autant à un flic qu'une citrouille de Halloween à un vase chinois. Ses yeux cernés d'un trait épais de crayon noir lui donnaient un regard à la fois fascinant et perturbant ; ses cheveux bruns coupés à la diable et ses fringues – pantalon vinyle, blouson de cuir clouté et tee-shirt noir – évoquaient davantage une maîtresse SM qu'une enquêtrice de la PJ. Elle mâchait un chewing-gum, qu'elle fit claquer avant de conclure laconiquement :

— Ça craint…

— Où est le légiste ?

— Elle arrive, répondit Vincent Espérandieu.

« Elle ». Il n'y avait qu'une seule femme à l'institut médico-légal de Toulouse : le Dr Fatiha Djellali. Compétente, professionnelle jusqu'au bout des ongles. Enfin une bonne nouvelle.

Vincent était blême ; lui aussi, le spectacle l'avait secoué.

Un technicien était incliné sur le sang du matelas. Il en humidifiait une petite quantité à l'aide de gouttes de sérum physiologique avant de la prélever sur un écouvillon. Servaz se pencha sur un côté du lit. Il venait de repérer quelque chose.

Sur le bord du matelas. Là où pendait, inerte, une des mains du mort.

Un détail insolite. Incongru. Incompréhensible.

Une spirale…

On eût dit que l'index du mort – bien que son poignet fût resté prisonnier de la boucle en cuir – l'avait tracée de l'ongle dans le sang frais qui imbibait le matelas.

Geste réflexe ou message laissé à leur intention ?

Servaz se redressa. Il le sentait. Quelque chose se passait ici. Cette affaire n'était en rien comme les autres. Il fit signe au photographe, lui montra le symbole. Le flash du technicien explosa.

Espérandieu s'était penché aussi sur l'étrange symbole, plus clair sur le rouge brun du sang séché.

Une spirale parfaitement dessinée…

— Putain, lâcha son adjoint, c'est quoi ce film d'horreur ?

3

— Merde, dit Fatiha Djellali.

Rien d'autre. Il crut noter cependant une infime hésitation chez la légiste au moment d'entrer dans la pièce. Elle fronça imperceptiblement les sourcils, sortit son téléphone, mit en marche l'enregistreur comme Samira l'avait fait avant elle.

Consulta sa montre.

— 21 juin 2022, 7 h 13, énonça le Dr Djellali, hôpital psychiatrique Camelot, route d'Espagne, Toulouse.

Dans le silence qui suivit, ils la regardèrent faire lentement le tour du lit, décrire ce qu'elle voyait, ne laissant rien au hasard, avec des détails anatomiques et physiologiques qui venaient s'ajouter aux premières constatations de Samira.

C'était une grande femme au regard brun et au beau visage encadré d'une longue chevelure noire et brillante comme du charbon. Elle dégageait une vitalité qui accablait – Servaz l'avait souvent constaté – les cadavres qu'elle côtoyait. Elle se tourna vers les techniciens en combinaison, désigna les doigts de la main droite.

— Qui a pris les empreintes ?

Le ton était tranchant. Un des techniciens se désigna.

— Vous auriez dû m'attendre, le réprimanda-t-elle. Mettez des sachets en papier autour des mains.

Servaz sourit. Du Fatiha dans le texte. Il eut soudain envie d'allumer une cigarette. Pourquoi éprouvait-il ce besoin chaque fois qu'il croisait Fatiha Djellali? Était-ce pour s'assurer qu'il était… *vivant*?

— Vu la quantité de sang, il était encore en vie quand le meurtrier l'a lacéré, estima-t-elle.

— Le cadavre est froid et déjà rigide, ça doit faire des heures qu'il est là.

— La perte de sang a pu faire chuter plus rapidement la température du corps, nuança-t-elle. Mais je suis d'accord.

— Et l'autre? demanda-t-il en se tournant vers Espérandieu. Son voisin…

— L'évadé? dit Vincent. Il avait sa chambre de l'autre côté du couloir. Un certain Jonas Résimont.

— Martin, dit la légiste en élevant à peine la voix.

Il se retourna. Fatiha Djellali se penchait sur le visage du mort. Elle avait retiré la boule de gaze à l'aide de brucelles et l'avait déposée dans un sac transparent tendu par Espérandieu qui, en tant que procédurier, était aussi l'OPJ chargé des scellés. Elle éclairait à présent l'intérieur de la cavité buccale avec un stylo-lampe. Il s'approcha, plongea son regard dans la bouche ouverte. La langue avait gonflé, elle envahissait presque tout l'espace disponible.

— Regarde le fond de sa gorge, au niveau de la luette. Il obéit. L'appendice avait doublé ou triplé de volume, tout comme les amygdales.

— Qu'est-ce qui s'est passé, d'après toi?

— Il a fait un choc anaphylactique, répondit-elle. Regarde mieux.

Il se concentra. Des petits points blancs. Sur les muqueuses.

Des piqûres… Il comprit : le choc était dû à une réaction allergique.

Elle glissa de nouveau les brucelles entre les dents du mort. Servaz s'écarta pour lui faciliter la tâche.

Quand elle les ressortit, il vit qu'elles tenaient quelque chose. Un insecte à l'abdomen rayé de jaune et de noir.

Une abeille.

— Vu le nombre de piqûres, je parierais que ce n'est pas la seule.

4

— OK, il a fait une réaction allergique. Donc il était *vivant* quand on lui a balancé les abeilles dans le gosier et on a rebouché ensuite avec la boule de gaze, c'est ça ?

— C'est une possibilité.

— Et le sang ?

— Les blessures ont saigné en abondance. Ce qui signifie qu'elles ont été faites *ante mortem*. Mais il n'y a pas eu de jaillissement artériel : les gros vaisseaux ont été évités. Il a été torturé, pas de doute là-dessus. Je ne crois pas toutefois qu'elles aient provoqué une hémorragie suffisante pour mettre ses jours en danger. Aucun organe vital n'a été atteint. J'opterais pour les abeilles. L'examen de la gorge et de l'appareil respiratoire nous le confirmera.

— Putain, souffla Espérandieu. Asphyxié par des abeilles. Mort avec un essaim en train de butiner dans la gorge : faut vraiment aimer la nature…

— Et le vomi sur sa poitrine ? voulut savoir Servaz.

Fatiha Djellali hésita.

— L'individu qui l'a martyrisé devait lui retirer le chiffon à intervalles réguliers. Ceci avant qu'il ne lui fourre les abeilles dans la gorge, évidemment.

— Et personne ne l'a entendu hurler ?

Il se demanda si des hurlements dans un asile étaient comme une alarme de bagnole en ville : si on finissait par s'y habituer, par ne plus y prêter attention.

— L'assassin aura versé les abeilles dans sa bouche avant de la refermer définitivement à l'aide du bâillon, poursuivit la légiste. Il y a une plaie plus importante ici, sur le voile du palais, dit-elle en orientant le faisceau de son stylo-lampe. Elle a peut-être été faite par le récipient qui contenait les abeilles et qui a été introduit dans la bouche.

— Comment ce Résimont, si c'est lui qui a fait le coup, s'est procuré des abeilles ? s'enquit Servaz. (Il se tourna vers Vincent et Samira.) Vérifiez s'il y a des ruches dans l'enceinte du centre…

Il ressortit, traversa le vestibule et entra dans la pièce voisine, où d'autres techniciens s'activaient. Elle ressemblait à la première. Un lit. Un petit bureau. Une chaise. Quelques livres. Une armoire. À cette différence près que le lit ne comportait pas de sangles de contention.

Des barreaux à la fenêtre, là aussi.

Servaz réfléchit. Une seule issue : la porte par laquelle ils étaient tous entrés.

— Donc le type qui occupait cette chambre-ci, ce… Résimont, a pénétré dans la chambre voisine, a torturé son occupant, lui a balancé des abeilles dans la gorge et s'est barré…

Il eut tout à coup le sentiment que quelque chose clochait. Ça ne colle pas, pensa-t-il.

— Et où planquait-il ses abeilles en attendant ? s'interrogea Servaz à voix haute. Combien de temps des abeilles peuvent survivre dans un récipient, même percé ? Il nous faut un spécialiste, un apiculteur…

Il retourna dans le couloir, regarda les portes des chambres : pas de serrures. Il ressortit sur la galerie.

— Les portes des chambres ne sont pas fermées à clé la nuit ? demanda-t-il.

— Il est interdit à nos patients d'entrer dans les chambres d'autres patients, répondit le psychiatre. Mais ils ne sont pas placés à l'isolement. L'isolement, c'est toujours une mesure limitée dans le temps et de dernier recours, proportionnée au risque.

Proportionnée au risque... Servaz se demanda ce que Stan Du Welz, la victime, aurait pensé d'une telle formulation.

— À la demande de l'ARS, l'agence régionale de santé, on a ouvert une enquête administrative et diligenté une mission d'inspection à la suite des fugues de janvier, se justifia le psychiatre.

Servaz se souvint que tous les fuyards avaient été repris dans les heures suivant leur évasion. L'un d'eux avait tout de même eu le temps d'agresser une vieille dame dans le centre-ville.

— Et quelles ont été ses conclusions ?

— Euh… la mission ne les a pas encore rendues…

— Au bout de six mois ? s'étonna-t-il.

— Mais on a sécurisé les entrées et les sorties, et renforcé la surveillance, poursuivit Rollin, compte tenu des risques de fugues dans un… *contexte de surmédiatisation.*

Servaz ne releva pas. Il venait de repérer une caméra sous le toit de la galerie, près d'un pilier, pendant que le directeur débitait son argumentaire. La caméra filmait la porte métallique.

— Cette porte, elle est verrouillée la nuit ?

— Absolument, répondit l'infirmier. En milieu psychiatrique, le verrouillage électronique est autorisé à condition que le personnel dispose d'une clé.

Pour accéder à ce pavillon, on appuie sur le bouton-poussoir que vous voyez, et on ressort à l'aide d'une clé. Un dispositif classique.

Servaz regarda Espérandieu.

— On a vérifié les barreaux aux fenêtres des chambres ?

Vincent hocha la tête.

— Ils sont intacts, fit Samira en s'approchant. Le type est passé par la porte. Il n'y a pas d'autre issue. J'ai tout vérifié.

— Ça veut dire qu'il a trouvé le moyen de se procurer une clé… Les vols de clés, c'est inhabituel ? demanda Servaz.

Le jeune homme secoua la tête.

— Pas vraiment… Il n'est pas rare d'avoir des clés manquantes, ou des équipements de sécurité en panne. Ça arrive dans tous les établissements de ce genre.

Servaz remarqua que l'infirmier transpirait.

— Joubert, c'est ça ? demanda-t-il.

— Oui. Ghislain Joubert. J'ai dit tout ce que je savais à vos collègues, balbutia le soignant, qui n'avait visiblement pas envie de se répéter.

— Les images de cette caméra, vous savez où elles vont ?

— Oui. Au PC sécurité.

— Vous pouvez nous y conduire ?

Servaz jeta son mégot dans la cour puis, pris de remords, le ramassa et alla jusqu'à une poubelle à quelques mètres de là. Après quoi, il entra dans la pièce.

— Lancez la vidéo à partir d'hier 18 heures, dit-il au vigile assis devant le moniteur vidéo.

Celui-ci ouvrit le calendrier à droite de l'image. Choisit le mois, le jour puis l'heure. 20-6-2022. 18:00.

— Avance rapide, dit Servaz.

Quelques secondes avant 19 heures, la silhouette du psychiatre apparut sur l'écran, filmée en plongée. Servaz le vit enfoncer le bouton-poussoir à droite de la porte, dos tourné à la caméra, puis disparaître à l'intérieur.

— Quand vous lui avez rendu visite, il était éveillé ?

Le psychiatre acquiesça.

— Il avait l'air dans son état normal ?

Rollin hésita.

— On avait eu un petit souci avec lui. Dans la journée, il s'était montré nerveux, excitable. J'avais été alerté dans l'après-midi par l'infirmière de service. Il semblait toutefois calme quand je l'ai vu hier soir. Mais j'ai préféré le sédater.

— Vous lui avez administré un calmant ?

— Un somnifère.

Voilà pourquoi il n'y avait pas de trace de lutte. La victime était endormie quand son agresseur l'avait attachée.

— Ça arrivait souvent ? Que vous le sédatiez ?

Le psy acquiesça.

— Et son voisin ?

— Il dormait déjà. Ça n'est pas inhabituel avec les médicaments qu'ils prennent. Je n'avais aucune raison de le réveiller.

— Est-ce qu'ils ont le droit de garder des effets personnels dans les chambres ?

— Bien entendu.

Sur l'écran du moniteur, ils virent le psy ressortir et quitter le champ de la caméra par la gauche.

— Stop, dit Servaz.

Le gardien figea l'image.

— Très bien, dit Martin. On va vous donner une clé USB. Vous mettrez l'enregistrement dessus à partir de cette minute précise. 19 h 09. C'est compris ?

Le vigile fit signe que oui.

— Merci. On reprend. On peut accélérer ?

L'image un brin tremblotante de la porte blanche avait quelque chose d'hypnotique. Tous avaient les yeux rivés sur le moniteur. Ils guettaient le moment où Jonas Résimont, le voisin de Stan Du Welz et principal suspect, allait franchir la porte.

Vers 21 h 30, une infirmière en blouse blanche se présenta.

Tout comme le psychiatre, elle enfonça le bouton-poussoir et disparut à l'intérieur.

— Vous savez qui c'est ? demanda Espérandieu.

— C'est l'infirmière de service, dit Rollin. Elle fait son tour. Je me renseignerai. Il y a 1 200 agents qui ont la charge de 13 000 patients à Camelot.

Ils la virent ressortir à peine une minute plus tard. Peu après 23 heures, une autre infirmière poussa le bouton. Celle-ci resta environ dix minutes avant de ressortir. Les images continuaient de défiler. Ou plutôt une image unique : celle de la porte close.

Minuit…

Servaz inspira ; la tension qui circulait dans la petite pièce était presque palpable. Tous se penchaient sur l'écran. Le moment de vérité approchait.

1 heure…

2…

3…

4…

Servaz regarda Samira. La perplexité se lisait sur son visage. Il la partageait ; la mort de Stan Du Welz ne pouvait pas avoir eu lieu si près de l'aube, c'était rigoureusement impossible : le sang n'aurait pas eu le temps de sécher, ni la rigidité de commencer à s'installer. Il se concentra. Il ne voyait qu'une explication : Jonas Résimont était resté auprès du cadavre pendant plusieurs heures avant de se décider à fuir. Il n'allait pas tarder à apparaître.

5 heures...

À force de se pencher, Servaz sentait la raideur dans sa nuque.

5 h 40...

Une autre personne se présenta devant la porte blanche. Ils la virent enfoncer le bouton-poussoir. Servaz fronça les sourcils.

— Là, c'est moi, confirma Ghislain Joubert derrière eux.

L'infirmier barbu ressortit presque aussitôt, paniqué, son téléphone vissé à l'oreille.

— Là, j'appelle M. le directeur, précisa-t-il.

— C'est impossible..., murmura Vincent.

Servaz se tourna vers Rollin.

— Vous êtes sûr que Stan Du Welz était encore vivant quand vous lui avez rendu visite ?

Le psychiatre le fusilla du regard.

— Évidemment !

— C'est à n'y rien comprendre, lâcha le divisionnaire en se relevant et en frottant ses joues rasées de près. Par où est passé l'assassin ?

— J'ai vérifié les barreaux moi-même, renchérit Samira. Il n'y a pas d'autre issue que cette porte.

Servaz se redressa. Il n'y comprenait rien. Comment ce diable de Jonas avait-il fait ? C'était quoi, ce tour de passe-passe sous l'œil de la caméra ?

— Je veux qu'on vérifie les faux plafonds, les murs, les sols, tout... Et je veux les plans de l'hôpital, ajouta-t-il en regardant Rollin. On se visionne la vidéo autant de fois qu'il faudra à partir du moment où le Dr Rollin ressort. Et on lance un avis de recherche pour Jonas Résimont, avec demande d'inscription au FPR. Trouvez-moi s'il a des parents, des amis, de la famille.

Et faites le tour du bâtiment : il est bien passé quelque part, bon sang !

Le FPR, le fichier des personnes recherchées – plus de 620 000 entrées, 39 millions de consultations l'année précédente. Une aiguille dans une énorme botte de foin. Espérandieu jura tout bas sans cesser de fixer l'image de la porte close :

— Bordel, c'est quoi, cette affaire ?

5

Soleil qui brille sur les sommets. Ombre dans la vallée, côté ubac. Ubac et adret. Comme les deux versants de la vie, le sombre et le lumineux. Un ciel limpide au-dessus. De la forêt sur les pentes. Très dense.

11 h 58 du matin. Il faisait déjà chaud en ce mois de juin.

Sigur Rós dans les enceintes.

Elle était partie de Toulouse une heure cinquante plus tôt, avait suivi l'A64 sur une centaine de kilomètres avant de la quitter pour s'enfoncer dans les montagnes, cap au sud, en direction de la frontière espagnole.

À présent, elle roulait dans un paysage qui alternait bois sombres dignes des contes de fées de son enfance et prairies ensoleillées traversées de torrents argentés et de troupeaux aimables.

La lumière dansait sur le pare-brise de sa Lancia Ypsilon affichant 200 000 kilomètres au compteur. L'intérieur sentait le vieux cuir, la poussière, le plastique et les odeurs de sous-bois qui entraient par la vitre baissée.

Elle pénétra dans le dru de la forêt, dans sa chair verte toute veinée de soleil et moirée d'ombre, et aussitôt la fraîcheur et l'humidité envahirent l'habitacle.

Une atmosphère plus conforme à ce qu'elle était venue chercher ici. Ou plutôt à *celui*. À cette idée, Judith sentit son estomac se nouer. Jusqu'à présent l'étudiante en cinéma n'avait eu de contact avec *lui* que par mail. Elle avait dû se faire violence pour ne pas le bombarder de messages. Elle avait un million de questions à lui poser.

C'est déjà un miracle qu'il ait accepté de te répondre, non, Jude ? Pourquoi l'a-t-il fait, d'ailleurs ?

On le disait misanthrope, arrogant, acariâtre, cynique, insociable, fou.

Le bruit courait qu'il avait cassé la mâchoire d'un paparazzi venu sonner à sa porte et qu'il avait un jour giflé un acteur très célèbre qui refusait de jouer une scène conformément à ses instructions, lesquelles étaient toujours extrêmement précises – car Morbus Delacroix n'était pas du genre à laisser la bride sur le cou à ses acteurs.

Delacroix…

Un nom qui faisait se pâmer tous les étudiants en cinéma. Le réalisateur culte de toute une génération. Le type qui avait tourné *La Cérémonie*, *Perversions*, *Le Monstre*, *Erzsébet* et *Bloody Games*, cinq des meilleurs films d'horreur sortis au cours de la première décennie du XXIe siècle, avant de mettre brusquement fin à sa carrière à l'âge de trente-cinq ans et de se retirer au fond des Pyrénées.

Tout le monde rêvait de l'interviewer, douze ans après que son dernier film eut défrayé la chronique et fait scandale – et qu'il se fut définitivement retiré de la sphère publique, vivant officiellement en ermite au cœur des montagnes. Depuis, il refusait les interviews. Fuyait les objectifs des photographes. Avait rejeté l'offre mirobolante d'une plate-forme de vidéo à la demande pour tourner une série horrifique.

Et c'est à toi, Judith Tallandier, jeune étudiante en esthétique du cinéma, qu'il a accepté de parler... Pourquoi ?

Qu'est-ce qui, dans les mails qu'elle lui avait écrits, avait attiré son attention et l'avait convaincu qu'elle était une interlocutrice digne de ce nom ?

Certes, elle pouvait se vanter de connaître son œuvre mieux que personne. Il n'y avait pas une séquence, pas un plan, pas un raccord qu'elle n'eût étudié. Pas une critique ou un article sur lui qu'elle n'eût lu.

Le cinéma de Morbus Delacroix avait toujours suscité des réactions extrêmes, dans la presse comme dans le public, tant positives que négatives. Pour certains, c'était « un cinéma malade, morbide et d'une richesse prodigieuse », plein de « contes terrifiants et dérangeants ». Pour d'autres, sa filmographie contenait « quelques-uns des films les plus controversés de toute l'histoire du cinéma ». Des critiques plus négatives avaient qualifié *Bloody Games*, sa dernière œuvre, de « *torture porn* repoussant les limites de ce qui est moralement acceptable », voire de « film le plus scandaleux et le plus dégueulasse de tous les temps ». Quant à ses détracteurs les plus acharnés, ils estimaient que la place de Morbus Delacroix était dans un asile.

Cinéaste maudit ? Cinéaste culte ? Génie ou faiseur ? Surfait ou sous-estimé ? Et ses films étaient-ils un « pur étalage de technique cinématographique », comme l'affirmaient certains, ou au contraire « des œuvres plus profondes qu'il n'y paraissait, du vrai cinéma d'auteur », comme le clamaient d'autres, méprisées seulement à cause du genre auquel elles appartenaient ?

Elle avait son idée sur la question. En voyant les films de Delacroix pour la première fois, Judith se souvenait d'avoir eu le sentiment de pénétrer dans un univers familier, certaines scènes lui ayant donné l'impression de faire écho à sa propre vie, comme si le réalisateur et elle étaient connectés. Comme si quelqu'un avait rapporté des confins les plus terrifiants de son cerveau des fantasmes que le cinéaste aurait exposés dans la lumière crue d'un bloc chirurgical.

En ce 21 juin, jour du solstice d'été, elle n'en revenait toujours pas qu'il eût accepté de la rencontrer.

Ou bien est-ce parce que tu lui as certifié que votre entretien ne te servira qu'à rédiger ta thèse et à rien d'autre ?

Quelle raison avait-il de lui faire confiance ? Allait-il lui demander de signer une clause de confidentialité ? Elle n'avait reçu à ce jour aucune missive d'avocat, d'huissier ou d'agent.

Tandis qu'elle suivait une série de virages au milieu des conifères, puis débouchait sur une ligne droite fendant une prairie à l'herbe haute, elle se souvint de la première fois où elle avait vu *La Cérémonie*, le premier long-métrage du maître, une relecture glaçante de *La Belle et la Bête*. Le film, sorti en 2003, mais que Judith avait découvert des années plus tard dans un petit cinéma toulousain, avait été une véritable révélation. À mille lieues de l'horreur trash shootée au gore et aux *jump scares* (et bien moins violent que ses films suivants), *La Cérémonie* racontait l'histoire d'une jeune fille d'une remarquable beauté grandissant dans un village d'Europe centrale, à une époque indéterminée, à l'ombre d'un château où vivait une créature monstrueuse, laquelle régnait par la terreur sur la région et donnait des fêtes aussi sanglantes que criminelles.

Pour la protéger de la concupiscence notoire de la Bête, qui faisait enlever et violait les jeunes femmes des environs, ses parents l'enlaidissaient à l'aide de divers artifices – suie sur le visage, noix dans les joues, boue dans les cheveux, coussins sous sa robe sale – chaque fois qu'elle sortait de la maison. Car les espions de la Bête étaient partout, toujours à la recherche de chair fraîche à ramener au maître. L'incroyable beauté de la jeune fille finissait cependant par arriver aux oreilles de la créature, un des espions ayant surpris la Belle en train de se baigner nue dans la rivière. Mais la Belle avait aussi un fiancé, à qui elle était promise, et ses parents préparaient en grand secret la cérémonie de mariage, qui donnait son titre au film.

Comme de juste, l'existence du fiancé finissait par arriver elle aussi aux oreilles du châtelain, qui défiait l'infortuné en combat singulier et le fendait en deux de la tête à l'entrejambe avec son épée à deux lames.

Le film se fermait sur un plan-séquence hallucinant : un travelling avant interminable – presque aussi long que celui concluant le *Profession reporter* d'Antonioni – avec la caméra descendant très lentement une colline boisée et s'approchant de la rivière qui coulait dans le fond, entre des rochers et des arbres, sur la musique de *L'Île des morts* de Rachmaninov.

La caméra se faufilait entre les troncs sans jamais perdre de vue les deux silhouettes lointaines, minuscules, étendues sur les galets de l'autre rive. Elle traversait la large et turbulente rivière jusqu'au moment où le spectateur comprenait que la jeune femme se donnait volontairement, avec des cris de plaisir et non de terreur, à la créature monstrueuse qui avait massacré son fiancé.

Puis la caméra repartait en sens inverse, s'éloignant du couple en un des plus longs travellings arrière de l'histoire du cinéma depuis *Frenzy* et *Taxi Driver*, tandis que s'élevaient les hurlements de plaisir de l'héroïne mêlés aux accents funèbres et solennels de *L'Île des morts*.

Judith savait que, à l'instar d'Antonioni, Delacroix n'avait eu recours à aucun raccord pour filmer la séquence. Un tour de force technique. Le film était plein de plans semblables, d'une ébouriffante virtuosité. En sortant de la petite salle, elle avait eu le sentiment qu'elle venait de vivre une expérience de cinéma absolument unique – et de découvrir un génie.

Les critiques s'étaient pareillement enthousiasmés pour cette première œuvre d'un jeune cinéaste de vingt-quatre ans. *Les Cahiers du cinéma* avaient salué l'audace et la fraîcheur de ce jeu entre noir et blanc et couleur qui rappelait par moments l'*Andreï Roublev* de Tarkovski. *Première* y avait vu un « travail éblouissant sur la forme, bien supérieur aux figures habituelles du genre » et un « film fou, diabolique et pervers ». *Studio Ciné Live* une parabole politique et « un retour du désir dans un paysage cinématographique de plus en plus puritain ». *Mad Movies* un « pur moment de poésie horrifique ».

Mais Delacroix n'avait pas tardé à dérouter ses admirateurs avec un deuxième film d'une violence inouïe, complaisante, extrêmement dérangeante, un film que la plupart des commentateurs avaient qualifié de « nauséabond » et d'« abject ». Termes qui allaient ensuite coller à la peau du jeune réalisateur.

Les pensées de Judith s'interrompirent soudain : sa jauge d'essence venait d'entrer dans le rouge.

Bon, ben y a plus qu'à espérer qu'il y aura une station-service dans ce trou perdu... Son navigateur lui en signalait une cinq kilomètres plus loin.

6

En descendant de sa Lancia devant les pompes, Judith vit à quel point la vallée était belle.

De chaque côté de la petite route droite et autour de l'aire de stationnement, les flancs abrupts de la montagne dévalaient sous d'épaisses robes de forêt impénétrable. Dans le fond, les grandes orgues de roche s'élançaient dans un azur sans nuages. Tout était beau, calme, idyllique, et pourtant il se dégageait de cette pastorale ensoleillée une atmosphère légèrement flippante. Tout était trop calme, trop désert en fait – elle ne se sentait à l'aise qu'en ville.

Elle introduisit dans l'appareil entre les pompes à essence sa carte d'une banque en ligne qui ciblait les étudiants avec des offres « gratuites ». Compte tenu des prix démentiels du carburant, elle mit seulement quinze euros de sans-plomb. Judith gérait sa précaire vie étudiante au jour le jour – jonglant entre Crous, aides financières, loyer, jobs d'été, travaux à temps partiel et frais divers.

Pas le choix quand on a perdu sa mère à l'âge de douze ans et qu'on n'a jamais connu son père…

Une fois la soif de son réservoir partiellement étanchée, elle marcha jusqu'à la boutique au-delà du terre-plein, sa peau caressée par les rayons du soleil.

Elle portait un débardeur blanc avec le mot « REDRUM[1] » inscrit en lettres rouges sur la poitrine et un pantalon cargo kaki multipoche. Elle s'était dit qu'elle n'avait pas besoin d'un *dress code* pour rencontrer le réalisateur – *il n'en a probablement rien à foutre de la façon dont tu es habillée* – et qu'il valait mieux qu'elle reste elle-même.

À l'intérieur, la radio diffusait un vieux morceau des Stones.

En passant entre les rayons de la minuscule supérette pour se diriger vers les toilettes, elle pensa à *Perversions*, le deuxième opus de la filmographie noire, barrée et décadente de Morbus Delacroix. Celui qui avait douché les critiques mais survolté les fans. La trame de *Perversions* était des plus classiques : trois détenus parviennent à s'échapper d'une prison de haute sécurité et se planquent dans la maison d'une famille bourgeoise vivant à l'orée des bois. Pendant leur séjour, ils vont soumettre la famille à toutes sortes de jeux et de sévices, plus cruels et tordus les uns que les autres. Seul le jeune garçon sera sauvé, après qu'il a aidé à massacrer sa sœur et ses parents, et le spectateur comprend dans le dernier plan du film, où on le voit marcher sur une route déserte, le visage éclaboussé de sang, le regard vide en très gros plan, que les fugitifs ont réussi à fabriquer un nouveau psychopathe.

Le genre de sujet usé jusqu'à la corde par le cinéma d'exploitation mais que Delacroix avait réussi à magnifier, caméra au poing, sans fioritures, dans un style sec,

1. Mot qui apparaît dans le film *Shining* de Stanley Kubrick et qui, vu dans un miroir, devient *murder*, « meurtre ».

nerveux et virtuose, quasiment sans accompagnement sonore. Un pur moment d'horreur qui distillait une fascination dérangeante. La plupart des critiques avaient été très négatives, tout en reconnaissant l'habileté du cinéaste, mais Judith avait trouvé le jeu des acteurs incroyable, en particulier celui du jeune garçon de onze ans. L'un des comédiens était un authentique détenu condamné à sept ans de réclusion pour un viol et sa présence dans le film avait déclenché le premier de la longue série de scandales qui avaient accompagné Morbus Delacroix tout au long de sa carrière.

Elle pénétra dans les toilettes, ferma derrière elle la porte d'un des deux cabinets.

Beurk, c'est quoi cette odeur ? Elle considéra le sol souillé de diverses matières mi-liquides, mi-solides, baissa son pantalon cargo, sa culotte, et urina sans s'asseoir sur la cuvette, pliée en deux, le corps penché en avant, le front presque collé à la porte. Après quoi elle tira la chasse, s'empressa de ressortir et s'approcha du lavabo en naviguant soigneusement entre les flaques.

Merde, ça schlingue... Il y avait une inscription sur le mur à gauche. Instinctivement, elle jeta un coup d'œil dans sa direction. Elle eut l'impression d'un court-circuit dans son crâne. Comme un tableau électrique qui saute. Une très brève coupure de courant. Il était écrit :

JUDITH, VILAINE PETITE CURIEUSE

Le sang battant aux tempes, elle regarda autour d'elle. Médusée. Tétanisée. *Judith…*

Combien de chances il y avait que ce message s'adresse à une autre qu'elle dans un endroit pareil ?

Non, c'était impossible… Personne ne pouvait prévoir qu'elle s'arrêterait à cette station-service. Et d'ailleurs qui savait qu'elle se trouverait ce jour-là dans cette vallée ?

Et qui, le sachant, aurait été assez stupide pour venir inscrire ce message sans avoir la moindre certitude qu'elle s'arrêterait à cet endroit ?

Impossible…

Sa réaction fut presque immédiate. Elle se rua hors des toilettes, traversa en trombe le magasin, émergea dans le soleil empli de chants d'oiseaux et d'insectes vrombissants, et franchit le terre-plein au triple galop. Assise au volant, Judith sortit son téléphone.

« Vilaine petite curieuse », cette formule-là lui disait quelque chose…

Les mails de Delacroix…

Il lui fallut dix minutes pour trouver. Dans un de ses messages, il avait écrit : « Vous êtes une petite curieuse, Judith. »

Bon sang, qu'est-ce que ça signifiait ? À quoi jouait-il ?

Mais on en revient toujours à la même question, Jude : comment aurait-il pu prévoir que tu allais t'arrêter à cet endroit ? Ça n'a aucun sens.

Elle se pencha pour saisir un objet à l'intérieur de la boîte à gants. Un grand carnet de format 21 × 15 avec serrure à combinaison et porte-stylo qu'elle avait acheté pour seize euros sur un site de vente en ligne.

Judith l'ouvrit, attrapa le stylo, tourna les deux premières pages et inscrivit :

Jour 1 (suite). *Me suis arrêtée sur la route. Il y avait un message pour moi dans les toilettes d'une station-service. JUDITH, VILAINE PETITE CURIEUSE. Je ne pige pas. Qui pouvait savoir que je m'arrêterais à cet endroit ce matin ? Et qui est au courant de ma venue, à part LUI ? On se croirait dans un de ses films…*

Abîmée dans ses pensées, elle leva machinalement les yeux vers le rétroviseur intérieur. *Il y avait quelqu'un dehors.* À environ quatre mètres derrière sa voiture. Tenue kaki de garde forestier ou de garde-chasse, casquette vissée sur le front, adossé à l'un des piliers en béton supportant l'auvent des pompes.

À cause des lunettes de soleil qui dissimulaient son regard, elle ne pouvait affirmer qu'il l'observait, mais tout dans son attitude lui disait que c'était le cas.

Un léger fourmillement dans sa nuque ; elle se rendit compte qu'elle transpirait.

Qu'est-ce que t'as à me fixer comme ça, connard ?

Elle jeta un nouveau coup d'œil dans le rétro. Même à cette distance, elle pouvait voir, en dessous des lunettes de soleil du type, les rides verticales qui couturaient ses joues si profondément qu'on les aurait crues taillées dans du bois à l'aide d'un couteau. Un bois bruni, un bois très ancien. Les mouvements de sa mâchoire indiquaient qu'il ruminait un chewing-gum. On aurait dit un personnage de Stephen King.

Et, tout à coup, elle n'eut qu'une envie : reprendre la route dare-dare.

Elle referma son journal d'un claquement sec, le jeta sur le siège passager, mit le contact.

L'enthousiasme qu'elle avait ressenti en arrivant s'était envolé, faisant place à une sourde inquiétude. Qu'est-ce qui l'attendait dans ces montagnes ? Quelle sorte d'homme était Morbus Delacroix ? Qui avait écrit ce message à son intention dans les toilettes ? Peu importe, elle devait continuer : coûte que coûte.

7

Servaz regarda la goutte rouler lentement vers le bas, de l'autre côté de la vitre, se diviser en deux gouttes plus petites, qui elles-mêmes coulèrent vers le bas, tandis que de nouvelles gouttes frappaient la vitre et rejoignaient les premières, en un dessin reproduisant le même schéma, la même structure.

Fractales, itérations, reproduction du même, encore et encore…

Martin n'était pas un scientifique – son truc à lui, c'était plutôt la littérature et la musique de Mahler –, mais il était fasciné par les ruses de la nature, où les mêmes motifs se répètent à l'infini à différentes échelles.

Le crime aussi avait tendance à se répéter année après année. Et la barrière que ses collègues et lui représentaient, et qui était censée protéger la société de ses effets, n'était pas aussi étanche que cette vitre.

Il tourna le dos aux nuages sombres qui crevaient et déversaient leurs trombes d'eau sur la ville, considéra les membres de son groupe d'enquête.

— On a quoi sur la victime ?

— Stan Du Welz, répondit Samira. Belge par son père, français par sa mère. Quarante-cinq ans. Parents décédés, une sœur dans la région. Travaillait dans le cinéma comme spécialiste des effets spéciaux et aussi comme régisseur général. Quelqu'un sait à quoi ça sert, un régisseur général ?

— C'est celui qui s'occupe de la logistique, expliqua Vincent. En gros, il s'assure que tout le monde, le réal, les équipes techniques, les comédiens, bosse dans les meilleures conditions. C'est un rouage essentiel.

— D'accord. Bref, Du Welz bossait dans le cinoche avant que son état psychiatrique ne le rende inapte à exercer son métier, reprit Samira.

— On sait sur quels films il a travaillé ? demanda Espérandieu par pure curiosité.

Elle consulta son calepin.

— *Calvaire*, *La Cérémonie*, *Maléfices*, *Perversions*, *Le Monstre*, *Bloody Games*, *Hordes*…

Vincent émit un sifflement appréciateur.

— Rien que des films d'horreur…

Il se dit que Samira elle-même avait l'air de sortir d'un film d'horreur ce matin. Elle n'avait lésiné ni sur le crayon noir ni sur le fard à paupières. Il aurait dû être habitué depuis le temps. Ça faisait maintenant quatorze ans qu'ils travaillaient ensemble. Mais on ne s'habituait pas à Samira Cheung, même quand on appréciait son professionnalisme et son franc-parler. Enfin peut-être pas toujours le second…

— Et sur Résimont, le principal suspect, on a quoi ?

— On a vérifié les murs, le sol, les plafonds, les plans du bâtiment, répondit-elle, il n'y a qu'une seule issue : la porte.

Il pensa une nouvelle fois à l'enchaînement des faits. Le Dr Rollin entre dans le pavillon vers 19 heures, il parle à Stan Du Welz et constate que son voisin, Jonas Résimont, est endormi. À ce moment-là, tout va bien. Puis deux infirmières se succèdent à deux heures d'intervalle sans alerter personne. Ce qui veut dire qu'à 23 heures Stan Du Welz est sans doute encore vivant et Résimont toujours dans son lit. À 5 h 40 du matin cependant, Ghislain Joubert, infirmier, entre et découvre Du Welz mort, et Résimont s'est envolé. Et pourtant à aucun moment on ne voit ce dernier franchir la porte du pavillon. C'était quoi, le truc ?

— Jonas Résimont faisait, comme Stan Du Welz, des allers-retours réguliers entre l'extérieur et l'hôpital depuis sa majorité, dit Vincent. Sans domicile fixe, mais squatte de temps en temps avec d'autres. Selon ses médecins, il a souffert pendant son enfance d'empoisonnement quotidien par sa mère, qui voulait l'empêcher de quitter le domicile familial en le gardant tout le temps malade.

— Syndrome de Münchhausen par procuration, précisa Servaz. D'un côté la mère est aux petits soins avec son enfant, de l'autre elle le maltraite en provoquant chez lui une pathologie organique.

— Exact. Quand le médecin de famille a découvert le pot aux roses, il a averti les services sociaux. La mère a été internée, et le fils placé en foyer d'accueil.

Il y eut un ou deux nouveaux sifflements en guise de commentaires. Servaz se dit que l'amour prenait parfois des formes bien étranges.

— Il a des frères, des sœurs ?

— Fils unique. Et sa mère est décédée il y a trois ans…

— Qui se charge de l'enquête de voisinage ? voulut-il savoir, alors qu'il connaissait déjà la réponse après avoir compté les absents.

— Roussier et Gadebois, répondit Vincent.

Servaz fit la grimace. Au sein du groupe d'enquête, on avait attribué à Roussier et Gadebois divers sobriquets pas toujours flatteurs : « l'Anti-Lièvre et la Tortue », « Laurel et Hardy », « Cautère et Jambe-de-bois ».

— Samira, tu files à Camelot. Tu cuisines tous ceux qui ont eu accès à la chambre de la victime. Et aussi le personnel administratif, les patients qui croisaient Stan Du Welz, tous ceux qui le côtoyaient de près ou de loin… Et surtout les deux infirmières. Passes-y autant de temps qu'il faudra.

Quelle ultime pensée avait traversé l'ancien spécialiste des effets spéciaux avant de quitter cette terre ? Quelle dernière image avant que tout s'éteigne ? Probablement l'effet spécial le plus spectaculaire de son existence.

— Qu'on revérifie les vidéos. Qu'on s'assure qu'il ne manque pas une seule minute d'enregistrement, que la caméra n'est pas tombée en panne au milieu. Et je veux un criblage sur cet infirmier, Ghislain Joubert : est-ce qu'il a déjà eu maille à partir avec la justice, est-ce qu'il a des dettes de jeu, etc.

— Et pourquoi pas Rollin ? objecta Samira.

— Très juste. Le psy aussi tant qu'on y est. Vérifiez les pedigrees de tout le monde. Auditionnez-les.

Il aperçut Hervelin dans l'encadrement de la porte, l'épaule appuyée au chambranle, se demanda depuis combien de temps le divisionnaire était là.

— C'est parti ! vociféra celui-ci en frappant dans ses mains. On la sort rapidement, cette affaire ! Et soignez vos rapports : clairs, concis, carrés… c'est compris ?

Servaz réprima un mouvement d'humeur. Il rassembla ses papiers, passa devant son supérieur et s'éloigna sans un mot. Comment Jonas Résimont avait-il réussi à s'échapper sans être filmé par la caméra ? La question ne le laissait pas en paix.

Il était 13 h 34, ce 21 juin.

8

Les nuages étaient arrivés par l'ouest. D'un seul coup, ils avaient gagné tout le ciel, aspirant la lumière. Soudain, ce ne fut plus du tout la même atmosphère. Quelque chose de sombre, de froid et d'hostile s'était abattu sur le paysage. Des grondements descendaient des montagnes et les premières gouttes s'écrasèrent sur le pare-brise.

Merde ! C'est quoi, ce temps ? Judith remonta la vitre à cause de la pluie, mais aussi de la température en chute libre, et alluma les phares.

Elle faillit rater l'embranchement sur sa droite, que dissimulait un épais bouquet de noisetiers et d'acacias débordant sur la départementale.

Pas le moindre écriteau, mais une borne kilométrique blanc et rouge à la place, dans l'herbe haute et les orties de l'accotement. *Ça doit être là, il a dit quelques kilomètres avant le village.* Son GPS lui indiquait un village à trois kilomètres si elle poursuivait tout droit. Elle obliqua à droite, grimpa au milieu des bois, au moment où l'orage éclatait, déversant un torrent sur la chaussée noire et giflant la végétation.

Délaissant la départementale, elle se hissa rapidement à travers la forêt, qui lui parut tout à coup lugubre et inhospitalière dans ce demi-jour terne. De temps en temps, la voûte des feuillages s'ouvrait telle une blessure et elle apercevait les montagnes noyées dans les nuages, se confondant presque avec le ciel gris.

Une vraie ambiance à la Morbus Delacroix…

À présent, il faisait sombre, la pluie jouait un staccato bruyant sur le toit de la Lancia, et les essuie-glaces se démenaient pour chasser les averses avec un bruit de râpe, mais le pare-brise constamment inondé brouillait sa vision. Sa vieille caisse était à la peine dans les lacets. Ces putain de virages en épingle à cheveux allaient la faire exploser. Ou bien elle allait en louper un.

Accident…

Le mot lui fit l'effet d'une décharge électrique.

Accident…

C'était ce qu'ils avaient écrit dans le certificat de décès.

Arrête d'y penser, intima la voix en elle.

Elle avait laissé la vitre à peine entrouverte et le bruissement de la pluie criblant la tôle et les feuillages faisait comme un contrepoint à ses pensées, tandis que des gouttes mouillaient sa joue gauche. Elle allait passer une vitesse quand elle aperçut quelque chose sur le tronc d'un arbre, au sortir d'un virage, en plein dans les phares.

Qu'est-ce que c'était ?

Peut-être une illusion d'optique. Mais non, elle était sûre de ce qu'elle avait vu, malgré la pluie, gravé sur l'écorce :

┼
JT

Une croix inversée avec ses initiales en dessous... Judith sentit son sang se figer, elle étreignit le volant. Au cinéma, on appelait ça le *hors-champ* : ce qu'on ne voyait pas, mais que le spectateur devinait quand l'actrice ou l'acteur regarde – les yeux écarquillés comme s'il était atteint d'hyperthyroïdie – une chose qui se trouve hors des limites de l'écran. Et qu'on est libre d'imaginer. Dans les films d'horreur, c'était souvent là que se tapissait la créature, la menace, le danger...

Elle faillit s'arrêter, faire demi-tour pour s'assurer qu'elle n'avait pas rêvé. Mais à quoi bon : elle était certaine de ce qu'elle avait vu. *Après l'inscription dans les toilettes de la station-service, ça...*

Qui jouait avec ses nerfs de la sorte ? Delacroix ? *Cette fois, il n'y a pas le moindre doute, ma grande : lui seul savait que tu passerais par là...* Mais pourquoi ? Est-ce que c'était une sorte de blague malsaine de sa part ? Une manifestation de son sens de l'humour noir et déjanté ?

Ou bien était-ce quelque chose de plus... *malveillant* ?

Elle se revit au café de la faculté en compagnie de Mehdi, Ludo, Eva et Camille. Mehdi le fan de films d'horreur, Ludo qui les tenait pour de purs divertissements – mais Ludo considérait la vie en général comme un divertissement –, Eva l'intello hautaine qui les méprisait, et Camille la suiveuse qui n'avait pas d'avis. C'était Mehdi qui avait lancé la conversation sur Delacroix. Son dada. Ce jour-là, il avait eu le malheur de prononcer les mots « *elevated horror* ». « Qu'est-ce que c'est ? » avait demandé Eva, reniflant, avec l'amorce d'un air dégoûté sur le visage, comme chaque fois qu'ils abordaient le sujet du cinéma de genre. « Une œuvre horrifique plus ou moins *arty* pour adultes intelligents, avait répondu Mehdi. Ari Aster... Jordan Peele... David Robert Mitchell... tu vois ? » Eva avait ricané, avec une condescendance qui avait horripilé Judith : « T'es sérieux, là ? Il n'existe pas de film d'horreur intelligent, avait-elle décrété. C'est quasiment un oxymore. Même *Psychose* est le film le plus stupide que Hitchcock ait jamais tourné. C'est comme Tarantino : un virtuose mais zéro profondeur, du cinéma immature pour geeks et collégiens boutonneux, et ce connard ose insulter Truffaut. Quant à ton Delacroix, son cinéma me file la gerbe. C'est de la pure... malveillance. Oui... de la *malveillance...* », avait-elle insisté en hochant la tête.

Judith détestait les sorties d'Eva, son côté pontifiant et sectaire, son intolérance, mais, ce matin-là, l'espace d'un instant, elle se demanda si elle n'avait pas raison sur ce dernier point.

En raccrochant, le père Eyenga constata qu'il avait les mains moites. Et que son cœur battait trop vite. Il venait de parler à l'homme dont le nom figurait sur l'enveloppe, celle que lui avait remise Matthias Laugier.

Kenneth Zorn.

Un pseudo, bien sûr.

La veille, en rentrant, il l'avait cherché sur Google et n'avait eu aucun mal à le trouver : Kenneth Zorn, de son vrai nom Victor Kern, était producteur de cinéma. Il avait plusieurs dizaines d'entrées à son nom, dont une fiche Wikipédia. À en croire la fiche, il ne produisait plus grand-chose depuis un certain temps. Elle indiquait qu'il était né le 12 février 1977, qu'il était veuf ou divorcé – il était écrit « Mina Romay (1998-2012) » en face de « conjoint » – et qu'il avait deux enfants. Que sa résidence actuelle était à Perros-Guirec, en Bretagne.

Il y avait aussi une liste – non exhaustive – de films produits par lui : *Night Invaders*, *Les Communiantes*, *Le Dieu écarlate*, *La Cérémonie*, *Perversions*, *Erzsébet*, *Bloody Games*…

Eyenga n'en avait vu aucun. Il n'avait pas le temps d'aller au cinéma. Ni de regarder la télé. Ses journées s'apparentaient à des marathons. Entre laudes et vêpres, il avait vingt-sept villages à visiter ; il parcourait au bas mot trois cents kilomètres par semaine. Dès 8 h 30, il célébrait l'eucharistie devant une poignée de fidèles qui faisaient paraître l'église encore plus vide que si elle eût été déserte, et qui tous avaient passé depuis longtemps l'âge de la retraite. Il visitait ensuite ses ouailles les plus isolées, les plus démunies, celles qui ne pouvaient pas se déplacer, multipliait aussi les réunions avec les jeunes chrétiens de la région, entretenait la flamme vacillante de la foi, tout en restant constamment rongé par le mal du pays.

Le mal de ce continent qui avait la forme d'un crâne et où les aubes étaient sans pareilles. *Qu'est-ce que je suis venu faire ici ? Pourquoi avoir choisi cette terre qui n'est pas la mienne et qui ne croit plus en rien ?*

Il avait eu plus de difficultés en revanche pour obtenir le numéro de téléphone de Zorn. Il n'apparaissait nulle part.

Il avait fini par joindre le curé de la paroisse de Perros-Guirec. Un prêtre africain comme lui. Il lui avait brièvement exposé la situation. « Pas de problème, je me renseigne et je te rappelle. » Une demi-heure plus tard, il avait sa réponse. « Un drôle de paroissien, ce Zorn, avait déclaré son interlocuteur. — Comment ça ? — Tu comprendras quand tu le verras. » Mais il n'avait pas eu à attendre de rencontrer le producteur pour comprendre ce que son collègue voulait dire.

Il repensa à leur conversation au téléphone et ne put s'empêcher de frissonner. Il n'avait jamais été confronté de sa vie à un tel cynisme.

Pourtant, au début, Zorn s'était montré poli, même si sa voix produisait une sorte de chuintement assez désagréable dans l'appareil.

« C'est très gentil à vous, mon père, de prendre cette peine, avait déclaré le producteur.

— J'avoue que je ne comprends pas très bien, avait confessé le prêtre après lui avoir rapporté son entretien avec Matthias Laugier. Vous le connaissez ?

— Oui, oui, nous avons travaillé ensemble. C'était… c'est un très bon technicien.

— Il va mourir sous peu. Il a peur. Il m'a quasiment forcé à prendre cette enveloppe, il a insisté pour que je vous la remette en mains propres.

— Je comprends, mon père. »

Mais le prêtre, lui, ne comprenait rien.

« Vous savez ce qu'il y a à l'intérieur ?

— Vous l'avez ouverte, mon père ? avait alors demandé Zorn sans répondre, de la même voix doucereuse.

— Euh… bien sûr que non…

— Vous êtes un homme plein de principes, pas vrai, mon père ? Un homme *vertueux*… »

Eyenga avait frissonné en entendant ce mot. La façon dont Zorn l'avait prononcé l'avait mis profondément mal à l'aise, comme s'il était, oui, obscène – comme si le producteur de cinéma se moquait de lui.

Et puis, son interlocuteur s'était mis à chuchoter dans l'appareil, d'une voix si basse que le prêtre avait dû tendre l'oreille :

« *La solitude ne vous pèse pas des fois, mon père ? Est-ce qu'il vous arrive de penser au diable quand vous vous masturbez ?* »

Eyenga avait été si surpris, si choqué qu'il s'était demandé s'il avait bien entendu. C'était si inattendu, si… inconvenant.

« Qu'est-ce que… qu'est-ce que vous avez dit ? avait-il bredouillé après une seconde de silence. Je… je crois que j'ai dû mal comprendre…

— Laissez tomber, mon père, je m'égare. »

Mais il avait la ferme conviction que non, Kenneth Zorn ne s'égarait nullement. Il savait très exactement ce qu'il faisait et disait – et *à qui* il le disait.

« Pardon, mon père, il m'arrive parfois d'être trop direct, s'était excusé Zorn. Je vais vous donner l'adresse. Vous verrez, c'est un endroit étonnant. Quand partez-vous ? »

Il avait failli tout envoyer promener, l'envoyer au diable, précisément. Mais quelque chose dans la voix lente, insinuante et sibilante – un sifflement de serpent – l'avait poussé malgré lui à accepter.

Pourquoi ? C'était inexplicable.

Il allait la lui remettre, cette enveloppe. Il avait scruté les portraits de l'homme sur Internet : à mesure que le temps passait, son visage prenait de l'âge mais il gardait toujours le même air arrogant, la même bouche molle et excessivement sensuelle, le même regard flamboyant et cynique. Il voulait voir ce visage de près, il voulait voir le visage du Mal. Car il ignorait d'où lui venait cette certitude, mais il l'avait *senti* dans cette voix comme il l'avait senti dans la chambre du mourant : il y avait une forme de malignité à l'œuvre ici.

Il en était persuadé.

Il lut l'adresse que lui avait donnée le producteur : un château sur une île, dans les Côtes-d'Armor. S'assit devant l'ordinateur posé sur la grande table de la sacristie. Il la chercha dans Google.

En fait d'île, il s'agissait plutôt d'un caillou planté de quelques pins et battu par les vents.

Le château – une sorte de manoir, entre style Tudor et néogothique à en juger par les photos – était la seule construction sur le rocher, qui se trouvait à moins d'une encablure de la côte. Accessible, selon l'office du tourisme, par bateau à marée haute et à pied à marée basse. Le site Internet indiquait toutefois qu'il s'agissait d'une propriété privée, interdite aux touristes.

Au cours des minutes suivantes, il étudia toutes les options disponibles pour se rendre sur place : la plus rapide était encore la voiture. Huit heures de route. Il allait devoir annuler tous ses engagements.

Il finit son café, troqua son aube immaculée pour un col romain et prépara ses affaires.

9

Travelling avant, extérieur jour.

Une Lancia remonte lentement une longue allée couronnée d'un dais de verdure qui n'arrête cependant pas la pluie. Il fait sombre là-dessous et la voiture cahote dans les trous d'eau. De chaque côté, la forêt forme un fouillis de bois, de ronces et de branches où l'on devine d'inextricables profondeurs, où règne une pénombre perpétuelle.

Au fond, la demeure, l'antre, la tanière de…

Elle fut surprise.

Elle s'était attendue à un portail, une clôture, une maison de gardien…

Mais la bâtisse à la façade couverte d'un lierre qui tremblait sous la pluie battante était simplement séparée des bois par une étendue de gravier.

Elle se gara devant en faisant crisser les gravillons sous ses pneus. Sentit l'humidité sur sa peau en descendant. C'était une pluie chaude. Une pluie d'été. Qui criblait en bruissant la voûte des feuillages derrière elle, levant des odeurs de végétation.

Personne en vue. Elle se demanda si elle était vraiment attendue, si Delacroix n'avait pas oublié leur rendez-vous. Le regard de Judith balaya les fenêtres. La demeure était vaste et ancienne, mais sans rien qui la distinguât de dizaines d'autres semblables construites dans la région. Et pas âme qui vive.

Qu'est-ce qu'il fiche ? Il a dû m'entendre arriver pourtant. Ou peut-être pas, après tout…

Elle capta des pas sur le gravier mouillé, dans son dos, se retourna.

Sous l'averse, une silhouette.

Une grande femme vêtue d'une cape de pluie sombre, ruisselante, perchée sur des cuissardes à talons, qui tirait sur la laisse de deux molosses au poil noir et fauve et au corps musclé – et elle pensa aussitôt à la première apparition de Barbara Steele dans *Le Masque du démon*.

La femme s'arrêta à deux mètres d'elle, les chiens à moins d'un mètre, leurs petits yeux braqués sur Judith. Sous la capuche, un beau visage encadré de cheveux bruns, des traits presque trop parfaits – qui auraient pu être ceux d'un mannequin, se dit-elle, avec quelques années de moins.

— Bonjour, lança-t-elle. Je m'appelle Judith Tallandier, je suis étudiante en cinéma. J'ai rendez-vous avec M. Delacroix.

La femme la fixait, méfiante.

— Vous êtes sûre ? Ce n'est pas dans les habitudes de Morbus de recevoir des inconnus, encore moins des étudiants.

Elle ne faisait aucun effort pour paraître sympathique.

Elle me prend pour un de ces fans prêts à tout pour approcher leur idole, un de ces stalkers *qui pourrissent la vie des célébrités*, se dit Judith.

— Nous avons échangé par mail, déclara-t-elle, consciente d'avoir rougi. Nous étions convenus de…

— Oh, l'interrompit la femme en la toisant, *vous avez échangé par mail*… Morbus échange beaucoup… mais il reçoit très rarement en dehors de ses amis. Si c'est le cas, vous avez de la chance, mademoiselle. Je vais voir s'il est occupé. Venez vous mettre à l'abri.

Elle grimpa, à la suite de la femme et des chiens, les marches de pierre incurvées par des siècles d'usage, se retrouva dans un vestibule lambrissé de bois très sombre, où la lumière n'entrait qu'avec parcimonie. Au fond, une porte ouvrait sur un couloir traversé de clartés grises, par où la femme et les chiens disparurent.

Judith sentit que son sang circulait plus vite. Ce n'était qu'une question de minutes avant qu'elle se retrouve face à *lui*. Combien de mois, d'années qu'elle attendait ça ?

Son attention fut attirée par les boiseries : des sculptures, des bas-reliefs, des scènes bibliques, des saints, des démons… Saint Georges terrassant le dragon, Jésus au désert… En les voyant, Judith pensa à l'entrée d'une chapelle, d'une très vieille église. D'ailleurs, elles devaient provenir d'un édifice religieux.

Elle entendit des pas.

Qu'est-ce que tu vas lui dire ? se demanda-t-elle, en proie à un début de panique. *Tu aurais dû y réfléchir avant, ma belle. Il va sûrement te tester…*

Puis il apparut.

Elle le fixa sans bouger, le souffle court brusquement. La première pensée qui lui vint à l'esprit fut qu'il était encore plus petit que sur les photos. Bien plus petit en vérité que la femme debout à côté de lui.

Il avait un très curieux visage pâle, aux traits osseux, mais à la bouche charnue, au nez fort. Un visage, oui, magnifiquement laid. Des yeux de mica noir. Brillants. Une pâleur extrême. Un visage de faune, de satyre. *Une tête de démon*, pensa-t-elle. Qui en outre ne fournissait aucune indication sur son humeur.

Il porte un masque avec les inconnus, c'est un moyen de défense.

Il était difficile de lui donner un âge précis, même si elle le connaissait : quarante-six ans.

— Bonjour, dit-il.

Une voix douce, nasale, presque androgyne. Qui, comme ses traits, ne fournissait aucune information sur son humeur. Ses yeux en revanche brillaient, tandis qu'il l'observait, d'une intensité presque incongrue, et elle se dit que c'étaient les yeux les plus noirs qu'elle ait jamais vus. Des iris immenses couleur charbon, comme s'ils n'avaient pas de pupilles, à tel point qu'elle se demanda s'il ne portait pas des lentilles de contact.

— Bonjour, monsieur Delacroix, dit-elle. Je m'appelle Judith Tallandier. Nous avions rendez-vous ce matin…

Il continuait de la fixer sans acquiescer ni démentir. Ses paupières battirent cependant, pareilles aux ailes membraneuses d'un insecte, et elle sentit un courant électrique circuler sous sa peau.

— Je vous ai écrit, précisa-t-elle. J'étudie l'esthétique du cinéma dans le département de lettres modernes de l'université Toulouse-Jean-Jaurès, vous vous souvenez? Je prépare une thèse qui s'intitule « Montrer le Mal : cruauté et transcendance dans le cinéma de… euh… Morbus Delacroix ». Et je suis… une de vos plus grandes fans.

Bravo, songea-t-elle, *avec cette dernière phrase, tu viens de ruiner ta crédibilité, ma belle. « Je suis une de vos plus grandes fans »... Génial.*

— « L'esthétique du cinéma » ? releva-t-il après une interminable seconde de silence. « Montrer le Mal » ?

Voilà une des choses les plus absurdes que j'aie entendues depuis longtemps… Oui, je me souviens de nos échanges. Je ne me souviens pas en revanche de vous avoir invitée à me rendre visite… Je devais être défoncé.

Elle sentit son courage la quitter telle l'eau fuyant au fond de la bonde d'un évier. Pendant un instant, elle n'entendit plus que le tam-tam vaudou de son cœur.

— Je…, commença-t-elle.

— Votre film préféré, l'interrompit-il, glacial.

Prise de court, elle hésita.

— Euh… *Le Monstre*.

Son regard se durcit.

— Je ne vous parle pas des miens ! la rabroua-t-il vertement. Votre film préféré en général : tous genres confondus.

Elle en eut le souffle coupé. Elle faillit répondre qu'elle avait vu des centaines de films et qu'il était difficile d'en choisir un, mais elle comprit instantanément qu'il n'aimerait pas du tout cette réponse.

Réfléchis !

Soudain, elle se rappela ce qu'il avait déclaré dans une de ses dernières interviews, à l'époque où il en donnait encore : que ses deux films préférés étaient… *Orange mécanique* et *Thirst, ceci est mon sang*.

— *Orange mécanique*, bredouilla-t-elle.

Un petit rictus fendit le masque.

— Un autre, exigea-t-il.

Elle vit le piège. *Il n'attend certainement pas de moi que je le caresse dans le sens du poil.* Dans cette même interview, il avait aussi déclaré détester Fellini. *Quel amateur de cinéma peut détester Fellini ?* s'était-elle demandé en l'écoutant.

— *I Vitelloni*, répondit-elle.

— Pourquoi ? voulut-il savoir, intrigué.

Visiblement, elle avait réussi à éveiller sa curiosité.

— Parce qu'on a tous connu une bande comme celle-là…

Son rictus s'élargit.

— De la même façon qu'on a tous notre « Rosebud », hein ? Je déteste Fellini, assena-t-il.

— Je sais. C'est mon réalisateur favori… après vous.

Il lui lança un regard à la température de l'azote liquide.

— Vous n'obtiendrez rien par la flatterie, siffla-t-il.

Ces derniers mots firent sur Judith l'effet d'une douche glacée. Tout à coup, elle en eut assez de ses grands airs et de ses piques, assez de son ton méprisant, assez de ce petit jeu de directeur des ressources humaines sadique. *Ça suffit*... Elle n'allait pas s'humilier davantage. *Va te faire foutre, Morbus Delacroix*…

— J'ai l'impression que je vous fais perdre votre temps, déclara-t-elle. Je vais vous laisser.

Et, sans attendre, elle tourna les talons. Elle avait déjà atteint le seuil de pierre et s'apprêtait à courir sous la pluie jusqu'à sa Lancia quand, derrière elle, un grand rire s'éleva, qui se termina par une toux de fumeur.

— Attendez ! Revenez ! brailla-t-il. S'il vous plaît ! Ne soyez pas si susceptible !

Il avait changé de ton. Plus conciliant, presque navré. Elle fit volte-face. Il eut un geste d'excuse – ou du moins un geste qu'elle interpréta comme tel.

— Je vous demande pardon ! Vraiment, *Judith*. J'ai bien peur de ne pas avoir de surmoi et toutes ces conneries freudiennes.

— Morbus manque de manières, c'est indiscutable, confirma la femme à côté de lui, qui avait laissé l'échange se dérouler sans intervenir. Ses parents ne l'ont pas éduqué comme il faut.

Il eut un petit rire sardonique, de nouveau conclu par une toux sèche.

— Mon père m'a fait fumer ma première cigarette à l'âge de neuf ans et boire mon premier verre d'alcool l'année suivante, précisa-t-il en hochant la tête d'un air un brin amusé. Moi, j'appelle ça une *vraie* éducation. Qu'il faisait entrer à coups de taloches, ça va sans dire. Il me battait comme plâtre quand il était soûl, puis il s'endormait. Je suis un cliché ambulant, je le crains, Judith.

— Quand il a eu dix-huit ans, Morbus lui a collé sur la joue le fer à repasser brûlant de sa mère et il est parti de la maison, ajouta la femme en souriant. On ne dirait pas comme ça, mais il est *très méchant.*

Cela le fit sourire.

— Ça sentait le poulet grillé et la joue de mon père fumait, ajouta-t-il. Vous auriez dû voir sa tête.

Judith connaissait l'histoire. Elle savait tout ce qu'il y avait à savoir sur Morbus Delacroix. Mais elle fit semblant d'être aussi étonnée que divertie. La femme retira sa capuche et lui tendit sa main gantée de cuir; Judith fut surprise par la force de sa poigne. Elle était encore plus belle sans sa capuche. L'éclat de sa sensualité, la puissance de ses iris verts sous ses sourcils effilés. Et, brusquement, elle la reconnut : elle l'avait vue dans tous les films de Delacroix, cette actrice brune qui ne jouait jamais les premiers rôles, mais qui interprétait l'adversaire, l'ennemie, la servante du diable, la femme-vampire, la complice du tueur…

Son rôle le plus important était dans *Erzsébet*, film inspiré de la comtesse hongroise Erzsébet Báthory, la « Comtesse sanglante », dont la légende disait qu'elle se serait baignée dans le sang de ses victimes – de jeunes vierges – pour conserver une jeunesse éternelle. Judith se souvint qu'elle y jouait la conseillère d'Erzsébet, qu'à la fin du film elle était accusée d'être une sorcière, lapidée et finalement brûlée vive par les villageois.

Elle s'appelait…

— Je suis Artemisia, dit la femme d'une voix chaude et grave, l'épouse de Morbus. Si on invitait cette jeune personne à entrer, chéri ?

10

— Vous êtes en retard, fit remarquer Fatiha Djellali quand ils la rejoignirent.

Institut médico-légal de Toulouse. Son royaume. Sur lequel elle régnait en grande prêtresse. C'était toujours un spectacle de la voir si pleine d'énergie au milieu des corps inertes. Des viscères. Des restes des défunts.

Elle avait rassemblé en un chignon haut ses cheveux noirs qui captaient la lumière du scialytique là où la charlotte ne les recouvrait pas, enfilé une blouse, un tablier en plastique, deux paires de gants passées l'une sur l'autre et des lunettes de protection.

— Désolé, dit Servaz. On a loupé quelque chose ?

Ils constatèrent qu'elle avait déjà entamé le rite profane et profanateur. Son assistant – un géant barbu quasi mutique que Servaz avait toujours vu à ses côtés – prenait des photos. Elle tendit vers Servaz et Espérandieu un flacon de verre hermétiquement fermé.

Des abeilles. Mortes. Servaz les compta. Une douzaine.

— Elles étaient dans son pharynx et son œsophage.

C'est alors qu'il remarqua le cou de Du Welz fendu en deux et ouvert comme un poisson depuis le menton jusqu'à la poitrine. Elle avait dû tirer à l'extérieur la trachée – sorte de tuyau annelé en tissu cartilagineux – pour pouvoir accéder à l'œsophage.

— Il y en a peut-être d'autres plus bas. Je vous dirai ça quand j'aurai découpé la cage thoracique.

Les cheveux très sombres de la légiste offraient un contraste saisissant avec la peau cireuse du mort. On eût dit un velours noir jeté sur un marbre blanc.

— Les lacérations ont été faites par une lame très tranchante. Vingt en tout : trois sur les joues, une sur le nez, cinq sur la poitrine au niveau des mamelons, trois sur l'abdomen, cinq sur les doigts et la paume des mains, deux sur les lobes des oreilles qui ont presque été tranchés, une très profonde sur le sexe. Avec une arme plus fine qu'un couteau. J'ai d'abord pensé à un scalpel. Mais il doit plutôt s'agir d'un cutter neuf. Elles n'ont pas été immédiatement mortelles, bien que l'abondante perte de sang puisse être la cause du décès. Malgré tout je pencherais plutôt pour un étouffement dû aux œdèmes provoqués par les abeilles dans ses systèmes digestif et respiratoire. Pas de trace de lutte, mais d'importantes marques aux chevilles et aux poignets à hauteur des sangles du lit de contention. Il s'est violemment débattu. Je soupçonne qu'il était assez sédaté pour que le tueur ait eu le temps de l'attacher avant qu'il ne se réveille. L'analyse toxicologique le confirmera. Il y a quelque chose que je veux vous montrer, ajouta-t-elle.

Servaz contempla les blessures profondes, très noires, le tableau sanglant tout autour. Là où l'assassin s'était acharné avec une fureur démentielle. Comme une multitude de bouches aux lèvres obscènes embrassant le corps doublement martyrisé de Stan Du Welz : par le tueur d'abord, par la légiste ensuite.

Il se demanda combien de temps encore il tiendrait le coup. À son âge, la plupart des enquêteurs de la Crim avaient déjà rendu leur tablier. On ne passait pas impunément des années au contact de ce que l'humanité a de plus révoltant, de plus incompréhensible.

Fatiha promena son doigt ailleurs : le long des membres, des épaules et des flancs, à quelques centimètres de la peau blanche, presque transparente dans la lumière. En plusieurs endroits, il vit ce qu'elle voulait lui montrer : de petites boursouflures de tissu cicatriciel à peine visibles.

Il se demanda ce que c'était. *Des cicatrices*... Mais des cicatrices de quoi ?

— Ça m'a pris du temps pour comprendre, reconnut-elle. Parce que ça ne répond à aucune logique.

Elle se redressa, le regarda fièrement à travers ses lunettes protectrices.

— Un vrai mystère, ces cicatrices, hein ? Elles sont déjà anciennes… Et elles ne correspondent à aucune opération connue, à aucun acte chirurgical répertorié… Elles n'ont pas de raison d'être en somme.

Servaz la considéra fixement.

— Mais tu as trouvé, dit-il, ayant compris qu'elle faisait durer le plaisir pour lui montrer à quel point elle était futée.

— Oui, j'ai trouvé… Pour laisser des cicatrices pareilles, il faut des interventions lourdes. Ce ne sont pas de simples plaies qu'on aurait recousues. Ça a été fait – et pas très bien – dans un bloc chirurgical.

— Et ?

— Et je crois que notre type, à un moment de sa vie, a pratiqué le *body art*.

— Le body quoi ?

— L'art corporel, expliqua Espérandieu, qui, avec Samira, était sans l'ombre d'un doute le membre du groupe le plus au fait de toutes les formes contemporaines de contre-culture. Des pratiques à risques qui visent à transgresser les limites habituelles du corps et à interroger notre rapport à celui-ci par des transformations physiques extrêmes : des implants, des opérations, des mutilations, des crochets dans le dos, des suspensions, etc. Ou bien en s'infligeant des souffrances volontaires, en s'automutilant, en se scarifiant... Un tas de gens se livrent à ce genre de pratiques.

Servaz fronça les sourcils.

— Plus tard il a dû se repentir et vouloir retrouver une apparence normale, et il s'est fait enlever tous ces trucs, d'où les cicatrices, conclut la légiste. Cela dit, le *body art* n'a rien à voir avec le fait que Du Welz a été interné, ajouta-t-elle. De telles pratiques ne relèvent pas de... euh... enfin... de la psychiatrie.

Une pensée traversa l'esprit de Martin.

— Est-ce que... est-ce qu'il aurait pu vouloir mettre en scène lui-même sa propre mort avec la complicité de son voisin ?

Fatiha Djellali eut un sourire compatissant.

— Répondre à ça, c'est ton boulot, Martin, pas le mien.

11

Des films.

Partout. Par milliers. En Blu-ray, en DVD et même en copies 35 mm soigneusement étiquetées. Le tout aligné le long des murs sur des étagères lumineuses qui étaient le seul éclairage dans l'interminable couloir.

Visiblement, Morbus Delacroix n'était pas un adepte de la VOD. Ou alors les films de son extraordinaire collection étaient introuvables en *streaming*.

Judith brûlait de lui demander combien il y en avait rien que dans ce couloir. Cinq mille ? Dix mille ? Vingt mille ? Elle se souvint de la phrase de Spielberg à Tarantino : « Le DVD, c'est de la cocaïne ; le 35 mm, c'est de l'héroïne. »

Il dut deviner sa question, car il la devança :

— Il y en a trente mille dans toute la maison, environ dix mille dans ce couloir. Beaucoup de séries Z. Des raretés. Des films muets. Des choses qu'on ne trouve plus nulle part. Savez-vous qu'entre 80 et 90 % des films muets ont été perdus à jamais ? Et que la moitié des films américains réalisés avant 1950 le sont également ? Tous ces chefs-d'œuvre et ces navets disparus… Même le deuxième film de Hitchcock a été perdu !

Il trottinait alors qu'elle aurait voulu s'arrêter. Malgré sa petite taille, il dégageait une forme d'animalité qui était peut-être due à sa silhouette râblée de catcheur, ou bien à sa souplesse de fauve.

Puis il la fit entrer dans une pièce encore plus étonnante. Des murs de pierre grise aussi épais que des murailles, d'énormes poutres de chêne au plafond, un parquet aux larges lattes de bois brut et, sur toute la longueur à leur droite, de grandes baies vitrées, chacune de la taille d'un écran de cinéma, qui ouvraient sur les montagnes – comme un balcon sur les Pyrénées, faisant face aux vagues minérales empanachées de nuages.

La pièce était très vaste, haute de plafond. Elle regorgeait à l'évidence de souvenirs de sa vie d'avant : affiches, vieilles caméras, projecteurs, optiques, équipements mystérieux, bandes, cassettes, et même des rails de travelling.

— Ma dernière acquisition, dit-il en montrant un appareil qui avait l'air très ancien. Un prototype de projecteur jusqu'alors inconnu, datant de 1897. Il y a ici du matériel ayant appartenu à Méliès, à Abel Gance, à Orson Welles, à Hanns Heinz Ewers, le réalisateur de *L'Étudiant de Prague*, sans doute le premier exemple de ce qui allait devenir plus tard l'expressionnisme allemand.

Il se laissa tomber dans un fauteuil près des baies vitrées, lui montra un canapé en cuir face à lui. Delacroix braqua son regard sur elle dès qu'elle fut assise.

— Étudiante en cinéma…, commenta-t-il de sa voix nasillarde et presque féminine. Êtes-vous seulement consciente de ce dans quoi vous entrez, Judith ?

Ses yeux étincelaient.

— Êtes-vous consciente que le cinéma n'est pas *innocent* ? Êtes-vous consciente du pouvoir obscène des images ? De leur magie ? De leur… *perversité* ?

Elle frissonna.

À l'évidence, il aimait mettre les gens mal à l'aise. Et la façon dont il épiait la moindre de ses réactions s'apparentait presque à du voyeurisme.

Elle regarda tout autour et faillit sauter en l'air en découvrant tout près d'elle une créature de deux mètres de haut, qui ressemblait à ces goules terrifiantes qu'on voit dans les films d'horreur japonais ou thaïlandais : longs cheveux noirs et raides recouvrant la moitié d'un visage pâle et hurlant un cri muet, yeux blancs.

Quand elle reporta son attention sur Delacroix, frémissante, elle vit qu'il souriait.

Il a surpris ma frayeur et il la déguste comme un nectar, songea-t-elle.

— Le cinéma d'horreur nous parle de nous-mêmes, Judith. Il interroge nos peurs les plus profondes. La peur de la mort… la peur de la douleur… la peur de la maladie… la peur des ténèbres… la peur du monstre qui est en nous…

Sa voix lente dégageait quelque chose de très troublant.

— Ce qui importe, Judith, ce n'est pas la lumière, *ce sont les ombres*. C'est de rendre visible l'invisible. De faire entrer le hors-champ dans le champ. Très peu de réalisateurs y parviennent…

La pluie tombait inlassablement sur les montagnes derrière la baie vitrée. Des nappes de brume blanche semblables à des flocons montaient des vallées, et les cimes mordaient un ciel d'un noir d'encre où flambaient des éclairs blêmes. Mais ici on n'entendait rien, pas le moindre écho de l'orage. Delacroix se pencha en avant :

— Connaissez-vous l'anecdote de Sidney Lumet demandant au grand Kurosawa pourquoi il avait choisi de cadrer de telle façon tel plan de *Ran* ? Kurosawa répondit à Lumet, qui cherchait à percer le secret de ce plan admirable, que s'il avait déplacé la caméra ne serait-ce que de deux centimètres à gauche, une usine Sony serait entrée dans le champ. Et s'il l'avait fait de deux centimètres à droite, c'est l'aéroport qui serait apparu. Or, comme vous le savez, *Ran* se passe dans le Japon du XVIe siècle.

Que devait-elle comprendre ? Que les réalisateurs n'étaient pas des demi-dieux ? Que le miracle que représentait toute création tenait parfois à des décisions indépendantes de la volonté de l'artiste ?

— Chaque tournage est une messe noire, Judith, et, de temps en temps, il se peut que la sorcellerie opère. Que quelque chose surgisse des profondeurs, que le spectateur entrevoie… *l'inexprimable.*

Il avait insisté sur ce dernier mot comme s'il suçait un bonbon délicieux. Elle brûlait d'envie de prendre des notes, mais craignait de l'indisposer.

— La magie qui se dégage de certains plans dans l'histoire du cinéma ne s'explique pas, mais elle est là, on ne peut la nier, dit-il. Quel est votre plan préféré ?

— Le plan-séquence à la fin de *La Cérémonie*, répondit-elle sans hésiter.

Il sourit, une lueur au fond des yeux.

— Un autre…

— *Lawrence d'Arabie*, le plan où Omar Sharif vêtu de noir approche à cheval au milieu du désert et d'un mirage, où il ressemble lui-même à un mirage, où le temps est étiré à l'extrême.

— Un autre…

— Euh… (Elle réfléchit avant de répondre cette fois.) Le dernier plan de *Magnolia*, quand la caméra approche très lentement du visage de Claudia assise dans son lit d'hôpital, avec cette chanson… et que, tout à coup, elle lève les yeux et sourit au spectateur – juste avant le *final cut*.

— Un autre…

Elle commençait à manquer de munitions là.

— *Bloody Games*… quand le vampire est brûlé par les premiers rayons du soleil et que la dernière chose qu'on voit de lui, c'est son sexe carbonisé qui se détache et tombe.

Il laissa entendre un petit roucoulement.

— Les féministes y ont vu un symbole ! s'amusa-t-il. Alors qu'il s'agissait juste d'une plaisanterie.

Il redevint sérieux.

— Certains films, très rares, arrivent à mettre des images sur nos cauchemars les plus terrifiants, vous ne trouvez pas, Judith ? À puiser dans nos expériences les plus intimes. Est-ce que ça a été le cas pour vous avec *Bloody Games* ? Êtes-vous parvenue à regarder *Bloody Games* jusqu'au bout ?

De nouveau ces prunelles braquées sur elle.

Oui, avec ses amis, dans cette petite salle de quartier, ils avaient été jusqu'au bout. Quand les lumières s'étaient rallumées, ils s'étaient rendu compte que la salle s'était en grande partie vidée. Elle se souvenait de cette projection comme d'une des expériences de cinéma les plus dégoûtantes et en même temps les plus fascinantes qu'elle ait connues. Elle était ressortie de là le cœur au bord des lèvres, les nerfs à vif, et elle avait constaté que ses camarades n'étaient pas moins secoués qu'elle.

« Putain, c'était quoi ça ? avait dit Ludo.

— Un chef-d'œuvre, avait commenté d'une voix vibrante Mehdi, celui qui l'avait initiée au cinéma de Morbus Delacroix. Jamais rien vu de pareil, pas vrai ?

— C'était abject, avait craché Camille. Cette dernière séquence avec le viol collectif, beurk…

— C'est une métaphore féministe, avait assené Eva, l'intello de la bande. Le monstre, c'est l'homme.

— Ça va bien au-delà ! s'était enthousiasmé Mehdi. C'est comme si Mizoguchi s'était accouplé avec Dario Argento !

— C'est juste un film d'horreur, s'était insurgée Eva, qui n'avait suivi les autres qu'à contrecœur.

— C'est le truc le plus dégueulasse que j'aie jamais vu, avait conclu Camille. Et toi, t'en penses quoi, Jude ? »

Elle avait hésité.

« Ce type est un génie, avait-elle répondu lentement. Et un dangereux malade… »

Elle le toisa avec un mélange de défi et de déférence.

— Oui, répondit-elle. J'ai été jusqu'au bout.

— Mais vous ne l'avez pas revu, n'est-ce pas ?

— Non, en effet.

— Et mes autres films ?

— J'ai vu *La Cérémonie* trois fois, *Erzsébet* deux, *Le Monstre* quatre et *Perversions* une seule.

Le Monstre était son préféré. Car Delacroix était aussi capable d'émouvoir. Comme avec *Le Monstre*, un film d'à peine soixante-trois minutes où, en une époque et en un pays indéterminés là encore, Andreï et Ludmila avaient un enfant monstrueux, véritablement hideux dès la naissance, mais décidaient de l'aimer et de le choyer quand même. Hélas, plus le monstre grandissait, plus sa vue devenait insupportable à sa mère, surtout pendant les repas. Elle en venait à supplier son mari de tuer celui qu'elle avait fini par appeler « le Monstre ». Mais, le moment venu, l'homme ne pouvait s'y résoudre, car il savait que son garçon n'était qu'amour et tendresse derrière sa laideur et, chaque fois que leurs regards se croisaient, le père fondait pour son enfant. Aussi l'homme décidait-il de le cacher au fond de la grange, près de la forêt, et de faire croire à sa mort à l'aide d'une tombe vide.

Mais la mère découvrait le subterfuge. Trop lâche pour tuer l'enfant de ses propres mains, elle lui faisait accroire que son père voulait le tuer et qu'il devait s'enfuir et se cacher dans les bois – où elle avait offert une récompense aux chasseurs du coin pour abattre la « créature de l'enfer ».

Judith se souvenait d'avoir pleuré chaque fois que « le Monstre » apparaissait, avec son regard si doux, si candide. Delacroix était merveilleusement parvenu à transmettre toute l'innocence d'un enfant derrière la monstruosité de son apparence. Elle avait dû essuyer les larmes qui brouillaient sa vue pour continuer à fixer l'écran. Le film avait fait scandale auprès de certaines associations féministes. Non, l'amour paternel ne pouvait être supérieur à l'amour maternel, disaient-elles. Non, un homme ne pouvait être plus aimant qu'une femme.

Delacroix s'en était réjoui. Il adorait être haï, insulté, méprisé. Il donnait l'impression de trouver son carburant dans la haine et la détestation que lui vouaient les autres, et avec les réseaux sociaux il était servi.

— Pourquoi avez-vous cessé de tourner ? demanda-t-elle soudain, se surprenant de sa propre audace. Vous n'avez jamais donné la raison…

Elle le vit hésiter pour la première fois, le vit rentrer en lui-même, disparaître.

— Ainsi, vous voulez écrire une thèse sur moi ? dit-il après un long silence sans avoir répondu à la question. Sur mon cinéma, sur mes films, sur mes *enfants*… Pourquoi pas ? Si quelqu'un doit écrire sur eux, autant que ce soit une étudiante pleine d'enthousiasme et fan de films d'horreur plutôt qu'un critique un peu coincé qui considère le genre comme un sous-genre.

Pensif, il hochait la tête. Elle devina qu'il pesait le pour et le contre. De nouveau, elle se demanda s'il allait lui faire signer un accord de confidentialité.

— À une condition…, dit-il finalement en passant un bout de sa langue pointue sur ses lèvres.

Elle remarqua qu'il avait une bouche délicate. *Une bouche de femme*, pensa Judith.

— … je veux un droit de regard sur tout ce que vous écrirez…

— Il n'en est pas question, riposta-t-elle.

Ouah, Jude ! dit la voix en elle qui la poussait toujours à la ramener. *Tu reprends du poil de la bête, on dirait... Le grand Morbus Delacroix t'offre son aide et toi tu l'envoies sur les roses ? Respect…*

Il la dévisagea, surpris, puis esquissa un sourire.

— Je vous propose seulement de vous relire et de corriger d'éventuelles erreurs. Je ne vous imposerai rien. Vous aurez le droit d'écrire tout ce que vous voudrez : vous avez ma parole… C'est à prendre ou à laisser.

— Dans ce cas, je prends, dit-elle en lui retournant son sourire.

Celui de Delacroix s'agrandit. Il examina, songeur, à travers la baie vitrée ruisselante, les montagnes et le ciel sombre. On aurait dit que le soir descendait déjà, alors qu'il n'était que 5 h 30 de l'après-midi.

— Il se fait tard. Et la route de la vallée est périlleuse par un temps pareil… De toute façon, il semble que nous ayons beaucoup de choses à nous dire, non ? (Il frotta ses mains l'une contre l'autre.) Je vous propose de rester ici cette nuit plutôt que de rentrer à Toulouse. Artemisia va vous montrer votre chambre. Il y a aussi une piscine et une salle de gym au sous-sol. Et des maillots de bain dans le vestiaire. Faites comme chez vous.

Elle n'en crut pas ses oreilles. Est-ce qu'elle avait bien entendu ?

De l'autre côté de la baie, les nuages avaient la forme de visages au-dessus des montagnes. Comme si c'étaient eux les spectateurs et que Delacroix et elle, assis derrière la baie vitrée, étaient les acteurs du film.

Ça y est, ma belle, tu es dans la place... Ça a été plus facile que prévu...

Car elle n'était pas venue jusqu'ici uniquement dans le but d'écrire une thèse. Pas non plus seulement pour rencontrer le plus grand réalisateur de films d'horreur que ce pays eût connu. Pas même en tant que fan du maître. Non. Il y avait une autre raison. Une raison plus égoïste, plus personnelle, plus *secrète*.

— … n'a jamais été innocent, était en train de dire Delacroix.

Elle se rendit compte qu'emportée par ses pensées elle avait cessé de l'écouter.

— Pardon ?

— Le cinéma n'a jamais été innocent, Judith, répéta-t-il en se levant. Aucun film ne l'est.

12

Servaz avait lancé une recherche sur Google et il passait en revue tout ce qu'il pouvait trouver sur le *body art*.

En parcourant les pages qui lui étaient consacrées, il se sentit infiniment perplexe. Dans quelle époque vivait-il ? Des gens qui se faisaient implanter des cornes sur le front, des crêtes sur le sommet du crâne ou couper la langue en deux pour la faire ressembler à celle d'un serpent. D'autres à qui on plantait des hameçons sous la peau avant de les soulever à l'aide de filins. D'autres encore, couverts de prothèses et d'appendices monstrueux. Un artiste qui célébrait une messe en latin et donnait l'eucharistie après avoir remplacé l'hostie par du boudin cuisiné avec son propre sang. Une autre qui s'ouvrait les veines avec une lame de rasoir. Un des articles proclamait : « Scandaleuses, éprouvantes, poétiques ou blasphématoires, les performances des grandes figures de l'art corporel laissent rarement indifférent. »

Bon sang, j'ai cinquante-trois ans et je me sens déjà vieux, songea-t-il. *Est-ce que c'est normal ?*

Il lui fallut deux heures pour parvenir au bout de sa tâche, tant il y avait d'articles sur le sujet.

Quelles sortes de transformations corporelles, de souffrances volontaires, Stan Du Welz s'était-il infligées ? Et cela avait-il un rapport avec sa mort ? Fallait-il voir dans celle-ci une ultime forme d'expérimentation ou bien avait-il juste été la victime d'un voisin d'hôpital saisi de démence ? Une chose était sûre : le meurtrier avait minutieusement préparé son acte. Il avait apporté des abeilles vivantes, profité de la sédation de Du Welz pour le ligoter à son lit de contention.

C'était calculé, tordu, vicieux. Et le fait que l'assassin entrât dans la catégorie des tueurs organisés n'était pas une bonne nouvelle.

Il afficha les photos des deux hommes sur son écran. Résimont, le meurtrier présumé. Blond. Des cheveux raides aussi fins que du papier de soie. Des yeux pâles, délavés. Stan Du Welz. Des traits sur lesquels le regard glissait sans s'arrêter. Cheveux courts. Yeux marron. Bouille ronde. Pas étonnant qu'il ait voulu se distinguer à travers le *body art*.

Servaz éprouva tout à coup le besoin de fumer. Dans ces cas-là, il sortait de l'hôtel de police, traversait le boulevard et marchait le long du canal du Midi. La vision de ses eaux tranquilles, malgré le fracas des voitures déferlant sur le boulevard, parvenait toujours à l'apaiser.

Il tonnait et pleuvait quand il sortit du bâtiment. En s'abritant sous un grand parapluie que martelaient les gouttes tombées des platanes, il pensa à Léa…

Que faisait-elle en cet instant ? Avec qui était-elle ?

Après sa fausse couche, Léa avait rompu sa promesse et était partie en Afrique avec Médecins sans frontières[1]. Elle y était encore à l'heure actuelle. Deux ans… Elle revenait de moins en moins souvent. Elle tenait un blog

1. Voir *La Chasse*, XO Éditions et Pocket.

que Servaz avait consulté chaque jour au début, puis à une fréquence de plus en plus espacée, avant de renoncer. Il ne supportait pas le bonheur qu'il lisait sur son visage, à travers les selfies qu'elle prenait, les clichés en compagnie de collègues dont il ignorait tout sinon que l'un d'eux, un médecin séduisant dans la quarantaine, n'était jamais très loin d'elle sur les photos.

L'inquiétude revint. L'avait-il perdue ? Il en avait de plus en plus la conviction, malgré les messages qu'il recevait. Les premiers temps, elle avait appelé presque tous les jours pour parler à Gustav. Aujourd'hui, le rythme n'était plus que d'une ou deux fois par semaine.

Il avait décidé de demander à changer de service pour se consacrer davantage à son fils, maintenant qu'il était de nouveau tout seul à l'élever – mais il ne l'avait toujours pas fait.

Et cette nouvelle affaire allait encore compliquer les choses, il le sentait. C'était le genre qui ne vous laisse pas en paix, le genre sur lequel tout enquêteur rêve de tomber au cours de sa carrière mais qui se transforme ensuite en un monstre vorace, dévorant votre temps libre, vos vacances, votre vie personnelle, s'incrustant dans votre existence comme une tumeur. Du moins pour une certaine catégorie de flics à laquelle il appartenait. Il ne pouvait plus se le permettre.

Où était Résimont, cette ombre capable de passer à travers les murs ? Allait-il frapper de nouveau ? L'énigme de son évasion l'obsédait.

Il contempla l'eau verte du canal hérissée de pluie. Cette vue et le bruit régulier des gouttes sur les platanes avaient quelque chose de reposant. Puis il revint lentement vers le commissariat. Il y avait un petit attroupement devant le bas-relief de l'entrée. Des appareils photo, des micros et même une ou deux caméras. Merde. Il se souvint qu'un point-presse était prévu au palais de justice à 17 h 30. Après les évasions de patients des hôpitaux psychiatriques toulousains au début de l'année, ce nouvel épisode allait forcément faire la une.

Il fit un détour par l'entrée des véhicules pour ne pas avoir à affronter les journalistes, gagna les ascenseurs en passant derrière l'accueil.

Une fois dans son bureau, il attrapa la clé USB que leur avait remise l'hôpital Camelot, la ficha dans son logement, sur la façade de son PC. La porte blanche apparut de nouveau sur l'écran. Il allait relancer la lecture de la vidéo quand Espérandieu fit irruption dans la pièce.

— La sœur de Stan Du Welz, annonça ce dernier, tu veux savoir sa profession ?

— Accouche.

— Apicultrice.

Servaz resta un moment interdit.

— Elle habite où ?

Vincent consulta ses notes.

— En Ariège. Une ferme entre Gaudiès et Harga, route de Fontvilaine.

Il regarda sa montre. 18 h 05.

Ils avaient largement le temps de se rendre sur place et de la mettre en garde à vue. Mais il savait qu'il ne pourrait s'empêcher de l'interroger jusque tard dans la soirée. Qu'il prendrait les choses trop à cœur. Et il pensa à Gustav : Gustav aussi avait besoin de lui. Pas seulement les victimes.

— Appelle le juge, dit-il. On la « tape » demain à la première heure.

Ce soir-là, Gustav chercha à tester les limites de son père – comme souvent depuis que Léa n'était plus avec eux. À dix ans, Gustav était plus petit que les autres enfants, et cela lui valait quelquefois des railleries au collège. Dans ces cas-là, il rentrait de mauvaise humeur et s'en prenait à son père. Les enfants sont sans pitié, et Rousseau avait tort : ce n'est pas la société qui les corrompt. Ils sont comme ça, c'est tout. Il faut faire avec.

Atrésie biliaire. C'était la cause de sa petite taille. Une maladie du foie. On avait transplanté un foie neuf à Gustav quand il avait cinq ans – ou plutôt une partie du foie de Martin – et, dès qu'il y pensait, il revoyait ces jours de folie en Autriche, sa traque d'Hirtmann en blouse d'hôpital dans la neige[1].

— Quand est-ce que Léa revient ? demanda Gustav en considérant d'un œil sceptique sa purée. Tu ne sais même pas faire la cuisine.

Était-ce une illusion ou les enfants étaient-ils plus précoces, plus durs, plus coriaces de nos jours ? Ou était-ce lui qui vieillissait ? Léa avait toujours su garder le contrôle de la situation. Elle exerçait au pôle enfants de l'hôpital Purpan à Toulouse avant de partir pour l'Afrique. En toute circonstance, elle avait le bon réflexe, la bonne attitude, une patience qu'il était loin de posséder – et Gustav était très attaché à elle.

Que faisait-elle en ce moment ?

Était-elle en train de dîner dans un restaurant de Brazzaville en compagnie de ses collègues ? Ou bien avec ce médecin séduisant qu'il voyait sans arrêt sur ses photos ? Il avait senti dans ses derniers mails une allégresse nouvelle chez Léa – mais une allégresse dont il était exclu – et en même temps une distance nouvelle. Il avait commencé à nourrir des soupçons. Il croyait deviner dans l'ombre la présence d'un tiers, quelqu'un venu s'immiscer entre eux…

1. Voir *Nuit*, XO Éditions et Pocket.

Et cette simple hypothèse était infiniment douloureuse, bien plus qu'il ne l'aurait imaginé en vérité. Quelle femme. Tout ce qu'il avait aimé chez elle. Tout ce qu'il avait admiré. Il se demanda comment il réagirait si elle lui annonçait qu'elle avait rencontré quelqu'un.

C'était égoïste, mais il refusait que tout cela aille à un autre.

13

Jour 1 (SUITE). *Je n'arrive toujours pas à y croire. Je vais dormir chez Morbus Delacroix. Dans son repaire. Dans ce lieu incroyable au cœur des montagnes, ce lieu où il s'est retiré du monde. Il a accepté de m'héberger, moi la petite étudiante.*

Son stylo courait, avec un léger bruit de grignotis, sur le papier du grand carnet dont la fermeture était à combinaison. Judith avait une écriture ronde, fluide, légère. Le genre d'écriture qui, selon les experts, traduit une personnalité accueillante, une forme de délicatesse et de discrétion… *Tu parles…*

Elle écrivit :

Et si j'étais le Petit Chaperon rouge dans la tanière du Loup ? Qui viendra à mon secours s'il est non seulement aussi barré et génial qu'on le dit, mais en plus un gros pervers amateur de chair fraîche ? Sa meuf ne me paraît pas non plus très équilibrée…

Brusquement, une vision s'interposa entre le carnet et elle : le tag dans les toilettes de la station-service. Puis une autre : la croix inversée gravée sur l'arbre avec ses initiales… *Tous ces messages qui lui étaient destinés…*

Elle se demanda s'il y avait une caméra cachée quelque part. Elle avait vu ça dans *Bloody Games* : une caméra planquée dans le pommeau de la douche, une autre au-dessus du lit de la chambre d'amis et une troisième dans les W-C.

Elle regarda autour d'elle la chambre aux teintes mauves, blanches et rose bonbon, où de courtes bûches chantaient dans la petite cheminée, où autour de la fenêtre de lourdes tentures coupées dans un tissu d'apparence luxueuse isolaient du mauvais temps, où tout était fait pour entourer les invités de chaleur et de douceur. Il y avait même un lit à baldaquin. Pour mieux l'endormir ?

Arrête ta parano. Tu sais pourquoi tu es là, non ? Tu as réussi à entrer. Maintenant, tu dois te demander par où commencer. Qu'est-ce que tu cherches exactement ?

Elle jeta un coup d'œil à l'heure affichée sur son portable.

Merde, il faut que je descende. Ils m'attendent pour le dîner. Je n'ai pas encore vu le moindre personnel de maison à propos. Ça m'étonnerait que ce soit eux qui fassent la cuisine et le ménage…

Elle sauta hors du lit.

Se lança un dernier regard dans le miroir de la petite salle d'eau et sortit.

Elle suivit le couloir jusqu'à l'escalier en bois verni, dont les marches craquèrent discrètement sous ses pas. Elle évita de descendre trop vite et trop bruyamment.

Pourquoi ? Parce que tu as peur de déranger ? de ne pas être à ta place ici ?

Des voix en bas…

Celles de Morbus et d'Artemisia.

Elle était encore trop loin pour capter quoi que ce soit. Aussi descendit-elle quelques degrés supplémentaires, allégeant instinctivement sa démarche.

Dis donc, ça ressemble à de l'espionnage, ça, ma grande. Tu joues à quoi, là ? On est en train de dépasser le stade du simple travail de recherche…

— Tu as confiance en elle ? (Voix d'Artemisia, en bas.)

La question la fit sursauter et s'arrêter. Tout autant que la voix dure, métallique qui l'avait posée. Elle s'immobilisa à mi-hauteur de l'escalier.

— Qu'est-ce que tu veux dire ? (Voix de Morbus.)

— Tu ne trouves pas bizarre qu'elle débarque comme ça chez nous, soi-disant pour écrire sa thèse ? Et si c'était une de ces fans *freaky*, tu y as pensé ?

— Qu'est-ce que ça change ? Demain, elle sera partie…

Un silence.

— Ou pire, si elle cherchait *autre chose* ?

— Autre chose… Qu'est-ce que tu veux dire ?

— Tu sais très bien de quoi je parle.

14

Il était 20 h 30 quand le père Eyenga se gara devant l'entrée du petit hôtel deux étoiles face à la plage.

Le temps était exécrable.

Il eut l'impression de débarquer dans un paysage dévasté, un chaos rugissant de rochers, de grèves et de maisons en granit sous le ciel noir, fouetté par une pluie pénétrante et par les assauts fracassants des vagues, dont le vacarme couvrait presque le cri des mouettes.

Il faisait au bas mot quinze degrés de moins que dans le Sud-Ouest, et il se rendit très vite compte qu'il n'était guère équipé pour un temps pareil.

Mais l'intérieur du petit hôtel était chaleureux et confortable, et il s'y sentit tout de suite à son aise. Avec un salaire annuel de 3 600 euros que doublaient à peine les intentions de messe, le budget pour une nuit et un dîner allait grever ses finances, mais il demanderait une rallonge à sa sœur. Elle travaillait pour le consulat du Cameroun à Marseille et, bien que peu portée sur la religion, elle était toujours prête à aider son petit frère.

Il se présenta à la réception décorée de flotteurs en verre et de filets de pêche, regarda avec envie la salle à manger déserte, dont les grandes baies encadrées de rideaux en cretonne faisaient saillie sur la plage.

Dix minutes plus tard, il dînait d'ormeaux accompagnés d'une lichette de pain beurré et ne trouvait plus la situation si déplaisante que ça. La plage balayée par la tempête était déserte. On n'entendait que le remuement de la mer, les cris des oiseaux et les rafales.

Au large de l'anse qui encadrait la grève, les flots changeaient constamment de couleur. Le prêtre était fasciné par la quantité de caps, de passes, d'îles et d'îlots qu'il apercevait. Avec, droit devant, au-delà d'une étendue de sable et d'eau blanche d'écume, la silhouette sombre du château sur son rocher, émergeant d'un écrin de pins noirs.

Eyenga pensa à celui de *L'Île Noire*, l'une de ses bandes dessinées préférées, et au gorille poursuivant Tintin.

— Le propriétaire du château, vous le connaissez ? demanda-t-il à l'hôtelier quand celui-ci lui apporta un *lambig* en guise de dessert.

— M. Zorn ? Oui. Tout le monde le connaît ici. Il vient dîner de temps en temps.

— Quel genre d'homme est-ce ?

Le prêtre vit le regard de l'hôtelier vaciller et celui-ci chercher ses mots.

— Un type étrange… En tout cas, je ne crois pas que ce soit votre genre.

La réponse surprit l'ecclésiastique.

— Pourquoi dites-vous ça ?

L'homme l'observa un instant avant de déclarer :

— Je ne crois pas que la religion, ça soit son truc, mon père. C'est même tout le contraire, si vous voulez mon avis.

Désarçonné, Eyenga aurait souhaité des éclaircissements, mais l'hôtelier avait déjà tourné les talons.

Pourquoi percevait-il sans cesse c[illegible]e un avertissement, un mauvais pressentiment [illegible]ommençait à s'installer ? Comme une ombre voilan[illegible]gressivement le paysage.

Cette nuit-là, il eut du mal à s'endorm[illegible]ans la petite chambre avec vue sur la mer, tandis que [illegible] [illegible]ifflait contre la fenêtre et que les vagues *se* je[illegible]r les rochers.

Pourquoi percevait-il sans cause aucun avertissement, un mauvais pressentiment qui voulait s'installer. Comme [illegible] [illegible] [illegible]
le [illegible] sage.
Cette nuit-là, il crut qu'il [illegible] [illegible] chambre avec vue sur [illegible] [illegible] conte d'Hoffmann et que [illegible] [illegible] réel ?

Mercredi 22 juin

15

Il était 7 h 45 quand il quitta l'appartement. Vincent l'attendait dans la rue, garé le long du trottoir. Il éprouva un pincement au cœur à l'idée de confier une fois de plus Gustav à la fille de Radomil, son voisin, mais au moins ils avaient passé la soirée ensemble.

Il s'installa sur le siège passager et baissa la vitre pour pouvoir fumer. Vincent conduisait comme un père de famille qui part en vacances avec sa tribu, et Servaz lui demanda d'accélérer. Dès qu'ils accélérèrent sur la rocade en direction du sud, un air remarquablement tiède pour l'heure matinale agita ses cheveux.

Cinquante-deux minutes plus tard, ils empruntaient une route étroite qui fendait les champs de colza, écrasée sous un soleil déjà haut et une température qui avait grimpé de plusieurs degrés. C'était un paysage lumineux, mais en même temps vide, désert, comme si les habitants avaient fui ailleurs, pareil à une planète inhabitée et hostile dans un roman de science-fiction.

La vieille ferme apparut au bout de la route, une longère grise cernée par le colza jaune à perte de vue.

La chaussée était en mauvais état et bientôt l'asphalte cessa, remplacé par un chemin cahoteux creusé d'ornières laissées par les tracteurs. Ils furent secoués, bringuebalés ; ils dépassèrent une grange, se garèrent devant le bâtiment principal dans un nuage de poussière.

Dès qu'ils descendirent de voiture, la chaleur s'abattit sur eux, il n'y avait pas un souffle d'air. Un troupeau d'oies se présenta, tournant à l'angle du bâtiment pour venir dans leur direction. Servaz s'approcha de la porte. Pas de sonnette. Il cogna. Pas de réponse. Colla son nez à la fenêtre voisine. Une demi-pénombre régnait à l'intérieur. Il devina un séjour au mobilier vieillot, une cheminée, un sol dallé, mais pas le moindre mouvement. Aucun signe de présence.

— Les oies…, dit Vincent dans son dos, et Martin crut déceler un soupçon d'anxiété dans sa voix.

Il se retourna. Dix en tout. Six blanches et quatre grises. Les grands volatiles avançaient vers eux sans crainte sur leurs pieds palmés. En approchant, ils se mirent à pousser des cris rauques, menaçants, et à tendre le cou.

— Comportement territorial, dit Servaz. Elles défendent leur territoire… Les oies font d'excellentes gardiennes depuis l'Antiquité. Il faut lire Tite-Live. Rome, les oies du Capitole, tout ça… Restons calmes.

Il aurait été incapable de dire s'il s'agissait de femelles ou de mâles, d'oies ou de jars. Mais il supposa que l'animal qui avançait en tête de peloton et qui faisait le plus de raffut était un jars.

— Ce sont des animaux très intelligents, ajouta-t-il.

Et très fidèles, songea-t-il. *Un seul partenaire durant toute la vie…*

L'oie qui devançait les autres tendait le cou vers eux presque à l'horizontale et poussait des cris d'une raucité impressionnante, aussitôt repris par les suiveuses.

— Elles font quoi, là ? demanda Vincent, inquiet.

— Elles se préparent à attaquer. *Recule...* Lentement… En les regardant. Ne leur tourne pas le dos.

— Quoi ? Tu déconnes, j'espère !

— Pas du tout.

— Foutez le camp ! Dégagez ! cria Espérandieu en gesticulant.

Merde, songea Servaz, *voilà la meilleure manière d'aggraver la situation.* Il vit Espérandieu reculer de plus en plus rapidement vers les champs.

— Ne cours pas, lui intima-t-il.

— J'ai l'impression qu'elles en ont après moi.

Servaz avait déjà vu dans des vidéos des oies s'attaquer à des vaches, à des éléphants, et même à un gorille et à un tigre. Mais jamais encore il n'avait assisté *in situ* à une attaque d'oies. C'était peut-être pour aujourd'hui. Comme pour confirmer ses craintes, le mâle en tête se mit à courir vers Vincent, qui commit une erreur fatale : il fit volte-face et prit la poudre d'escampette. Servaz vit alors le jars battre des ailes, décoller du sol et voler jusqu'à Vincent, qu'il attaqua en piqué sur la nuque.

— Putain ! Elle me mord ! Descends-la !

Servaz faillit éclater de rire. Il s'imagina expliquant qu'il avait dû abattre une oie avec son arme de service pour protéger son équipier. Espérandieu courait et tournait à présent au milieu du champ de colza, poursuivi par les oies et le jars qui, à intervalles réguliers, décollait pour lui porter une attaque aérienne. Servaz eut presque envie de sortir son téléphone et de filmer. Deux sifflets s'élevèrent soudain du bas de la colline, suivis d'ordres brefs :

— Ça suffit, les filles ! Allez, ouste !

Nouveau sifflet. Les oies se calmèrent aussitôt et repartirent comme elles étaient venues.

Servaz découvrit la femme près des ruches, en bas du champ.

Victoire Du Welz, la sœur de Stan Du Welz.

L'apicultrice.

Ils descendirent lentement à sa rencontre. Elle portait une vareuse, des gants de protection, un chapeau à voilette. Servaz devina un visage carré et des petits yeux clairs, durs et brillants derrière le voile. Quelques abeilles tournoyaient autour d'elle.

— Vous êtes de la police, c'est ça ? leur lança-t-elle. C'est vous qui m'avez appelée hier ? Vous venez pour mon frangin ?

— C'est ça, madame Du Welz, répondit-il. On a besoin de vous poser quelques questions.

— Dépêchez-vous, j'ai pas que ça à faire.

Servaz échangea un regard avec Vincent. Elle ne paraissait guère bouleversée par la mort de son frère.

— Vous pouvez venir vers nous ?

— Vous avez *aussi* peur des abeilles ? ricana-t-elle en s'écartant des ruches.

— Et enlevez votre chapeau, merci.

Elle obéit, les toisa.

— Vous voulez savoir quoi, les Experts ?

— Nos condoléances pour…

— Vous fatiguez pas. Mon frère et moi, on n'était pas vraiment sur la même longueur d'onde.

— Expliquez-vous.

— Il ne vous a pas échappé qu'il était dans un asile pour dingos… Stan était un faible… Il a toujours été hypersensible, depuis son plus jeune âge. À l'école, c'était déjà une mauviette…

Pas comme toi, songea Servaz. Le paysage estival, le ciel bleu, le jaune éclatant du colza prirent tout à coup un aspect sinistre. Servaz sentit l'indifférence de cette femme le glacer.

— Il ne s'est jamais remis de la mort de nos parents, expliqua-t-elle.

— Ils sont morts quand et comment ?

Elle haussa les épaules.

— Accident de la route. Stan avait huit ans, moi douze.

— Vous passiez le voir à l'hôpital ? demanda Vincent.

— Chez les fous, vous voulez dire ? Jamais.

Le mot était tombé comme un hachoir sur un billot de boucher. Elle se retourna pour contempler ses ruches.

— Vu que vous êtes de la police, on m'a volé vingt-cinq ruches au mois de mars. Les gendarmes font rien, ces incapables… Vous pouvez peut-être faire quêqu'chose…

— Je vous parle du meurtre de votre frère, là…

— Les vols de ruches, ça n'arrête pas, poursuivit-elle sans paraître avoir entendu. Plus la pollution, le réchauffement, le frelon asiatique… Sans les abeilles, vous pouvez dire adieu à des centaines de cultures, vous êtes au courant ?

— Madame Du Welz…

— Vous avez remarqué qu'elles se cognent jamais ? Si c'était des avions, rien que pour une ruche, il faudrait au moins une centaine d'aiguilleurs du ciel ! Elles sont merveilleuses…

Servaz éleva la voix :

— Quand avez-vous vu votre frère pour la dernière fois ?

Elle tourna la tête :

— Sais plus. Des mois…

— Vous étiez où la nuit de lundi à mardi ?

— Chez des amis, à Foix.

— Ils pourront le confirmer ?

Pendant un instant, ils s'affrontèrent du regard. Puis elle reprit la parole :

— Vous êtes en train de m'accuser, là ? Mon frère, j'en avais rien à foutre. C'était juste un taré de plus. Pourquoi vous voudriez que j'aille le buter dans son putain d'asile ?

— On vous a dit comment il a été tué ?

— J'ai lu qu'il avait été zigouillé par un autre cinglé dans son genre…

Merci la presse, pensa Servaz.

— *Il a été tué par des abeilles*…

L'espace d'une fraction de seconde, elle parut décontenancée.

— Comment ça ?

— On lui a fourré un essaim dans la bouche, précisa Espérandieu.

Une étincelle de colère dans son regard.

— Et donc, en bons flicards que vous êtes, vous vous êtes dit : mince alors, c'est sa sœur l'apicultrice qu'a fait le coup.

— Restez polie, gronda Espérandieu.

Elle se tourna vers Vincent.

— Toi, le petit pédé, je t'emmerde.

— Très bien, fit Servaz, furieux. À compter de maintenant, 9 h 07, ce 22 juin, vous êtes placée en garde à vue pour complicité dans le meurtre de votre frère, Stan Du Welz.

— Hein ? Quoi ? Quelle complicité ? Z'avez pas le droit !

— Oh que si.

— Devez me lire mes droits, bordel !

— C'est vrai. Vous avez le droit d'appeler un proche…

Elle émit un ricanement plein d'amertume.

— Un proche ? J'avais que mon frère et il est mort !

— Vous avez bien des gens qui vous aident à la ferme…

— Des bons à rien ! Qui va s'occuper de mon exploitation ? De mes ruches ? C'est vous peut-être, ordures de flics ?

Elle hurlait à présent.

— Vous aurez le droit de consulter un médecin, de faire appel à un avocat. Si vous n'en connaissez pas, il vous en sera commis un d'office…

— Lâche-moi, toi ! beugla-t-elle en envoyant un coup de coude en direction d'Espérandieu, qui se plia en deux.

— Putain, elle m'a pété le nez !

Servaz jeta un coup d'œil à son adjoint. Il pissait le sang.

— OK, on la bague, dit-il. À trois… Un…

Vincent connaissait le truc. Ils n'attendirent pas le « deux » pour lui sauter dessus. Comme prévu, elle rua dans les brancards, bramant tel un cerf en rut.

— Lâchez-moi ! Lâchez-moi ! Pourritures de flics ! Nazis !

Ils basculèrent dans le colza, roulant les uns sur les autres en une mêlée furieuse, couchant les plants sous eux. Servaz était parvenu à lui passer un bracelet mais pas le second.

— Arrêtez de me tripoter ! rugit-elle. Je vais vous attaquer pour agression sexuelle !

Technique connue : dès l'interpellation, les plus aguerris cherchaient une faille, un moyen de porter plainte contre la police. Servaz faillit en perdre son sang-froid.

— Économisez votre salive ! s'énerva-t-il au moment où il lui passait le second bracelet.

Ils la relevèrent. Elle cracha dans leur direction, le glaviot passa tout près de la joue de Martin. Elle traîna les pieds, rugit, siffla, se débattit durant tout le trajet jusqu'à la voiture.

— Mes oies vont vous bouffer le cul ! explosa-t-elle en une ultime tentative.

Servaz était en nage. Il avait mal aux poignets et aux phalanges à force de la maintenir pendant ses ruades. Il regarda Vincent qui se recoiffait avant de se mettre au volant et ne put s'empêcher de sourire malgré tout. Il se souvint que, quand il avait débarqué dans le service, son adjoint ne portait que des fringues de marque et une mèche sur le front lui donnait l'air d'un collégien. Et il passait son temps à se recoiffer, ce qui avait fait jaser les anciens du service, habitués à une police plus « virile ». Aujourd'hui, le front capillaire de Vincent avait reculé telle une armée en déroute. Servaz se dit que c'était la vie : une guerre contre le temps, qu'on ne gagnait jamais.

Il se rendit compte en s'asseyant dans la voiture qu'il avait le dos trempé. Vincent démarra. Pas besoin de lui dire d'accélérer cette fois. Son adjoint était énervé. Il fonça sur le chemin en dépit des nids-de-poule qui les faisaient sauter sur leurs sièges.

— Vous voulez savoir qui l'a tué, mon frère ? lança brusquement Victoire Du Welz à l'arrière.

Servaz se retourna. Elle avait l'air calmée. Bien que son visage fût encore rouge de leurs ébats dans le colza. Une goutte de sueur roulait le long de sa tempe. Elle avait parlé d'un ton différent, plus posé. Elle planta dans les yeux de Servaz un regard de haine pure – sans qu'il pût déterminer à qui cette haine était destinée.

— C'est ce putain de cinéma qui l'a tué…

16

— Debout.

Une voix dans son rêve. Impérieuse.

— Allez, debout…

La voix pénétra sa conscience, à mi-chemin entre rêve et réveil, tel le liquide qu'un buvard absorbe par capillarité.

Elle entrouvrit un œil.

Une forme bloquait la lumière matinale. Deux yeux la fixaient, scrutateurs. Proches. Trop proches.

Elle se mit vivement sur son séant à la tête du lit, se tortilla. Le visage puissamment laid de Morbus Delacroix était penché sur elle.

— Qu'est-ce que vous faites là ? demanda-t-elle.

— Je vous réveille, ça ne se voit pas ? Allez, debout. Vous êtes une sacrée dormeuse. Il est 10 heures du matin…

— Quoi… ?

Elle consulta l'heure sur son téléphone.

— C'est l'air des montagnes, commenta-t-il en souriant. Préparez-vous. Dans dix minutes, je vous emmène en ville. On a des invités ce soir et j'ai quelques courses à faire…

Il avait déjà regagné la porte.
— En ville ?
— Paradis, 8 407 habitants. La seule ville de cette vallée. Ne vous en faites pas, ajouta-t-il, on va parler cinéma pendant tout le trajet, et cet après-midi je serai tout à vous.
Il était déjà ressorti.
Elle reprit son souffle, se demanda depuis combien de temps il était là – à l'observer dans son sommeil.

Il conduisait à tombeau ouvert sur la route en lacet, et Judith serrait les fesses chaque fois qu'ils abordaient un nouveau virage en épingle à cheveux et qu'elle entrevoyait la vallée tout en bas, entre les arbres.
Qui plus est, sa Méhari *vintage* semblait près de tomber en pièces détachées, vibrant, grinçant, penchant dangereusement quand Delacroix tournait le volant et projetait Judith contre la portière.
Il dévalait le versant abrupt dans un paysage de sapins noirs, d'érables, de hêtres, de mélèzes, et le vent soulevait les cheveux de Judith en même temps qu'il portait vers elle un parfum de résine, de sous-bois pourrissant.
— Vous avez peur ? lui lança-t-il en élevant la voix pour couvrir les bruits du vent et du moteur.
— Quoi ?
— Je fais toujours des cauchemars horribles, pas vous ? Autant je suis personnellement lâche, autant la terreur m'excite à l'écran, continua-t-il sans attendre la réponse en prenant trop vite le virage suivant. L'horreur était un moyen détourné de prendre ma revanche sur mes peurs.
Il lâcha la route des yeux pour regarder Judith, et elle se retint de lui rappeler que le prochain tournant arrivait.

— Mario Bava a dit quelque chose de semblable. Bava a fait quelques bons films, mais il était trop modeste pour créer un chef-d'œuvre. Seuls les plus orgueilleux y parviennent.

— Comme qui, par exemple ?

Un énorme coup de canon fit trembler le ciel, renvoyé telle une balle par l'écho des montagnes.

— Dreyer. Bergman. Bresson. Clouzot. Wilder. Lean. Kubrick. Hitch… Ne soyez pas ridicule. Vous voyez bien ce que je veux dire.

Delacroix ? pensa-t-elle. *Est-ce que tu t'inclus dedans ? Je parierais que oui.*

Le vent de leur course folle sifflait à ses oreilles. Elle se fit la réflexion qu'il n'avait pas cité un seul réalisateur qui fût né après 1930. Delacroix, lui, était né le 6 juin 1976. À minuit pile : elle aurait pu réciter sa biographie par cœur.

Elle leva les yeux vers le ciel sombre au-dessus des montagnes. Les visages menaçants des nuages étaient de retour. Il n'allait pas tarder à repleuvoir.

Elle respira quand ils atteignirent enfin le fond plat de la vallée, empruntèrent la route toute droite vers la ville. Elle songea que c'était comme quand Mehdi était au volant et qu'il conduisait trop vite après une sortie. Et que tout le monde à bord priait pour arriver à bon port.

PARADIS
8 407 habitants
Altitude : 802 mètres

Ils dépassèrent le panneau et entrèrent dans le bourg. Des maisons gris-noir comme des pierres tombales, des boutiques de vêtements dont les vitrines ne semblaient pas avoir été changées depuis la décennie précédente, des terrasses de café vides à part un couple de motards de passage et une petite place carrée avec une fontaine en son centre où Morbus choisit de se garer. Il se retourna pour attraper un petit objet à l'arrière.

Une Pentax VM6 × 21WP monoculaire compacte, noire et légère, permettant la mise au point avec la même main plutôt qu'une *action cam* de type GoPro. Si petite qu'elle tenait dans son poing fermé. Il se mit à filmer dès qu'ils descendirent de la Méhari.

— Regardez, Judith, dit-il. Le *vrai* monde est là, littéralement à portée de caméra.

Il pivota pour la filmer, et elle fut immédiatement mal à l'aise.

— C'est comme un appendice, une excroissance, ajouta-t-il, aussi importante dans mon rapport au monde que mes yeux, mes mains ou ma bite. Vous avez vu *L'Homme à la caméra*, Judith ?

Dziga Vertov, 1929, songea-t-elle. Mais elle se contenta d'un « oui ». Elle n'avait pas envie de jouer les bonnes élèves devant lui.

Il traversa la petite place jusqu'à la porte vitrée coulissante d'une supérette, franchit le seuil sans cesser de filmer. Elle lui emboîta le pas.

— Salut, Ronaldo, dit-il.

L'employé derrière la caisse arborait un vieux tee-shirt à l'effigie du joueur de foot. Dans la cinquantaine, le crâne dégarni. Delacroix le filma en passant.

— Bonjour, monsieur Delacroix, répondit « Ronaldo » en souriant à la caméra sans paraître surpris.

Sérieux ? se dit-elle. *C'est pas croyable... Le mec filme tout le monde comme si on était dans un de ses putain de films...*

Delacroix prit un caddie et s'enfonça dans les allées, sous les néons brillants, attrapant ses emplettes et poussant le chariot d'une main sans cesser de filmer de l'autre. Une cliente lui décocha un regard noir. Delacroix zooma sur son visage fatigué et disgracieux ; elle secoua la tête et s'éloigna, furieuse.

Judith songea que Delacroix disait vrai : il percevait le monde à travers l'objectif de sa caméra. Elle se demanda si elle lui permettait de saisir des choses que l'œil ne voyait pas.

Ils renouvelèrent l'expérience chez le boucher, le primeur, le caviste, puis regagnèrent la voiture. À aucun moment il n'avait lâché sa caméra, même pour payer.

Que fait-il de tous ces films ? se demanda-t-elle. *Est-ce qu'il se les repasse la nuit ?*

Elle avait lu quelque part que le cinéaste ne dormait que trois heures par nuit.

Que voit-il que nous ne voyons pas ? Que cherche-t-il à ramener à la surface ? C'est assez ironique finalement : il a cessé de tourner mais il n'arrête pas de filmer. « Pour autrui, nous sommes toujours une image. » Où avait-elle lu cette phrase ?

Elle vit que des jeunes s'étaient rassemblés autour d'un des bancs de la place, à proximité de la Méhari. Le genre désœuvré. Leurs têtes pivotèrent dans un même mouvement en voyant Delacroix approcher armé de sa mini-caméra.

Non, Morbus, pensa Judith.

Mais Delacroix l'avait déjà braquée sur le petit groupe.

— Hé ! Qu'est-ce que tu filmes, toi ? s'écria l'un de ceux qui étaient assis sur le dossier du banc, un petit blond pâle en blouson de cuir. Arrête de filmer !

Delacroix orienta au contraire la caméra vers lui – et elle comprit qu'il zoomait.

— T'es sourd ou quoi ? Je t'ai dit de pas me filmer !

— Tu vois pas que c't'enculé te provoque ? gueula un autre.

Le petit blond sauta du banc et marcha sur le cinéaste, aussitôt imité par les autres. C'était lui, malgré sa petite taille, le chef de la bande, devina-t-elle.

— Morbus, arrêtez, murmura Judith.

Mais Delacroix semblait totalement absorbé par sa tâche. Il continua de filmer alors même que les jeunes l'entouraient. L'un des ados tenta de lui arracher la caméra, mais le cinéaste esquiva habilement et sauta sur le banc qu'ils venaient d'abandonner, les dominant pour les filmer en plongée, debout au-dessus d'eux.

— Putain, ce fils de pute nous cherche ! s'emporta l'un des membres de la bande en levant les yeux vers lui.

— Le bâtard, y s'prend pour Spielberg !

— Fermez vos gueules, dit le blond en s'approchant du banc. Mec, ajouta-t-il calmement mais fermement, tu vas me donner cette caméra tout de suite…

— Morbus, s'il vous plaît, dit Judith.

Elle sentait la tension jusque dans ses muscles. C'était comme si Morbus ne se rendait pas compte du danger, de la fureur de ces gamins qui le regardaient telles des hyènes prêtes à se jeter sur lui. Comme s'il se moquait de ce danger…

Ou comme s'il en *jouissait*… Car Delacroix filmait, surplombant le petit groupe en furie.

— Cent euros si vous me faites un sourire, leur lança-t-il.

— Quoi ?

— Un sourire de vos jolies petites gueules pour cent euros.

— Merde, mec, t'es une saloperie de pervers ou quoi ?

— Il est fêlé, fais-lui bouffer sa caméra ! grogna un autre. On s'en branle de son fric !

— Cent euros, répéta Delacroix. Allez-y, faites-moi un joli sourire !

Judith vit le blondinet devenir très pâle.

— Putain, on va t'envoyer à l'hosto, mec !

— Qu'est-ce qui se passe ici ?

Ils tournèrent la tête vers l'origine de la voix. Un policier municipal. Bedonnant, les mains à la ceinture, il s'approchait tranquillement.

— C'est ce type qui nous provoque avec sa putain de caméra ! Il nous filme sans autorisation ! se plaignit l'un des membres de la bande. Il a le droit de faire ça ?

— C'est illégal ça, m'sieur l'agent ! renchérit son voisin. Il a pas le droit !

— Morbus, baissez votre caméra, s'il vous plaît, dit le policier municipal.

— Parlez-moi de votre enfance, lui lança-t-il alors qu'ils remontaient vers la maison dans les grondements de l'orage approchant, sous les éclairs qui rampaient au-dessus des montagnes.

— Mon enfance ?

— Oui, votre enfance. Comment étaient vos parents, qu'est-ce qu'ils faisaient, dans quel genre d'endroit vous avez grandi ?

— Ça vous intéresse vraiment ?

Il avait le vent dans le visage et ses cheveux dansaient derrière lui, semblables aux tentacules d'une anémone de mer.

— Oui, Judith, ça m'intéresse. *Les gens m'intéressent.* Les artistes font ça : ils volent la vie des autres. Tenez, choisissez un épisode de votre enfance qui serait digne de figurer dans un film.

Elle haussa les épaules, tout en sentant les premières gouttes mouiller ses joues. Morbus maltraitait tellement la Méhari qu'elle se demanda s'ils allaient arriver en haut.

— Aucun épisode de mon enfance n'est digne de figurer dans un film, répondit-elle.

— Bien sûr que si, objecta-t-il, tout le monde en a au moins un.

Il amorça un autre virage en se penchant. Elle réfléchit en s'accrochant à la portière.

— Ma mère…, lâcha-t-elle finalement.

Il lui jeta un regard aigu, agrippé au volant.

— Ma mère, quand j'étais petite : elle avait peur de tout. Elle avait en permanence peur pour moi, elle voulait me garder à la maison, me protéger… Si on l'avait écoutée, jamais je ne serais sortie. Chaque fois que je le faisais pour rejoindre mes camarades, elle était littéralement morte d'inquiétude. Les autres filles se moquaient de moi, de la façon dont ma mère me surprotégeait. Quand j'étais avec elles, j'avais toujours honte de ma mère, tellement honte qu'un jour où elle m'avait mise en colère, je me suis agenouillée dans mon lit le soir venu, j'ai joint mes mains et j'ai prié très fort pour qu'elle meure, pour que la honte s'arrête. Elle est… elle est morte le mois suivant.

À la façon dont le paysage se brouilla, elle devina que les larmes avaient gagné ses yeux. Delacroix ne fit aucun commentaire – pas même pour dire qu'il était désolé – et elle lui en sut gré.

Le vent sécha ses yeux ; elle contempla le ciel de plus en plus noir et zébré d'éclairs au-dessus des arbres.

— On peut parler de votre dernier film ? demanda-t-elle après un moment.

— *Bloody Games* ? Qu'est-ce que vous voulez savoir ?

— Non, pas celui-là… *l'autre*… celui qui n'a jamais été projeté dans les salles…

Un silence.

Il prit le virage suivant encore plus vite, faisant hurler les pneus, torturant le levier et la boîte de vitesses, qui gémirent en guise de protestation. Judith s'accrocha à la portière. Elle sentit son cœur battre plus fort. Puis, brusquement, il ralentit et finit par stopper sur le gravier au bord de la route, au milieu d'une ligne droite. Elle le considéra d'un air surpris. Fut frappée par son air hostile tout à coup, par la froideur de son regard, qui avait pris la même couleur métallique que le ciel.

— Que les choses soient claires, déclara-t-il. On ne va pas parler d'*Orpheus*. Ni maintenant ni jamais.

17

Il était 14 h 30 quand Servaz décida de reprendre l'audition de Victoire Du Welz.

La première séance ne s'était guère montrée concluante. Elle s'en était tenue à la version qu'elle avait donnée à la ferme, à savoir qu'elle était à Foix dans la nuit du lundi au mardi, chez des amis. Qu'ils avaient d'abord été au restaurant, puis qu'elle avait dormi chez eux parce qu'elle avait trop bu pour conduire. Qu'elle ne connaissait pas de Jonas Résimont.

Servaz avait demandé à Samira de récupérer le bornage et les factures détaillées du téléphone de l'apicultrice. Ils attendaient la réponse de l'opérateur.

Que Victoire, qui – de son propre aveu – sortait assez rarement, eût choisi précisément la nuit où son frère avait été tué pour dormir chez des amis et non à la ferme puait l'alibi fabriqué. Ils avaient fini par obtenir les noms et l'adresse des amis en question, et il avait chargé Vincent de les contacter. Il allait se lever pour rejoindre Victoire et son avocat quand son adjoint entra dans le bureau :

— Les amis confirment. Leurs versions concordent. Même restau, mêmes horaires.

— Ils auront accordé leurs violons.

— Pour un homicide ? fit Espérandieu, sceptique.

Servaz hocha la tête. Vincent avait raison, ça ne tenait pas la route. Samira entra à son tour :

— On a la réponse. Son téléphone a bien borné à côté du restau à l'heure où ils étaient censés s'y trouver et à deux kilomètres de la maison de ses amis trois heures plus tard. Et à aucun moment il n'a borné près de l'hôpital psychiatrique ni à Toulouse au cours des derniers jours.

— Merde.

— Qu'est-ce qu'on fait ? demanda-t-elle.

— On continue de la cuisiner, proposa Vincent. Mais les abeilles, ça suffira pas. En l'état actuel du dossier, aucun juge d'instruction ne la mettra en examen et aucun juge des libertés et de la détention ne prononcera son incarcération. D'ailleurs, si on n'avance pas, le juge va refuser de prolonger la garde à vue.

— L'absence de bornage ne signifie pas nécessairement qu'elle dit la vérité, objecta Martin. Elle a pu laisser son téléphone chez elle quand elle a rencontré Résimont. Elle a pu aussi lui fournir les abeilles à un autre moment. Et d'ailleurs, il est où, celui-là ? Du nouveau ?

— Rien pour l'instant, dit Samira d'un air sombre. Les abeilles, c'est peut-être une coïncidence. Il y a beaucoup de ruches dans la région…

— Elle est sa sœur, elle est apicultrice, ils ne s'entendaient pas du tout et on a retrouvé des abeilles dans la bouche de son frère, rappela Vincent, c'est quand même une piste à creuser, non ?

Servaz consulta sa montre.

— Il nous reste vingt bonnes heures. À mon avis, on n'ira pas jusque-là. Mais je suis partant pour qu'on lui fasse passer la nuit dans l'« aquarium ». Et qu'on l'envoie devant le juge pour outrage à agent.

— Je suis d'accord, renchérit Espérandieu d'une voix nasillarde. Il y a quand même eu agression…

Il avait encore des mèches enfoncées dans les narines – qui lui faisaient un nez épaté de boxeur –, mais pas de fracture. Servaz sourit pour la première fois depuis des heures.

— … de la part des oies ou de leur propriétaire ?

Samira gloussa. Le visage d'Espérandieu prit la couleur de la brique qui pare tant d'édifices toulousains. Le médecin avait voulu lui donner une journée d'ITT, mais Vincent avait refusé – les mentalités de la maison avaient beau évoluer tout doucement, ça restait un milieu très viril.

— On y retourne, décréta Servaz. Samira, tu viens avec moi. Vincent, tu relances le labo pour l'analyse toxicologique de Stan Du Welz. Et demande à Fatiha si elle a tranché pour la cause du décès.

— Elle a répondu, dit Espérandieu.

— Et ?

— Elle penche toujours pour les abeilles, mais en l'absence de certitude elle veut éviter de mettre ça dans le rapport d'autopsie pour ne pas fragiliser le dossier le jour où un avocat la cuisinera au tribunal.

— Sage décision, commenta Martin.

Victoire Du Welz le regarda entrer dans le bureau au moment où le tonnerre grondait de nouveau. Elle le suivit des yeux en clignant comme un iguane ou un caméléon pendant tout son trajet depuis la porte jusqu'à son siège.

Elle eut l'air satisfaite de son examen, car un sourire affleura dans sa large face de carlin.

— Votre frère a subi des opérations, attaqua-t-il d'emblée, ça vous dit quelque chose ?

— Commandant, intervint l'avocat présent, je ne comprends pas cet acharnement. Ma cliente a déjà…

— Maître, vous n'avez pas à intervenir à ce stade.

— Vous voulez parler de ces trucs de malade ?

Il acquiesça pour inviter l'apicultrice à poursuivre.

— « Transformations corporelles », qu'il appelait ça… (Elle ricana.) Quelle connerie ! Faut être siphonné pour s'infliger des trucs pareils.

— Vous savez où il se faisait opérer ?

— À Paris. C'était quand il travaillait encore dans le cinéma. Je vous l'ai dit : c'est le cinoche qui l'a rendu maboul. Tous ces cinglés qu'il fréquentait… Qui se prenaient pour des artistes… (Elle émit un son qui tenait du chicotement de rat.) Des gens tellement bizarres… Je ne sais pas qui ils sont, si c'est ça que vous cherchez. Et je veux pas le savoir.

Elle les toisa avec une expression de dégoût insurmontable, et il se rendit compte qu'il était de nouveau en nage. Il devrait peut-être faire quelques analyses quand il aurait bouclé cette enquête.

— Vous avez été lui rendre visite à Paris à l'époque ? interrogea Samira, assise à côté de lui.

Victoire Du Welz parut un instant décontenancée par l'allure de la fliquette, tout comme elle l'avait été quand Samira était entrée dans la pièce. Ils la virent rassembler ses souvenirs. Une étincelle s'alluma dans son regard. Comme si elle s'était subitement rappelé quelque chose.

— Une fois où je suis montée le voir à Paris, il m'a emmenée dans un de ces endroits où on croisait la même faune que lui. Un endroit appelé, attendez voir… le Cabaret Rouge.

Servaz n'en avait jamais entendu parler. Il prit note.

— C'était quand, ça ?

— Je sais pas. Deux, trois ans… Je me rappelle qu'il a voulu me présenter à des gens. Je n'ai pas du tout aimé certains d'entre eux.

— Que voulez-vous dire ?

Elle haussa les épaules.

— Je ne sais pas… ils avaient l'air… il y avait quelque chose en eux de… de malhonnête… Croyez-moi, je sais reconnaître une embrouille quand j'en vois une approcher, et ces gens-là puaient les emmerdes à des kilomètres. J'ai prévenu Stan qu'il devait arrêter de les fréquenter, qu'ils allaient lui attirer des ennuis.

Servaz souligna trois fois les mots « cabaret rouge ». Intuitivement, il sentit que c'était peut-être important.

— Vous vous souvenez de leurs noms ? Vous pourriez les décrire ?

Elle le fixa de ses petits yeux plissés et défiants.

— Vous rigolez ? C'était il y a plusieurs années. On s'est embrouillés, il m'a dit que je ne comprenais rien à ce qu'il était, que je passais mon temps à dénigrer tout ce qu'il faisait, que je manquais d'intelligence. Après ça, je ne lui ai plus jamais adressé la parole.

Il la regarda. L'intransigeance de cette femme lui faisait froid dans le dos. Il pensa à quelqu'un, à une autre forme d'intransigeance – et il se demanda ce qui pourrait convaincre Léa de revenir.

— Vous savez s'il voulait être enterré ou incinéré ?

— Qu'est-ce que vous voulez que ça me foute ?

— Vous avez un caveau de famille quelque part ? insista Samira.

Victoire Du Welz les considéra d'un air maussade, avec une moue d'enfant boudeuse.

— Ouais, ouais, on en a un… Mais il ne reste qu'une place et elle est pour moi.

18

Le vent soufflait encore plus fort dans le petit port pittoresque que sur la plage devant l'hôtel. Une nouvelle fois, le prêtre se dit qu'il n'avait pas les habits qu'il fallait.

— Vous avez le pied marin, mon père? demanda l'homme de haute taille en ciré jaune qui se faisait appeler Kenneth Zorn.

— Pas vraiment.

Il jeta un coup d'œil inquiet à l'embarcation, un canot à moteur blanc et bleu baptisé « ALGOL ». Il avait déjà entendu ou vu ce nom quelque part – il n'arrivait pas à se rappeler où. Il n'était pas un spécialiste, mais le temps lui parut peu propice à la navigation, la mer parcourue de crêtes grises et noyée sous d'épais rideaux de pluie, le ciel tourmenté de nuages. Une lumière fragile filtrait par instants entre eux, comme le faisceau d'un phare, pour disparaître aussitôt, vaincue. Sur le quai détrempé, le père Eyenga tendit l'enveloppe à Zorn.

— Vous n'êtes pas venu jusqu'ici rien que pour me remettre une enveloppe, mon père? dit celui-ci. Si vous avez fait tout ce chemin, c'est parce que vous voulez comprendre, vous voulez savoir pourquoi cette enveloppe est si importante pour ce pauvre Matthias Laugier, je me trompe ?

Eyenga réfléchit. Le producteur avait raison : il voulait comprendre, il voulait savoir. Savoir si sa première intuition – celle de quelque chose de *mauvais* à l'œuvre ici – était la bonne. Il se remémora encore une fois la phrase du malade : *L'enfer, mon père... J'ai été un de ses démons…*

— Eh bien, le moins que je puisse faire, dit Zorn, c'est de vous inviter dans mon château pour vous remercier. Vous verrez : c'est un lieu unique en son genre.

Il devina l'inquiétude du prêtre.

— Rassurez-vous, on n'ira pas au large. L'île est à une encablure de la côte. Dépêchons. La marée a déjà commencé à descendre. Elle était haute à 14 heures et sera basse à 20 heures. Il n'y a pas de temps à perdre. Dans une heure, l'accès à l'île sera impossible par voie navigable.

Le père Eyenga hésita. Pourquoi pas, maintenant qu'il était là ? Il finit par monter à bord en s'accrochant à son parapluie, qui se retourna aussitôt, empoigné par les rafales ; il dut batailler ferme pour le remettre à l'endroit, tout en se maintenant maladroitement en équilibre.

— Vous n'irez pas bien loin avec ce parapluie, l'avertit Zorn. Faites attention, mon père – ou vous allez passer par-dessus bord… Asseyez-vous, s'il vous plaît.

Dès que le prêtre fut assis, le producteur mit en route le moteur de 20 CV et tourna le canot vers la passe, entre les deux pointes, celle de Ploumanac'h à l'est et celle de Trégastel à l'ouest. À peine eurent-ils franchi les deux caps qu'ils se retrouvèrent pris dans un grand brassage de vent et d'écume, cinglés par la pluie, tandis que le canot bondissait sur les crêtes, sur une mer qui se soulevait et se creusait en un mouvement irrésistible. Les rafales eurent tôt fait d'arracher la toile du parapluie de ses baleines, et l'ecclésiastique déposa l'objet devenu inutile au fond du canot. La pluie crépitait sur la coque, rinçait son visage, l'obligeant à cligner des yeux en permanence. Sa veste, sa chemise, son pantalon furent très vite trempés.

Vagues. Sel. Iode. Embruns.

Il porta son regard sur l'île sombre noyée sous les averses, qui subissait comme eux les assauts de la mer – et le prêtre se demanda, non sans quelque appréhension, s'il n'allait pas se retrouver coincé dans ce lieu sinistre en compagnie de ce personnage étrange, trop loin à son goût de la terre ferme et des hommes.

Zorn n'avait pas prononcé un mot depuis qu'ils étaient sortis du port. Le père Eyenga profita de ce que le producteur fixait son attention sur l'île pour l'observer sous son ciré jaune. Un visage chevalin, couturé de rides profondes, des cheveux trop longs, une bouche étonnamment grande où, curieusement, de vilaines dents se chevauchaient, des sourcils buissonnants. L'ensemble évoquait un masque pour un film à petit budget.

L'ecclésiastique vit les rochers livides se rapprocher dangereusement, mais Zorn connaissait son affaire, et il manœuvra entre eux jusqu'à un mouillage ensablé et protégé.

— Allez-y, mon père, dit-il.

Pantelant et trempé, le prêtre prit pied sur le sable meuble. Aspirant à pleins poumons l'air du large, il se pencha contre le vent pour rejoindre une volée de marches creusées dans la roche, leva ensuite les yeux vers la masse grise du château, avec ses tours, ses créneaux, ses fenêtres. Rustique et massif, il semblait bien taillé pour affronter les tempêtes. Les pins autour gémissaient et des goélands argentés dansaient gaiement sur le vent.

L'ancien producteur releva le moteur, tira le canot et l'attacha à un anneau rouillé.

— Venez, dit-il. Je le rentrerai plus tard.

Une première lourde porte, que Zorn déverrouilla avec une simple clé, et ils se retrouvèrent au sec dans ce qui ressemblait à un étroit couloir voûté où deux hommes n'auraient pu marcher de front. Il se terminait sur un escalier. Au sommet des marches, ils débouchèrent sur une grande salle aussi haute que large, aux murs de pierre recouverts de tentures et de boiseries. Le prêtre regarda autour de lui. En dépit de son aspect médiéval, d'une manière assez inattendue, l'endroit était chaleureux. Eyenga parcourut du regard les lampes, les tapis, les canapés profonds et les antiquités.

— Je reviens, mon père, dit Zorn.

L'attention du prêtre resté seul fut captée par une odeur : encens et chanvre. Sur les murs, encadrées, des affiches de films : les mêmes qui étaient mentionnés sur la page Wikipédia de Zorn… *La Cérémonie*, *Erzsébet*, *Bloody Games*… Et d'autres comme *L'Exorciste*… Mais quel prêtre n'avait jamais entendu parler de *L'Exorciste* ?

Zorn revint au bout de cinq minutes vêtu d'un extravagant kimono rouge, noir et or, dont il noua la ceinture autour de sa taille, et Eyenga aperçut ses pieds nus et ses jambes lisses.

Le producteur tendit au prêtre une serviette et une chemise propre.

— Tenez, vous allez flotter dedans, mais au moins vous serez au sec.

Le prêtre se mit torse nu et, après s'être séché, enfila la chemise dont les manches, effectivement, pendaient bien au-delà de ses poignets. Il nota que

Zorn l'observait attentivement pendant toute la durée de l'opération.

— Vous avez l'air en forme, mon père, pour un cureton, commenta-t-il.

Eyenga eut tout à coup très envie d'être ailleurs. Il pensa non sans angoisse à ce qu'avait dit Zorn avant de partir : « Dans une heure, l'accès à l'île sera impossible par voie navigable. »

Cela voulait dire qu'il ne fallait pas compter revenir sur la terre ferme dans l'immédiat. Ni dans les prochaines heures. Du moins en bateau… Serait-il capable de rentrer à pied sans se noyer ? Il ne savait pas nager, et il se demanda combien de temps durait la marée.

Puis Zorn attrapa le ciré jaune qu'il avait jeté sur le dossier d'un fauteuil à oreilles, où il s'égouttait sur un des tapis, et en retira l'enveloppe à son nom, la déchira.

Le père Eyenga savait déjà ce qu'elle contenait.

Une clé USB.

32 Go.

Zorn la contempla pendant un moment, perplexe. Il marcha jusqu'à un secrétaire que voisinait un grand bouddha birman impassible, ouvrit son ordinateur portable et s'assit. Il alluma l'appareil, brancha la clé USB dans son logement sur le côté. Au bout de quelques secondes, le visage de Matthias Laugier surgit, fixant l'objectif.

« *Salut, Zorn...* »

Immobile au milieu de la pièce, retenant son souffle, le prêtre avala sa salive.

La voix n'était pas du tout la même que celle qu'avait le patient sur son lit d'hôpital. Il y avait en elle quelque chose de… *menaçant*. Et le regard plein de douleur qu'Eyenga avait connu avait disparu ; il s'était mué en une paire d'yeux d'une férocité terrifiante. En outre, la vidéo avait été tournée ailleurs : il y avait un mur de brique peint en blanc derrière Matthias Laugier, et le dossier d'une chaise dans son dos.

« *Je vais crever, Zorn,* continua la voix sur le même ton. *L'enfer m'attend... Et ce n'est pas ce prêtre qui est venu me voir qui pourra y changer quoi que ce soit. Si tu me regardes, tu sais de qui je parle. Parce que ça veut dire qu'il t'a remis l'enveloppe...* »

Zorn se retourna sur son siège et lança un coup d'œil furtif à l'ecclésiastique debout derrière lui avant de reporter son attention sur la vidéo.

Eyenga se raidit. Était-ce de la peur qu'il venait de surprendre dans le regard du producteur ? Qu'est-ce que ça signifiait ?

« *Cancer de l'amiante. Il y en avait partout à l'époque, tu te souviens ?* poursuivit la voix. (Une pause pendant laquelle Laugier sembla entrer en lui-même, yeux baissés, cils frémissants, avant de braquer de nouveau son regard brûlant de haine sur l'objectif.) *Mais toi aussi tu es promis à l'enfer, Zorn. Toi et les autres... Car, avant de mourir, je vais tout raconter. Je parie que tu ne t'es jamais repenti. Que tu as continué. Que vous avez continué... Vous irez tous en enfer, je vous y attendrai. À bientôt, Zorn...* »

Un dernier regard et l'image s'arrêta. Fondu au noir. Silence.

On entendit vaguement, étouffée par les épaisses murailles, l'étreinte de la tempête sur le château. Puis Zorn écarta lentement son siège du secrétaire, regarda l'enveloppe sur laquelle étaient inscrits le dessin d'une spirale et son nom, et se tourna vers le père Eyenga. Ses prunelles lançaient des éclairs.

— Vous en pensez quoi ?

Eyenga se força à répondre calmement, malgré les battements de son cœur.

— Je suppose que vous savez à quoi il fait allusion…

— En effet.

Eyenga montra du doigt la spirale sur l'enveloppe.

— Ce dessin, qu'est-ce que c'est ?

— J'imagine que vous n'êtes pas très versé dans le cinéma d'horreur, mon père ?

Le prêtre leva les yeux et jeta un bref coup d'œil à l'affiche de *L'Exorciste*.

— J'ai vu *L'Exorciste* une fois. J'ai trouvé ça… excessif.

Le producteur sembla oublier un instant la clé USB et l'enveloppe.

— Vous avez déjà assisté à des exorcismes, mon père ? demanda-t-il avec une curiosité non feinte.

Le prêtre hésita.

— Oui… Ils ne ressemblaient guère à ceux du film.

Kenneth Zorn hocha la tête, pensif.

— Savez-vous, mon père, que dans *L'Exorciste* la voix du démon est doublée par une vieille bigote ?

Eyenga fronça les sourcils.

— Comment ça ?

— William Friedkin, le réalisateur, cherchait une voix pouvant correspondre à celle du terrifiant démon Pazuzu qui parle par la bouche de la jeune Regan. Il a fini par trouver cette voix chez une actrice de cinquante-huit ans, très croyante, grosse fumeuse, autrefois récompensée par un Oscar mais tombée depuis dans l'oubli et l'alcoolisme : Mercedes McCambridge. Pour obtenir les intonations gutturales que Friedkin souhaitait, elle réclama du bourbon, entreprit de gober des œufs crus et de fumer cigarette sur cigarette. Elle se fit aussi attacher durement à son siège pour ressentir la souffrance qu'était censée ressentir la fillette possédée par le démon. Et elle demanda la présence de deux prêtres de ses amis pour la conseiller et la guider. Friedkin ne la ménagea pas. Il exigeait parfois jusqu'à trente prises pour un seul mot, et ils tournaient jusqu'à dix heures par jour. La pauvre Mercedes se prêta à tout sans broncher. Mais pendant ses pauses, ses amis prêtres lui lisaient la Bible, et elle avait son hôtel tout près des studios, car elle était trop épuisée physiquement et mentalement pour conduire après chaque journée de tournage[1].

Zorn laissa échapper un gloussement amusé.

— Ensuite, Friedkin a mixé ses cris, ses rires et les bruits qu'elle avait réussi à produire avec les hurlements de cochons qu'on menait à l'abattoir et aussi, paraît-il, avec ceux d'un enfant vraiment exorcisé. J'ignore comment il se les était procurés. Friedkin lui avait promis qu'elle apparaîtrait au générique. Mais il a omis de le faire, si bien que la pauvre Mercedes McCambridge ne fut jamais créditée pour son incroyable performance. Vous voyez, mon père : mon milieu est plein de salopards, d'égoïstes, de menteurs et de psychopathes...

Zorn regardait fixement l'ecclésiastique.

— Vous êtes l'un d'entre eux ? demanda prudemment ce dernier.

Un sourire semblable à une fissure dans un mur s'étira sur les lèvres trop grandes du producteur.

— Qui sait ? Vous croyez à l'enfer, mon père ?

— Et vous ?

— *L'enfer, je l'ai vu, mon père*, répondit Zorn. *L'enfer, j'y suis déjà...*

Il y avait de l'inquiétude dans sa voix. Il ne quittait pas l'ecclésiastique des yeux, qui brillaient à présent comme deux braises sur lesquelles on souffle. Eyenga frémit. Cet homme était fou, déséquilibré. Dangereux ? La question méritait d'être posée alors qu'il était seul avec lui sur cette maudite île.

1. Anecdote authentique.

Le prêtre sursauta : Zorn venait de saisir sa main.

Il la retourna doucement, paume vers le plafond, s'inclina et passa sa langue dessus, des doigts vers la paume, léchant le creux de la main d'Eyenga. Un contact humide, chaud, glissant, qui fit tressaillir le curé.

Eyenga la retira d'un mouvement très vif.

Zorn le dévisageait. Puis il écarta ses grandes lèvres et des mots incompréhensibles jaillirent, prononcés d'une voix gutturale, qui remua l'homme d'Église jusqu'aux tréfonds. Eyenga crut entendre quelque chose comme : « OL GNAY ZODANETA GAH IALPRG AZAZEL, ENAY THAHAAOTAHE OL ZODAMETA, MICMA, MICMA MICALZ BRANSG GAH… »

Il se recula, la tête en feu, ivre d'indignation et de frayeur.

— Qui êtes-vous ? Qu'est-ce que ça signifie ? vociféra-t-il, saisi d'une peur quasi hystérique.

Et soudain, il sut où il avait lu le nom inscrit sur le bateau :

« ALGOL ». Et il comprit aussi quelle langue venait de parler Zorn. Le producteur s'était levé. Il dominait à présent le prêtre de toute sa haute stature.

— Vous devriez embrasser les ténèbres, mon père. Et comprendre que l'abîme est une source infinie de pouvoir.

— Ça suffit comme ça ! s'emporta Eyenga, partagé entre colère et terreur. Ramenez-moi à terre !

Zorn haussa négligemment les épaules.

— Je crains que vous ne deviez rentrer à pied, mon père. Pas de navigation possible avant des heures… Attendez un peu. Sinon vous serez emporté par le courant. Vous allez devoir mouiller vos chaussures, j'en ai peur. Oh, et je vous fais cadeau de ma chemise…

19

Qu'est-ce que je vais faire à ce dîner ? Et d'abord qui sont ses invités ? Des gens du coin ? Des artistes ?

Judith regarda autour d'elle. Elle n'avait jamais vu de piscine intérieure et encore moins de piscine intérieure de cette taille. Un grand bassin bleu illuminé – éclairé par en dessous et qui sentait le chlore – dans le vaste sous-sol de la maison.

Elle était seule dans le bassin ; elle flottait sur un de ces machins gonflables comme on en voit dans les films et les séries télé.

Elle agita les orteils et l'onde créée se propagea à la surface de l'eau. Elle avait fini par regarder s'il y avait un maillot de bain à sa taille : il y en avait.

Qu'est-ce que je vais faire au milieu de ces gens, moi la petite étudiante ?

Elle se demanda si Delacroix lui tendait un piège avec ce dîner.

Est-ce qu'elle allait être la cible de leurs quolibets, la risée des autres ? Elle eut tout à coup un nœud à l'estomac.

Concentre-toi, Jude. N'oublie pas pourquoi t'es là. Rien à battre du reste…

Elle revit le tag dans les toilettes de la station-service, la croix inversée avec ses initiales sur le tronc, se souvint de la conversation qu'elle avait surprise entre Artemisia et Delacroix la veille.

Quelqu'un savait…

Quelqu'un la suivait comme son ombre, quelqu'un qui l'avait escortée jusqu'ici, ou peut-être précédée…

Quelqu'un lui envoyait des avertissements ou au contraire voulait lui faire peur et l'inciter à renoncer à son projet…

Était-ce lui ? Était-ce Morbus ? Mais il l'avait accueillie dans sa maison, il lui aurait suffi de lui claquer la porte au nez.

Et, qui que ce fût, elle ne renoncerait pas. Pas tant qu'elle n'aurait pas trouvé ce qu'elle cherchait. *Oh que non. Pas question. Tu n'as quand même pas fait tous ces efforts pour rien.*

Elle se servit de ses mains ouvertes comme de rames pour ramener le fauteuil gonflable près du bord. Puis elle plongea dans l'eau avec un *plouf* discret. Il était temps de remonter dans sa chambre et de se préparer.

Est-ce que je suis en danger ? se demanda-t-elle en prenant pied sur le carrelage et en s'enroulant, frissonnante, dans la serviette de bain.

Une autre voix, plus sournoise, plus inquiétante, une voix venue des profondeurs – une voix qui se manifestait toujours dans les pires moments – lui répondit :

Oh que oui, ma belle, tu es en danger – et tu le seras encore plus si tu continues…

20

Le prêtre n'en finissait pas de franchir le gué. Du moins ce qu'il supposait être le gué.

Parce qu'il allait en zigzaguant sous la pluie, au milieu des blocs de granit luisants, des montagnes d'algues gluantes et odorantes, des grèves ensablées et des courants de jusant, dans un paysage accidenté, chaotique, primitif.

À plusieurs reprises, il avait manqué de se tordre la cheville en dérapant sur un rocher trop glissant ou en enfonçant dans un tapis d'algues dissimulé sous la surface. Il était trempé jusqu'aux os, tremblant, au bord de la tétanie. Épuisé nerveusement. Il se sentait misérable, impuissant – abandonné par la grâce.

Le courant le tirait par les pieds comme si des serpents d'eau s'enroulaient autour de ses chevilles, et il repensa à la langue reptilienne et humide sur sa paume.

Il en eut presque un haut-le-cœur.

Dans la grande salle du château, il s'était soudain souvenu de l'endroit où il avait lu le mot « ALGOL » : il avait séjourné un temps au monastère de San Benedetto, au nord de Rome, parmi des moines bénédictins. Ils avaient un vieux fonds de livres allant du XVIe

au début du XXe siècle. Des ouvrages conservés derrière une vitrine poussiéreuse, dans une pièce sans fenêtre. Sa curiosité avait été attirée – *tentée ?* – par un mystérieux traité de magie luciférienne, qu'il avait emporté pour le lire le soir sur sa couche avant de s'endormir. Il s'était plongé dedans avec un délice coupable, sous prétexte d'étudier l'ennemi, et surtout pour rigoler – car il n'était pas assez naïf pour imaginer que le diable pût apparaître à la demande, comme un foutu réparateur télé. ALGOL. Le nom figurait dans le livre, il s'en souvenait à présent. Il dérivait, selon l'ouvrage, de l'arabe *Al Ra's al Ghul* – ou quelque chose d'approchant – qui signifiait « Tête du démon ». Aussi connu en hébreu comme *Rosh ha-Shaitan* : « Tête de Satan ».

Et la langue que parlait Zorn – il l'avait compris tout à l'heure – était de l'énochien : la pseudo-langue utilisée dans les rituels sataniques.

Le prêtre ne croyait absolument pas à toutes ces sornettes. Mais Zorn, de toute évidence, y croyait, lui.

Va au diable, Kenneth Zorn ou quel que soit ton vrai nom.

Il poussa un cri perçant. Il venait bel et bien de se tordre la cheville. Il porta une main à celle-ci en grimaçant, au moment même où un énorme éclat de foudre faisait trembler le ciel et vibrer ses tympans.

Kenneth Zorn retira la clé usb. Il avait eu un doute la première fois en la regardant. *32 Go ? Pour une vidéo qui durait à peine trois minutes ?*

Il l'avait rebranchée et avait relancé la lecture. Écouté de nouveau Matthias Laugier lui promettre l'enfer. Passé le fondu au noir. Trois minutes sans rien, et puis une autre image. Une jeune actrice assise sur une chaise, au milieu d'une grande pièce éclairée au néon, face à quatre personnes derrière une table – dont lui.

Une audition. Un casting. Il s'en souvenait parfaitement. Comment aurait-il pu oublier ?

Les quatre personnes étaient filmées de dos, la jeune actrice de face. Puis la caméra zoomait sur son visage angélique. Zorn se souvenait parfaitement. Elle avait à peine dix-huit ans.

VOIX DE ZORN : C'est bon, on enregistre ?

DEUXIÈME VOIX : Ça tourne.

ZORN : Vous vous appelez comment ? Votre prénom suffira pour l'instant.

LA JEUNE FEMME : Mia.

ZORN : Enchanté, Mia. Vous avez appris votre texte ?

LA JEUNE FEMME : Oui. Je suis prête.

ZORN : Très bien. Vous avez compris de quoi ça parle ?

LA JEUNE FEMME : Oui. Il s'agit d'une jeune femme possédée qui fait une crise…

ZORN : Oui. C'est le moment précis où le démon prend possession d'elle. Elle veut l'empêcher d'entrer, mais en même temps quelque chose en elle *a envie qu'il entre*.

LA JEUNE FEMME : Oui…

ZORN : Vous comprenez, Mia ? Elle souffre, elle a mal, mais elle ressent aussi du désir, du plaisir, une extase de plus en plus forte. Au fur et à mesure, elle entre en transe, elle ressent quelque chose qu'elle n'a jamais ressenti avant cette nuit. Vous saisissez ?

LA JEUNE FEMME : Je crois…

LA DEUXIÈME VOIX : Pour vous mettre à l'aise, pour vous permettre d'oublier notre présence, d'habiter le texte, nous allons éteindre toutes les lumières. La caméra qui est là est équipée d'une vision infrarouge, vous serez donc filmée, et nous, de notre côté, nous allons nous concentrer sur votre voix, votre respiration, vos intonations. Vous êtes prête ?

Zorn arrêta la vidéo. Il savait ce qui allait suivre. Il retira la clé USB. Se leva. Contempla la salle où l'on n'entendait plus que la tempête dehors.

Les tapisseries, l'imposant lit à opium rapporté de Hong Kong, le semainier Boulle en marqueterie acheté aux enchères à New York en 1998 – son premier bel objet –, la copie du Luca Giordano *La Chute des anges rebelles* et celle du William Hogarth *Satan, Sin and Death*. Et toutes les affiches des films qu'il avait produits. Essentiellement du cinéma d'exploitation. Autrement dit du sexe, de la violence et des scénarios qui auraient tenu sur un timbre-poste.

Vanités, songea-t-il. La vieille sagesse populaire qui disait qu'on n'emportait rien dans la tombe avait raison. Laisserait-il quelque chose de son passage sur cette terre, au moins ? Il avait cru un temps que Morbus deviendrait le plus grand cinéaste français vivant et qu'il serait à jamais celui qui l'avait découvert et produit : le mentor, l'ami fidèle, l'homme derrière le génie…

Mais Morbus avait cessé de tourner et il s'était retiré du monde pour se réfugier dans les Pyrénées.

Morbus. Son plus grand triomphe. Son plus grand échec.

Quelle était la probabilité de tomber sur un Morbus Delacroix encore inconnu quand on était soi-même un jeune producteur cherchant à produire son premier film ? Nulle. Ou en tout cas proche de zéro. *Et pourtant, c'était arrivé...* Il savait à quoi il devait cette chance, bien sûr.

Ou plutôt à *qui*. Même si nul ne le croirait jamais. En dehors d'un petit groupe de personnes…

Zorn était certain qu'avec cette vidéo en circulation tôt ou tard le scandale finirait par éclater. Surtout en ces temps où acteurs et actrices étaient parfois plus célèbres pour les procès qu'ils intentaient que pour leur talent. Et où même les médias *mainstream* se roulaient volontiers dans la fange des accusations et des commérages.

Son nom serait souillé, sali, jeté aux orties. Ses enfants sauraient tout des abominations qu'il avait commises, de ses perversions, de sa malignité, de ses mensonges. Pas question qu'il affronte ça.

Il marcha jusqu'à la table de trictrac à plateau réversible. Saisit le jeu de tarot posé sur la toile bleue. Le jeu ne contenait que les arcanes majeurs. Il brassa les cartes sept fois. Coupa de la main gauche. Les disposa face retournée.

Il ne tirerait que deux cartes. Cela suffirait amplement. Zorn se concentra, posa sa question à voix haute :

— Que dois-je faire ?

Sa main retourna la première carte avec un tremblement. Septième lame. « La Maison-Dieu ». Deux personnages tombant d'une haute tour médiévale tandis qu'une langue de feu surgit du firmament, venant décapiter la tour en question, d'où jaillissent des boules de feu.

Il sut que les deux personnages qui chutaient représentaient ses deux vies : la publique et la secrète.

Deuxième carte…

Il tressaillit. Lame n° 13. « L'Arcane sans nom » : un squelette armé d'une faux. Autrement dit la Mort. Aux pieds de la Faucheuse, deux têtes humaines coupées gisent sur le sol, dont une couronnée.

Il déglutit.

Les cartes du tarot avaient parlé. D'une façon limpide. Il frissonna. Ferma très fort les yeux. Les rouvrit. Il n'y avait plus qu'à s'exécuter. Mais avant cela, il devait passer un coup de fil. Il composa le numéro, tomba sur le répondeur. Il laissa son message.

Puis il descendit là où il entreposait l'essence pour le moteur hors-bord, remonta dans la grande salle avec deux jerricans pleins. Il arrosa tapisseries, mobilier, affiches en prenant soin de ne pas s'en verser dessus.

Ensuite, il fit claquer son briquet en or, se baissa.

Les flammes coururent à une vitesse effrayante sur l'essence, se jetèrent sur les tentures et le mobilier avec une voracité terrifiante. Il sentit la chaleur et le souffle du brasier sur son visage, telle l'haleine brûlante d'un volcan.

Il demeura un instant fasciné par l'enfer qu'il venait de déchaîner, ses pupilles noires captant l'éclat mouvant de l'incendie.

Puis il monta à l'étage, fit de même dans chaque chambre, les trois salles de bains, le boudoir. Non sans s'emparer au passage d'un masque d'épouvante, une hideuse face de latex : le visage de la créature dans *La Cérémonie*, le premier film qu'il eût produit, le premier film de Delacroix. Morbus le lui avait offert en souvenir, avec l'approbation de Stan Du Welz, qui l'avait créé et qui avait un talent dingue pour fabriquer ce genre de choses.

Il grimpa les dernières marches jusqu'à la terrasse supérieure, qui mesurait quatre-vingts mètres carrés et était cernée de créneaux, fut fouetté par le vent violent et la pluie dès qu'il prit pied sur la plate-forme.

Kenneth Zorn emplit ses poumons de l'air vivifiant et salé, laissa tomber le kimono sous lequel il était nu. Le vent l'emporta. L'instant d'après, il passa le masque et se mit debout sur l'un des créneaux, indifférent au vide vertigineux qui béait sous lui, aux rafales qui le faisaient vaciller. Il entendit l'explosion des vitres quelques mètres plus bas sous l'effet de la chaleur, vit les énormes flammes du bûcher funéraire jaillir des fenêtres – comme dans la septième lame.

En admirant la tempête, les gigantesques coups de griffe des éclairs et la mer houleuse, il cracha dans sa main et commença à se masturber. Tout autre que lui aurait été incapable de la plus petite érection, naturellement. Mais il sentit que la situation l'excitait, que sa mort prochaine l'excitait, que ce dernier crachat à la figure des bienséants et des bien-pensants l'excitait au plus haut point – et le sang gorgea bientôt son organe congestionné.

Kenneth Zorn sentit l'orgasme monter.

Il se jeta dans le vide à l'instant exquis où sa semence jaillissait.

21

Servaz raccrocha son téléphone. Espérandieu venait d'entrer dans son bureau.

— Trouve-nous un vol pour demain, dit-il.

— On va où ?

— Paris. Je viens d'avoir la Crim. J'ai fait l'école de police avec un de leurs gars. On se parle une fois l'an, pour les vœux. Il va nous donner un coup de main. On va conjuguer nos efforts.

Espérandieu fronça les sourcils.

— Qu'est-ce qu'on va glander à Paris ?

— Le Cabaret Rouge, répondit Servaz. L'endroit où, selon sa sœur, Stan Du Welz retrouvait des « gens comme lui ». Disons que c'est une sorte d'enquête de voisinage étendue.

Il lut l'incompréhension dans les yeux de son adjoint.

— Qu'est-ce que tu espères trouver là-bas, à part des touristes, des vieux messieurs esseulés et le genre de faune qui tourne autour ?

Servaz posa ses pompes sur le bord de son bureau et Espérandieu se dit que ça faisait très inspecteur Harry – à ceci près que Martin ressemblait à tout sauf à l'inspecteur Harry.

— J'y ai bien réfléchi, dit son chef de groupe et ami en faisant tourner un crayon d'un doigt à l'autre (et Vincent se fit la réflexion qu'il était probablement le dernier dans le bâtiment à utiliser des crayons à papier et surtout un *taille-crayon*). Selon Fatiha Djellali, Du Welz a été torturé. On lui a retiré son bâillon à plusieurs reprises pour le faire parler. Ça ne colle pas avec le crime d'un autre pensionnaire saisi de folie. Pas plus que les abeilles. Il n'y en a pas dans l'enceinte de l'hôpital psychiatrique : elles ont été apportées de l'extérieur. Par qui ? La bonne question, c'est *qui* l'a torturé ? Et *dans quel but* ? Je me suis renseigné : Du Welz était rentré à Toulouse de fraîche date après avoir vécu un temps à Paris. C'est peut-être là-bas qu'il faut chercher l'origine de ses « ennuis »…

— Pourtant, Jonas Résimont s'est bien évadé.

Servaz secoua la tête, perplexe.

— Oui. Et pas moyen de comprendre comment il a fait. J'ai revisionné la vidéo et il n'y a rien à voir à part Rollin et les deux infirmières. On en est où de leurs auditions ?

— Samira est dessus, répondit Vincent.

— Très bien. Je crois de moins en moins Résimont coupable du meurtre de Stan Du Welz.

— Tu veux dire que le vrai coupable aurait aidé Jonas Résimont à s'évader pour brouiller les pistes ? Mais ça ne répond pas à la question : comment il a fait ?

Comme son chef s'abstenait de répondre, Espérandieu prit une inspiration.

— OK, fit-il. Admettons que le Cabaret Rouge soit le début du commencement de… quelque chose. Qu'on ait la moindre chance d'y trouver quelqu'un qui nous mette sur la voie… On a besoin d'y aller tous les deux ?

Servaz suçota le bout de son crayon, puis sourit.

— C'est toi le geek, le mec branché, pas moi… Tu verras peut-être des choses que je ne verrai pas. Tu seras sans doute plus à l'aise au milieu de ces gens que moi.

— Dans ce cas, pourquoi j'y vais pas tout seul ?

Servaz lui lança un regard appuyé. Espérandieu hocha la tête pour faire signe qu'il avait compris.

— Parce que le commandant n'aime pas déléguer, dit-il, répondant lui-même à la question. Surtout quand il pense qu'on a une chance de dénicher quelque chose. Et parce qu'on fonctionne en binômes. Très bien, je réserve deux places sur un vol Blagnac-Orly. Allers simples ?

— Merci.

— Pas de quoi. Tu devrais regarder le clip *Let It Happen* de Tame Impala avant de partir.

— Qu'est-ce que c'est ?

Vincent n'ignorait pas que Martin avait une peur bleue de l'avion.

— Regarde, dit-il. Tu verras.

22

Scène du dîner. Intérieur nuit.

— Je vous présente Judith, déclara Morbus. Judith est étudiante et elle prépare une thèse sur mes films. Je lui ai proposé d'être des nôtres ce soir.

Elle ne décela nulle trace de sarcasme dans sa voix. Et les convives lui sourirent aimablement. Elle balaya la salle à manger du regard. Une symphonie de rouge. Des tissus purpurins sur les murs, une nappe écarlate, une moquette carmin, des rideaux orangés. Sur la table, entre l'argenterie, le cristal de Baccarat et la porcelaine, trois chandeliers : celui du centre supportait des bougies rouges, les deux autres des bougies noires.

Morbus fit les présentations. Il y avait là un couple d'Allemands, la cinquantaine, lui produisant des films outre-Rhin, elle actrice. Elle était belle, sans maquillage, les yeux cernés ; lui blond, avec une barbiche taillée en pointe et un air chafouin qui déplut à Judith.

Puis venait le notaire de Delacroix, Julien quelque chose, la quarantaine, divorcé. Il ne cessait pas de sourire.

Ensuite un autre couple, la trentaine, dont Judith avait compris qu'ils étaient musiciens. Une barbe d'artiste pour lui, un côté fille de la ville accoutrée en fille de la campagne pour elle. Du conformisme déguisé en anticonformisme.

Artemisia et Morbus trônaient chacun à une extrémité de la table. Judith remarqua qu'Artemisia avait l'air soucieuse.

Un couple de domestiques qui devait avoir passé les soixante ans servait et desservait.

Elle ne pouvait s'empêcher de repenser à la façon dont Morbus l'avait rembarrée cet après-midi quand elle avait abordé le sujet d'*Orpheus*. Apparemment, elle avait touché un point sensible.

Qu'est-ce que tu fous là ? se demanda-t-elle brusquement. *Ils vont te percer à jour.*

La tablée porta un toast et Judith leva sa coupe de champagne.

— Alors, comme ça, vous écrivez *eine Doktorarbeit*, une… thèse sur Morbus… ? demanda soudain, avec un léger accent, l'Allemand qui s'appelait Stefan.

Elle acquiesça.

— Vous vous rendez compte, j'espère, à quel point c'est… *ehrgeizig*… ambitieux… ? s'enquit-il.

Elle rougit. Tous les regards étaient à présent braqués sur elle. Y compris celui de Delacroix. Il semblait attendre de sa part une réponse à la hauteur, mais elle n'en trouva aucune.

— Bien sûr, dit-elle piteusement.

L'Allemand hocha la tête. Il ne paraissait pas décidé à la laisser s'en tirer aussi facilement.

— Morbus est le plus grand cinéaste de sa génération, insista-t-il. Son cinéma est le plus puissant, le plus inconfortable qui est. Le cinéma de Morbus est un pont entre le visible et l'invisible.

— Stefan…, commença Delacroix d'une voix lente.

— Attends, Morbus, dit l'Allemand en l'arrêtant d'un geste, laisse-moi terminer. Il faut que cette jeune femme, que Judith, dont je ne… doute pas des qualités, si tu as accepté de la recevoir, toi qui fuis les journalistes et les curieux, c'est forcément qu'elle a quelque chose, *jedoch*, je veux être sûr que Judith a, comment vous dites ? pleinement conscience qu'écrire une thèse sur toi, c'est plus qu'ambitieux, c'est… c'est… *blasphemisch*…

Elle supposa que le terme signifiait blasphématoire.

— Ne l'écoutez pas, Judith, dit Artemisia, Stefan essaie de vous impressionner.

Judith se tourna vers l'Allemand.

— Pourquoi ? réagit-elle. Pourquoi « blasphématoire » ? Est-ce que c'est un art vivant ? Ou est-ce que c'est un art mort ? Si vous réservez le cinéma de… Morbus (c'était la première fois qu'elle l'appelait par son prénom) aux spécialistes, aux critiques, aux intellectuels, vous allez le faire mourir à petit feu. Vous le condamnez aux oubliettes des cinémathèques et des revues spécialisées. Est-ce qu'au contraire tout le monde ne devrait pas pouvoir se l'approprier ? Et puis, si je le considérais, moi, comme une chose sacrée, comment aurais-je la moindre chance de le comprendre ?

Stefan fit une grimace.

— En tout cas, ne faites pas l'erreur de lui attribuer une portée sociale, dit-il.

Il eut une sorte de ricanement méprisant.

— Je me souviens quand cet acteur, Clément Didion, qui présidait le dernier festival de Cannes, a déclaré : « Pouvons-nous faire autre chose qu'utiliser le cinéma pour secouer les consciences et réveiller les indifférences ? » J'étais là, on regardait la cérémonie à la télé avec Morbus. Il a bondi de son canapé et il s'est mis à hurler au milieu du salon : « Non, le cinéma ne doit pas être *utilisé*, sinistre crétin ! Le cinéma ne doit servir que lui-même ! Il n'a pas à être moralisateur, social, éthique, politique et autres conneries ! Il n'a pas à donner de leçons, et toi non plus, sombre idiot ! Les acteurs, les réalisateurs ne servent à rien ! Ce n'est pas à des types pleins de fric qui ont leur rond de serviette au Fouquet's de donner des leçons de morale au monde ! »

Stefan s'était levé pour déclamer sa tirade, sa propre serviette à la main. Il se rassit. Il y eut quelques rires.

— Le cinéma, c'est de la magie, Judith. Et rien d'autre. Morbus, j'ai raison ou pas ?

— De la magie noire, suggéra Artemisia.

Delacroix ne dit rien. Judith s'étonnait de l'indifférence qu'il manifestait. Elle l'avait cru imbu de sa personne, plein de sa propre importance. Or les éloges de Stefan semblaient le laisser de marbre. Il y eut un silence. Puis la conversation reprit. Comme précédemment, Morbus abandonna la parole aux autres, n'intervenant que très rarement, affichant seulement un demi-sourire satisfait.

Elle le surprit qui l'observait chaque fois qu'elle tournait son regard vers lui.

— Parle-nous de ces rapports entre magie et cinéma, Stefan, je trouve ça intéressant, dit à un moment donné Franka, l'actrice, son épouse.

— Eh bien, répondit l'Allemand, qui ne manqua pas cette occasion de reprendre la parole, à l'origine les premiers cinéastes étaient des *Zauberkünstler*, des *Taschenspieler*, comment dit-on en français… ? Des illusionnistes, des prestidigitateurs, des magiciens : Méliès, Albert E. Smith, Gaston Velle… Le cinéma a débuté comme une sorte d'attraction foraine. On appelait ça des « films à féeries ». Ces magiciens trouvaient dans le cinéma et ses illusions une nouvelle gamme de tours. Mais d'autres sont allés encore plus loin. Ils y ont vu une forme de sorcellerie. De chamanisme. De science occulte. Le Dr Mabuse de Fritz Lang est un hypnotiseur, ne l'oublions pas. Tourneur, Dreyer, Lynch, Jodorowsky, Tarkovski ont tous estimé qu'il se passait quelque chose de magique entre le moment où on dit « ça tourne » et celui où on dit « coupez ! ». Avez-vous vu *Le Testament du Dr Mabuse*, Judith ? *La Charrette fantôme* ? *Häxan, la sorcellerie à travers les âges* ?

Elle dut avouer que non.

— Derrida disait que le cinéma, « c'est un art de laisser revenir les fantômes »...

Quelqu'un peut faire taire ce pédant ? songea-t-elle. *Pourquoi Morbus ne dit rien ? Il était si bavard ce matin...*

Elle se sentait oppressée. Elle avait la tête qui tournait. Elle ferma les paupières un instant, respira profondément.

Merde, c'est vrai quoi, ce type est un poseur...

— Seigneur, Stefan, dit enfin Delacroix, qu'est-ce que tu peux être pompeux parfois...

L'Allemand rit.

— Le cinéma n'est qu'illusion, décréta Delacroix. Ombres et lumières qui se mêlent pour donner l'illusion du réel. Mais *ce n'est pas réel.*

— Morbus, protesta l'Allemand d'une voix plus basse, avec un sérieux étonnant, tu ne peux nier que parfois *quelque chose affleure*. Quelque chose qui est là sans être là. Quelque chose qui vient *de l'autre côté...*

Il y eut un nouveau silence, plus long que le précédent. Sans qu'elle sache pourquoi, les mots de l'Allemand firent résonner en Judith une émotion très ancienne.

— Tu as trop d'imagination, plaisanta Delacroix.

Mais le regard appuyé qu'il lança à l'Allemand ressemblait plus à un avertissement qu'à une plaisanterie. Il y avait un non-dit, un sous-texte invisible dans ce dialogue, se dit-elle : elle suivait une conversation dont les prémisses lui échappaient, une conversation qu'ils avaient déjà eue.

Le dîner était presque terminé. Tous les convives avaient les yeux brillants, le visage empourpré. Une torpeur l'envahit. Elle voulut porter une main à son front, mais heurta son verre. Le vin se répandit sur la nappe rouge, qui l'absorba.

— Désolée… !

Elle croisa le regard attentif d'Artemisia. Aperçut un petit tatouage dans le cou de cette dernière, sur la carotide : une croix chrétienne dont la branche inférieure se terminait en crochet ou en hameçon.

— Ce n'est rien, dit la maîtresse de maison en épongeant la tache avec sa serviette, puis elle caressa le poignet de Judith.

Ce contact la fit frissonner. La tête lui tournait. Ses paupières étaient de plomb. Une bouffée de chaleur remontait le long de son cou comme si on avait glissé une chaufferette sous son menton.

— Ça ne va pas, Judith ? s'enquit Artemisia – et la voix lui parvint à travers plusieurs couches d'ouate.

Delacroix toussota.

— Vous êtes toujours avec nous, Judith ?

Les mots résonnaient dans sa tête. Elle le fixa. Lui aussi avait le regard vitreux. Comme s'il était bourré. Peut-être l'était-il après tout… Elle l'avait vu descendre verre sur verre pendant la soirée. Une fatigue écrasante clouait Judith à sa chaise.

— Elle en tient une bonne, ton étudiante, commenta Stefan à travers le brouillard de ses sens.

Il dardait sur elle ses petits yeux durs et calculateurs. Soudain, un début de nausée la souleva. Des gouttes de sueur chaude coulèrent le long de ses joues.

— Excusez-moi, dit-elle en se levant brusquement, il faut que j'aille aux toilettes.

La sueur mouillait sa lèvre supérieure. *Il faut que tu sortes de cette pièce sinon tu vas vomir sur la table.* Elle repoussa sa chaise, faillit tomber en arrière. Elle vacillait, titubait. Au moment de quitter la pièce, elle croisa la domestique qui la dévisagea. Elle entendit l'Allemand dire dans son dos, très loin :

— Morbus, tu l'as dénichée où ?

Elle ouvrit les yeux, fut aussitôt aveugle. Une explosion de lumière blanche contre sa rétine.

Elle cligna à plusieurs reprises avant de commencer à distinguer les silhouettes qui se tenaient dans l'ombre, au-delà du double halo incandescent. Et de comprendre que celui-ci provenait de deux projecteurs installés en face d'elle, au bout du lit.

Elle entendit des voix dans l'ombre, devina l'agitation, les murmures.

Son cerveau luttait pour ne pas céder à la panique, pour rester lucide. Judith gémit d'épouvante. Elle était en nage. Elle crut qu'elle allait uriner sur-le-champ.

Ils sortirent lentement de l'ombre, entrèrent dans la lumière. *Elle les reconnut.* Stefan, Franka, le notaire, les musiciens, Morbus, Artemisia. Elle les nomma. Mais ils n'eurent pas l'air de l'entendre. Ou alors ils ne voulaient pas.

Ils se tenaient par la main autour du lit. Elle eut envie de pleurer ; un chagrin immense lui mordait le cœur. Elle était terrifiée, bouleversée. Comme elle ne l'avait jamais été.

— Pourquoi vous faites ça ? geignit-elle en découvrant que l'un d'eux la filmait.

Au lieu de répondre, ils tournèrent leurs regards vers la porte de la chambre derrière eux, hors de la zone de lumière, et elle vit le battant s'ouvrir très lentement dans l'ombre, tel le couvercle d'un cercueil au cinéma. Une terreur noire comme de l'encre la submergea. Quelque chose se tenait sur le seuil.

Ce n'était pas humain.

Elle hoqueta. Se dit que ça ressemblait à un film de Morbus. Mais en pire. Parce que, cette fois, c'était *réel.*

23

Matthias Laugier se réveilla vers 2 h 30 du matin. Il regarda l'heure sur son téléphone, se dit que la nuit allait être longue. Ni la première ni la dernière.

Il écouta le silence du petit centre hospitalier. Pour autant qu'il pût en juger avec la rumeur sourde des appareils autour de lui.

La chambre était faiblement éclairée, mais il n'y avait rien à voir. Il connaissait déjà chaque détail, chaque ombre du mur. Il aurait aimé une chambre d'où il aurait pu voir la mer. Le clair de lune, les vagues, la lente migration des nuages dans le ciel, les oiseaux.

Il se demanda si pareil endroit existait – où les patients pouvaient contempler l'océan et le ciel de leur lit – et si ça allégeait leurs souffrances. Si ça n'existait pas, quelqu'un aurait dû y penser. C'est vrai quoi, pourquoi, en plus de la souffrance et de la perspective d'une mort prochaine, fallait-il endurer la bouffe dégueulasse et la tristesse du décor ? Par manque de blé ? Il y en avait bien pour les Jeux olympiques, pour les championnats de foot, *pour tourner des films…*

L'hôpital, c'était comme la prison. Personne n'avait envie d'y penser parce que personne n'avait envie de s'y retrouver. Erreur. Tout le monde finissait par s'y retrouver.

À l'hôpital – pas en prison. La prison, il la destinait à un petit groupe de personnes. Il n'avait pas encore décidé à qui il parlerait en premier : aux journalistes ou aux flics. Il se demanda si le prêtre avait déjà filé la clé USB à Zorn.

On cogna très doucement à la porte. Une infirmière entra et il devina qu'elle souriait derrière son masque.

— On ne dort pas ?

— La douleur…, murmura-t-il.

Elle hocha la tête, compréhensive. Il la suivit du regard tandis qu'elle se retournait pour fermer la porte, puis s'approchait du lit. Il entendit le claquement de ses hauts talons : tiens, elle ne portait pas des Crocs comme la plupart des soignants. Il remarqua qu'elle n'avait pas allumé et il lui en sut gré : la lumière du plafonnier lui blessait les yeux.

Dans la pénombre combattue par la veilleuse et la lueur des moniteurs, elle tira une chaise près du lit et s'assit, sortit une seringue de la poche de sa blouse, un garrot, un flacon d'alcool.

— Une piqûre à cette heure-ci ? dit-il, surpris.

— Vous ne venez pas de me dire que vous aviez mal ?

— Si, mais…

— Eh bien, je vais soulager la douleur…

Il eut vaguement l'impression de reconnaître la voix. Il avait dû l'entendre dans la journée. Elle portait un masque, aussi ne voyait-il pas ses traits. Et puis, la dernière phrase qu'elle avait prononcée était un tel soulagement qu'il en aurait presque pleuré de gratitude.

Elle prit son poignet d'un geste très doux et posa son avant-bras en travers de ses genoux, paume vers le haut. Elle avait de jolis genoux ronds qui paraissaient bronzés dans le halo des appareils, et il apprécia le contact. Cela lui rappela son enfance. Quand il mettait sa tête sur les genoux de sa mère et qu'elle lui caressait les cheveux. L'enfance… Il y pensait de plus en plus souvent depuis qu'il était dans cet hôpital. Il avait envie de se laisser aller. Alors pourquoi quelque chose le tracassait ? Pourquoi une partie de son cerveau lui disait-elle que ça clochait quelque part ?

— C'est la première fois qu'on me fait une piqûre de morphine au milieu de la nuit, dit-il.

— Hmm, fit-elle.

— En tout cas, vous tombez à pic, ajouta-t-il en souriant.

Elle le regarda. Il vit briller dans son regard deux flammes vertes. Et, tout à coup, il en fut sûr. Il avait déjà vu ces yeux-là.

— Vous êtes nouvelle ? demanda-t-il.

Cette fois, elle ne répondit pas. Elle avait déjà noué l'élastique autour de son bras. Elle frotta avec le coton imbibé d'alcool pour faire ressortir la veine. L'aiguille la trouva facilement. Il ferma les yeux quand elle pénétra sous sa peau, ressentit le soulagement bien avant que la morphine soit passée dans son sang : *anticipation*. Le cerveau humain est un drôle de farceur.

— Voilà, c'est fait, dit-elle. Vous ne devriez pas tarder à vous sentir mieux.

Elle défit l'élastique avec un claquement sec, le glissa avec la seringue rebouchée, le coton et le flacon dans sa poche. N'était-elle pas censée les jeter dans la poubelle à cause du protocole Covid ?

— C'est bizarre, dit-il.

— Quoi donc ?

Elle avait déjà une main gantée sur la poignée de la porte.

— Je suis sûr de vous avoir déjà vue quelque part, mais pas ici…

Par-dessus le masque, elle lui lança un regard qui n'avait plus rien d'amical ni de tendre – un regard qui exprimait une telle cruauté qu'il en éprouva un véritable choc, comme si on l'avait giflé, et il ressentit une terreur toute-puissante.

— Dépêche-toi d'y réfléchir dans ce cas. Parce que tu n'as plus beaucoup de temps pour le faire.

Un bouc.

Plus exactement une créature mi-homme, mi-bouc. Dont la silhouette immense emplissait une partie de la pièce jusqu'au plafond, que son énorme tête touchait.

C'était impossible…

Et pourtant Judith pouvait voir son mufle aux naseaux dilatés, ses oreilles pointues, ses grandes cornes annelées, son poil brillant, sa tête noir et fauve – et surtout ses yeux ronds qui la fixaient avec une férocité qui la fit se pelotonner dans le lit.

— Non, je vous en prie ! Non !

La créature s'avança, envahit tout son champ de vision. Elle détourna les yeux, elle ne voulait pas voir. Elle les ferma très fort, tel un enfant terrorisé. Elle sentit son souffle ardent sur elle, sa respiration lourde. Elle trembla. Tout ce qu'elle éprouvait, c'était un infini dégoût joint à une terreur non moins grande. Elle se ratatina… et se réveilla.

Elle baignait dans sa sueur au milieu des draps trempés, son cœur donnait l'impression de vouloir s'envoler comme un oiseau.

Elle alluma la petite lampe de chevet dans la chambre, au fond du lit à baldaquin.

Quel rêve horrible…

Elle mit un certain temps à reprendre ses esprits, à chasser cette monstruosité de ses pensées. C'était si… *réel*, si perturbant.

Un bruit de moteur…

C'était peut-être ça qui l'avait réveillée. Ou bien le fait qu'elle eût atteint le climax de son cauchemar. Des phares illuminèrent brusquement le plafond. Elle se pencha pour consulter son téléphone. 3 h 47. *Quelqu'un qui rentrait à plus de 3 heures du matin ?* Elle repoussa le drap. Se leva. Marcha jusqu'à la fenêtre. Regarda en bas.

Un 4 × 4 noir venait de se garer sur le gravier. La pluie dessinait des échardes de lumière dans ses phares – qui s'éteignirent presque aussitôt. La portière s'ouvrit côté conducteur. Les chiens n'avaient pas aboyé : ils avaient dû reconnaître le bruit du véhicule.

Artemisia…

Judith la vit descendre du 4 × 4, vêtue du même coupe-vent sombre qu'elle arborait la première fois. Elle disparut rapidement à l'intérieur.

Qu'est-ce que foutait Artemisia dehors à une heure pareille ? Avait-elle un amant ? Besoin de son dealer ? Mais même les dealers ne dealent pas à 4 heures du matin. Judith contempla la forêt immense. Immensément noire. Nulle lumière ne perçait son obscurité. Des lieues et des lieues de forêt impénétrable, où régnait un noir d'encre, un mystère quasi inviolé, une forêt qui recouvrait comme une mer la totalité des monts alentour à l'exception des hauts sommets rocheux mordant les nuages. Une idée lui traversa l'esprit. Combien d'habitants dans ces montagnes ? Combien d'endroits où personne ne passait jamais, où on pouvait enterrer un corps qu'on ne retrouverait pas ? Combien de maisons isolées où on pouvait enfermer quelqu'un que personne n'entendrait hurler ? Est-ce qu'il n'était pas tentant, quand on habitait un tel désert, de commettre un crime ?

Elle se détourna de la fenêtre. Elle revenait vers le lit quand elle nota un détail qui lui avait échappé. La porte : elle était ouverte… *Elle était pourtant presque sûre de l'avoir fermée avant de se coucher.* Putain, c'était quoi ça encore ? Jamais elle n'aurait laissé la porte de sa chambre ouverte dans une maison inconnue, ça non. Même dans l'état où elle était.

Elle referma le battant, marcha jusqu'au lit. S'empara du verre d'eau sur la table de chevet. Elle avait atrocement soif, la tête lourde, la langue pareille à du carton bouilli. Elle allait le reposer quand quelque chose attira son attention sur la descente de lit couleur crème, dans le halo de la lampe.

Des poils…

Pas n'importe quels poils. Des poils d'animaux. Des poils fauves et noirs…

24

La porte s'ouvrit violemment. L'équipe de permanence fit irruption dans la chambre de Matthias Laugier quarante secondes après que le moniteur eut transmis au poste de soins l'arrêt brutal des signes vitaux.

— Merde ! s'exclama l'infirmière.

L'ECG était aussi plat qu'une autoroute entre Gand et Anvers, la fréquence et le rythme cardiaque tombés à zéro. Dans les minutes qui suivirent, ils s'activèrent pour le ramener du côté de la vie. Sans succès. L'interne de service fut le premier à renoncer. Il se redressa, fataliste.

— C'est bon, dit-il, laisse tomber.

L'infirmière l'imita. La porte de la chambre s'ouvrit à la volée sur un autre médecin, une femme plus âgée. Qui traversa la pièce comme une tornade, consulta le moniteur, puis examina Matthias Laugier sous toutes les coutures. C'était elle qui rédigerait le certificat de décès.

— C'est quoi ça ? dit-elle soudain.

L'interne et l'infirmière suivirent son regard. Une trace d'injection dans le bras sans perfusion.

— Quelqu'un lui a fait une intraveineuse ?

L'infirmière secoua la tête, perplexe.

— Pas que je sache… y a aucune raison… tout passe par la perfusion, ajouta-t-elle en montrant la pompe programmable et la voie dans le bras gauche.

— Alors pourquoi on lui a fait une intraveineuse au lieu d'utiliser la voie ? (La femme se pencha.) Cette injection est récente… et mal faite… Un vrai massacre… Je veux savoir qui a fait ça.

Elle alla au bout du lit, consulta l'historique du patient sur la feuille épinglée au panneau de bois.

— Je ne vois aucune injection de prévue, commenta-t-elle.

— Peut-être qu'il avait trop mal, suggéra l'infirmière.

Trois plis soucieux barraient le front de la nouvelle venue. Elle se tourna vers l'interne.

— Qui était de garde ?

— Nous…, répondit-il.

— Dans ce cas, s'il avait appelé, vous l'auriez entendu. Il y a quelqu'un d'autre à l'étage en ce moment ?

— Pas à ma connaissance.

La femme marqua un temps d'arrêt, puis dit :

— Réunis dans la salle de repos tout le personnel présent… immédiatement !

L'infirmière soupira. Elle finissait son service dans moins d'une heure. Elle n'avait qu'une envie : rentrer chez elle, prendre le petit déjeuner avec son mari et ses enfants et retrouver son lit. Quelle poisse. Elle vit la toubib sortir son téléphone de sa blouse.

— Tu appelles qui ?

— J'appelle Pierre, répondit la médecin-chef (Pierre était le directeur du centre), on est devant une mort suspecte…

Jeudi 23 juin

25

Elle avait fini par se rendormir. Au bout de la nuit. Épuisée. Alors que l'aube commençait déjà à éclaircir le ciel au-dessus des montagnes. Elle se réveilla encore tout imprégnée de l'atmosphère du rêve. Comme si le cauchemar répugnait à la quitter. Comme s'il refluait au rythme lent d'une marée, laissant une trace brillante sur le sable de son esprit.

Le jour gris qui entrait par la fenêtre présageait une nouvelle matinée orageuse. Elle passa un long moment sous la douche, se frictionnant avec vigueur, se débarrassant des derniers lambeaux de rêve comme elle l'aurait fait d'une mue.

En ressortant de la salle d'eau, elle se souvint de quelque chose, examina la descente de lit et frissonna. Elle n'avait pas rêvé.

Les poils étaient toujours là…

— Tu te sens mieux ? demanda Artemisia quand Judith eut pénétré dans la cuisine, en bas.

Elle nota le tutoiement. C'était nouveau. Il n'y avait pas la moindre nuance de reproche dans la voix d'Artemisia.

Et toi, tu as bien dormi après ta petite virée ? songea Judith. *Tu étais où, cette nuit ? Elle a dû être courte. D'ailleurs, tu as de sacrés cernes sous les yeux, ma vieille.*

— Je suis désolée, dit-elle, je ne sais pas ce qui m'est arrivé.

— En tout cas, ce n'est pas la nourriture, personne d'autre n'a été malade.

Judith laissa échapper un soupir.

— C'est calme ce matin, constata-t-elle. Tes invités sont restés dormir ?

— Non, ils sont tous partis après le dîner. Stefan et Franka ont une maison à une demi-heure d'ici. Ils passent tous leurs étés dans les Pyrénées. Stefan est un peu… pénible parfois, tu ne trouves pas ?

— Est-ce que… vous avez des chèvres ici ?

Le coup d'œil que lui lança Artemisia souligna clairement l'incongruité de la question.

— Des chèvres ? Non, on n'a pas de chèvres… Pourquoi ?

— Comme ça…

Artemisia la regarda, déconcertée. À cet instant, des pas retentirent dans le couloir et Morbus fit son entrée.

— On a du citrate de bétaïne ?

— Je t'ai préparé une tisane détox, répondit Artemisia.

— Putain, qu'est-ce que j'ai mal au crâne. Non, je veux pas de ta tisane. Je vais me préparer un smoothie à la banane, c'est bourré de potassium. Le potassium, c'est bon pour les cuites…

Il parut découvrir Judith.

— Salut. Sacrée sortie hier soir, hein ? dit-il en souriant.

Elle sentit la chaleur lui monter aux joues. Il imita la démarche titubante d'un zombie.

— Chuis sûr que George Romero et Lucio Fulci auraient apprécié…

— Morbus, s'il te plaît ! dit Artemisia, comme si elle réprimandait un enfant.

Pendant les cinq minutes suivantes, il dégusta son smoothie sans cesser de jeter des coups d'œil en biais à Judith, avec l'air de se poser des questions à son sujet.

— Allons-y, dit-il finalement. Je veux te montrer quelque chose.

Elle nota qu'il était passé au tutoiement lui aussi. Elle le suivit à travers la maison. Après la dernière nuit, elle se sentait extrêmement nerveuse. Elle éprouvait de plus en plus un malaise à l'idée d'explorer cet endroit. Ils suivirent le couloir principal, puis un autre sur la droite, perpendiculaire au premier. Morbus avançait devant elle de sa démarche de vilain gnome. Des murs rouges comme dans un rêve – ou comme dans un cinéma. Au bout du couloir, il poussa une double porte matelassée aux battants ornés de gros clous dorés.

Une salle de projection…

Elle songea que le petit cinéma « Art et essai » où elle avait découvert les films de Morbus était à peine plus spacieux. Trois rangées de sièges en tout et pour tout mais un écran suffisamment grand, encadré par des rideaux de velours. Des tulipes de verre aux murs. Tout était fait pour retrouver l'atmosphère des vieux cinémas d'antan, même le distributeur de pop-corn dans un coin !

Il descendit sur le côté jusqu'au premier rang, s'assit au centre de la rangée.

— Viens t'asseoir à côté de moi, dit-il.

Elle s'exécuta. Dès qu'elle fut installée, il appuya sur un bouton dans son accoudoir et les lumières s'éteignirent, tandis que l'écran s'illuminait.

Pendant un instant, elle eut l'espoir déraisonnable qu'il allait lui passer des rushs d'*Orpheus*, son film maudit jamais diffusé, mais à la place elle vit les images qu'il avait tournées en ville la veille.

Des visages souriants, crispés, sévères, curieux, rieurs, boudeurs, hostiles, sérieux, ouverts. Des regards amusés, complices, torves, menaçants ou fermés. Ce défilé la mit mal à l'aise. Il y avait quelque chose de profondément dérangeant, de malsain dans cet exercice. Du pur voyeurisme selon elle. La seconde d'après, elle tressaillit en contemplant son propre visage : de face, de profil, de trois quarts arrière, fixant la caméra ou ignorant sa présence, son visage qui affichait toute une gamme d'expressions allant de la curiosité à l'inquiétude, de la perplexité à l'amusement.

Elle eut l'impression de suffoquer dans cette pénombre, avec pour seul éclairage sa propre image envahissant l'écran. Puis son regard s'agrandit encore devant les prises suivantes, lesquelles la firent s'enfoncer dans son siège, la nuque écrasée contre le dossier, comme si elle voulait disparaître.

Une femme aux yeux crevés évoquant deux puits obscurs, des larmes de sang coulant sur ses joues, la bouche grande ouverte, dans laquelle entraient des centaines de gros insectes noirs. Une fresque de l'Égypte ancienne représentant Seth, le dieu du désordre – corps humain et tête allongée d'oiseau. Un caïman attrapant dans sa gueule la patte arrière d'un gnou et le tirant vers l'eau en ébullition ; les yeux fous de terreur et les mugissements du bovidé tandis que d'autres grands sauriens se jetaient sur lui dans un grouillement obscène. Un oiseau tenu au creux d'une main d'enfant, les deux lames brillantes d'une paire de ciseaux autour de son cou gracile ; elles se refermaient dessus avec un grincement métallique, et le piaf ouvrait son petit bec pour émettre un cri muet, avant que sa tête ne se détache et tombe. Une lame de rasoir s'approchant d'une langue tirée par une pince, en très gros plan. Un cadavre bouffi, ventre ouvert sur des viscères purulents, où crépitait une masse grouillante d'asticots, avant que n'émerge de cet amas répugnant la tête triangulaire, pleine de curiosité, d'un reptile.

Le souffle lui manqua. Elle se mit à trembler.

— Arrêtez ça, Morbus, s'il vous plaît ! supplia-t-elle en détournant les yeux de ces flashs cauchemardesques.

Il le fit. Les lumières se rallumèrent aussitôt. Elle reprit sa respiration. Elle haletait presque. Sur l'écran, son propre regard était revenu – immense, curieux, effrayé.

C'est alors que Morbus Delacroix tourna la tête vers elle et la fixa d'un œil inquisiteur, un œil qui avait la température d'un ru de montagne en hiver coulant entre deux matelas de neige.

— QUI ES-TU, JUDITH ? demanda-t-il.

26

Le père Eyenga faisait le tour de son église dans l'odeur de cire des buissons de cierges. Il trouvait quelque réconfort en ce lieu. Après la messe, il s'était recueilli devant la fresque de Jésus au désert, s'était remémoré Matthieu 4,1 :

« Alors Jésus fut conduit par l'Esprit au désert. Après avoir jeûné quarante jours et quarante nuits, il finit par avoir faim. Le tentateur s'approcha et lui dit : “Si tu es le Fils de Dieu, ordonne que ces pierres deviennent des pains.” »

Lui aussi avait vu le visage du mal sur l'île. Le diable avait-il pris la forme de Kenneth Zorn ? Il revoyait sans cesse la langue du producteur sur sa paume, sa bouche proférant des paroles étranges. Qui était cet homme ? Et que signifiait le message laissé par Matthias Laugier ?

Alourdissez ma croix, songea-t-il en retournant vers le presbytère. *Ne laissez pas mon fardeau s'alléger. Mais, de grâce, ne m'obligez plus à rencontrer quelqu'un comme Kenneth Zorn…*

Il passa dans le presbytère, retira son aube, qui sentait l'antimite et le renfermé, sortit un plat sous vide du frigo. Puis il alluma la télé. Assis, solitaire, à la grande table, il écouta distraitement les infos – l'éternelle litanie des malheurs et des folies du monde, la sempiternelle démonstration d'une expiation collective jamais achevée. Soudain, la voix de la journaliste lui fit lever les yeux :

« Le producteur Kenneth Zorn, célèbre pour avoir relancé le cinéma d'horreur français dans les années 2000, s'est donné la mort hier. Selon la presse régionale, il se serait jeté du haut du château où il résidait depuis plusieurs années, sur une île bretonne. Par ailleurs, le château a été presque entièrement ravagé par un incendie. On ignore encore si les deux événements sont liés. »

Sur l'écran du petit téléviseur s'affichait le visage plein de morgue, trop familier désormais, de Kenneth Zorn.

Le prêtre se leva, se mit à faire les cent pas. Il se sentait plus triste, plus abattu que jamais. Pourquoi ce suicide ? Pourquoi cet ultime outrage ?

Puis il pensa à ce qu'avait dit l'homme mourant sur son lit d'hôpital : *L'enfer, mon père... J'ai été un de ses démons...* Il devait parler à Matthias Laugier. Il devait retourner au petit centre hospitalier.

— QUI ES-TU, JUDITH ?

La question résonnait encore à ses oreilles. Delacroix la regardait fixement. Il attendait une réponse.

— Je... je ne comprends pas cette question, balbutia-t-elle, soulagée que la lueur de l'écran reflétée sur leurs deux visages dissimulât sa pâleur.

— J'ai observé ta réaction devant ces images, dit-il.

— D'où proviennent-elles ? voulut-elle savoir, autant par curiosité que pour changer de sujet.

— Certaines, le gnou et le caïman par exemple, sont réelles. D'autres sont des trucages, naturellement.

Ce sont des images que j'ai tournées jadis mais que je n'ai jamais utilisées. À l'époque, pour étudier leur impact, on les testait sur un certain nombre de personnes qu'on réunissait dans une salle de projection et on gardait seulement celles qui faisaient le plus réagir pour les replacer un jour. Mais tu n'as pas répondu à ma question : *qui es-tu, Judith ?*

Elle déglutit.

— Comment ça ?

Elle le vit sourire.

— Ce qui m'intéresse, vois-tu, c'est ce que tu es au fond de toi, Judith, pas ce que tu laisses entrevoir aux autres. Je veux connaître tes secrets, tes pensées profondes, tes colères, tes peurs, tes détestations… En échange, je t'ouvrirai les portes de mon univers intérieur, de ma création. C'est la condition.

Elle sentit un immense soulagement l'envahir. Pendant un moment, elle avait cru que Delacroix parlait de tout autre chose – *qu'il l'avait percée à jour.*

— Et comment suis-je censée faire cela ?

— Pas à pas. Tu restes ici quelques jours. Pour chaque question que tu me poseras, je t'en poserai une en retour. Ça te paraît un *deal* honnête ?

Elle acquiesça.

— Pourquoi me donner cette chance ? demanda-t-elle d'un ton sceptique.

Oui, pourquoi ? s'interrogea-t-elle.

— Parce que tu es unique, Judith. Je l'ai su dès le premier instant où je t'ai vue. Et parce que tu me rappelles quelqu'un… Et aussi parce qu'il y a quelque chose que tu ne me dis pas encore – mais que tu finiras par me dire.

27

Il faisait sombre et il pleuvait à torrents ce soir-là. Ce qui n'empêchait pas la foule de l'heure de pointe d'envahir les rues, débordant des trottoirs dans le ballet des phares et la lueur des feux passant du vert au rouge et du rouge au vert.

IVe arrondissement de Paris, rue de Rivoli, près de l'Hôtel de Ville.

Un quartier dont la population sortait même quand il pleuvait. Avait de bonnes raisons de sortir. Parce qu'il y avait là à peu près tout ce dont le reste de l'humanité rêve : de bons restaurants, des bars cosy, des boutiques vendant tout et n'importe quoi, des galeries d'art, des supérettes bio, un bazar sur six étages plus un sous-sol pour le bricolage. Servaz n'avait jamais vécu à Moscou à l'époque soviétique, ni à Kaboul, ni à Mogadiscio, mais il savait que les gens d'ici – ceux-là mêmes qui parlaient de décroissance et de frugalité – étaient parmi les plus privilégiés de cette planète et n'avaient pas la plus petite idée de ce qu'était *vraiment* la frugalité.

Ils traversèrent la rue de Rivoli au milieu du flot des voitures roulant au ralenti, pare-chocs contre pare-chocs, sous une pluie battante.

Remontèrent la rue du Temple, puis la rue de la Verrerie, passèrent devant des terrasses désertées, sur lesquelles les auvents de toile malmenés par l'orage se vidaient en cataractes bruyantes. Mais les intérieurs étaient bondés.

Rue des Archives.

Servaz vit l'enseigne clignotante. Il se serait plutôt attendu à trouver le Cabaret Rouge du côté de Pigalle, rue Frochot par exemple, entre le Lipstick et le Dirty Dick.

— OK, dit Pierrat, vous me laissez parler, d'accord ?

Pierrat était un colosse dans la cinquantaine, visage taillé à coups de burin, poitrail gigantesque, nez fort et petits yeux gris striés de rouge, portant, été comme hiver, des vestes kaki et des pantalons pleins de poches. Il aurait pu reprendre le rôle de Gene Hackman dans un remake de *French Connection.*

Servaz avait oublié son prénom. À l'école de police déjà on l'appelait « Pierrat ». Sans doute parce que son patronyme collait avec son côté minéral. Mais Martin avait pu vérifier plus d'une fois que cette apparence monolithique cachait une grande vivacité d'esprit.

Ils poussèrent une porte noire et pénétrèrent dans une grotte toute de velours rouge, de moquette épaisse et de lumières tamisées. Un espace réduit qui vibrait aux pulsations d'une basse provenant de derrière le rideau sur leur gauche. Au fond, un comptoir et une jeune femme vêtue d'un fourreau or, remarquablement pâle et fluette.

— Arkhane est ici ? dit Pierrat.

— Qui le demande ?

Pierrat le lui dit. La jeune femme disparut par une porte dérobée. Espérandieu écarta le rideau et jeta un coup d'œil dans la salle. Il était encore tôt ; elle était vide, à l'exception de trois personnes sur la scène embrasée par plusieurs projecteurs. Dans le flot de lumière, elles réglaient un assemblage complexe de crochets, de câbles et de tenseurs descendant du plafond. *Suspensions*, se dit-il. Ça devait constituer le clou du spectacle.

Quand Arkhane surgit par la petite porte derrière le comptoir, Servaz écarquilla les yeux malgré lui. C'était l'un des êtres les plus bizarres qu'il eût jamais contemplés. Le patron du Cabaret Rouge était si haut et si maigre qu'il ressemblait à un grand sac d'os. Il devait dépasser les deux mètres. Son visage se présentait sous la forme d'un très curieux assemblage de méplats et de saillies dont le moindre centimètre carré était enseveli sous les tatouages et les piercings, parmi lesquels un septum d'argent incurvé qui reliait ses narines et un pont traversant l'arête du nez en dessous des arcades. Son crâne pointu était rasé et tatoué lui aussi, les tatouages donnant à sa peau l'apparence d'une dentelle ou d'une mosaïque. Ses prunelles étaient en outre recouvertes de lentilles rouges qui faisaient brûler son regard d'une flamme tellement intense que Servaz se sentit légèrement déstabilisé en l'affrontant. C'était sans nul doute l'effet souhaité.

— Salut, Arkhane, dit Pierrat sans s'émouvoir. On peut parler tranquillement ?

L'apparition portait une longue robe noire à bretelles qui laissait nus ses épaules et ses bras squelettiques, mais qui couvrait ses jambes. La poitrine creuse était voilée de tulle.

— C'est à quel sujet ? demanda Arkhane d'une voix aiguë et râpeuse.

— Pas ici.

— Suis-moi, tu connais le chemin.

Arkhane : « Arcane ». Étymologiquement, Servaz, en bon latiniste, le savait, le mot dérivait du latin *arcanus*, qui signifie « secret ». Il désignait une chose mystérieuse, connue des seuls initiés, ou bien, en alchimie, une préparation réservée aux adeptes. C'était aussi le nom donné aux cartes du tarot divinatoire et à l'explication, gardée secrète, d'un numéro de prestidigitation. Servaz trouva que le terme était approprié. Il y avait tant de mystères dans cette affaire. Sans compter le tour de magie de Jonas Résimont, le passe-muraille.

Il était convaincu que, pour l'état civil, Arkhane était doté d'un nom terriblement banal. Tant de gens cherchent à s'inventer d'autres vies.

Arkhane franchit le rideau et ils le suivirent. Un autre personnage était monté sur scène. Pantalon de latex noir, torse nu, musclé, ceinture dorée. Il inspirait et expirait, les yeux clos. Souffle. Concentration. Une des personnes manipulant l'assemblage de câbles et de crochets approcha les hameçons de son dos – la lumière les fit briller – et montra les points d'entrée où ils seraient enfoncés sous la peau pendant le spectacle. Servaz déglutit.

Après avoir suivi un couloir étroit et sombre, ils débouchèrent sur une petite pièce qui évoquait à la fois un bureau et un cabinet de curiosités. Les murs peints en noir étaient recouverts de très nombreuses photos où apparaissait Arkhane en compagnie de personnalités du monde de la nuit mais aussi du show-biz et de l'art. Ils reconnurent plusieurs visages : actrices, acteurs, présentateurs télé, politiques… Le plafond était un ciel étoilé fait d'une multitude de petites diodes comme celui de la salle. Derrière des vitrines illuminées, Servaz aperçut des crânes de mammifères et d'oiseaux, mais aussi un crâne humain les contemplant de ses orbites mortes.

— Bon, alors, dit Arkhane en s'asseyant derrière le bureau, au milieu du bric-à-brac, c'est quoi l'objet de votre visite ? D'habitude, il s'agit plutôt de contrôles sanitaires ou de l'OCLTI.

L'Office central de lutte contre le travail illégal. Pierrat hocha la tête.

— Ça rigole pas cette fois, Arkhane, dit le flic parisien. Il s'agit d'un meurtre.

Les yeux du géant s'agrandirent.

— Un meurtre ? Quel genre ?

— Le genre où le mec est mort, répondit Pierrat. Stan Du Welz, ça te parle ?

— Non, c'est qui ?

— Pourtant, il fréquentait ton établissement, c'est sa sœur qui nous l'a dit.

Pierrat tendit une photo au géant tatoué.

— Ah oui, Stan… Ça fait un moment qu'il est pas venu. Il venait quand on organisait des fêtes thématiques sur le *body art*, je m'en souviens… Il travaille dans le cinéma si ma mémoire est bonne. Mais il était différent à l'époque.

— Différent comment ?

— Eh ben, vous savez, dit le sac d'os en montrant son crâne et ses bras, il se faisait greffer tout un tas de trucs partout. Chaque fois, il en avait un nouveau. (Il fit mine de réfléchir.) Mais ça fait un bail que je l'ai pas vu, au moins deux ans… Il a tué qui ?

— Non, lui, c'est la victime, rectifia Pierrat.

— Et qu'est-ce que ça a à voir avec le Cabaret Rouge ?

— C'est ce qu'on cherche à déterminer… Peut-être *nada*, peut-être quêqu'chose.

— Attendez…, dit Arkhane en se levant et en s'approchant du mur de photos. Tenez, il est là, votre Stan.

Ils se rassemblèrent autour de lui. Se penchèrent sur la photo encadrée parmi des dizaines de clichés. Quatre hommes. Arkhane, Stan Du Welz et deux autres : le premier, mince, la trentaine, taille moyenne, complet gris et lunettes qui auraient pu être celles d'un comptable ou d'un trader ; l'autre, plus grand – presque autant qu'Arkhane –, brun, bel homme si on aimait le genre ténébreux, vêtu d'une extravagante cape noire.

— C'est qui, ces deux-là ? demanda Pierrat.

— Lui, c'est Maximilien Renn, répondit le géant en désignant l'expert-comptable. Créateur et animateur de la chaîne MAD sur YouTube, où il parle de cinéma d'horreur, de musique métal, de *body art*, de tout ce qu'il appelle les « arts de l'excès ». Un *freak*, comme nous tous, conclut Arkhane en laissant échapper un petit rire. Il vient quelquefois.

— Et celui qui a l'air tout droit sorti d'*Entretien avec un vampire* ? demanda Espérandieu en désignant le grand brun à la chevelure ample et à la cape noire.

Arkhane haussa ses épaules maigres.

— Je ne connais pas son vrai nom. Il vient de temps en temps. On l'appelle Valek.

— Valek ?

Arkhane les toisa de ses iris écarlates. Carrément flippant, songea Vincent.

— C'est le nom du chef des vampires dans un film de Carpenter. Vous savez, celui où James Wood chasse les suceurs de sang au Nouveau-Mexique… (Seul Espérandieu acquiesça.) On a tous des sobriquets ici, je vous ai dit qu'on est tous des *freaks*… (Subitement, ils le virent redevenir sérieux.) Je n'ai jamais aimé ce type, maintenant qu'on en parle… Il y a chez lui quelque chose de… je sais pas… de pas net…

— Stan venait seul ? voulut savoir Pierrat.

Arkhane hocha la tête.

— Sauf une fois, où il est venu avec une femme. Je m'en souviens parce que c'était une vraie harpie et qu'elle nous a carrément traités de cinglés !

Servaz sortit la photo de Victoire Du Welz.

— C'est elle.

Servaz montra le cliché des quatre hommes sur le mur.

— Ça vous dérange si on vous l'emprunte ?

— Si vous me la rapportez, dit Arkhane en tirant la photo de son cadre.

— Tu as l'adresse de ce Renn ? demanda Pierrat. Et de ce… Valek ?

— Celle de Renn, oui, je l'ai quelque part, il a parlé de nous sur sa chaîne. L'autre, personne ne sait où il crèche ni dans quoi il trempe… (Il retourna derrière son bureau, ouvrit un tiroir, en sortit un agenda.) Vous prendrez bien un peu de champagne avant de partir ?

Pierrat mit une seconde de trop à répondre.

— Pas ce soir, dit-il.

Il pleuvait toujours quand ils ressortirent. Alors qu'ils traversaient la rue balayée par l'averse, un rat les imita mais en sens inverse un peu plus loin.

— Je vois que vous avez le même problème que nous avons à Toulouse, commenta Vincent en remontant son col sur sa nuque ruisselante.

Pierrat ricana.

— Quand des journalistes ont soulevé le problème à la mairie, une conseillère a répondu qu'on ne devrait pas appeler les rats des rats, que c'était trop… connoté négativement. Qu'il faudrait dire « surmulots ». Des fois que les rats eux-mêmes s'en émouvraient, vous comprenez. Elle a aussi répondu que les rats sont nos « auxiliaires dans la maîtrise des déchets », c'est pas beau, ça ?

— C'est une blague, pas vrai ? réagit Espérandieu, les yeux ronds.

— Pas du tout.

28

L'hôtel donnait sur le périphérique. Un fleuve ininterrompu de phares brillait, semblable à un scintillant lit de braises ou à des particules tournant dans un collisionneur. Tout autour, des milliers de fenêtres s'allumaient les unes après les autres, dont Espérandieu se demanda combien de solitudes et de secrets elles dissimulaient.

Il retourna vers son lit spartiate – aussi minimal dans le confort que le reste de la chambre l'était dans la déco. Mais au moins il avait une cafetière à dosettes, un minibar avec une bouteille d'eau minérale et des Kinder Bueno.

Ils avaient dîné tardivement dans une brasserie boulevard Victor, face au Parc des expositions, dans le XVe, avant de regagner leur hôtel.

Espérandieu se mit au lit avec un de ses romans de science-fiction préférés, *Le Problème à trois corps*. Le chef-d'œuvre du Chinois Liu Cixin était une admirable illustration du fait que l'idéologie rend fou, aussi bien un individu isolé qu'un pays entier – ou du moins une partie de sa population. Qu'elle est capable de créer un récit qui peut devenir plus réel que la réalité même. Qu'elle utilise la morale et les plus louables intentions pour pousser à commettre les actions les plus abominables. Et qu'elle est souvent employée par un petit groupe de gens pour en manipuler et en contrôler beaucoup d'autres.

Dans ses écouteurs, la voix diaphane, éthérée, de RY X chantait *Sweat*. Sa playlist allait de The War on Drugs à Fleet Foxes.

Deux portes plus loin, Servaz sortit de la douche et se sécha les cheveux en considérant le téléphone sur son lit. Il était trop tard pour appeler Gustav. Avait-il fait exprès d'attendre si longtemps, pour être sûr qu'il dormirait ? Pour ne pas avoir à affronter sa mauvaise humeur ? Ou bien, une fois de plus, se laissait-il happer par une affaire hors norme, au point d'en oublier tout le reste ?

La seule personne qu'il avait appelée au bout du compte était Samira. Toujours aucune nouvelle de Résimont : le type avait disparu. Envolé. Évaporé. On avait retrouvé la trace d'un vague cousin dans le Nord, qui ne l'avait pas vu depuis des années. Quelqu'un planquait devant chez ce cousin, au cas où. Où était Jonas Résimont ? Ce n'était pourtant pas un spécialiste de la cavale.

Un courriel de Léa…

Il le vit dans sa messagerie à l'instant où il allait éteindre l'ordinateur. Il hésita. Il ressentit tout à coup une immense fatigue. Il éteignit l'appareil.

Jour 3 (suite et fin). *Hier soir, au milieu du dîner, vertiges, somnolence, perte de contrôle... Les invités ont cru que j'étais ivre. Ou peut-être ont-ils cru que j'étais stone, qui sait ? Depuis que je suis ici, je me sens bizarre. Est-ce qu'ils essaient de me droguer ?*

Ensuite, il y a eu ce rêve affreux. Mais comment un rêve pourrait-il laisser des poils sur une descente de lit, de la même couleur que ceux de cet horrible bouc fauve et noir dans mon cauchemar ?

D'où sortent-ils ? Et pourquoi j'ai l'impression d'être comme une mouche prise dans une toile d'araignée ? Que je suis la proie et eux les prédateurs ?

Elle était assise en tailleur au centre du lit, le cahier ouvert sur les genoux, et elle avait mal aux lombaires à force de se pencher dessus.

Aujourd'hui, Morbus m'a dit qu'il voulait connaître mes secrets, mes pensées profondes, mes colères, mes peurs, et qu'en échange il m'ouvrirait les portes de son univers, de sa création…

Qu'est-ce que ça veut dire ? Où veut-il en venir ? Quel jeu joue-t-il ? Il est temps de découvrir la vérité, mais pour ça il faut d'abord endormir leur vigilance... La nuit prochaine, je passerai à l'action…

Elle repoussa le carnet, sauta du lit et entra pieds nus dans la salle de bains. En se regardant dans le miroir, elle vit les cernes noirs sous ses yeux qui commençaient à lui creuser les joues, à lui faire des ombres qui évoquaient ces maquillages qu'on voyait dans les vieux films de la Hammer.

Elle avait de plus en plus la sensation d'être en danger dans cette maison.

Vendredi 24 juin

29

Maison d'arrêt de Seysses, près de Toulouse, 8 heures du matin. Piotr Souchko attendait, allongé sur sa couchette – celle du haut –, fixant le plafond, fermant son esprit au chaos.

Il était habitué. Ce n'était pas sa première taule. Portes qui claquent, cliquetis retentissants des serrures, volume des téléviseurs poussé à fond, à vous rendre fou, dialogues hurlés à travers les grillages des fenêtres et coups de sifflet accompagnant les « yoyos » : ces objets qu'on se balance d'une fenêtre à l'autre, au bout d'une ficelle. Ce matin-là, un taulard tambourinait et braillait, hystérique, pour interpeller les gardiens, ses cris stridents à vous vriller les tympans.

Piotr s'en fichait. Dans une heure, cet enfer serait derrière lui.

— Putain, Piotr, tu sors, dit la voix en dessous avec une pointe de jalousie. Tu te casses de cet égout…

Ils avaient de la chance : ils étaient deux dans la cellule. À Seysses, il y avait 1 073 détenus pour 655 places disponibles et 160 détenus qui dormaient sur des matelas à même le sol. Rien de très nouveau. Mais, récemment, le niveau de dangerosité avait grimpé en flèche. Au cœur de MH2 – la maison d'arrêt hommes 2 –, un gang de clandestins avait pris le pouvoir ces derniers mois en déployant une violence immodérée. Regroupés par communautés, les taulards en situation irrégulière bricolaient leurs propres armes à l'aide de bouts de verre et de plexiglas et vous tombaient dessus pour un oui ou pour un non – pour un paquet de clopes, de la came, du fric…

Piotr les redoutait, mais il les comprenait.

Ces types n'avaient rien à perdre : pas d'aménagements de peine en vue pour eux, pas de famille pour venir les voir, leur apporter de l'argent, améliorer leurs conditions de détention. Peu ou pas d'espoir. Que dalle. Ça les rendait enragés. Une rage qui bouillonnait littéralement dans leur sang, les changeant en bêtes sauvages. Sans parler de ceux qui étaient déjà des caïds dans leur pays d'origine et qui étaient venus ici pour élargir leur business mais qui, manque de bol, s'étaient fait choper. Résultat : tout le monde avait les jetons, les autres détenus comme les gardiens, et ils avaient fait main basse par la terreur et la violence sur tous les business illégaux, et même sur la plupart des objets lancés de l'extérieur de la taule à destination des autres détenus.

Putain d'enfoirés de salopards, songea Piotr. Rien ne leur échappait.

Ce matin-là, il le sentait : une nouvelle crise de nerfs se préparait. Le besoin d'exploser innervait la prison. Il le devinait à des petits signes, à des comportements. Il n'y avait pas eu de véritable incident depuis le mois précédent, quand une dizaine de clandestins avaient subitement entouré un autre prisonnier dans la cour de promenade. Lorsqu'ils s'étaient écartés, le type gisait au sol, pissant le sang, poignardé à plusieurs reprises avec une arme artisanale. Grâce à cette méthode, le groupe protégeait l'agresseur, qui devenait difficilement indentifiable malgré les caméras de surveillance. La victime était partie direct à l'hosto.

Un mois sans explosion… Trop long… Il devinait qu'un nouvel orage se profilait à l'horizon. Comme on sent l'ozone dans l'air.

Piotr Souchko savait mieux que personne prendre le pouls d'une taule. Et ce qu'il reniflait depuis quelques jours le rendait nerveux. Tout ce qu'il demandait, c'était que ça n'arrive pas ce matin. Putain, non. Pas aujourd'hui. Sinon sa sortie serait retardée.

Le reste, c'était pas ses oignons. Filer doux et éviter les emmerdes, telle était sa devise.

Pour faire redescendre la pression, il se mit à compter à voix basse – si personne n'était venu quand il aurait atteint les mille, il appellerait le gardien.

Mais une clé claqua dans la serrure et la porte s'ouvrit à la volée.

— Souchko, je vous conduis au greffe pour votre levée d'écrou !

Bordel, ça y était ! Piotr sauta à bas de la couchette sans se servir de l'échelle.

— Putain, cette fois c'est la bonne, mec, souffla son compagnon de cellule d'une voix qui ne débordait pas d'enthousiasme.

— Prends soin de toi, Momo, dit Piotr. Évite ces excités. Cette taule, c'est devenu un vrai nid de serpents.

Il vit la peur passer dans le regard de Momo.

— Je sais, mec, je sais… J'attends une nouvelle affectation de toute façon.

Momo était un « longue peine », sa place était en centrale. Ils se cognèrent les poings. Momo avait les yeux humides.

— On y va, Souchko, dit le gardien.

Il sifflota doucement en lui emboîtant le pas. Remonta les coursives. Passa devant les portes verrouillées. Franchit joyeusement grilles et sas. Son cœur n'avait pas été aussi léger depuis son premier flirt. Une demi-heure plus tard, il avait récupéré ses maigres effets, son sac de sport Adidas, signé les papiers, et il était dehors.

Il considéra, perplexe, l'esplanade à l'herbe brûlée et le parking presque désert.

Merde, où était Florent ?

Il aurait dû être là ce matin, c'était convenu entre eux. Qu'est-ce qu'il foutait ? Florent lui avait promis qu'il serait là à sa sortie. Il avait dû avoir un contretemps… Et Piotr n'avait pas de téléphone. Mais, en cet instant, Piotr Souchko était trop heureux pour se laisser dégriser par une petite contrariété.

Il attendait depuis vingt minutes quand il commença à trépigner d'impatience. Ce n'était pas comme à l'intérieur – où le temps s'étirait tel un chewing-gum à la limite de la rupture. Où rien ne pressait. Dehors, c'était différent. Dehors, chaque minute comptait. Il n'allait pas rester planté là à attendre.

Il décida de prendre le bus. Il avait l'adresse. Il avait connu Florent quand il avait effectué quelques petits boulots dans le cinéma, sur un plateau de tournage. Florent était perchman et assistant son, et Piotr était chargé de trimballer le matériel et de le seconder dans sa tâche. Il avait été placé là par son CPIP, son conseiller pénitentiaire d'insertion et de probation. Au début, Florent s'était montré agacé par la présence de ce bleu qu'on lui avait fourré dans les pattes, mais Piotr avait su se rendre utile et ils avaient fini par sympathiser quand ils s'étaient rendu compte qu'ils nourrissaient tous les deux une véritable passion pour le cinéma d'horreur. C'était avant qu'il tombe de nouveau.

Piotr lui avait ainsi appris plein de trucs sur le cinéma d'horreur russe, sur des gens comme Sviatoslav Podgaïevski, sur *Vij*, considéré comme le premier film d'horreur russe et aussi le seul film d'horreur de l'ère soviétique – où ne passaient l'épreuve de la censure que les œuvres se conformant strictement au dogme du réalisme socialiste.

Cela avait vivement intéressé Florent. Ils s'étaient rapprochés, étaient devenus amis. Par la suite, quand Piotr était retombé, Florent l'avait surpris en venant le voir en taule. Son nouvel ami lui avait expliqué qu'il ne lui fallait que quelques minutes en voiture, par l'A64, entre le quartier où il résidait et la maison d'arrêt. Néanmoins, Piotr ne s'y attendait pas et ça l'avait touché.

Il se mit tranquillement en marche vers l'arrêt de bus. Il était sûr que Florent ne l'avait pas laissé tomber. Il y avait chez cet homme un côté idéaliste et pur que les gens comme Piotr savaient parfaitement exploiter.

Tout ce qu'il avait à faire, c'était se rendre chez lui et, une fois là-bas, attendre.

30

9 heures du matin. Café de la Place, Vincennes. Servaz, Espérandieu et Pierrat terminaient leur petit noir au comptoir. Pierrat y avait ajouté une goutte d'alcool. Autour d'eux, le bar était rempli d'habitués se préparant à affronter une nouvelle journée qui serait en tout point semblable aux précédentes. Sur la place, derrière la vitre, la station du RER A – la ligne la plus chargée d'Europe – vomissait sous la pluie ses centaines de passagers venus d'autres banlieues plus lointaines. Servaz consulta sa montre.

— C'est bon, on y va.

L'adresse était à deux pas. Rue de Montreuil. Ils sonnèrent à l'interphone, cernés par l'averse.

— Ouais ?

— Maximilien Renn ? Commandant Pierrat, brigade criminelle. On aurait quelques questions à vous poser.

— Nestor, c'est une de tes blagues, n'est-ce pas ? répondit l'intéressé d'un ton guilleret.

— Euh, non… ce n'est pas une blague, monsieur Renn. Nous enquêtons sur la mort de Stan Du Welz. Ce nom vous…

— Je sais qui est Stan, l'interrompit Renn. Que lui est-il arrivé ?

— Je vous le dirai si vous nous laissez monter, dit Pierrat en suçotant une pastille à la menthe.

— Ascenseur à gauche, dernier étage, annonça la voix en même temps que l'ouverture électronique grésillait.

Ils trouvèrent une seule porte au dernier étage, en émergeant de la cabine. Elle était ouverte.

— Allez-y, entrez ! lança une voix à l'intérieur.

Ils n'avaient pas vérifié le nombre de ses *followers*, mais la chaîne YouTube de Maximilien Renn devait avoir du succès : un loft en plein centre-ville, à proximité immédiate de la mairie et du château de Vincennes, de vastes volumes baignés de lumière. Et la verrière, là-haut, que martelait la pluie, était à cinq bons mètres du sol, lequel était recouvert d'un parquet en bois exotique. Il y avait plusieurs niveaux et espaces reliés entre eux par des escaliers et une structure métallique ; la déco, elle aussi, était du genre industriel – verre, métal, brique, béton.

— Magnifique, apprécia Pierrat. Je ne savais pas qu'on pouvait faire autant d'argent en parlant de films d'horreur.

— J'ai fait un petit héritage, précisa Renn. Et au moins je ne suis pas parti à Dubaï pour payer moins d'impôts.

Il ressemblait très exactement à sa photo : costume sur mesure, cravate, lunettes à fine monture, cheveux courts mais pas trop : moins expert-comptable que cadre dirigeant de banque ou d'assurance.

— Venez par ici.

Il les conduisit vers un coin où se trouvaient un bar, des canapés en cuir pain brûlé mais aussi un grand projecteur-parapluie et une caméra sur trépied. Il éteignit le projecteur.

— J'étais en train d'enregistrer, expliqua-t-il. OK. Asseyez-vous. Qu'est-ce qui est arrivé à Stan ? demanda-t-il en se laissant tomber sur un des canapés.

— Homicide, répondit Pierrat en l'imitant. Il a été assassiné dans l'hôpital psychiatrique où il était soigné.

— Hôpital psychiatrique ?

Renn parut sincèrement surpris.

— Et qu'est-ce qui vous a menés jusqu'à moi ?

Servaz sortit la photo d'Arkhane.

— Je vois, le Cabaret Rouge... un endroit intéressant... Ça fait un moment que je n'avais plus de nouvelles de Stan. Je l'ai connu par une relation commune. Sur ma chaîne, je parle beaucoup de cinéma. Vous avez une piste ?

— Un des patients de l'hôpital s'est évadé, il avait sa chambre à côté de celle de Du Welz, dit Servaz.

— Qu'est-ce que foutait Stan dans un hôpital psychiatrique ?

— Il avait de sérieux problèmes de santé mentale, répondit Servaz sans aller plus loin.

Renn hocha la tête.

— C'est pour ça qu'il avait disparu du milieu, j'imagine.

— Il travaillait dans les effets spéciaux, c'est bien ça ? demanda Espérandieu.

Le youtubeur acquiesça.

— Oui, et il travaillait aussi pour le cinéma *mainstream*. Mais sa spécialité, c'était le *body horror*. C'était le meilleur dans son domaine. Il n'avait pas son pareil pour...

— Le *body horror* ? releva Servaz.

Renn le fixa à travers ses lunettes.

— Le *body horror*, l'horreur corporelle, si vous voulez, est un sous-genre du cinéma horrifique, qui soumet les corps à des traumatismes extrêmes : mutations, mutilations, pourrissements, maladies, rapports sexuels aberrants – des visions souvent très choquantes. On peut dire que le pionnier du *body horror* a été David Cronenberg avec des films comme *Rage*, *La Mouche*, *Vidéodrome* ou encore son dernier : *Les Crimes du futur*. C'est une sorte d'horreur viscérale excessivement perturbante pour le spectateur qui nécessite des effets spéciaux et des prothèses très au point. J'ai revu *Vidéodrome* récemment et, la vache, les effets ont sacrément vieilli… mais ça reste pionnier dans le genre. Stan était le meilleur spécialiste français du *body horror*. Du moins avant de disparaître de la scène horrifique… J'ignorais qu'il avait été interné. Pauvre gars.

Servaz se dit que Stan Du Welz ne s'était pas contenté de pratiquer le *body horror* dans les films. D'une certaine façon, il l'avait essayé sur lui-même.

— Et est-ce que vous connaissez ce type ? demanda Pierrat en écrasant son gros doigt sur le quatrième homme de la photo, le brun ténébreux à la cape.

— Valek ? Je le croise de temps en temps dans des fêtes underground, des trucs à la limite de la légalité. On dit que c'est ce qu'il fait : qu'il navigue toujours à la frontière de ce qui est licite et de ce qui ne l'est pas, qu'il rend des services.

— Quel genre de services ?

— Il fournit des trucs qu'on ne trouve pas au supermarché du coin, je suppose… Il paraît qu'il est introduit dans certains milieux. Je n'en sais pas plus.

— Et vous ne sauriez pas où il crèche ? demanda Pierrat.

— Je ne connais même pas son nom…

— C'est quoi, ça ? dit brusquement Espérandieu, en élevant suffisamment la voix pour leur faire tourner la tête.

Servaz pivota vers son adjoint, suivit son regard. À quatre mètres d'eux, une affiche de film était placardée sur le mur de brique. Deux mètres sur un. Le film s'intitulait *Orpheus ou la Spirale du Mal*. Il était d'un certain Morbus Delacroix. Mais ce qui capta son attention, ce fut *la grande spirale sanglante dessinée sur l'affiche*.

— Ça m'a coûté une blinde, répondit Renn fièrement. L'affiche originale d'*Orpheus* ! Telle que Delacroix lui-même l'a dessinée. Elle n'a jamais été utilisée en réalité. Parce que le film n'est jamais sorti.

Espérandieu s'était levé – et il avait quasiment le nez collé à l'affiche. Il semblait dans tous ses états.

— Morbus Delacroix… celui de *Perversions* et de *Bloody Games* ?

— Vous en connaissez un autre ?

— Putain ! s'exclama Vincent. Bien sûr ! J'aurais dû y penser ! Je me souviens de cette histoire : le film a été interdit aux moins de dix-huit ans et les distributeurs ont renoncé à le sortir !

Renn les regarda, déconcerté.

— Qu'est-ce qui se passe ? On m'explique ? Quel rapport entre la mort de Stan et ce film ?

Servaz tira une enveloppe de sa veste. Il en sortit un certain nombre de photos, fouilla parmi elles, en fit glisser une sur la table basse.

— Merde ! sursauta Renn en découvrant la spirale tracée dans le sang sur le matelas. C'est l'assassin qui a fait ça ?

— On pense que c'est Du Welz lui-même, il a voulu nous laisser un message avant de mourir, apparemment… Reste à savoir lequel. Parlez-nous de ce Delacroix.

Espérandieu revint s'asseoir. Renn les dévisagea à tour de rôle avec un éclair malicieux dans les yeux. Il paraissait très excité par la tournure de la conversation.

— Maintenant qu'on en parle, Stan a travaillé sur tous les films de Delacroix, qui s'entourait toujours de la même équipe ou presque. Il faut dire qu'ils se terminent tous plus ou moins par du *body horror*. C'est une de ses marques de fabrique. On commence par quelque chose de très atmosphérique, une horreur diffuse, latente. Puis ça monte lentement jusqu'au moment où on bascule dans le *body horror* le plus extrême, dans un catalogue de sévices et de gore insoutenables. Delacroix, c'est pas fait pour les âmes sensibles.

Vincent opina. Il se souvenait d'avoir été drôlement secoué par la scène finale de *Bloody Games*. Il s'était demandé comment un tel film avait pu échapper à un classement d'interdiction aux mineurs.

— Et celui-ci ? dit Servaz en montrant l'affiche à la spirale.

— *Orpheus ou la Spirale du Mal*, le dernier film de Delacroix, précisa Renn en essuyant ses lunettes avec le bout de sa cravate. Considéré comme son chef-d'œuvre, son *magnum opus*. Désormais, il fait partie de l'« enfer du cinéma » : ces films maudits, mythiques, devenus introuvables, comme le *Drakula halála* du Hongrois Károly Lajthay – le premier film sur Dracula – ou le *Londres après minuit* de Tod Browning.

— Qu'est-ce qui s'est passé ?

Renn remit en place ses lunettes avant de planter son regard aussi pointu qu'un dard dans celui de Servaz.

— *Orpheus* était le sixième long-métrage de Delacroix. Comme son nom l'indique, il était censé revisiter le mythe d'Orphée. Tout ce qu'on sait, c'est que ça parlait d'un musicien de métal mexicain, Orfeus Gil, qui va chercher sa femme Guadalupe aux Enfers – à cette différence près que les Enfers en question sont ici les bas-fonds de Ciudad Juárez, au Mexique, la ville de l'horreur par excellence, où les corps de jeunes femmes kidnappées, mutilés, portant des traces de terribles sévices, ont été retrouvés par centaines dans le désert entre 1993 et 2013. On a dit tout et n'importe quoi autour de ce film. De ses scènes, de ses acteurs, de la folie de son réalisateur. On a dit que, dans le film, chaque cercle de l'Enfer était pire que le précédent. Jusqu'à l'insoutenable. On a dit que c'était un film monstrueux, le film de tous les excès. On a même été jusqu'à parler de *snuff movie*[1].

Il se leva.

— Vous permettez ? Il me faut ma dose de caféine. Delacroix, c'est du lourd. J'ai fait quatre épisodes de quarante minutes à son sujet sur ma chaîne YouTube, si ça vous intéresse.

Il passa derrière le bar, prit tout son temps pour moudre les grains, faire descendre le café dans la tasse. Pierrat jeta un coup d'œil impatient à Servaz. Une agréable odeur de grains brûlés se répandit dans le loft, leur chatouillant les narines.

— J'en prendrais bien un aussi, glissa Espérandieu.

Cinq minutes plus tard, ils avaient tous une tasse fumante devant eux.

— Reprenons, enchaîna Renn, qui semblait tout à fait dans son élément à présent. Qui ici a déjà vu un film de Delacroix ?

Vincent fut le seul à lever la main.

---

1. Vidéo ou moyen-métrage clandestin présentant des scènes de torture, de meurtre ou de viol réelles.

— Bon, Delacroix, ça va bien au-delà du cinéma, commença le youtubeur d'un ton enthousiaste. En dehors du fait que ce type est un pur génie, que ses images entrent en vous comme… comme des putain de spores, je veux dire qu'elles viennent s'attacher à l'esprit du spectateur, qu'elles s'installent en lui, il y a quelque chose dans ses films qui vous remue au plus profond, mais dans un sens très négatif. Quelque chose qui vous met véritablement mal à l'aise, qui vous fait vous sentir non comme un spectateur, mais comme un voyeur. Ce n'est pas seulement ce qu'on voit, c'est ce qu'on devine, *ce qu'on sent.* Comme si on percevait la présence du Mal au-delà de la pellicule.

Il fixa sur eux son regard métallique, aigu.

— Et c'est voulu, naturellement… Delacroix considérait que nous nous enfoncions toujours plus loin dans une spirale de violence, d'horreur et d'abjection, non seulement dans les films mais dans la société en général. Il voulait alerter le spectateur sur ce point, le réveiller en le choquant, en le maltraitant, en le traumatisant.

— En somme, la démarche qui était celle de Pasolini dans *Salò ou les 120 Journées de Sodome*, rappela Vincent.

— Exact. Mais, selon la légende, avec *Orpheus*, il aurait été encore plus loin que *Salò*, encore plus loin même que *A Serbian Film*, qui est, je crois, le truc le plus dégueulasse que j'aie jamais vu, bien plus immonde encore que *Cannibal Holocaust* ou *The Human Centipede*.

Vincent ne l'avait pas vu, bien qu'on pût le trouver en DVD, en Blu-ray et même en VOD, mais il en avait entendu parler : *A Serbian Film* avait la réputation d'être un des films les plus traumatisants de tous les temps.

— *J'ai rencontré le diable* n'est pas mal non plus dans le genre violence insoutenable, fit-il remarquer, et aussi *Martyrs*... Plutôt gerbants.

— Ah non, pardon, objecta Renn en oubliant son propos initial, *J'ai rencontré le diable*, c'est esthétiquement très fort, c'est du vrai cinéma d'auteur. Et en matière de gore, c'est de la rigolade à côté de *A Serbian Film*.

— *Guinea Pig 2 : Flowers of Flesh and Blood*? proposa Vincent, qui commençait à s'amuser.

La saga japonaise *Guinea Pig* était devenue quasiment une légende après que le deuxième volet, *Flowers of Flesh and Blood*, eut été retiré du marché et que l'acteur américain Charlie Sheen, qui en avait reçu une copie, eut alerté le FBI, convaincu qu'il venait de visionner un *snuff movie*.

— OK, là, je m'incline, admit Renn avec un clin d'œil complice, un clin d'œil de connaisseur à l'adresse d'un autre connaisseur. On dit pourtant qu'*Orpheus* est allé encore plus loin, ajouta-t-il d'une voix ardente, fébrile, d'adolescent en extase devant son réalisateur préféré. Mais comme personne ne l'a vu... Pas moyen de dénicher une copie ou des images sur le Net : ce film a disparu de la surface de la terre ; il est aujourd'hui un mythe.

Espérandieu devina que le youtubeur avait vraiment tout essayé. Il avait dû passer des heures et des heures sur le darknet dans sa quête de la perle rare. Du film maudit. À en juger par ses références, il s'enfonçait toujours plus loin dans une spirale d'ultraviolence et de traumatismes visuels. Derrière son air propret de cadre dynamique se cachait un être avide de sensations extrêmes.

— Si on revenait à nos moutons, dit Servaz. Au dernier film de Delacroix... Vous avez dit que celui-ci employait toujours la même équipe et que, par conséquent, Stan Du Welz avait travaillé dessus ?

Renn hocha la tête affirmativement.

— Oui. Delacroix a embarqué son équipe habituelle au Mexique, dans le désert, non loin de Ciudad Juárez, dans l'État de Chihuahua, qui, à l'époque, en 2011, était en proie, je vous le rappelle, à une guerre sanglante entre cartels de la drogue. C'était dangereux de tourner là-bas, les conditions étaient difficiles, et il faisait horriblement chaud. Par ailleurs, comme Dreyer, qui fut, dans les années 1920, le premier à faire jouer les vieillards par de vieux acteurs, et qui fit même jouer un personnage de femme enceinte par une actrice qui l'était, allant jusqu'à enregistrer ses cris à l'accouchement, Delacroix avait l'obsession du *vrai*. Dans sa folie d'authenticité, il s'en prenait aux comédiens avec une violence inouïe. Delacroix a toujours eu la réputation d'être un tyran sur les plateaux, mais on dit que sur le tournage d'*Orpheus* les choses ont pris des proportions encore plus sinistres. Il s'acharnait sur son actrice principale, lui hurlait dessus en permanence, l'humiliait devant toute l'équipe, la poussait à bout nerveusement…

Espérandieu pensa à *La Vérité*, pendant le tournage duquel Henri-Georges Clouzot, le réalisateur des *Diaboliques* et du *Salaire de la peur*, s'était transformé en un véritable psychopathe avec Brigitte Bardot, l'obligeant à boire une grande quantité d'alcool pour accentuer le réalisme de son jeu, remplaçant ses faux somnifères par des vrais à son insu. Bardot, qui avait vingt-six ans, avait fait une tentative de suicide peu après la fin du tournage.

— Plusieurs fois, elle l'a menacé de quitter le film, mais il parvenait toujours à la convaincre de rester. Et puis, ils étaient au milieu du désert, c'était pas comme s'ils tournaient sur la Côte d'Azur. C'était une situation pourrie, un cauchemar pour tout le monde. Le soir venu, Delacroix partait s'enivrer en ville avec les locaux. On le ramassait au petit matin dans la rue ou dans son lit, à l'état de loque, parfois blessé. Une fois on l'a trouvé avec des brûlures de cigarette sur la poitrine, on n'a jamais su s'il se les était faites lui-même ou si c'était quelqu'un d'autre : il ne se souvenait de rien. Quand il émergeait, il entrait comme un fou sur le plateau et tout le monde était terrorisé. Delacroix est devenu dingue au Mexique. Orgueil, mégalomanie, ego, exaltation, fièvre… Il y avait une forme de folie qui planait sur ce film – on sentait que quelque chose allait arriver. Quelque chose de terrible.

Il marqua une pause théâtrale, rythmée par le crépitement de la pluie sur la grande verrière, ménageant ses effets comme s'il était en train d'enregistrer son prochain podcast.

— Car ça ne s'est pas arrêté là…

31

Piotr Souchko avait emprunté la ligne 58 depuis la maison d'arrêt jusqu'à Basso Cambo. Trente-six stations en tout.

Quand il descendit du bus, le soleil jouait avec les nuages, et le paysage du grand parking peuplé de voitures aux pare-brise scintillants ainsi que la station blanche du métro aérien lui parurent presque joyeux en comparaison de la cour de promenade.

Il se faufila entre les véhicules, suivant le plan que Florent lui avait gribouillé sur un bout de papier la dernière fois qu'ils s'étaient vus, remonta la rue Léonce-de-Lavergne entre des édifices de quatre à huit étages, puis s'engagea sur un des sentiers du parc. Il aperçut de grandes et hautes barres d'immeubles ; ça lui rappela certains quartiers de Moscou. Mais personne à Moscou n'aurait eu l'idée d'appeler un parc Winston-Churchill.

Piotr ressortit de l'autre côté, emprunta un passage entre deux immeubles, sous une passerelle. Tag sur le mur de béton. Un Bugs Bunny rigolo pour ne pas choquer les enfants, le mot « Welcome » et une flèche : un code pour un « four », un point de deal. Mais pas de guetteur ni de revendeur posté ce jour-là. En lieu et place, la lueur des gyrophares au pied du bâtiment Auriacombe – celui où résidait Florent. *Merde.* Des gamins de la cité s'étaient rassemblés sur le terre-plein, ils insultaient les keufs.

— Qu'est-ce qui s'est passé ? leur demanda-t-il.

Les gosses l'évaluèrent méchamment, mais Piotr avait la dégaine qu'il fallait et un sac de sport.

— C'est ces enculés du GITeS qui ont foutu le souk, répondit l'un d'eux, casquette vissée sur la tête.

Le Groupement interquartiers de tranquillité et de sûreté – ça lui rappelait l'ex-Union soviétique, cette façon d'inventer des noms aussi déconnectés de la réalité –, des vigiles engagés par les bailleurs sociaux. Ils avaient remplacé les Tchétchènes pour patrouiller dans les cités.

Piotr vit de la fumée et un équipage de police. Un camion de pompiers le frôla en fonçant vers le bâtiment, sirène hurlante. Il s'approcha néanmoins, pénétra dans le hall. Un des agents, une petite femme revêtue d'un lourd équipement et d'un gilet, l'interpella.

— Vous allez où comme ça ? Vous habitez là ? Ils ont mis le feu au vide-ordures ! On évacue l'immeuble par précaution.

Une panique admirablement feinte se peignit sur les traits de Piotr.

— Ma femme et mon fils sont là-haut ! Ils répondent pas au téléphone ! Faut que j'aille les chercher, madame !

— Faites vite.

Il se rua dans la cage d'escalier. En grimpant dans les étages, il se fraya un passage à rebours dans la cohue des résidents qui évacuaient. Ça gueulait de partout – hommes, femmes, enfants –, un brouhaha de voix et de cris mêlé au piétinement d'un troupeau affolé.

Entre le troisième et le quatrième étage, l'air devint irrespirable. Piotr sentit que l'odeur de fumée et de stupéfiants commençait à lui monter sérieusement au ciboulot. Il se faufila dans le couloir du quatrième. Désert. Marcha jusqu'à la porte de Florent. Cogna. Pas de réponse.

— Florent ?

Il tourna la poignée à tout hasard. La porte n'était pas verrouillée… Un jour grisâtre traversait les voilages et se répandait dans le petit séjour. Un canapé, un meuble bas Ikea, une télé, une PlayStation. Dans le fond, près des fenêtres, une table et quatre chaises. Dans l'appartement orienté plein sud, la température devait avoisiner les 35 °C.

Une odeur putride l'assaillit, remplaçant celle de la fumée. Semblable à des relents d'égout ou de viande avariée. Il grimaça. S'arrêta net. Il connaissait cette odcur.

— Florent !

Piotr déposa son sac de sport dans l'entrée, passa dans la chambre en se pinçant les narines. Personne. Mais le lit était défait. Le couloir… Ici la puanteur devenait si épaisse qu'il avait l'impression d'une matière solide obstruant les voies respiratoires. Il toussa. Les W-C. La salle de bains, tout au bout. Un bourdonnement énorme s'en élevait. La porte était entrouverte. Il la repoussa, s'arrêta net sur le seuil.

Piotr ferma les yeux.

Les rouvrit.

Florent était là… ou du moins ce qu'il en restait. Quelque chose qui avait été Florent. Dans la baignoire. Dont le rideau avait été arraché et jeté au sol, tringle comprise.

Souchko avait vu un tas de trucs glauques dans sa vie, mais jamais un cadavre dans un tel état. Florent Cuvelier n'était plus un homme mais une masse informe, gonflée, noirâtre, qui semblait animée d'une vie propre, d'une intense vie *post mortem* : la vie vorace des milliers de larves qui colonisaient son corps tandis qu'un dense nuage de mouches bleues et vertes bourdonnait furieusement au-dessus de lui. Piotr aurait sans doute vomi s'il avait su que ce manteau grouillant était en réalité des insectes nécrophages cherchant à entrer dans le cadavre par tous les orifices à leur disposition : yeux, bouche, anus, plaies… Il souffla ce qui lui restait d'air dans les narines pour chasser l'odeur pestilentielle, respira par la bouche, sa main en filtre dérisoire devant elle. La tête vide, le pouls trop rapide, il s'avança. Fit deux pas de plus pour s'assurer de l'identité du cadavre presque méconnaissable. Il entendit des crépitements sous ses pieds : des dizaines de pupes brunes et sèches qui éclataient sous ses semelles. Il y en avait partout sur le carrelage et sur le rideau en plastique. Il vit aussi que des liquides de putréfaction échappés du corps s'étaient mélangés au sang séché dans le fond de la baignoire.

Il n'avait jamais vu autant de sang. Simplement vêtu d'un tee-shirt déchiré et d'un slip qui avaient été noirs mais qui tiraient à présent sur le rouge brun, Florent Cuvelier avait dû recevoir près d'une centaine de coups de couteau ou de cutter. On lui avait aussi passé une paire de grotesques menottes roses – du genre qu'on trouve dans les sex-shops à l'usage des amateurs de SM – et on l'avait attaché au tuyau du radiateur courant au-dessus de la baignoire. L'émail de celle-ci disparaissait sous les giclées, les flaques et les coulures qui avaient depuis longtemps séché. Quant à son expression, elle était difficilement lisible, tant Florent avait d'asticots sur sa figure, en particulier autour de la bouche, du nez – et dans ses orbites vides.

Putain, s'il appelait les flics, il serait le premier soupçonné, bien que ses crimes passés n'aient rien à voir avec... ça.

Mais non : même un flic incompétent verrait que la mort datait de plusieurs jours et Piotr venait juste d'être libéré. Il avait le meilleur alibi au monde : la taule. Il n'empêche, les keufs seraient persuadés qu'il y était mêlé, d'une manière ou d'une autre, qu'il avait commandité le meurtre ou quelque chose dans le genre, et ce serait le début des emmerdes.

Il sortit un Kleenex de sa poche, essuya la poignée de la porte, fit de même avec les autres poignées qu'il avait touchées, récupéra son sac dans l'entrée et sortit de l'appartement. Il fut presque soulagé de retrouver l'odeur de fumée et de shit qui lui piqua les yeux ; il dégringola les volées de marches.

— Il y a un cadavre là-haut ! dit-il dans le hall à la femme de tout à l'heure.

— Quoi ?

— Un mort ! Dans une baignoire !

Il donna l'étage et le numéro, s'enfuit pendant qu'elle attrapait son talkie-walkie.

32

— Ça ne s'est pas arrêté là, répéta Maximilien Renn, sur fond de pluie qui résonnait sur la verrière.

Dans le loft de Vincennes, ils étaient à présent tous les trois – même Pierrat, que le cinéma d'horreur n'avait guère paru émouvoir jusqu'alors – suspendus à ses lèvres.

— Il y a eu la scène de l'orgie. Imaginez le truc : ils sont tous en train de baiser, pêle-mêle, les salauds qui ont kidnappé la femme d'Orfeus Gil, les gardes, les filles, un enchevêtrement de corps nus quand, tout à coup, tombe sur eux une pluie de sang, et ils se mettent tous à hurler à l'unisson, couverts de sang bien rouge. Là aussi, avec son obsession du vrai, Delacroix avait fait venir d'un abattoir voisin du sang de porc frais qu'il avait mélangé avec de la peinture rouge parce que, paradoxalement, le truc n'avait pas l'air assez authentique à son goût. C'était répugnant, les comédiens avaient la nausée. En plus, il avait engagé des acteurs porno locaux et on a dit que certains baisaient pour de bon. Le chef op était un vieux de la vieille, une légende qui avait travaillé avec les plus grands. Il a refusé de filmer la scène. Delacroix l'a giflé devant tout le monde et l'a tournée lui-même.

Renn caressa sa cravate et but une autre gorgée de café.

— Delacroix était prêt à aller jusqu'aux pires extrémités pour obtenir ce qu'il voulait. Dans la scène de *Bloody Games* où l'actrice principale traverse le ruisseau à demi gelé en chemise de nuit au centre d'un paysage enneigé, il faisait plusieurs degrés en dessous de zéro et il lui a fait refaire la prise une bonne trentaine de fois. Même si on la couvrait entre chacune, elle était bleue à la fin. C'était ce qu'il voulait. Elle est tombée malade. Elle a menacé de lui faire un procès s'il recommençait un truc pareil.

Il se leva. Une flamme tordue brûlait dans son regard comme un feu noir, derrière les verres.

— OK, dit-il, je vais vous montrer quelque chose, mais ça ne sortira pas d'ici, c'est compris ?

Ils le virent se diriger vers une photo accrochée au mur, sur laquelle il posait en compagnie de l'actrice Jamie Lee Curtis. Renn décrocha le cadre, composa la combinaison du petit coffre-fort électronique qui se trouvait derrière, encastré dans la paroi de brique.

— Ça m'a coûté encore plus cher que l'affiche d'*Orpheus*, fit-il. Vous avez de la chance. C'est un truc que je ne montre pas souvent.

Renn retira du coffre une enveloppe kraft, puisa dedans une série de quatre clichés sur papier glacé et les tendit en premier lieu à Vincent.

— Ouah, émit celui-ci en les contemplant, avant de les passer à son chef de groupe.

Servaz les prit. Il s'agissait visiblement de clichés extraits de la même séquence filmée. Ils étaient sombres, sales, terreux, granuleux. On devinait une succession de couloirs labyrinthiques, obscurs, mais c'était difficile à dire dans ce théâtre d'ombres à la lisière de l'indéfini, où l'œil sculptait une réalité incertaine, abandonnant le reste à l'imagination. Ce qui ne l'empêcha pas d'identifier l'actrice qui se tenait au milieu du couloir principal. Clara Janssen. Célèbre pour sa beauté autant que pour son talent, l'actrice de *Pluie d'été* et de *L'Ange dans la ville* était ici méconnaissable. Vêtue d'une longue robe blanche souillée de salissures, elle semblait en transe. Son regard en particulier avait quelque chose d'halluciné. Plein d'une détresse palpable, il portait clairement la marque de la folie. Comme si elle avait franchi un point de non-retour. Sur le premier et sur le deuxième cliché, elle hurlait et titubait, un grand couteau à la main, le maquillage ruiné par les larmes ; sur le troisième elle avait dû se cogner quelque part car elle avait le front en sang ; sur le dernier elle s'entaillait l'avant-bras avec la lame pointue du couteau.

Servaz avait beau savoir que ces photos sortaient d'un film, il perçut comme une atmosphère vénéneuse au-delà de l'image : tout à coup la frontière entre le réel et la fiction s'abolissait.

— *Cursed images*, commenta Espérandieu à voix basse et vibrante en regardant Maximilien Renn.

— Qu'est-ce que c'est ? demanda Pierrat.

— Des « images maudites », traduisit le youtubeur. Des clichés de mauvaise qualité, pris par des amateurs, à l'esthétique souvent dérangeante, bizarre, à la provenance mystérieuse, et qui distillent une impression de malaise. Internet en est rempli. Mais ici, la provenance est connue : il s'agit des seuls clichés jamais pris au cours du tournage d'*Orpheus*. En revanche, j'ignore qui en est l'auteur.

Renn récupéra les photos, les glissa dans l'enveloppe et retourna les enfermer dans son coffre avant de revenir vers eux.

— Selon les infos que j'ai pu obtenir, cette scène a été tournée vers 3 heures du matin, au bout de la quarantième prise, j'exagère à peine, alors que les comédiens étaient debout depuis 5 heures du matin la veille. Tout le monde était épuisé. Je ne sais pas comment Delacroix a convaincu Clara Janssen d'abîmer à ce point son image, de tourner cette séquence… Pas parce qu'elle est laide là-dessus, non : c'est à la mode de s'enlaidir de nos jours… Plutôt à cause de la façon dont elle bouge, dont elle hurle, dont elle chiale. On sent que ce sont de *vrais* hurlements, de *vraies* larmes, que ce n'est pas *joué*. Elle est véritablement possédée dans cette scène. Elle n'a pas l'air folle, elle *est* folle. Delacroix avait rendu tous les acteurs fous sur le plateau à force de les harceler, de les insulter, de leur faire tourner cent fois la même prise, de les priver de sommeil. Et puis, il y a la dernière image, celle où elle se taillade les veines. Il était prévu qu'elle tourne les premiers plans avec un vrai couteau, puis qu'on le remplace par un autre avec une lame rétractable destiné aux trucages. Mais Clara était épuisée, habitée, elle répétait depuis des heures. On dit qu'elle a fini par se taillader pour de bon, qu'elle a peut-être voulu se donner la mort devant tout le monde – ou en tout cas alerter sur son état psychologique. L'équipe allait se porter à son secours, bien entendu, quand Delacroix a ordonné qu'on continue de tourner. C'est ce qu'on voit sur le dernier cliché. Finalement, un jeune machiniste est intervenu, Morbus l'a viré dès le lendemain.

Il reprit son souffle.

— C'était encore pire que ce que Żuławski a fait subir à Adjani sur le tournage de *Possession*. Clara Janssen allait ruiner son image d'actrice populaire avec ce film. Mais elle est morte dans ce foutu accident à la fin du tournage et, de toute façon, elle aurait été sauvée par les distributeurs.

— Comment ça ?

— Quand les distributeurs ont visionné les rushs, ils ont pris peur. C'était un film malade, issu d'un esprit malade, dément. Sans l'ombre d'un doute. C'était plus que malsain, c'était d'une puissance maléfique incroyable, de la corruption à l'état pur. Effrayés par ce qu'ils avaient vu, ils ont décidé à l'unanimité de ne pas le distribuer. De toute façon, ils étaient presque certains que la Commission de classification des œuvres cinématographiques l'aurait interdit aux moins de dix-huit ans. Et c'est ainsi qu'*Orpheus* a rejoint le cercle fermé des films maudits. Un critique en vue a dit qu'il aurait fallu donner une médaille à ceux qui avaient pris cette décision. Typique d'une certaine critique, pour qui il faut qu'un film ait une *portée* idéologique, sociale. Comme si Hitchcock, John Ford ou Melville se souciaient d'autre chose que de distraire. Delacroix, lui, a fait un seul commentaire devant la presse. Il a déclaré : « Il paraît qu'à Singapour les condamnés à mort sont priés de sourire avant leur exécution… Eh bien, vous voyez, je souris. » Mais il n'a plus jamais tourné après ça… Ça a été son dernier film.

Renn avait parlé d'une voix pleine de passion et de regret. Ils reprirent tous leur respiration. Servaz était de plus en plus persuadé que la clé du meurtre de Stan Du Welz était là. Que s'était-il passé d'autre pendant le tournage ? Il lui fallait interroger ce Delacroix !

— Et ce n'est pas fini, dit Maximilien Renn en les surprenant encore une fois. Pas tout à fait.

Ils pivotèrent en chœur vers lui.

— Chez Delacroix, continua Renn, il ne s'agissait pas seulement d'assouvir ses fantasmes. Comme chez Sade, cela allait beaucoup plus loin, cela participait d'une… *mystique*. La plupart des réals de films d'horreur savent que c'est du cinoche. Que ce n'est pas *sérieux*. Comment pourrait-on prendre des films pareils au sérieux sans devenir fou ? Mais pas lui. Delacroix, c'était un William Friedkin à la puissance 1 000 : il créait autour du tournage une atmosphère violente, délétère et corrompue qui nourrissait sa vision monstrueuse. Mais on dit que ce que Delacroix fantasmait là-bas, au Mexique, c'était un *vrai meurtre*… qu'il est entré en contact avec des *sicarios*, des tueurs à gages mexicains, qu'il leur a promis de l'argent. Au Mexique, c'est facile : même les flics tuent pour de l'argent…

— Un *snuff* ? demanda Vincent, stupéfait.

— Bien plus que ça… Un vrai meurtre pensé et filmé avec *art*. La quintessence du septième art. Que Delacroix aurait officiellement fait passer pour une fausse mort, bien entendu, et qu'il aurait tournée à l'insu des autres. Il a prétendu ensuite qu'il ne l'avait jamais fait, que la scène n'avait jamais été tournée, mais certains affirment qu'elle l'a été. Que la pellicule existe quelque part. Que quelqu'un – Delacroix peut-être – l'a en sa possession. Que c'est pour ça qu'il a arrêté de tourner après *Orpheus* : parce qu'il a commencé à avoir peur de ce que ça l'amenait à faire.

— Et vous, vous en pensez quoi ? demanda Vincent.

Renn haussa les épaules.

— Je n'ai pas d'avis, dit-il en se tapant sur les genoux. Mais ça collerait bien avec le personnage.

Il se leva pour leur signifier que la séance était terminée.

— J'espère que vous en avez eu pour votre argent, messieurs.

— Rumeurs, on-dit, fantasmes pour des ados en mal de sensations fortes… rien de très concret, répliqua Pierrat.

— Merci pour cet éclairage, c'était passionnant, dit au contraire Vincent d'un ton sincère. J'ai apprécié cette plongée dans les bas-fonds du cinéma.

— Oui, fit Renn en s'inclinant modestement, le cinéma, comme les villes, a ses bas-fonds, ses égouts, ses cloaques, ses caniveaux – où se déploie une vie certes grouillante, malsaine, répugnante, mais aussi fascinante. Ses « souterrains », aurait dit Jung. Si cela vous intéresse, allez sur ma chaîne : MAD.

— Vous ne sauriez pas où on peut trouver ce Valek ? demanda Servaz, revenant à la charge.

Renn réfléchit.

— C'est peut-être votre jour de chance, dit-il en allant prendre un carton d'invitation dans une corbeille sur le bar. Il y a une fête ce soir pour les gens du cinéma… J'ai reçu ceci il y a des semaines, mais je ne peux pas y aller… Le genre de fête où on croise des individus comme Valek…

Il leva le carton devant lui, considéra Vincent.

— Quelqu'un que ça intéresse ? Si je peux me permettre, il n'y en a qu'un parmi vous qui passera inaperçu dans ce genre d'endroit.

Ils se tournèrent vers Espérandieu – qui s'empara de l'invitation.

— Comment peut-on regarder des trucs pareils ? dit Pierrat dans l'ascenseur.

— La question, c'est : est-ce qu'on a avancé ou pas ? rappela Servaz. Une chose est sûre, il nous faut interroger ce Delacroix. Et aussi trouver ce type, Valek.

Ils émergèrent de l'immeuble. Il avait cessé de pleuvoir et les rues détrempées luisaient comme des pièces de monnaie, tandis que les voitures passaient près d'eux avec des chuintements mouillés.

— En tout cas, ce Renn, avec son air propre sur lui, ses anecdotes et ses histoires de films maudits, je le sens moyen, commenta Pierrat.

— Je croyais que ce n'étaient que des rumeurs et des fantasmes pour ados, le taquina Espérandieu.

Pierrat sourit en se plantant une cibiche entre les lèvres.

— Touché. Vous croyez vraiment que votre meurtre a quelque chose à voir avec ce film ? Sérieux ?

Servaz allait répondre quand son téléphone vibra dans son pantalon.

Il le sortit. Soupira. C'était Hervelin.

33

À 800 kilomètres plus au sud, le père Eyenga garait au même moment sa Volvo place du Breilh, dans la petite cité d'Ax-les-Thermes, au pied des montagnes. Le prêtre marcha ensuite jusqu'au centre hospitalier. Après le suicide de Kenneth Zorn, il était bien décidé à exiger de Matthias Laugier des explications. Il voulait savoir ce que signifiait ce message qu'il avait laissé sur la clé USB et qui avait mis le producteur dans tous ses états.

Il revit le château lugubre, l'île, la mer démontée, et il se demanda si tout cela avait été réel.

En dehors du fait que Kenneth Zorn s'était jeté du haut de son château après l'avoir très certainement incendié, il y avait ces mots étranges qu'il avait prononcés et aussi ce nom, « ALGOL », sur le bateau, et enfin cette déclaration : *L'enfer, je l'ai vu, mon père... L'enfer, j'y suis déjà...*

À présent, Eyenga voulait des réponses. L'inquiétude, tel un acide corrosif, lui rongeait l'estomac. Que la pastille de Rennie qu'il avait croquée trente minutes plus tôt n'avait guère soulagé.

Il salua Isabelle à l'accueil. Tout le monde ici le connaissait et il connaissait tout le monde. En outre, son col romain ne laissait planer aucun doute sur sa fonction. Il prit l'escalier plutôt que l'ascenseur jusqu'au premier, remonta le couloir qui sentait l'éther et le désinfectant – il avait suggéré au directeur de l'établissement de combattre ces odeurs, qui étaient facteurs de stress pour les patients, par des huiles essentielles agissant sur les émotions.

Il tourna la poignée. Il avait préparé une phrase – mais elle ne franchit pas plus la barrière de ses lèvres qu'il ne franchit le seuil.

La chambre était vide. Le lit, fait. Plus la moindre trace du patient. Et une forte odeur d'antiseptique montait de la pièce. Il ressortit, fila vers le poste de soins.

— Où est Matthias Laugier ? demanda-t-il à l'infirmière de service.

Qui lui jeta un coup d'œil indifférent.

— Décédé.

Eyenga était bouche bée.

— Que s'est-il passé ?

— Son cœur a lâché. Vers 3 heures du matin. Je suis navrée, mon père.

Avait-il discerné une infime hésitation dans la voix de l'infirmière ou était-ce son esprit qui lui jouait des tours ?

— Il s'est passé quelque chose de particulier cette nuit ? demanda-t-il.

— Comment ça ?

De nouveau, l'hésitation.

— Vous ne me dites pas tout…

Un voile rose passa sur le visage de la jeune femme.

— Désolée, mon père, je… je ne sais pas si j'ai le droit d'en parler…

— Parler de quoi ?

— Il va y avoir une enquête…

— Une enquête ? Pour quelle raison ?

— *Mort suspecte*…

Elle avait parlé si bas qu'il la fit répéter.

— Mort suspecte. Je ne vous ai rien dit, ajouta-t-elle en s'éloignant.

Il quitta le centre hospitalier l'esprit en proie à un chaos d'interrogations. « Mort suspecte »… Après les menaces proférées dans la vidéo et le suicide de Zorn ? Que se passait-il donc ici ?

Il sortit du parking en faisant crisser les pneus de sa Volvo, se gara quarante-cinq minutes plus tard devant la gendarmerie de Foix, qui avait ouvert une brigade de recherche le mois précédent – la gendarmerie d'Ax-les-Thermes lui paraissant trop modeste pour ce qu'il avait à dire.

— Bonjour, mon père, lui lança le planton à l'accueil en voyant le col romain.

— Bonjour, mon fils, je voudrais parler à un membre de la nouvelle brigade de recherche, s'il vous plaît, déclara-t-il d'emblée.

— À quel sujet ?

— Au sujet d'un homicide.

34

— On a une autre affaire sur les bras, déclara Hervelin au téléphone.

— Quel genre ?

— Un Delta-Charlie-Delta, à Auriacombe, annonça le divisionnaire. Un type lardé de coups de couteau ou de cutter, saigné dans sa baignoire, menotté à la tuyauterie du chauffage. Le procureur a désigné ton groupe.

Servaz le savait : le penchant naturel d'un proc l'inclinait à saisir un même groupe d'enquête quand celui-ci avait marqué des points dans son esprit. Il se souvenait que, quand il avait débuté trente ans auparavant, c'était le directeur de la Sûreté départementale toulousaine, une personnalité charismatique, qui arrachait presque toutes les affaires grâce, entre autres, à ses vieux flics expérimentés venus de Paris. En ce temps-là, la PJ ne ramassait que les miettes. Puis la tendance s'était lentement inversée – grâce, il le savait, aux résultats de son groupe.

— Il y a deux groupes à la brigade criminelle, dit-il. Pourquoi ne pas confier l'affaire à l'autre ?

— Le proc te veut toi, dit Hervelin. Il a insisté. Désolé, Servaz. Vous ferez plus d'heures sup et vous aurez moins de récups…

Le ton était sans appel.

— Vous avancez là-bas ? demanda ensuite le divisionnaire. Ça donne quoi ?

— Du Welz fréquentait une drôle de faune, mais pour l'instant rien qui ressemble à une piste.

— OK, fit le taulier, je veux que tu rentres à Toulouse par le premier avion.

Servaz poussa de nouveau un gros soupir.

— Auriacombe, c'est une histoire de stups ? demanda-t-il.

— Vu le quartier, on peut le supposer.

— La victime, vous avez vérifié si elle était fichée ?

— Blanc comme neige. Le type s'appelait Florent Cuvelier. Il travaillait dans le cinéma.

Le cinéma… Servaz eut un déclic.

— Il faisait quoi dans le cinéma ?

Il vit que le mot avait attiré l'attention de Vincent à côté de lui.

— J'en sais pas plus, dit Hervelin dans l'appareil. Pourquoi ? C'est important ?

— Du Welz…, commença Martin.

— … travaillait dans le cinéma avant d'être interné, je sais, termina le divisionnaire. Mais quel rapport entre un type mort dans un hôpital psychiatrique et un autre mort dans sa baignoire ?

— Combien d'homicides il y a chaque année à Toulouse, patron ? Que disent les statistiques ? Combien de chances pour que deux types travaillant dans le cinéma soient butés dans la même ville à quelques jours d'intervalle et que ce soit une coïncidence ?

— Je vois où tu veux en venir, Servaz, mais le type s'est fait buter à Auriacombe, et ça ressemble quand même beaucoup plus à un règlement de comptes entre trafiquants qu'à autre chose. Ça n'est peut-être qu'une coïncidence, justement.

— Je ne crois pas aux coïncidences, répliqua Servaz. Vous venez de me dire que le type n'était pas fiché et qu'il n'y a pas eu de coups de feu. Le gars a été charcuté chez lui, pas abattu dans la rue. La date et l'heure de la mort ?

Il y eut un silence inhabituellement long.

— D'après la légiste, elle remonte à plusieurs jours, admit Hervelin, qui avait perdu de son assurance. Putain de merde, si ça se trouve, Du Welz et lui ont été butés le même jour !

— Je prends le premier avion, dit Servaz. Mais le capitaine Espérandieu reste à Paris. On a encore quelques investigations à mener ici.

35

— Un château sur une île ? dit le gendarme.

— Oui.

— Et vous dites que le château a brûlé et que l'homme s'est jeté du haut de l'édifice ?

— Oui, c'est passé aux actualités.

— Et vous dites que cet homme avait reçu une clé USB avec dessus une vidéo très menaçante enregistrée par un certain Matthias Laugier, lequel est mort la nuit dernière dans un hôpital d'Ax-les-Thermes et aurait été selon vous… hmm… *assassiné*.

— J'ai dit « peut-être assassiné », rectifia le prêtre, conscient de la façon dont le gendarme le regardait. En tout cas, sa mort est suspecte… Vous n'avez pas été sollicités pour enquêter sur une mort suspecte à l'hôpital d'Ax ?

Le visage du gendarme se ferma.

— Je n'ai pas le droit de communiquer ce genre d'information.

— Mon fils, on vous a averti d'une mort suspecte au centre hospitalier d'Ax-les-Thermes, oui ou non ? Répondez-moi, s'il vous plaît.

Le gendarme soupira.

— Oui… Et vous, comment le savez-vous, mon père ? Il y a une chose que je ne comprends pas : pourquoi vous avoir demandé à vous de remettre cette clé USB ?

Eyenga haussa les épaules.

— C'est toute la question. Mais ce dont je suis sûr, c'est que ça avait une grande importance pour cet homme. Il a beaucoup insisté. Et ça en avait aussi une pour ce Kenneth Zorn.

— Celui qui aurait été poussé au suicide par le visionnage de cette vidéo, c'est bien ça ? demanda le gendarme, s'efforçant de suivre le fil de la conversation.

— Ce n'est pas exclu…

Le gendarme fronçait si fort les sourcils que toutes les rides de son front avaient presque disparu.

— C'est assez confus, vous ne trouvez pas ?

— En tout cas, il y a un rapport entre l'existence de cette vidéo, la mort de Kenneth Zorn et celle de Matthias Laugier, résuma Eyenga.

Turbulences…

À l'instant, le chef de cabine venait de prononcer le mot dans le micro. Avant d'inviter les passagers à regagner leurs places et à boucler leurs ceintures. Il s'était exprimé d'un ton qui se voulait rassurant. Servaz songea que les gens qui parlaient à d'autres gens d'un ton excessivement rassurant en prononçant le mot « turbulences » *n'avaient rien de rassurant.*

Il détestait les turbulences. Il détestait l'avion.

Il regarda par le hublot.

Des nuages, des nuages, encore des nuages. Se déchirant sur les ailes comme du coton ou de la gaze. Il se dit qu'il aurait dû prendre un siège côté couloir, mais il n'y en avait plus de disponible. Résultat : il était coincé dans un tout petit espace entre un grand type qui matait un film sur sa tablette, le dossier du fauteuil devant lui et le hublot. Comment s'en tiraient les claustrophobes ? Et pourquoi fallait-il que les cabines soient si exiguës ?

Sauf en business, bien sûr. Mais il n'était pas cadre chez Rothschild : il était flic.

Il pensa à Léa qui prenait régulièrement des vols intérieurs sur le continent africain. Il avait consulté la liste noire des compagnies aériennes. Pour le seul Congo, cinq compagnies étaient épinglées. Combien la RDC en comptait-elle en tout ? Puis il s'était intéressé au pays lui-même. Il avait lu que la forêt tropicale humide s'étendait sur les deux tiers du territoire. Les deux tiers ! L'équivalent de près de la moitié de la France continentale ! Le fleuve Congo, qui séparait la République du Congo du Congo-Kinshasa, était le deuxième au monde en termes de débit, après l'Amazone. À certains endroits la forêt était si dense et si profonde qu'elle demeurait inviolée par l'homme, à l'exception des Pygmées chasseurs-cueilleurs. Le pays comptait quarante ethnies. Servaz s'était senti tout petit. À côté, ses problèmes domestiques, et même ses affaires criminelles, lui paraissaient dérisoires. Il avait le sentiment que Léa était passée dans une autre dimension.

Et qu'elle aimait ça.

Il ne pouvait lutter contre l'Afrique. Contre ses paysages, contre sa magie, contre son immensité. Contre la fraternité qui devait unir ces toubibs combattant la misère et le manque de soins. Il avait des clichés plein la tête, et s'il savait que la réalité était à des années-lumière, que c'étaient des clichés de Blanc, il ne pouvait s'empêcher d'imaginer Léa courtisée par de jeunes médecins beaux parleurs et pleins de testostérone au milieu des bruits de la forêt, de la chaleur moite et du crépuscule ensorcelant, après une journée harassante mais exaltante à se battre côte à côte pour la même cause. Clichés là encore. Il voyait le corps nu de Léa étreint par d'autres bras que les siens, la nuit venue, sa cuisse contre une cuisse plus forte, sa sueur mêlée à la sueur de ce beau toubib qui apparaissait presque tout le temps sur son blog.

À l'hôtel, la nuit d'avant, il avait regardé les images prises avec son téléphone au début de leur relation, quand tout était neuf, à construire, quand il n'y avait que l'émerveillement et le sentiment d'avoir rencontré *la* personne. Léa était si belle là-dessus ; ça lui avait fait tellement mal qu'il les avait supprimées.

Turbulences…

Il n'y avait rien d'autre à faire que boucler sa ceinture et attendre que ça passe.

36

Espérandieu reconnut le morceau avant même d'être sorti de l'ascenseur : *Summertime Sadness*, le remix de Lana Del Rey et Cedric Gervais.

Dans la cabine déjà, les basses cognaient contre sa poitrine. Il se demanda comment faisaient les voisins pour le supporter. La fête battait son plein au dernier étage de l'immeuble en pierre de taille, square Alboni, dans le XVIe arrondissement de Paris, à deux pas du métro aérien et du pont de Bir-Hakeim.

Espérandieu présenta son carton d'invitation au vigile à l'étroit dans son smoking noir et sa chemise blanche. Celui-ci ouvrit l'un des battants de la double porte blindée. Vincent suivit ensuite un couloir où se tenaient deux autres vigiles, tandis que la musique enflait comme une vague. Il déboucha dans un grand salon haut de plafond, emporté dans un vortex de jeux de lumière qui lui percutèrent la rétine. La musique était assourdissante, les basses lui heurtaient le diaphragme, et il se fit la réflexion que cela faisait bien une dizaine d'années qu'il n'était pas sorti dans ce genre de soirée.

Il y avait plusieurs salons en enfilade, tous surpeuplés. Ça n'allait pas être de la tarte de repérer Valek au milieu de ce maelstrom de silhouettes et de bruit – si tant est qu'il fût présent. La première chose à faire était de trouver le bar. Tout le monde y passait tôt ou tard. Vincent se faufila parmi les formes gesticulantes. Des lyres spots équipées de gobos projetaient des cercles, des carrés et des triangles sur les murs. Un autre morceau remplaça Lana Del Rey : *Can't Hold Us*, Macklemore et Ryan Lewis. Autour du bar, c'était plus calme. Les invités descendaient des cocktails en se hurlant dans les oreilles. Vincent reconnut instantanément le masque porté par le barman : Billy, la macabre marionnette de *Saw*, visage blanc, spirales peintes sur les joues rondes – encore le même motif –, fines lèvres rouges et menton en galoche.

Un type solitaire, presque aussi blond et pâle qu'un albinos, avec d'immenses poches sous les yeux, sirotait un cocktail rouge sang non loin de là.

— Vous buvez quoi ? lui demanda Vincent en élevant la voix.

— Je crois que c'est de la vodka, de la grenadine et des raisins noirs, ça s'appelle « cocktail sanglant » !

— Ça a l'air sympa ! lança-t-il en criant presque. Je vais en prendre un aussi. Je m'appelle Vincent, je suis dans la prod, et vous ?

— Damian, journaliste free-lance. Quelle boîte de prod ?

Vincent fit un signe au barman pour gagner du temps.

— Dangerous Zone Productions…

Le journaliste fit la moue.

— Connais pas. Et vous produisez quoi ?

— Des films d'horreur…

Les yeux du journaliste s'étrécirent.

— Vraiment ? Qu'est-ce que vous avez produit ?

Zut, c'était le moment d'improviser.

— *Cannibal Feast*, *Le Cauchemar de Lisa*, *Le Botaniste*, *Le Syndrome Copernic*, *La Forêt des disparus*, *Boréal*… et aussi plusieurs films de Morbus Delacroix – mais ça, ça commence à dater.

Le journaliste émit un sifflement, dont Vincent n'aurait pu dire s'il était seulement appréciateur ou également dubitatif.

— Pas mal, dit-il. Quels films de Delacroix ?

Vincent vit qu'il avait réussi à piquer sa curiosité.

— Les deux derniers : *Bloody Games* et *Orpheus ou la Spirale du Mal*… On n'a pas eu de chance sur ce coup-là…

Cette fois les yeux du free-lance s'agrandirent au-dessus de ses poches. Il opéra un discret rapprochement.

— Vous avez produit *Orpheus*, sans déconner ? Vous me faites marcher !

— Coproduit, précisa Vincent prudemment en se demandant où tous ces mensonges allaient le mener. C'est bien Ezra Schrenkel que je vois là-bas ? ajouta-t-il pour changer de sujet.

— C'est lui, répondit une jeune femme sur sa gauche. Vous êtes dans la prod alors ? Pardonnez-moi, mais je n'ai pas pu m'empêcher d'entendre.

Elle était manifestement ivre ou chargée, ou les deux.

— Disons que j'ai gagné pas mal d'argent avec ma start-up et que je cherche à investir… En réalité, j'ai racheté Dangerous Zone Productions, ils étaient au bord de la faillite, ce n'est pas moi qui…

— J'ai eu un petit rôle dans *Train d'enfer pour ange rouge*, glissa l'actrice sans écouter. Et aussi dans *Abattez les grands arbres*. Vous voulez que je vous présente Ezra ?

Ezra Schrenkel. L'acteur qui montait. Même pas trente ans et il avait déjà tourné avec la plupart des réalisateurs à la mode. Androgyne, mince, brun. Cette nuit-là, le jeune acteur avait les cheveux coupés court, le front haut et dégagé, un gros trait d'eye-liner autour des yeux, et les lèvres si rouges qu'elles semblaient avoir été trempées dans du sang. Il arborait un énorme manteau en vraie ou fausse fourrure, alors qu'on était en juin, ouvert sur un tee-shirt blanc et un pantalon en cuir. L'actrice prit d'autorité la main de Vincent et le conduisit jusqu'à lui.

— Ezra, je te présente… euh…

— Vincent.

— Vincent est dans la prod, il cherche des films à financer, et il a produit des films de Delacroix ! s'exclama-t-elle, enthousiaste.

Le visage hautain pivota lentement vers lui.

— Vraiment ? dit Ezra Schrenkel, les yeux plissés.

— Pas moi… la boîte que j'ai rachetée.

Les paupières se plissèrent encore plus.

— Et elle s'appelle comment, cette boîte ?

— Dangerous Zone Productions.

— Dangerous Zone, répéta Schrenkel en étirant à l'excès chaque syllabe. Jamais entendu parler… Qu'est-ce qui est arrivé à ton nez ? demanda-t-il ensuite en fixant l'appendice nasal de Vincent qui gardait la trace de sa rencontre avec le coude de Victoire Du Welz.

— Je me suis cogné…

— Tu t'es cogné, répéta l'acteur en hochant la tête. Suis-moi, Vincent de Dangerous Zone Productions… Je vais te présenter quelqu'un…

Vincent lui emboîta le pas. Il n'aimait pas trop la tournure que ça prenait. Ni le ton de l'acteur, ouvertement sceptique et passablement condescendant.

Quelque chose chez ce type lui donnait des boutons : on avait l'impression qu'il vous sondait avec ses petites antennes mentales. Ils traversèrent deux salons bondés. *Prayer in C* de Lilly Wood and the Prick avait succédé à Macklemore.

Schrenkel poussa une porte. Vincent reconnut tout de suite le rappeur qui tirait sur un bong, allongé dans un grand lit entre deux très jeunes femmes peut-être mineures.

— Désolé de te déranger, ma poule, dit Ezra au rappeur, mais c'est pas toi qui es un fan absolu de Morbus Delacroix ?

— Ouais. Un putain de génie, commenta le rappeur en agitant ses breloques. Un dieu vivant… Delacroix, c'est mortel. Dommage qu'il fasse plus rien. Pourquoi ?

Ezra Schrenkel entoura de son bras les épaules d'Espérandieu.

— Tu vois ce gus ? Il dit qu'il s'appelle Vincent. De Dangerous Zone Productions. (Un gloussement.) Il dit qu'il veut investir dans le cinéma et que sa boîte a produit des films de Delacroix. Il dit qu'il est producteur…

L'œil vitreux du rappeur se posa sur Vincent.

— Mais moi, je trouve pas qu'il ressemble à un producteur, poursuivit l'acteur.

Vincent eut l'impression que son centre de gravité tombait très bas.

— Et toi, t'en penses quoi ? Tu trouves qu'il a l'air d'un producteur ?

Les yeux méfiants du rappeur jaugèrent Vincent, puis sa large face s'éclaira d'un sourire goguenard.

— Moi, je trouve qu'il a l'air d'un rat…

Ezra pouffa.

— C'est ça ! Je cherchais à quoi il ressemblait. (Schrenkel fit ressortir ses incisives tout en retroussant sa lèvre supérieure.) À un putain de rat !

Le rappeur se gondolait de rire.

— Mmm. Alors tu comptes produire quoi, mon p'tit Vincent ? demanda l'acteur. Que les choses soient claires, je ne crois pas un seul instant que tu sois producteur, petit enfoiré. Je crois que tu es un sale menteur.

Vincent se tut. Parler n'aurait fait qu'aggraver les choses. Le bras d'Ezra le serra plus fort.

— Vincent « Face-de-rat » de Mouse Productions, dit-il.

Ils rirent aux éclats. Espérandieu se libéra avec un geste d'humeur et sortit en trombe de la chambre, retrouvant le tourbillon de musique et de lumière. Il avait à peine franchi quelques mètres que deux mains le saisissaient par le col.

— T'es qui, toi ? Je t'connais pas. T'as une invit' ?

L'homme, courtaud, massif, mâchoire carrée, était doté d'une pilosité qui lui mangeait le cou et les joues. Le nœud papillon de son smoking était de travers, il avait tombé la veste, et Vincent aperçut des auréoles sous ses aisselles. Il avait délibérément choisi une chemise blanche trop petite pour mettre en valeur ses muscles.

— D'où tu sors ? dit l'homme. C'est ma fête. Je connais tout le monde ici. Mais toi, j't'connais pas.

37

Judith regarda son téléphone. 1 h 30 du matin. Elle inspira à fond. C'était l'heure. *L'heure de faire ce pour quoi elle était ici.* Ça faisait un bon moment qu'elle n'entendait plus un bruit dans la maison. Si quelqu'un la surprenait, elle dirait qu'elle était descendue boire un verre d'eau dans la cuisine.

Tu es arrivée là où tu voulais être, Jude, maintenant faut aller au bout.

Elle songea qu'elle se trouvait dans une demeure au fin fond des montagnes, seule avec deux êtres qu'elle soupçonnait des pires crimes. Qu'elle s'apprêtait à confondre. Personne ne viendrait à son secours si ça se passait mal. Il y avait dehors des hectares de forêt où cacher un corps sans laisser de trace. Il leur suffirait de s'emparer de son téléphone, de le faire borner à cent kilomètres de là, d'abandonner sa voiture et d'expliquer qu'elle était rentrée à Toulouse.

Elle avait essayé de tenir ces pensées éloignées depuis qu'elle était arrivée. Mais là, éveillée au beau milieu de la nuit, sur le point de passer à l'acte, il n'y avait plus moyen de les écarter.

OK, c'est le moment…

Elle sortit de la chambre. Prêta l'oreille. Rien. Pas un bruit. Un cocktail d'adrénaline et de trouille dans ses veines. Elle se dit qu'elle n'avait jamais eu aussi peur de sa vie. Elle referma la porte. Aucune lumière ne brillait au bas de la cage d'escalier vide et noire.

Elle mit son téléphone en mode torche, entama la descente, le pied aussi léger que possible, le posant près de la plinthe, là où le bois avait le moins de chances de grincer. Il grinçait malgré tout, faiblement – mais beaucoup trop fort à ses oreilles.

Les ténèbres l'entouraient. Devant elle, le faible halo du téléphone creusait une bulle de lumière qui dissimulait autant qu'elle révélait. En atteignant le rez-de-chaussée, elle fit une pause. Écouta. Le silence avait pris possession des lieux. Elle s'avança lentement dans le large corridor obscur.

La porte du bureau de Delacroix sur la droite.

C'était là qu'ils s'étaient entretenus dans la journée. Elle se souvenait de quelques-unes de ses paroles : « Guillermo del Toro : talent gâché. Ari Aster : prometteur. Eli Roth : dommage. Jordan Peele : surfait. Haneke : génie. Cronenberg : génie. » Ils avaient aussi parlé de films récents : « *Midsommar*, c'est un truc d'intellos qui se masturbent. Ce n'est pas viscéral. Mais soit, c'est au-dessus du lot… » Elle avait adoré *Midsommar*. Ce film solaire où la terreur se cachait dans la plus vive lumière, ce film dont la lenteur l'avait envoûtée. Delacroix lui avait fait l'effet d'un artiste aigri dénigrant tout ce qui était venu après lui. « *Get out* ? » avait-elle proposé. Il avait ricané : « *Get out*, tu enlèves la sauce idéologique, le message à la mode, il reste quoi ? Une intrigue rebattue, des tonnes de clichés, de vieilles recettes assaisonnées au goût moral d'aujourd'hui. Non, les seuls qui sauvent le genre, ce sont les Coréens… » Il s'était penché vers elle, les yeux brillants. « Il faut voir les images qui nous sont parvenues de *L'Enfer* pour comprendre ce qu'est l'horreur véritable, Judith. Il ne suffit pas de remplir les films d'images insoutenables pour s'approcher de l'horreur. Il faut *l'avoir en soi*. Clouzot l'avait en lui. »

Elle regarda la porte close. Colla l'oreille contre le battant. Écouta. Rien.

Elle connut un nouvel instant de panique en l'ouvrant. Mais la pièce était plongée dans l'obscurité, il n'y avait personne.

Des rayonnages de livres, de DVD, de Blu-ray, comme partout dans la maison. Elle les passa en revue. Toute une collection de films Universal Pictures des années 1930 et 1940, de la RKO période Val Lewton, de la Hammer et d'Amicus Productions, mais aussi des films italiens et espagnols des années 1960. Delacroix : « Il y a deux sortes de films d'horreur, Judith, ceux qui donnent au Mal une origine externe : un virus, une mutation, le diable… Et ceux qui cherchent son origine dans l'homme… »

Tu sais de quoi tu parles, salopard…

Un ordinateur portable, de la paperasse, un sous-main, quelques bibelots sur le bureau à tiroirs. Elle tira le fauteuil – un banal siège pivotant à haut dossier – et s'assit. Le cuir du coussin émit un soupir sous le poids de son corps. Elle commença par soulever doucement les papiers, mais, comme il fallait s'y attendre, il n'y avait rien d'intéressant. Elle prenait garde à remettre les choses à leur place. Elle alluma l'ordinateur. Il mit un temps interminable à lancer le système d'exploitation, avec force déclics et de sourds bourdonnements. Il fallait un mot de passe. Elle renonça.

Qu'est-ce que tu cherches exactement ? se demanda-t-elle. Elle ne savait pas ce qu'elle cherchait, mais elle savait qu'elle le reconnaîtrait quand elle le trouverait.

Elle ouvrit les tiroirs un par un. Tomba sur une pile de vieux numéros des légendaires revues *Famous Monsters of Filmland* et *Midi-Minuit fantastique*.

Un vrai *freak*, pas de doute.

Il ne tournait peut-être plus – mais il avait tout conservé, et sa passion était intacte.

(DELACROIX : « J'ai fini par comprendre que la culture vivante n'est pas la culture de l'intelligentsia et de la bourgeoisie, où même la transgression est attendue, codifiée, immédiatement reconnue comme telle et donc sans véritable potentiel subversif – mais la culture grossière, remuante, viscérale, dérangeante du peuple… »)

Elle vérifia la batterie de son téléphone. Elle baissait rapidement. Fit pivoter le fauteuil. Il y avait un meuble bas derrière elle, un meuble de rangement, appuyé au mur, entre deux bibliothèques.

Tout à coup, elle retint son souffle. Elle venait d'entendre un bruit. Furtif. À l'extérieur… Comme un cliquetis. Elle tendit l'oreille. Mais il ne se reproduisit pas. De nouveau, aucun son ne troublait l'épais silence. Pourtant, elle était sûre d'avoir entendu quelque chose.

Elle attendit cinq minutes dans le noir complet, téléphone éteint, mais le seul bruit qu'elle perçut fut celui de son sang pompé à grands coups.

Quand les battements de son cœur se furent calmés, elle ralluma la torche de son mobile, la braqua sur le meuble bas : une chose ancienne, avec des tiroirs en marqueterie et des poignées en cuivre ouvragé. Elle ouvrit le premier tiroir. Des impressions de mails à l'intérieur.

Elle reconnut immédiatement la destinataire : judith-tallandier237@gmail.com.

Il avait imprimé et conservé leurs échanges…

Elle vit qu'il les avait aussi surlignés et commentés dans la marge : « Bien vu », « Bon choix de films mais manque d'audace », « Bonne analyse mais tu ne creuses pas assez profond », « Mensonge », « Encore un mensonge », « Qu'est-ce que tu caches, petite Judith ? ».

Elle ne put se retenir de frissonner. Morbus Delacroix l'avait-il démasquée ?

Il y avait une chemise de couleur au fond du tiroir, sous les mails, légère et cartonnée. Elle sortit précautionneusement la pile de papiers, la posa au sommet du meuble, prit la chemise et l'ouvrit dans le halo du téléphone.

Un coup de poing à l'estomac.

Des photos au format 21 × 29,7.

Le visage qui s'affichait sur tous les clichés lui était familier comme il était familier à des millions de gens. De grands yeux si clairs qu'ils en paraissaient transparents, n'était la tête d'épingle de la pupille au centre, des cheveux tirés en arrière, plaqués sur le crâne et noués en une courte queue-de-cheval, des traits fins, très beaux, un long cou élégant, telles les lignes subtiles d'une porcelaine rare.

L'actrice Clara Janssen.

Morte en 2011.

Sa mère…

38

Le cliquetis. Cette fois, elle l'entendit plus distinctement. *Quelqu'un descendait l'escalier…*

Judith se figea, glacée par une pensée plus paralysante qu'une injection de succinylcholine : ils étaient éveillés. Ils lui avaient tendu un piège et elle était tombée dedans.

Merde, et maintenant je fais quoi ?

La panique montait en elle avec la rapidité d'une rivière en crue, irrésistible.

Les pas étaient parvenus à l'étage au-dessus ; ils entamaient tranquillement leur descente des deux dernières volées de marches.

Elle remit les papiers en place, se rua hors du bureau. Referma la porte aussi silencieusement que possible, enfila sans bruit le corridor jusqu'à la cuisine, dont elle alluma le néon. Elle chercha un verre dans le placard, le remplit au robinet, la main tremblante.

Elle eut l'impression que l'organe dans sa poitrine avait doublé de volume, que les cavités, les valves et les ventricules s'irriguaient d'un sang visqueux.

Le cliquetis remonta lentement le couloir. Vers la cuisine… *Vers elle*… Elle crut l'espace d'un instant que c'était le grand bouc de son rêve qui était de retour avant de comprendre, dans la seconde précédant son apparition, qu'il s'agissait d'un des molosses d'Artemisia.

Merde…

Le chien noir la regardait fixement, sans gronder, en silence, de ses petits yeux aussi mortels que des balles – et ce silence était presque pire que si l'animal avait émis un son. Il se tenait immobile au seuil de la cuisine, sa gueule ouverte, langue pendante, évoquant pour Judith maints films d'horreur où les chiens noirs abondaient : *Le Masque du démon*, *Sinister*, *Le Chien des Baskerville…* Pas à dire, elle avait le choix.

Elle cherchait désespérément à déchiffrer son comportement – est-ce que ce silence signifiait qu'il allait attaquer ou l'inverse ? Elle n'était pas éthologue. Elle s'efforçait de ne pas le quitter du regard, de boire son verre d'eau sans bouger, de ne pas montrer sa peur. Mais elle était sûre que le clebs la reniflait de là où il était. Elle avait lu que les chiens ont 300 millions de récepteurs olfactifs, et infiniment plus de neurones dédiés à l'odorat que les humains. Ce qui leur permet d'identifier chaque type d'odeur et d'en tirer des conclusions exactes quant à leur environnement et à la conduite à tenir.

Et la conclusion qui devait traverser le cerveau de cet animal était que l'intruse dans la cuisine était morte de trouille. Ce qui faisait d'elle, logiquement… une proie ou seulement une créature inoffensive et sans intérêt ?

Il y avait un râtelier avec de grands couteaux un peu plus loin sur le plan de travail… Tendre le bras et…

Et après ? Est-ce que tu as l'intention de jouer les Tarzan, ma grande ?

Soudain, le monstre noir se désintéressa d'elle. Il fit volte-face, lui offrant la vision de sa croupe musculeuse, avant de s'éloigner en respirant à un rythme rapide, comme s'il manquait de souffle.

Elle inspira. *Putain, comme tu as flippé, Jude !*

Elle se rendit compte que son front était humide, l'essuya avec le bas de son tee-shirt. Se servit un autre verre d'eau au robinet en laissant à son pouls le temps de retrouver un rythme normal.

Elle éteignit le néon de la cuisine, ralluma l'appli torche de son téléphone et suivit le couloir, avec un nœud aux tripes à l'idée que le molosse réapparaisse. Elle se dirigeait vers l'escalier quand elle atteignit l'endroit où un deuxième couloir partait à angle droit du premier. Celui qui menait à la salle de projection.

De la lumière…

Une faible lueur palpitante s'échappait de la salle, dont la porte matelassée était entrouverte.

Elle entendit une voix de femme. De là où elle se trouvait, elle ne comprenait pas ce qu'elle disait. Car la femme murmurait. Cependant, ces murmures étaient à l'évidence amplifiés par un système de sonorisation.

Un film…

Delacroix était en train de se passer un film. Depuis combien de temps était-il là ? L'avait-il entendue rôder dans la maison ?

Elle éteignit la lumière de son téléphone et s'avança. Elle n'avait qu'une envie, faire demi-tour, retourner dans sa chambre. Mais quelque chose la poussait, l'attirait comme un aimant vers cette porte…

La voix... La douceur de cette voix…

Elle réveillait un souvenir très ancien, perdu dans les tréfonds de sa mémoire : des sonorités enfouies, oubliées jusqu'à cette minute, des intonations qui la bouleversèrent. Elle hoqueta, suffoqua de tristesse, de colère, d'horreur. *L'enfance...* Le cœur dans la gorge, elle franchit le seuil, tandis que la voix continuait de murmurer de plus en plus fort. Mais Judith ne prêta pas attention à ce qu'elle disait. Elle luttait contre un début de nausée, contre un élancement dans son crâne, un vertige. Delacroix était assis au premier rang, comme la dernière fois. Il lui tournait le dos. Il fixait l'écran sur lequel explosait, filmé en très gros plan, un visage d'une beauté remarquable. Une beauté d'un classicisme absolu. Des yeux immenses et transparents jusqu'au sublime, les têtes d'épingle des pupilles ici changées en gros trous noirs hypnotiques, l'arc élégant des sourcils, le front bombé, les cheveux fins tirés en arrière.

Et ce sourire… Magique, parfait…

Une image d'une autre époque…

Le visage de Clara Janssen occupait tout le fond de la salle, la totalité de l'écran.

— Bonsoir, Judith, dit Morbus Delacroix sans se retourner. Approche. Il faut qu'on parle.

39

Cake by the Ocean dans les enceintes. Vincent dansait. Il commençait à s'amuser. Il avait montré son carton d'invitation au barbu et celui-ci lui avait demandé d'une voix basse et grondante :

— Qui te l'a refilé ?

— Max Renn.

— Ce petit influenceur de merde ? C'est la dernière fois que je lui passe une invit', à ce connard. Et toi, t'es qui ? avait demandé l'homme.

— Euh, un ami… Il pouvait pas venir…

Le barbu avait hésité en le dévisageant.

— OK, va t'amuser… Mais si je te reprends à emmerder Ezra, je te fous dehors, compris ?

À présent, il dansait en compagnie de personnes qu'il ne connaissait pas, sa chemise collée à son dos. Il avait soif. À deux reprises déjà, on lui avait proposé de petites pilules, il avait décliné. Billie Eilish se mit à chanter : « Ne dis pas merci ni s'il te plaît, je fais ce que je veux quand je le veux. Mon esprit ? Si cynique. »

Une philosophie de vie constructive, y a pas à dire.

Autour de lui, dans la pénombre, les corps en sueur se frôlaient, se bousculaient, s'évitaient en une mêlée indistincte cisaillée par les flots de lumière. Tout à coup, une mini-décharge électrique le traversa.

Valek...

Sa silhouette venait de passer en direction du bar à moins de trois mètres de lui. Même cape et même dégaine de vampire de pacotille. Du Terence Fisher. Ne manquaient que les canines.

Il le montra à la fille qui dansait à côté de lui.

— Tu sais qui c'est ?

Un haussement d'épaules, sans cesser de s'agiter.

— Non. Mais je l'ai déjà vu. Pourquoi tu veux le savoir ?

— Comme ça.

Il suivit des yeux la silhouette de Valek, le vit demander une coupe de champagne à l'extra déguisé en marionnette de *Saw*.

Comme s'il avait senti le regard planté entre ses omoplates, Valek se retourna – et ils établirent un contact visuel à travers la foule. Un contact trop prolongé pour être innocent. Mais Vincent voulait tester la réaction de l'autre.

Il crut deviner de la surprise, de la curiosité et aussi de la méfiance dans les yeux de Valek.

C'était cependant difficile à dire compte tenu des éclairages. Finalement, le nouveau venu se détourna pour saisir la coupe que lui tendait le faux Billy.

Soudain, une main s'abattit avec force sur l'épaule d'Espérandieu. L'auteur de ce geste avait selon toute évidence l'intention de surprendre mais aussi de faire mal, car il serra ensuite le trapèze du flic autour de la clavicule comme s'il voulait le transpercer avec les doigts.

— On va dans une autre fête plus intéressante, glissa Ezra Schrenkel dans son oreille. Tu viens avec nous, « Vincent le producteur » ?

Toujours la même ironie cinglante.

— Non, merci.

— Comme tu voudras, mon p'tit Vincent, souffla l'acteur avant de le lâcher. On y va, les gars !

Espérandieu massa son épaule douloureuse. *Sale con*. Il avait besoin d'alcool. Il se fraya un passage vers le bar à travers la masse mouvante des fêtards et les rais de lumière qui découpaient la pénombre.

Son corps se déplaçait selon une trajectoire quelque peu approximative, qui était un signal assez clair : il avait trop bu.

T'as oublié que t'es en service ? Il pensa à Charlène, à Martin, et il eut honte. Il heurta l'épaule d'un type en s'approchant du bar ; son radar anticollision avait des ratés, on dirait. Le type se retourna.

De nouveau, le contact visuel s'établit.

Il discerna une lueur mauvaise dans le regard de Valek, qui lui évoqua vaguement une aurore boréale du côté de Tromsø.

— On se connaît ?

40

Flou. Le visage sur l'écran était flou. Brouillé par les larmes qui voilaient sa cornée, qui coulaient en chaudes rigoles sur ses joues et donnaient à ses lèvres un goût de sel. Comment osait-il ? Il savait, bien sûr. Quelle autre raison aurait-il eue de lui montrer ces images ?

Elle était terrifiée. Terrifiée et en colère. Elle descendit jusqu'au premier rang.

Ce type est un assassin, Jude. Un psychopathe. Tu es seule avec lui au milieu de la nuit et il sait que tu sais.

Il désigna le fauteuil à côté du sien.

— Assieds-toi.

Ce type a tué ta mère, Jude, et combien d'autres personnes ?

— Qu'est-ce qu'il y a, Judith ? Tu n'as pas l'air dans ton assiette…

Et où étaient Artemisia et les domestiques ? En train de dormir, bien sûr. Le visage de sa mère s'affichait toujours en très gros plan sur l'écran. Delacroix l'avait figé. Une vision à la fois bouleversante et effrayante pour Judith. Les sourcils froncés, Delacroix la scrutait.

— Tu es toute pâle, dit-il, tu ne vas pas être encore malade ?

Elle dut résister à l'envie de partir en courant. *Pour aller où ?* Une maison dont il connaissait chaque recoin et des dizaines d'hectares de forêt dehors qu'il devait connaître comme sa poche. Sans compter les chiens…

Ce type est un monstre, Jude. Comment il a dit ? « Il ne suffit pas de remplir les films d'images insoutenables pour s'approcher de l'horreur, il faut l'avoir en soi. »

— Mais tu pleures, dit-il avec un air de fausse compassion qui lui souleva le cœur. Qu'est-ce qui se passe ?

Espèce de salopard de merde…

Quand Judith tourna son regard vers lui, il n'était plus humide mais d'une dureté de diamant, avec un éclat que Delacroix accueillit non sans perplexité.

— Je suis la fille de Clara Janssen, déclara-t-elle d'une voix rêche, *ton* actrice.

— Je sais.

Cet aveu la prit au dépourvu. Il ne cherchait même plus à faire semblant.

— Je veux savoir ce qui s'est passé sur le tournage d'*Orpheus*, ce que tu lui as fait, enchaîna-t-elle.

Il hocha la tête.

— Tu es vraiment sûre de vouloir le savoir ?

— Oui.

— Comme tu voudras…

Samedi 25 juin

41

— On va à la piscine aujourd'hui ?

Servaz regarda son fils.

— Peut-être demain. Qu'est-ce que t'en dis ?

Assis à la table du petit déjeuner, Gustav le fixait comme s'il passait son père au détecteur de mensonges.

— Pourquoi pas aujourd'hui ? C'est samedi.

Servaz sentit venir un de ces échanges dont Gustav avait le secret quand il était en mode combatif. Ça faisait un moment que son fils ne lui passait plus grand-chose.

— Je peux peut-être demander à Anastasia de t'emmener, dit-il.

— Je veux pas y aller avec elle, déclara Gustav d'un air contrarié. Je veux y aller avec toi.

— Je croyais que tu l'aimais bien.

— C'est pas ça, je veux que tu viennes avec nous.

— J'aimerais beaucoup, tu le sais. Mais aujourd'hui je peux pas. Je dois travailler, j'ai quelque chose d'important à faire.

— C'est toujours plus important que moi, lâcha Gustav d'un ton de plus en plus maussade. Flavien m'a dit l'autre jour que son père trouvait toujours du temps pour eux. Et lui aussi c'est un keuf.

— Policier, rectifia Servaz. Vincent et moi, c'est pas pareil. Je suis le chef. Je dois être présent, tu comprends ?

— Et quand son père n'est pas là, poursuivit Gustav sans paraître avoir entendu, Charlène les emmène au centre commercial ou ils vont voir leurs grands-parents à la campagne…

— Tu peux aller avec eux si tu veux, suggéra Servaz en désespoir de cause. Charlène t'aime beaucoup, tu sais. Flavien aussi.

— Je veux Léa ! Elle est où ? s'emporta soudain son garçon.

Servaz se raidit. Ce n'était pas la première attaque du genre. Gustav pouvait user de son charme pour obtenir ce qu'il voulait et, dans ces cas-là, déployer un entrain communicatif et multiplier les sourires, mais quand il ne parvenait pas à ses fins il pouvait aussi devenir vite odieux. Martin ne savait pas toujours comment s'y prendre avec lui. À la différence de Léa. Léa qui trouvait chaque fois le bon mot, le bon dosage, entre cajoleries et autorité. Il se demanda si c'était la vraie personnalité de Gustav qui était en train d'émerger – ce côté manipulateur, cette duplicité – et il pensa en frémissant à *celui* qui l'avait élevé avant lui, à l'homme qui lui avait révélé l'existence et la maladie de son fils, et qui le lui avait confié[1]. Un individu qui avait kidnappé la femme qu'il aimait – la mère de Gustav –, qui l'avait quasiment détruite, puis qui s'était glissé dans l'existence de Servaz telle une ombre, à un moment où il était particulièrement vulnérable. Et qui l'avait changée à tout jamais. Un marionnettiste, un angle mort,

1. Voir *Nuit*, XO Éditions et Pocket.

une présence invisible, silencieuse, mais jamais très loin : l'ancien procureur près le tribunal de Genève Julian Hirtmann – peut-être le tueur en série le plus retors que Servaz ait eu à traquer. En tout cas le seul dont il se fût senti proche à un moment donné[1]. Aujourd'hui détenu dans le complexe pénitentiaire de Leoben, en Autriche.

— Ça suffit ! dit-il en élevant la voix.

Gustav se leva brusquement de table en repoussant son assiette et disparut. Servaz l'entendit refermer violemment la porte de sa chambre.

Il regretta aussitôt son éclat.

— Je dirais que la mort remonte à six ou huit jours, déclara le spécialiste d'entomologie légale dans la salle de réunion.

Il les regarda.

— Ceci avec toutes les précautions d'usage. Je me base sur la température de 33 °C qui a été relevée dans l'appartement de Florent Cuvelier lors de la levée du corps.

Il mit en route une vidéo sur son ordinateur et le cadavre boursouflé, cerné par un nuage de mouches et couvert de larves, apparut au fond de la baignoire.

— Comme les insectes coprophages et saprophages, les insectes nécrophages sont des « éboueurs naturels », commença l'entomologiste. Ils se nourrissent des tissus cadavériques et sont fort utiles pour dater la mort à court et à long terme. Ici, pas de datation à long terme. Car pas de mouches *Sarcophagidae* ni de *Dermestidae* ou de *Tineidae*, ce qui signifie que la victime est morte depuis moins d'un mois. Je dirais encore moins que ça,

1. Voir *Glacé*, XO Éditions et Pocket.

compte tenu de la chaleur et de l'humidité qui régnaient dans la salle de bains.

Les membres du groupe d'enquête qui s'étaient rendus sur la scène de crime évitaient de regarder l'écran, contrairement à Servaz.

— En fait, ce qu'on voit ici ce sont essentiellement des *Calliphora vicina* et des *Lucilia caesar*. Des mouches bleues et vertes. On notera les nombreuses pupes au sol.

— Les trucs qui croustillaient quand on marchait dessus ? intervint Samira Cheung, qui se souvenait du sauna que c'était là-dedans – et de l'immonde grouillement.

— C'est ça. La pupaison intervient aux alentours du huitième jour dans des conditions de température normales, mais ici, je dirais que la chaleur l'a accélérée. D'où ma fourchette.

Ce qui signifiait que Florent Cuvelier était mort *avant* Stan Du Welz, pensa Servaz.

— La mort ne pourrait pas être encore plus récente ? demanda-t-il.

— C'est-à-dire ?

— Remonter à un peu plus de soixante-douze heures.

L'entomologiste secoua la tête.

— Non, le délai me paraît bien trop court. Même en tenant compte de la chaleur qui régnait dans l'appartement. Mais je le répète : cette méthode de datation doit être utilisée avec des pincettes.

— Hmm, fit Servaz. Résumons : on a deux meurtres en l'espace de quelques jours, et les deux victimes avaient travaillé dans le cinéma. Coïncidence ?

— Certainement pas, trancha Gadebois qui, pour une fois, faisait preuve d'assurance.

Sur sa large face débonnaire s'afficha un air de satisfaction intense, qui surprit tout le monde.

— Pourquoi ça ? s'enquit Servaz en levant un sourcil.

— Eh ben, déjà, la première scène de crime : ces abeilles dans la bouche, ça m'a fait penser à un vieux film d'horreur que j'ai vu quand j'avais une vingtaine d'années : *Candyman*. Avec cette musique de Philip Glass et ces chœurs flippants. Et, ce coup-ci, ce type avec un bras menotté à la tuyauterie, eh bien, ça me fait penser à…

— *Saw*, chapitre 1, le devança Samira.

Il parut contrarié qu'elle lui eût volé la vedette.

— Exact.

— Et pourquoi t'as rien dit la première fois ? voulut-elle savoir.

Gadebois rentra la tête dans ses épaules, telle une tortue dans sa carapace.

— J'étais pas sûr…

— On dirait bien que notre mec est fan de films d'horreur, commenta Samira en tournant son regard vers Servaz.

Delacroix, songea-t-il. *Orpheus*. Il n'avait encore rien dit au groupe de leur visite à Maximilien Renn, ni des pseudo-révélations de ce dernier au sujet du tournage. Il pensa à Vincent. Il l'avait appelé avant de lever Gustav et avait laissé un message sur son répondeur. Mais Vincent n'avait pas encore donné signe de vie.

Servaz consulta sa montre. 11 h 47.

Espé s'était sans doute couché au bout de la nuit et il récupérait du zèle qu'il avait déployé dans l'accomplissement de sa mission.

42

L'employée à l'accueil ouvrit de grands yeux en voyant la jeune femme franchir les portes de la clinique de Paradis et s'avancer d'une démarche titubante.

Elle contourna le comptoir pour aller à sa rencontre. Fut secouée par l'apparence de la jeune femme. Ses bras et son visage couverts d'ecchymoses d'un rouge presque vif, son nez déformé, l'œil droit à demi fermé. Elle avait du sang dans la bouche et sur ses vêtements, et la lèvre inférieure fendue.

Elle sanglotait violemment et l'employée la prit par les épaules avec d'infinies précautions pour ne pas la brusquer.

— Va chercher une équipe, dépêche-toi ! lança-t-elle ensuite à une infirmière qui accourait. Du calme… du calme… on va s'occuper de vous…

— Qu'est-ce qui s'est passé ? demanda le médecin cinq minutes plus tard en se penchant sur le brancard où la patiente était étendue.

— Il m'a frappée… il voulait me tuer…, hoqueta-t-elle, sa voix si noyée par les sanglots que le toubib dut la faire répéter.

— Qui vous a frappée ? demanda-t-il.

— Il… il voulait me tuer…, répéta la jeune femme.

Il hocha la tête. Il n'obtiendrait rien de plus pour l'instant. Et c'était l'affaire des gendarmes après tout, pas la sienne, de savoir quelle sorte de salopard avait fait ça. Ce n'étaient pas les ordures qui manquaient. Il en voyait passer quasiment tous les jours, des faux durs, des pervers, des nuisibles, des malveillants, des médiocres, remplis de leur propre personne et de leur saleté d'égoïsme, qui s'en prenaient toujours à plus faible qu'eux. À vous désespérer de l'espèce humaine. Son rôle à lui, c'était de traiter la crise de panique en persuadant la patiente qu'elle était hors de danger, de faire en sorte qu'elle le soit vraiment et de la soigner.

— Vous ne risquez plus rien, dit-il d'une voix apaisante. Vous voulez que nous prévenions quelqu'un ?

— Non, personne…

Elle semblait déjà recouvrer son calme : l'habituel effet placebo du médecin. Il pivota vers les infirmières.

— Appelez la gendarmerie, dites-leur de ne pas traîner. Et faites passer le mot : pas d'anxiolytique pour le moment. Pas tant qu'on ne lui a pas fait une prise de sang. On va vous emmener et examiner vos blessures, dit-il à la patiente du même ton lénifiant. Comment vous vous appelez ?

— Judith… Judith Tallandier.

Servaz venait de leur faire le résumé de ce qu'ils avaient appris à Paris. Les regards étaient dubitatifs. Un film d'horreur ? Un tournage maudit ? Un film jamais diffusé ? Une actrice harcelée et, peut-être, un *snuff movie* ? C'est tout ce que vous avez trouvé ? semblaient-ils penser. Ils avaient raison. Il était trop tôt pour tirer des conclusions. Et les élucubrations de Maximilien

Renn, si intéressantes fussent-elles, n'étaient peut-être justement que ça : des élucubrations.

— Des rumeurs de ce genre, on en entend pour tous les films d'horreur, rétorqua Samira Cheung en soupirant.

— Pas d'accord, objecta Gadebois, qui décidément était dans un grand jour. C'est vrai, on a tous entendu parler de ces films qui se traînent une réputation de films maudits à cause d'incidents et de morts bizarres pendant le tournage. La saga *Poltergeist* par exemple, qui parle des malheurs d'une famille dont la maison est hantée. Durant le tournage du premier volet, l'actrice Dominique Dunne a été victime d'une tentative de meurtre de la part de son compagnon, lequel a fini par réussir à la tuer quelques mois plus tard. Deux des acteurs principaux sont décédés peu après la fin du tournage, l'un d'un cancer de l'estomac, l'autre de complications postopératoires. Et la jeune actrice Heather O'Rourke, la ravissante fillette blonde qui apparaît sur toutes les affiches, décédera à l'âge de douze ans d'une sténose intestinale.

— Mythes, légendes urbaines, répliqua Samira. Ou marketing de la part des diffuseurs.

— Ces faits-là sont avérés et bien connus, protesta Gadebois. Et puis, il y a *La Malédiction*, qui mérite bien son nom, dans lequel Gregory Peck joue un ambassadeur des États-Unis qui découvre que son fils adopté dans un couvent italien n'est autre que l'Antéchrist. Les avions de Gregory Peck et du scénariste qui se rendaient à Londres pour le tournage furent tous deux frappés par la foudre. Les rottweilers du film, censés incarner des chiens diaboliques, firent quelque chose qu'ils n'avaient jamais fait : ils attaquèrent leurs dresseurs. Le restaurant de l'hôtel où se trouvaient Richard Donner, le réalisateur, et une partie de l'équipe, fut victime d'un attentat de l'IRA. Après le tournage de plusieurs scènes en Israël, Gregory Peck annula au dernier moment un vol privé qu'il devait prendre et l'avion fut emprunté par un groupe d'hommes d'affaires japonais. Ils n'arrivèrent jamais à destination : l'avion se crasha. Enfin, le 13 août 1976, le responsable des effets visuels, John Richardson, qui avait préparé la scène de décapitation, eut un terrible accident avec sa femme, au cours duquel elle fut mortellement frappée à la tête. Richardson affirmera avoir aperçu un panneau de signalisation indiquant la direction d'une petite ville : Omen. *The Omen*, c'est le titre original de *La Malédiction*.

— Ne me dis pas que tu crois à ces chimères? s'insurgea Samira. Il y a toujours des accidents sur les tournages. Plus un tournage dure longtemps, plus la probabilité qu'il y en ait augmente.

— Et *L'Exorciste*? continua-t-il. L'actrice principale elle-même, Ellen Burstyn, a évoqué les nombreux incidents qui ont émaillé le tournage : incendie sur le plateau, mort de pas moins de neuf personnes, accident du fils d'un des acteurs principaux, celui qui jouait le prêtre Damien Karras, renversé par une moto sur une plage… Et *Rosemary's Baby*? Vous connaissez l'histoire, je suppose, poursuivit Gadebois, définitivement lancé. Un jeune couple s'installe dans un vieil immeuble de New York occupé par une secte sataniste; la femme ignore que son mari, en échange d'une brillante carrière d'acteur, a adhéré à la secte. L'idée du film est venue au célèbre producteur de films d'horreur William Castle après la lecture du roman d'Ira Levin, il confia la réalisation à un jeune cinéaste presque inconnu : Roman Polanski. Le film eut un retentissement considérable, mais connut aussi une étrange postérité. D'abord, Castle fut hospitalisé pour une série de calculs rénaux et, pendant qu'il était à l'hôpital, le compositeur de la musique du film, Krzysztof Komeda, fut hospitalisé dans le même établissement, victime d'une mauvaise chute dans les collines de Beverly Hills, chute dont il mourra. Quand Castle sortit de l'hôpital, ce fut pour découvrir dans les journaux l'épouvantable tragédie du massacre de Sharon Tate, l'épouse de Polanski, et de ses amis par la secte de Charles Manson. Enfin, l'immeuble maudit du film, plein de tours et de gargouilles, n'est autre que le Dakota Building, au pied duquel John Lennon sera assassiné.

— Coïncidences, insista Samira.

— Est-ce qu'on pourrait revenir à nos moutons? intervint Servaz.

— Moi, j'ai du concret, déclara-t-elle.

Il se tourna vers son adjointe.

— J'ai interrogé la première des deux infirmières qui sont entrées dans le pavillon de Stan Du Welz et Jonas Résimont après le passage du Dr Rollin. D'après elle, ils dormaient. Voilà pourquoi elle est ressortie presque aussitôt.

— Et la seconde?

— *Il n'y avait aucune autre infirmière inscrite au planning des visites ce soir-là*, leur annonça Samira.

Elle avait demandé qu'on repasse la vidéo de surveillance de l'hôpital Camelot. Un des membres du groupe la projetait en accéléré sur un écran blanc, au fond de la salle de réunion.

— Là, dit-elle soudain. Stop.

L'enquêteur figea l'image sur la deuxième infirmière qui entrait dans le champ.

— Image par image, tu peux? demanda-t-elle.

Le flic s'exécuta. Après quelques instants où elle progressa par saccades sans jamais tourner son visage vers la caméra, l'infirmière appuya sur le bouton-poussoir à droite de la porte.

— Accélère jusqu'au moment où elle ressort, lui enjoignit Samira.

Ils la virent réapparaître quelques secondes plus tard, qui étaient en réalité dix minutes, visage baissé.

— Stop ! lança la fliquette.

Une nouvelle fois, l'image se figea. La silhouette gardait le visage incliné, et elle portait des lunettes aux verres teintés.

— Elle sait exactement où est la caméra, conclut Samira en se tournant vers Martin. Elle baisse la tête dès qu'elle entre dans le champ.

— Elle ou il, précisa-t-il. Regarde la mèche sur le front.

Samira plissa les paupières. Une grande mèche de cheveux raides balayait le front de l'infirmière et sa coiffure avait un côté trop apprêté, comme si elle l'avait aspergée de laque.

— Ça pourrait être une perruque, confirma-t-elle en hochant la tête.

— Donc, nous avons une personne qui s'est fait passer pour une infirmière. Ça n'explique toujours pas comment Jonas Résimont a fait pour s'évader sans être filmé, rappela-t-il. Imprimez des copies de l'image quand elle/il ressort, à l'instant où elle/il franchit le seuil. Et allez prendre des mesures sur place : on aura au moins une idée de la taille de cette personne… Beau travail.

Une vibration dans sa poche. Il faillit ne pas répondre, mais il attendait le coup de fil d'Espé. Il sortit son téléphone. C'était Charlène.

— Martin, tu as eu Vincent ce matin ?

Il hésita, décela une nuance d'inquiétude dans la voix de Charlène.

— Non, pas encore… pourquoi ?

— Je l'ai appelé à trois reprises et il n'a pas répondu. Je lui ai laissé deux messages sur WhatsApp et je vois qu'il n'y a qu'une seule coche, comme si son téléphone était éteint ou qu'il n'avait pas de réseau. Hier soir, il m'a dit qu'il devait sortir pour les besoins d'une enquête…

Il se dirigea vers la porte pour s'isoler.

— C'est exact. Ne t'inquiète pas. Il doit être en train de dormir. Il devait effectuer une surveillance de nuit.

— Pourquoi tu n'es pas avec lui ?

— J'ai dû rentrer en urgence… Une autre affaire ici.

— Il était tout seul cette nuit ?

— Euh… oui.

Un silence. Pendant lequel il sentit qu'il commençait lui-même à se tendre.

— C'était sans danger, Martin ?

— Bien sûr, dit-il. Je ne l'aurais pas laissé y aller seul dans le cas contraire.

Mais en était-il si sûr ? Et où était Espé, bon sang ? Pourquoi ne répondait-il pas ? Même s'il dormait, il aurait dû laisser son téléphone allumé.

— Ne t'inquiète pas, répéta-t-il. Il ne va pas tarder à te rappeler. Il a dû s'endormir très tard.

— D'accord. Tu lui dis de m'appeler si tu arrives à le joindre en premier ?

— Compte sur moi.

Il consulta sa montre. Midi trente. *Putain, Vincent, qu'est-ce que tu fous ?* Il composa le numéro de son adjoint, tomba sur le répondeur :

— Vincent ? dit-il. C'est Martin. Rappelle-moi dès que tu auras écouté ce message, d'accord ?

43

Les gendarmes étaient deux. Une femme, un homme. Le toubib repéra tout de suite le leader du binôme : la femme, dont il constata qu'elle était pourtant la moins galonnée des deux.

— Où est-elle ? demanda la gendarme.

— Je vous conduis, répondit-il.

— Vous l'avez examinée ?

— Superficiellement. Elle n'a pas de blessures graves. Donc on a fait le strict minimum pour ne pas interférer.

— Vous avez bien fait, le complimenta-t-elle. Pour que les blessures puissent être utilisées devant un tribunal, il va falloir qu'elle soit examinée sur réquisition judiciaire. On vient d'appeler le juge, et le légiste est en route. Comment elle va ?

Ils remontaient les couloirs où régnait l'agitation habituelle, celle qui ne s'arrêtait jamais, celle qui ne tenait compte ni des deuils ni des drames, car personne n'avait le temps de regarder en arrière.

— Psychologiquement, vous voulez dire ? Elle est en état de choc. Elle présente un traumatisme profond. Elle pleure beaucoup, elle est proche du délire, mais pas forcément très loquace. Une réaction d'évitement classique. Concernant ses blessures, des saignements dans la région des yeux et du nez, une obstruction nasale, des ecchymoses en plusieurs endroits du visage et sur les membres, mais je n'ai pas détecté de signe de fracture osseuse. On va faire un CT scan pour le confirmer, vérifier qu'il n'y a pas de lésions cérébrales et évaluer dans quelle mesure les os et les tissus mous sont endommagés. Et le plus tôt sera le mieux, ajouta-t-il en les regardant.

Elle comprit le message. Ils contournèrent les brancards qui barraient en partie le couloir.

— On lui a aussi fait une prise de sang parce qu'elle a l'air sous l'emprise d'une substance ou peut-être de plusieurs. Il n'y avait pas de temps à perdre. Comme vous le savez, des drogues telles que le GHB disparaissent du sang et des urines au bout de quelques heures pour retomber à un niveau indétectable. Et on lui a administré un antalgique aussitôt après. Il faudra effectuer un examen gynécologique le plus rapidement possible.

La gendarme se redressa sans cesser de marcher.

— Elle a parlé d'un viol ?

— Elle n'a rien dit sinon qu'on a essayé de la tuer… Elle répète ça en boucle…

— Elle a vu un psy ? demanda son collègue prudemment.

— Pas encore. Mais elle va devoir en voir un sans tarder, vu son état, répondit le toubib.

— Je veux dire : pour s'assurer qu'il ne s'agit pas d'affabulations…

La gendarme et le médecin lui jetèrent un regard noir.

— Attendez de l'avoir vue avant d'avancer des hypothèses de ce genre, rétorqua ce dernier.

Ils s'arrêtèrent au seuil de la pièce. Puis la gendarme pivota vers les deux autres.

— Vous pouvez me laisser seule avec elle un instant ?

Son collègue parut sur le point d'intervenir, mais il se ravisa et haussa les épaules avant de faire demi-tour. Le toubib referma la porte sans bruit.

— Bonjour, Judith, dit doucement la gendarme.

— Bonjour.

Judith avait une mine de déterrée, l'air d'avoir voulu arrêter un trente-six tonnes avec son corps. Elle était assise à la tête du lit, calée contre les oreillers. Elle tremblait. La gendarme tira une chaise et s'assit, sans cesser de sourire.

— Judith, un spécialiste va venir vous examiner. Vous comptez porter plainte contre celui qui vous a fait ça ? Je vous conseille vivement de le faire.

Judith hocha la tête.

— Très bien. Je vais maintenant vous poser quelques questions si vous voulez bien. Vous vous sentez d'attaque ?

Nouveau hochement de tête.

— Vous savez comment s'appelle celui qui vous a fait ça ?

Encore une fois, Judith hocha la tête.

— Vous voulez bien me le dire ?

— Oui. Il s'appelle Morbus Delacroix.

Soleil et nuages. En alternance rapide. Comme des clins d'œil célestes. En dessous, le bouillonnement de la végétation, le frémissement des cimes d'arbres à chaque souffle de vent et, face à eux, la patience inaltérable des montagnes.

Les trois fourgons de gendarmerie se garèrent devant la demeure recouverte de lierre. Ce fut Artemisia qui ouvrit. Elle portait ce jour-là une robe portefeuille courte et sans manches et des bottes en python.

— Votre mari est là ? demanda le représentant de la brigade de recherche de Saint-Gaudens, qui avait pris le relais des deux gendarmes.

Il était accompagné d'une demi-douzaine d'autres pandores, dont deux du peloton de surveillance et d'intervention.

— Pourquoi ? Qu'est-ce qui se passe ? demanda Artemisia en remarquant du perron les deux hommes casqués et harnachés à la suite du petit groupe. C'est quoi, ce commando ?

— Il est à la maison ? s'impatienta le représentant de la maréchaussée.

— Morbus ! lança-t-elle en se retournant.

Morbus Delacroix se présenta, solennel, majestueux, pareil à un roi sans trône, vêtu d'un long peignoir de soie ouvert sur un caleçon Zimmerli semi-transparent, les cheveux en pétard et l'air de manquer de sommeil.

Quelques regards de gendarmes s'arrondirent.

— Vous venez m'arrêter pour l'herbe que j'ai chez moi ? dit-il en réprimant un bâillement.

— Morbus Delacroix ?

— Non, son sosie.

— Nous sommes le 25 juin, il est 14 h 03. À compter de cette heure, vous êtes mis en garde à vue pour tentative d'homicide sur la personne de Judith Tallandier.

44

— Pierrat, c'est Martin.

— Salut.

— Tu as vu Vincent aujourd'hui ? Il t'a appelé ?

— Hein ? Non, j'ai aucune nouvelle depuis hier, répondit le flic parisien, surpris. Je pensais que toi tu en avais.

Servaz eut l'impression désagréable qu'on lui versait de l'acide de batterie dans l'estomac.

— Non, aucune depuis hier soir.

Il regarda sa montre. 14 h 41. *Où était Espé ?*

— Il est bien allé à cette fête, pas vrai ? demanda Pierrat, et Servaz devina à sa voix que lui aussi était inquiet.

— Mmm… Tu pourrais pousser jusqu'à son hôtel voir s'il s'y trouve encore ?

— Pas de problème.

— Il y a un truc qui cloche. Il ne répond pas au téléphone et les messages qu'on lui envoie ne sont même pas distribués dans son appareil.

— Il est sans doute éteint, conclut Pierrat sombrement.

— Mmm…

— Il est du genre à faire la bringue jusque tard dans la nuit et à se mettre sur le toit, ton collègue ? demanda le flic de la Crim parisienne. Ou alors il s'est trouvé une fille.

— Oublie ça, c'est pas le genre de la maison, répondit le Toulousain. Tu peux aller voir ?

Servaz sentit sa nervosité grimper en flèche. Il y avait certainement une explication : Vincent avait trouvé une piste et il avait dû éteindre son téléphone pour la suivre. Ou bien il avait oublié de recharger la batterie, tout simplement. Mais une autre voix, moins rassurante, lui disait que ce n'était pas ça.

— C'est quoi, le numéro de sa chambre ? demanda Pierrat.

— 237.

— Tu as appelé l'hôtel ?

— Pas encore.

— OK. Laisse tomber, je m'en charge. Je file là-bas tout de suite.

— Merci.

— Martin ?

— Oui ?

— J'aime pas trop ça, confessa Pierrat.

Servaz déglutit mais ne dit rien. *Moi non plus*, pensa-t-il.

45

— Monsieur Delacroix, commença l'OPJ de la brigade de recherche de Saint-Gaudens, vous avez bien reçu Judith Tallandier, étudiante à Toulouse, chez vous de mardi dernier à cette nuit ?

— La loi n° 2011-392 du 14 avril 2011 donne le droit à mon client de se taire pendant l'audition, déclara Me Bruylandt, l'avocat du cinéaste, un homme mince dans la quarantaine, assis un bloc-notes ouvert devant lui.

Il était arrivé de Toulouse au volant de sa Porsche Panamera Turbo si rapidement que les gendarmes le soupçonnaient de ne pas avoir respecté les limitations de vitesse.

— Vous êtes-vous mis en colère contre Judith Tallandier pour une raison quelconque ? poursuivit le gendarme sans tenir compte de l'interruption. A-t-elle essayé de vous voler ? Vous a-t-elle manqué de respect, à vous ou à votre épouse ? Que s'est-il passé ?

— La loi n° 2011-392 du 14 avril 2011 donne le droit à mon client de se taire pendant l'audition, répéta l'avocat.

— Monsieur Delacroix, nous avons ici un rapport de la clinique de Paradis qui prouve que Judith Tallandier a reçu de multiples coups au corps et au visage pendant qu'elle était chez vous. Êtes-vous l'auteur de ces coups ?

— La loi n° 2011-392 du 14 avril 2011…

— Maître, s'impatienta le gendarme, vous n'avez pas à intervenir à ce stade de l'audition. Et ça ne va pas aider votre client…

— C'est ce qu'on verra devant le juge, riposta le baveux.

Delacroix ramena sur lui les pans de sa robe de chambre avec la dignité d'un acteur shakespearien interprétant le roi Lear. Les gendarmes lui avaient proposé de se changer avant d'être embarqué. Il avait décliné l'offre.

— « Parle si tu as des mots plus forts que le silence ou garde le silence », déclama-t-il tout à coup, d'une voix puissante, en détachant chaque syllabe. Euripide, ajouta-t-il avec un clin d'œil à leur intention.

Il sortit un paquet de cigarettes du fond d'une poche.

— Il est interdit de fumer ici, le réprimanda sèchement la gendarme assise à côté de son collègue.

Delacroix lui sourit.

— Pourquoi ? Vous allez me mettre en garde à vue pour « non-respect des consignes » ? Je le suis déjà. Zut, z'avez du feu ? J'ai oublié mon briquet…

Dès que son téléphone vibra et qu'il vit le nom de Pierrat sur l'écran, Servaz fila dans le couloir. Il regarda sa montre. Il était plus de 17 heures.

— Alors ? s'impatienta-t-il.

— Il n'est pas à l'hôtel, répondit Pierrat d'une voix où l'inquiétude le disputait de plus en plus à la tension. Personne ne l'a vu depuis hier soir. On a réveillé la réceptionniste de service cette nuit et elle nous a assuré qu'elle ne l'a pas vu rentrer. Elle est formelle.

Servaz regarda fixement le mur de brique face à lui.

— Merde…

— C'est pas tout. Je me suis fait ouvrir la chambre et le coffre. Avant ça, j'ai dû trouver un juge pour que ce foutu hôtelier accepte. La plaque de Vincent était dans le coffre. Et son pyjama plié sur le lit. Il n'est pas rentré cette nuit, Martin…

Servaz appuya son front contre le mur. Fébrilement, les paupières closes, il cherchait des solutions.

— Je mets mes hommes dessus toutes affaires cessantes, déclara Pierrat.

— D'accord, dit Martin d'une voix étranglée. Je prends le premier avion pour Paris.

Dès qu'il eut raccroché, il pianota sur son ordinateur et se mit en quête du prochain vol. Merde, un avion décollait dans moins de trente minutes ! Ça allait être chaud.

Il bondit de son siège, surgit dans le couloir comme un fou furieux.

— Samira ! gueula-t-il.

Ils foncèrent vers l'aéroport, sirène hurlante, gyrophare en action, zigzaguant d'une voie sur l'autre, klaxonnant frénétiquement après ceux qui tardaient à se rabattre, et Samira le jeta comme un colis devant les portes de l'aérogare, sous le ciel orageux. Il grimpa au premier étage par l'escalier sans attendre l'ascenseur, jeta un coup d'œil en passant au panneau des départs. Moins de quinze minutes !

Traversant les halls en galopant, il parvint tout essoufflé, le cœur monté dans les tours, à l'autre extrémité de l'aérogare, là où se trouvait l'embarquement, bousculant les passagers qui faisaient la queue

– et toutes les alarmes se mirent à sonner quand il franchit les contrôles.

Cette fois, il avait emporté son arme et il dut la déclarer, si bien que les choses tardèrent un peu et qu'il craignit de voir l'avion décoller sous ses yeux. Il la transportait dans un boîtier sécurisé fermé par un code. Il piqua un sprint dans le tunnel après les pupitres des hôtesses, et le chef de cabine referma la porte de l'appareil derrière lui.

Il reprit son souffle, coincé dans son étroit fauteuil près de l'allée centrale, le front et le dos baignés de sueur. Il y eut quelques turbulences pendant le trajet, mais pour la première fois de sa vie Servaz n'y prêta pas la moindre attention. La peur qui lui dévorait le ventre était d'une tout autre nature.

46

La dernière averse donnait l'impression qu'on avait astiqué Paris. Elle changeait l'avenue de Suffren, dans le VIIe arrondissement, en une vitrine de miroitier. Tout en reflets et surfaces brillantes. Le 11 *bis* était une façade en pierre de taille à bossage, avec double porte en fer forgé sous un porche gravé de feuilles d'acanthe.

— Mazette, souffla Pierrat en appuyant sur le bouton en cuivre du concierge. Combien tu crois que ça vaut le mètre carré par ici ? 15 000 ? 20 000 ?

Pierrat avait attendu Servaz aux arrivées d'Orly et ils avaient foncé, gyro sur le tableau de bord et sirène à fond, sur l'A106 et l'A6, puis sur le périph et le quai de Grenelle en un temps record. Pendant que Servaz volait, Pierrat avait fini, après plusieurs appels et messages infructueux, par joindre Maximilien Renn pour savoir qui organisait cette fichue fête et lui avait envoyé le carton d'invitation. Un dénommé Charles Barneville. Un type important dans le milieu du cinéma, selon le youtubeur. Il avait également briefé son groupe et l'avait mis au travail sur les fadettes et le bornage du téléphone d'Espérandieu.

Servaz regarda sa montre. 19 h 37.

Toujours aucune nouvelle de Vincent. Cette fois, il n'y avait plus le moindre doute : quelque chose était arrivé. Le pressentiment se muait en certitude et la certitude en peur panique.

Un homme brun dans la trentaine leur ouvrit, un gros casque à écouteurs blanc Bose pendant à son cou. Pierrat dégaina sa plaque.

— Vous venez voir qui ?

De la musique sortait du casque.

— Charles Barneville.

— Dernier étage, répondit le concierge.

— C'est quel genre, Barneville ? demanda Servaz à tout hasard.

— Le genre qui oublie les étrennes, rétorqua l'homme en tournant les talons.

Ils empruntèrent l'ascenseur grillagé, lequel s'éleva doucement au centre de la spirale en marbre de l'escalier. Une seule double porte au dernier étage. Ils sonnèrent. Entendirent un timbre cristallin dans les profondeurs de l'appartement, à travers le battant de chêne. Qui s'ouvrit sur une employée de maison en tablier blanc. Elle était si maigre que Servaz se demanda si elle n'était pas malade. Muscles réduits à des tendons sous la peau sombre, joues caves, grandes poches sous des yeux jaunes et aqueux de chien battu.

Une nouvelle fois, Pierrat sortit sa carte. Ils surprirent une étincelle apeurée dans son regard.

— On vient voir M. Barneville, annonça le flic parisien, sourcils froncés.

Elle les entraîna dans une enfilade de salons hauts de plafond et pleins de dorures, de miroirs, de lampes et d'antiquités, piétinant tantôt un beau parquet Point de Hongrie, tantôt des tapis de toutes les couleurs et de toutes les formes. Sans prévenir, Pierrat l'attrapa par son bras maigre et la retourna. De nouveau, la lueur apeurée dans les pupilles.

— Vous parlez français ?

Elle secoua la tête.

Il la lâcha. Elle se remit en marche tel un automate. Arrivée dans un nouveau salon aussi vaste que les précédents, elle leur montra un canapé rouge devant une cheminée en marbre et ils comprirent qu'ils devaient attendre.

Servaz s'assit. En tournant la tête, il découvrit un spectacle prodigieux : la tour Eiffel incroyablement proche, au-delà des lourds rideaux, de la porte-fenêtre et du balcon à balustres, sur le fond assombri du ciel, car l'orage menaçait toujours et le jour commençait à décliner sur le monument le plus célèbre de France. À cette distance, ils distinguaient nettement chaque entretoise, chaque poutrelle d'acier, chaque escalier, et la noria des visiteurs qui évoluaient dessus comme des termites d'Afrique sur une termitière.

— Putain, fit simplement Pierrat.

Des pas derrière la double porte coulissante à la japonaise – qui s'ouvrit sur un petit homme solidement bâti, cou et joues mangés par une barbe brune et drue. Il arborait un nœud papillon noir et une veste en velours grenat d'une élégance tapageuse.

— Vous êtes de la police ?

La voix était calme, ferme, mais un brin impatiente.

— Brigade criminelle, répondit Pierrat en montrant sa brème une fois de plus.

Charles Barneville la prit pour l'examiner avant de la lui rendre d'un geste brusque.

— Qu'est-ce que je peux faire pour vous ?

— C'est vous qui avez organisé la fête qui a eu lieu la nuit dernière square Alboni ?

Barneville leur jeta un regard surpris.

— Oui, c'est moi. Pourquoi ? Les voisins se sont plaints ? On déplace la Crim pour ça maintenant ? Je n'organise pas mes fêtes ici parce que je tiens à rester en bons termes avec mon voisinage. Je loue des apparts sur Airbnb. Comme ça, j'emmerde d'autres voisins que les miens, ricana-t-il. Il s'est passé quelque chose que j'ignore ?

Servaz lui présenta une photo d'Espérandieu sur son téléphone.

— Je le connais, dit Barneville. Il s'est glissé dans la soirée sans y être invité. Quelqu'un lui avait refilé un carton. C'est quoi le problème ? Il est recherché par la police ?

Pierrat et Servaz échangèrent un regard.

— Vous vous souvenez de l'avoir vu parler à quelqu'un en particulier ?

Les yeux de Barneville s'étrécirent. Servaz avait déjà vu ça : on passait progressivement du stade « je collabore pleinement » à celui de « le moins possible ».

— Comment voulez-vous que je le sache ? J'avais d'autres chats à fouetter que surveiller ce type. Pourquoi ? Qu'est-ce que vous cherchez exactement ?

— Il nous faudrait la liste des invités, déclara Pierrat.

Les yeux se réduisirent à deux fentes ; le sourire s'agrandit, plein de forfanterie.

— Je ne sais pas ce que vous espérez, mais je connais mes droits : si vous voulez cette liste, il va vous falloir revenir avec une réquisition en bonne et due forme, messieurs.

Pierrat fit la grimace.

— On pourrait revenir avec… mais ça va prendre du temps et on est pressés.

— Dans ce cas, messieurs, je ne peux rien pour vous. Revenez avec une commission rogatoire et je…

— Vous la payez combien, votre employée de maison ? s'enquit soudain Servaz.

— Je vous demande pardon ?

— Vous la payez combien ?

— Quel rapport avec votre enquête ?

— Simple curiosité… Elle a l'air épuisée… Et elle est très maigre, non ? Elle vient d'où ?

— Elle est burundaise, répondit Barneville en balayant la question d'un geste agacé, le visage empourpré, une lueur de fureur contenue dans les yeux. C'est sa constitution. Vous insinuez quoi ? Que je l'affame, que je l'exploite ?

Pierrat s'était avancé d'un pas. Il était à présent assez près du maître des lieux pour le dominer de toute sa haute stature.

— C'est ce que vous faites ? Elle travaille combien d'heures par jour ? Combien de jours par semaine ? On est samedi soir : elle ne se repose jamais ? Elle est en situation irrégulière ? C'est vous qui avez son passeport ?

Ils virent Charles Barneville cligner des yeux, estomaqué par ce déferlement d'interrogations. Il ne tarda pas à se reprendre.

— Bon, ça suffit, dit-il d'une voix lente et glaciale. Je ne répondrai plus à aucune question. Bonsoir, messieurs. Je vous raccompagne.

Le ton était toujours aussi ferme, mais Servaz décela en lui un début d'indécision.

— Je vais contacter un collègue de l'OCLTI, l'Office central de lutte contre le travail illégal, dit Pierrat calmement. Je vais lui conseiller d'examiner avec soin les conditions de travail de votre employée. On entend tellement d'histoires d'esclavage moderne ces temps-ci… Et tant que j'y suis, je vais aussi en toucher un mot à la Direction nationale des enquêtes fiscales.

Servaz pensa à l'ombre squelettique qui leur avait ouvert la porte. Il savait que les affaires de traite d'êtres humains finissaient rarement en justice. D'abord parce qu'elles concernaient des travailleurs en situation irrégulière qui parlaient mal ou pas du tout le français. Ensuite parce qu'on les isolait en leur confisquant leur passeport, quand ils en avaient un, et qu'on exerçait sur eux emprise et menaces variées, parfois jusqu'à la violence. Enfin parce que ces mauvais traitements étaient souvent le fait de diplomates étrangers protégés par leur immunité diplomatique.

— Méfiez-vous, j'ai des relations, siffla Barneville d'une voix mauvaise.

— Nous aussi, lui rétorqua Pierrat.

— Allez-y, faites-vous plaisir, je n'ai rien à me reprocher.

Il affichait un sourire provocateur, la tentative de Pierrat avait échoué.

— Dans ce cas, vous n'avez rien à craindre, conclut celui-ci en haussant les épaules et en faisant mine de se diriger vers la porte.

Servaz l'imita. Un temps.

— OK, c'est bon, c'est bon ! lança une voix lasse dans leur dos. Pour quand il vous la faut, cette liste ?

— Pour tout de suite, répondit Pierrat en se retournant.

— Putain de fête, il y a plus de cent noms sur cette liste, dit Pierrat en ressortant de l'immeuble.

De nouveau, il pleuvait à torrents et l'orage grondait. Ils relevèrent leurs cols et se hâtèrent vers la voiture tandis que le trottoir crépitait autour d'eux.

— Tu comptes faire quoi pour ce qu'on a vu là-haut ? demanda Servaz.

— Tu parles de celle qui a ouvert la porte ? Rien dans l'immédiat, il risque de la planquer quelque part par précaution. Mais quand cet enfoiré se croira à l'abri, quand il croira qu'on a tenu parole, il verra débarquer mon pote de l'OCLTI et sa troupe. Tu décides quoi pour Vincent ? demanda Pierrat en contournant les flaques d'eau.

Servaz montra la liste que Pierrat protégeait tant bien que mal sous sa veste.

— On file à ton bureau et on met tout ton groupe dessus. On entre la liste dans le TAJ.

— Les cent noms ?

— Les cent. On y passe la nuit s'il le faut.

Pierrat considéra les lances argentées qui descendaient du ciel et son front se plissa au-dessus de ses sourcils gorgés d'eau.

— Merde, c'est un vrai déluge… On va avoir un problème.

— Quel problème ? s'étonna Servaz.

— Tu vas voir.

47

Une façade contemporaine au design miroitant 36, rue du Bastion, dans le XVIIe arrondissement de Paris. Des bâtiments flambant neufs jouxtant le nouveau et vertigineux tribunal de grande instance : le légendaire 36, quai des Orfèvres – la PJ parisienne et ses 1 700 enquêteurs – avait migré cinq ans plus tôt vers le quartier des Batignolles.

À cette occasion, le ministre et le préfet de police avaient vanté le « nouveau 36 », ses locaux modernes et ultra-sécurisés et ses 30 000 mètres carrés.

Ultra-sécurisés peut-être, mais étanches sûrement pas, se dit Servaz en découvrant les couloirs noyés dans cinq centimètres d'eau tel un vulgaire pavillon de banlieue.

— C'est comme ça chaque fois qu'il y a un très gros orage, soupira Pierrat en grimpant dans la cage d'escalier où se déversait un torrent continu cascadant de marche en marche.

L'ascenseur était HS. Servaz emboîta le pas à son collègue en levant les pieds.

— Pourvu qu'ils ne nous coupent pas l'électricité comme le mois dernier, ajouta le flic parisien.

Par bonheur, l'étage de la Crim était au sec – « tu devrais voir les stands de tir », commenta Pierrat. Un type se tenait devant les machines à café, presque aussi costaud que Pierrat. Il se retourna quand ils approchèrent et les observa.

— Martin, je te présente Franck Sharko, le meilleur enquêteur du 36, c'est lui qui a résolu l'affaire Emma Dotty, dit Pierrat. Franck, voici le commandant Servaz du SRPJ de Toulouse.

— J'ai entendu parler de vous, commandant, commenta sobrement Sharko en serrant la main de Servaz.

— Moi aussi j'ai entendu parler de vous, répondit Martin en souriant. Suis désolé pour ce qui est arrivé à votre équipe en novembre dernier.

Sharko hocha la tête. L'affaire Emma Dotty et ses conséquences avaient fait parler jusqu'à Toulouse. Tout comme la façon dont le groupe de Servaz avait mis naguère hors d'état de nuire le tueur en série Julian Hirtmann, ou plus récemment le général Donnadieu de Ribes, avait fait le tour des PJ du pays. Ils saluèrent Sharko et continuèrent le long du couloir.

Dans les bureaux de son groupe, Pierrat répartit les noms de la liste aux membres de son équipe. Il les avait rameutés bien qu'on fût samedi soir. Tous avaient répondu présent : un flic en danger, même toulousain, représentait une urgence absolue.

— On les passe tous au TAJ ! lança-t-il en frappant dans ses mains. Allez, pas de temps à perdre !

Un jeune enquêteur, sans doute le dernier ayant rejoint le groupe, entra un paquet de feuilles à la main : les relevés de communications de Vincent.

— Nous avons un problème, annonça-t-il.

Ils levèrent la tête.

— La dernière communication date d'hier à 19 h 47. Un appel à sa femme. Depuis, plus rien. Et son téléphone a borné pour la dernière fois à 2 h 13 du matin à proximité de la fête. Ensuite, il a cessé d'émettre.

Servaz jura tout bas. Le téléphone de Vincent invisible, ça signifiait qu'on l'avait éteint, qu'on avait retiré la carte SIM ou que quelqu'un l'avait détruit. Il y eut un moment de silence et d'abattement. Ça n'augurait rien de bon, toute l'équipe le savait.

— Allez ! Au boulot ! s'exclama Pierrat pour les motiver. Chaque minute compte. On y va !

Tous filèrent vers leurs postes de travail. Le TAJ. Traitement des antécédents judiciaires. Quatre-vingt-sept millions d'affaires répertoriées. Dix-neuf millions de personnes inscrites. Dont huit millions avec photos. Un monstre numérique. Intrusif mais efficace. Ce qui relançait l'éternel débat sur où placer le curseur entre sécurité et liberté. En gros, figurait dans le TAJ tout auteur ou complice d'un crime, d'un délit ou d'une contravention de 5e classe. Et aussi ses victimes.

Le TAJ utilisait également la reconnaissance faciale. Un flic pouvait prendre quelqu'un en photo dans une manif avec son smartphone Neo – ou photographier la carte d'identité de la personne en question – et la comparer au gisement des huit millions d'images du TAJ. Le TAJ était aussi consultable à partir du nom, du prénom ou de la date de naissance – ce que Servaz avait commencé à faire dans la voiture de Pierrat via son téléphone pro, la liste sur les genoux. Sans succès jusque-là.

Il était de plus en plus inquiet. Et se sentait impuissant. Pierrat avait envoyé une équipe effectuer une enquête de voisinage dans l'immeuble où avait eu lieu la fête et repérer les caméras de surveillance du quartier, mais ils avaient fait chou blanc : personne n'avait rien vu et il n'y avait aucune caméra de surveillance square Alboni, pas plus que dans les rues voisines.

Les seules caméras étaient celles de la station de métro Passy, et les enquêteurs étaient déjà en train d'appeler le juge avant de joindre le PC sécurité de la RATP. Au cas où Espérandieu aurait emprunté le métro. Ils avaient également inscrit Vincent au FPR, le fichier des personnes recherchées, et envoyé sa fiche à tous les commissariats d'Île-de-France.

Il était près de 22 heures quand Servaz sortit du bureau dans les couloirs déserts en quête d'une machine à café et d'un distributeur de sucreries. Il n'avait rien avalé depuis midi. Il n'avait pas faim, mais son estomac vide se manifestait. Il finit par trouver un appareil qui distribuait des barres chocolatées. Tout en avalant un café infect et une barre, il pensa à Vincent. Son adjoint avait dû s'approcher trop près de quelque chose. Mais de quoi ? Qu'est-ce que Vincent avait découvert ? Avait-il pris quelqu'un en filature, quelqu'un qui avait remarqué qu'on le suivait ? À cette pensée, Servaz frissonna. Vincent n'était pas très doué pour les filatures. Avait-il mis le pied sur un nid de guêpes sans le savoir ? L'angoisse lui tordait le ventre.

Il avait beau se triturer les méninges, rien ne lui venait. Soudain, il vit Pierrat avancer à grands pas dans sa direction le long du couloir, avec sur le visage l'expression de quelqu'un qui a trouvé quelque chose.

— Le TAJ a sorti un nom !

Servaz avait les doigts pleins de chocolat.

— J'arrive ! lança-t-il.

Il alla se laver rapidement les mains dans les toilettes. Debout devant le miroir, il ferma un instant les yeux. *Pourvu que ce soit une piste...* Puis il rejoignit les autres. En entrant dans le bureau, il vit quatre personnes rassemblées autour d'un des ordinateurs, leurs visages éclairés par la lueur de l'écran. Il s'approcha.

Il y avait une photo dessus. Un brun ténébreux, aux cheveux presque longs et aux traits réguliers.

— C'est Valek, glissa-t-il.

— Andreas Verhagen, lut Pierrat. Sacré pedigree.

Il énuméra sur le bout des doigts en parcourant la feuille qu'il avait imprimée :

— Trafic de stupéfiants, vol, chantage, extorsion. Soupçonné de proxénétisme et aussi d'un meurtre. Rien que ça. Mais il a bénéficié d'un non-lieu pour ces derniers chefs d'accusation, faute de preuves. Il avait un très bon avocat, semble-t-il, le genre qui ne prend comme clients que le gratin. Cinq ans de taule tout de même. Sorti au bout de quatre, il y a trois ans. Depuis il est passé entre les mailles du filet – ce qui ne veut pas dire qu'il est devenu Mère Teresa du jour au lendemain, hein ?

Servaz serra les mâchoires. Rien chez ce Verhagen n'était fait pour le rassurer. Il avait un beau visage, mais en même temps se dégageait de ses traits réguliers quelque chose de dur, d'impitoyable. Comment un individu pareil avait-il fait pour s'offrir les services d'un ténor du barreau ?

— Il était sur une photo en compagnie de Stan Du Welz, la victime de notre affaire, au Cabaret Rouge, dit-il. Et on sait maintenant qu'il était aussi de la fête chez Barneville. Si Vincent l'a repéré, il a dû tenter de le suivre…

— Et Verhagen l'a peut-être repéré à son tour… Ces gars-là ont des yeux derrière la tête.

— Ça fait beaucoup de suppositions, dit quelqu'un.

— Pas tant que ça, répliqua Pierrat. Et c'est la seule piste que nous ayons. On a une adresse ?

— On en a deux, répondit l'unique femme du groupe, une brune dans la trentaine en polo bleu et jean, qui avait gardé son arme sur elle. L'adresse de sa petite amie de l'époque, dans le XVIIIe. Et un pavillon à Livry-Gargan. C'est celle qu'il a donnée à son contrôleur judiciaire.

Elle regarda Pierrat. Qui de son côté observait Servaz. Le silence se fit. Tout le monde attendait. C'était maintenant le moment où tout pouvait basculer, ils le sentaient. Quelqu'un se décida enfin à poser la question fatidique :

— Qu'est-ce qu'on fait ?

Nouveau silence. Servaz pensa à Espérandieu. Dieu seul savait où il se trouvait et en quelle position. Il les dévisagea longuement avant de répondre :

— Il s'est passé quelque chose la nuit dernière, dit-il. Et trop d'heures se sont écoulées depuis. Qui sait dans quelle situation se trouve Vincent ? Qui sait ce qu'ils lui ont fait ? Ce qu'ils lui font en ce moment même ? En ce qui me concerne, je ne vais pas attendre qu'un juge nous donne le feu vert. On n'a pas le temps de monter un dispo de toute façon.

Le silence s'éternisa.

— Tu parles d'une *mexicaine*, c'est ça ? demanda finalement Pierrat.

Une « mexicaine » : une perquisition faite en dehors de tout cadre légal sans commission rogatoire et généralement en dehors des horaires autorisés. C'était le cas quand des policiers corrompus décidaient de s'emparer du butin de voyous – qui n'iraient pas se plaindre ensuite.

Servaz hocha la tête.

— On se répartit par groupes de deux, dit-il, deux dans le XVIIIe, deux à Livry-Gargan. Et deux qui restent ici, qui poursuivent les investigations et qui répondent au téléphone.

Pierrat hésita.

— D'accord, fit-il au bout d'une seconde, quelle adresse on choisit, toi et moi ?

Servaz réfléchit.

— Le pavillon. C'est plus facile d'y kidnapper quelqu'un que dans un appart.

Pierrat se leva et donna ses instructions au groupe.

— Flo et Abdel, vous filez dans le XVIIIe. Soyez prudents. On reste en contact. Dès que vous êtes devant, on fait le point. Dino et Gargamel, vous continuez à passer les fichiers en revue. Et vous relancez Franck et Michel pour savoir où ils en sont avec la régie des transports.

Ils descendirent récupérer les voitures dans le parking – qui était inondé lui aussi. L'eau tardait à s'évacuer.

— On y va avec ma voiture perso, dit Pierrat. Ce genre d'individu sait très bien repérer les rayures d'un gyro sur un toit et les petits signes qui trahissent une voiture de flic banalisée.

Une fois au volant, il respira un grand coup en regardant droit devant lui à travers le pare-brise, puis se tourna vers Servaz.

— Tu as conscience qu'on est à poil là – et qu'on ne sait pas du tout où on met les pieds ?

48

Elle ouvrit les yeux dans le silence absolu de l'hôpital. Regarda la pièce autour d'elle. Faiblement éclairée. Elle put constater que rien n'avait changé depuis qu'elle s'était endormie.

Judith était pourtant sûre d'avoir entendu dans son sommeil la porte se refermer. *Quelqu'un était entré dans sa chambre.* Étendue dans son lit, la tête sur l'oreiller, elle ne bougea pas, se dit qu'il devait s'agir d'une infirmière. Alors pourquoi était-elle nerveuse tout à coup ? Parce qu'elle était seule la nuit dans une clinique manifestement déserte ou en tout cas privée de vie à cet étage ? Parce qu'il n'y avait personne pour garder sa porte ? Parce qu'elle aurait aimé avoir quelqu'un avec elle dans la chambre pour lui tenir compagnie ?

Elle tourna son regard vers la fenêtre. Derrière les lames en plastique blanc des stores, la pluie tombait sans discontinuer, des éclairs griffaient la nuit.

Elle voulut s'asseoir mais sentit le cathéter de la perfusion tirer sur sa main. Elle suivit des yeux le tube translucide jusqu'à la poche transparente suspendue à une potence, lut l'étiquette : *composé actif :* DIAZÉPAM*; solution de perfusion : NaCl 0,9%, dextrose : 5,5%.*

Voilà pourquoi elle s'était endormie si rapidement. Elle en était là de ses pensées quand il y eut de nouveau un mouvement derrière la porte. Des pas, à peine perceptibles. Qui s'arrêtèrent un instant et repartirent. Son cœur battit plus fort. *Comme si quelqu'un avait écouté pour s'assurer qu'elle dormait…*

La porte de la petite salle d'eau. Elle était entrouverte. Elle était sûre qu'elle était fermée avant qu'elle s'endorme. Et si le bruit venait de là plutôt?

Elle eut l'impression que son cœur gagnait encore en volume. *Avait-elle vraiment envie de savoir s'il y avait quelqu'un?* Oui. Elle ne pourrait pas retrouver le sommeil sans ça : avec le soupçon que quelqu'un se planquait là.

Impossible…

Elle s'assit au bord du lit, posa ses pieds nus sur le carrelage froid. Se leva. Sentit quelque chose tirer fortement sur le dos de sa main, mais son esprit était bien trop accaparé par la salle d'eau. Judith longea le lit, appuya sur l'interrupteur. Le néon de la salle d'eau clignota. Elle poussa doucement la porte jusqu'à ce que celle-ci touche le mur.

Soudain, elle surprit un visage qui l'observait en face d'elle. Un visage meurtri, tuméfié, hagard. Au regard apeuré. Dans le miroir. *Son* visage. *Son* propre regard effrayé. Personne…

Elle fit deux pas du seuil de la salle d'eau jusqu'à la fenêtre, écarta les lames des stores pour regarder en bas. Dans l'obscurité battue de pluie du parking, elle vit deux silhouettes sous des parapluies noirs. Les deux silhouettes avaient leurs visages levés vers sa fenêtre : *elles fixaient Judith.* Elle n'aima pas du tout la façon dont l'homme et la femme la dévisageaient. Pourquoi la regardaient-ils d'ailleurs? Puis les deux inconnus échangèrent un coup d'œil et se dirigèrent calmement vers l'entrée de l'hôpital.

Qu'est-ce que ça signifiait ? En proie à un début de panique, elle se rua vers le bouton d'appel. Appuya. Elle avisa la traînée de sang sur sa blouse, ferma le petit robinet en plastique que du ruban adhésif fixait à sa main, celui du cathéter qu'elle avait arraché sans s'en rendre compte en se levant. Elle attendit. Une attente interminable. Elle n'entendait rien d'autre que le bourdonnement de la climatisation et celui dans ses tempes.

Une minute, deux.

C'est bon, inutile d'attendre davantage. Le bureau des soins était au bout du couloir. Elle contourna le lit, marcha vers la porte, émergea dans le couloir.

La lumière n'y était pas uniforme. Il y avait des zones vivement éclairées et d'autres qui l'étaient beaucoup moins, un peu comme dans un tunnel routier en montagne. Une porte battante et vitrée tous les dix mètres ; l'une d'elles séparait Judith du poste de soins.

Il y avait aussi de nombreuses portes closes de part et d'autre du couloir.

C'était avec de telles images qu'on faisait monter la tension dans les films d'horreur qu'elle affectionnait : des corridors d'hôpitaux déserts, des jeunes gens cherchant désespérément du secours et n'en trouvant pas. En général, ça finissait mal. Très mal. Elle sentit une sueur tiède mouiller sa gorge, commença à avancer lentement dans le couloir silencieux, avec les battements de son cœur pour seul bruit. Elle franchit la porte vitrée qui gémit sur ses gonds, atteignit avec soulagement la porte grande ouverte du poste de soins illuminé, sur sa droite. Vide. Sur une petite télé passait un clip en noir et blanc, son en sourdine : *Nights in White Satin*, des Moody Blues. Jamais jusqu'à cette nuit elle n'avait remarqué à quel point ce vieux tube était sinistre.

Elle ressortit de la pièce, jeta un coup d'œil au-delà des autres portes vitrées, dans le couloir, en espérant apercevoir une infirmière. Elle tressaillit. Là-bas, deux portes vitrées plus loin, dans l'alternance des zones de vive lumière et d'ombre, les silhouettes du parking marchaient dans sa direction. Sa terreur fut telle qu'elle eut du mal à respirer, le coup de lance dans son flanc si douloureux qu'elle crut à un infarctus.

Cache-toi, Jude !…

Se cacher ? Mais où ?

Elle franchit la première porte vitrée à rebours, ouvrit une autre porte au hasard, sur le côté. Une pièce plongée dans le noir. Elle n'alluma pas la lumière, ne chercha pas l'interrupteur. Elle referma juste la porte sur elle, le visage liquéfié, tremblant de la tête aux pieds.

Elle guettait l'approche des deux personnes, l'oreille collée au battant, quand une voix s'éleva calmement dans l'obscurité derrière elle :

— NE BOUGE PAS, RESTE TRANQUILLE ET TOUT IRA BIEN.

49

Allée des Pommiers à Livry-Gargan, Seine-Saint-Denis. Un pavillon en meulière de deux étages, à moitié enseveli sous les arbres au milieu d'un jardin retourné à l'état sauvage. Au-delà d'un muret surmonté d'une grille noire, la maison se dressait sous la pluie, haute, étroite et ancienne : un garage au rez-de-chaussée, une pergola vermoulue dévorée par une vigne desséchée au-dessus du garage, un toit pointu en ardoise et une seule fenêtre par étage. Mais elle devait être plus profonde qu'il n'y paraissait, car le jardin s'enfonçait dans les ténèbres sur le côté.

Il y avait deux portails : un grand pour les véhicules, qu'une grosse chaîne et un cadenas maintenaient fermé, et un petit portillon entrouvert, l'un et l'autre mangés par la rouille.

L'endroit était sombre, peu accueillant, lugubre. Aucune lumière ne brillait derrière les fenêtres. La bâtisse projetait son ombre menaçante sur le jardin à l'abandon comme sur la rue et, à l'intérieur du Renault Espace de Pierrat, Servaz sentit la tension monter.

— Ça me plaît pas, c't'endroit, commenta Pierrat, et Servaz perçut l'anxiété dans sa voix. Je te cache pas que je le sens moyen, là tout de suite. Mais on n'a pas le choix : Vincent est peut-être là-dedans. Tu veux qu'on la joue comment ?

— Je passe par-derrière et toi par-devant. S'il n'y a personne, on cherche un moyen d'entrer. Mets ton téléphone en silencieux. On communique par SMS.

Pierrat vérifia son arme, Servaz fit de même.

— Ça a vraiment l'air d'une putain de tanière de vampire, dit Pierrat avant de descendre, toujours aussi nerveux.

Ils traversèrent en silence la petite rue noyée d'ombre et le trottoir loin des lampadaires, se glissèrent par le portillon entrouvert, qui grinça sinistrement sur ses gonds rouillés. Un concert de bruits les enveloppa aussitôt : martèlement clair de la pluie sur le métal du portail et de la grille, frou-frou plus sourd des feuillages sous l'averse, rumeur lointaine des grands vaisseaux sanguins chargés de véhicules irriguant la banlieue, écoulement bruyant dans les tuyaux de descente.

Servaz fit signe à Pierrat, lui montrant la porte délavée du garage et les marches qui grimpaient jusqu'à la pergola juste au-dessus, puis il s'élança sur le côté de la maison, dans la cour envahie par les buissons.

Effectivement, la bâtisse était plus longue que large. Et, par conséquent, bien plus vaste qu'ils ne l'avaient d'abord pensé. Pas vraiment une bonne nouvelle. Il observa que le mur en brique de la maison voisine était aveugle et donc une grande partie du jardin à l'abri des regards. Les étroites fenêtres percées dans le haut mur en meulière du pavillon étaient éteintes de ce côté-là aussi, la pluie luisait dans la vague clarté nocturne. C'était le genre de vieille bâtisse biscornue qu'on construisait jadis avant de se mettre à remplir les banlieues de boîtes à chaussures.

Plus il s'enfonçait dans l'ombre, plus il était entouré par la chanson de la pluie – *tap-tap* métallique sur une tôle quelque part, ruissellement dans les canalisations, agitation des feuillages et martèlement sur son crâne aux cheveux trempés –, mais il lui sembla entendre une autre musique qui montait derrière le tissu sonore.

En continuant sa progression, il découvrit une véranda à l'arrière. *Éclairée.* Servaz entendit la musique plus distinctement ; elle provenait de là. Et il aperçut plusieurs silhouettes, bouteilles de bière à la main.

Merde, merde, merde.

Il se rencogna dans l'ombre. Il avait eu le temps de compter au moins trois personnes. Des hommes… Ils parlaient avec animation, riaient, allaient et venaient. Il envoya un message à Pierrat : *Fais gaffe, il y a du monde à l'arrière, au moins trois types...* Pierrat lui répondit deux secondes plus tard : *OK, personne de ce côté, mais il y a peut-être une alarme, on fait quoi ?*

Servaz ne répondit pas. Il venait d'aviser dans le noir une double trappe en bois inclinée à ses pieds, entre le mur et le jardin, qu'il n'avait pas remarquée dans un premier temps. De la lumière filtrait entre les planches disjointes. Il s'approcha, se mit à genoux sur l'herbe détrempée, posa ses mains à plat sur la trappe penchée. La gouttière au-dessus de lui était percée et une cataracte miniature rebondissait sur le bois, éclaboussant son visage, qu'il approcha des fentes jusqu'à distinguer ce qui se trouvait en bas. Un vaste sous-sol en terre battue. Quelqu'un était descendu à la cave récemment, car elle était éclairée. Ou bien se tenait dans un coin, hors de son champ de vision…

Mais ce qui fit se retourner son estomac et se serrer sa gorge, en même temps qu'une trouille bleue lui comprimait les testicules, ce fut la chaise vide au centre du sous-sol, les liens en plastique – quatre en tout : deux pour les poignets et deux pour les chevilles (ils avaient été tranchés) – et, juste en dessous, la tache rouge sombre bue par la terre battue comme par un buvard.

Pendant un court instant, la panique menaça de le submerger, il eut l'impression de suffoquer. L'horreur et la terreur l'envahirent. Il n'avait pas le moindre doute sur celui qui avait été assis et torturé sur cette chaise.

Où avaient-ils emmené Vincent après ça ?

Servaz tira son arme de son étui.

En même temps qu'une rage indicible le saisit. Une colère toute-puissante. Où était Vincent pendant que ces salopards buvaient, écoutaient de la musique et rigolaient à quelques mètres de là ? Que lui avaient-ils fait ? Il eut envie de les braquer et de tirer dans le tas si l'un d'eux faisait seulement mine de riposter. *Légitime défense*... Au lieu de ça, il passa les doigts autour de la poignée métallique, souleva la trappe.

Elle n'était pas verrouillée...

Il écarta tout doucement l'un des deux vantaux, le rabattit sur le côté sans cesser de braquer son arme vers la cave, l'index sur la queue de détente. Une volée de marches en ciment s'enfonçait dans les entrailles de la maison. Il descendit dans la bouche de lumière, prit pied sur la terre battue, balaya immédiatement le vaste sous-sol du canon de son arme, mais il n'y avait personne. Il fit quelques pas à l'intérieur. Une ampoule nue baignait la scène d'une clarté jaune beurre faiblarde. Des murs et un plafond bas faits de parpaings. La chaise était posée à l'aplomb de l'ampoule. Dans cette lumière, le sang bu par la terre paraissait presque aussi noir que du pétrole. Servaz aperçut aussi une flaque de vomi qui avait séché et des traces de fluides divers sur la chaise.

Sa rage se mua en fureur meurtrière. *Il allait buter ces types...* Il allait les forcer à dire où était Vincent après leur avoir logé plusieurs balles dans le bide et les genoux. Il allait…

Sa vision périphérique capta un mouvement du côté des marches. Trop tard. La colère avait brouillé son jugement une seconde de trop. L'homme avait dû descendre derrière lui en silence. Car sa voix s'éleva tout près :

— Qu'est-ce que tu fous là, toi? Lâche ce flingue, balance-le par terre… loin… et lève les mains, putain.

Il entendit un déclic, obéit.

— Police judiciaire, lança-t-il en obtempérant.

— Ferme ta putain de gueule et retourne-toi! ordonna l'homme, pas plus ému que ça.

Il le fit. Le physique de l'homme allait avec la voix – grasse, éraillée, usée par l'alcool, le tabac ou les deux; il avait un corps maigre mais des épaules larges, une vilaine peau pleine de trous et de veinules qui orientèrent Servaz vers l'alcoolisme plutôt que la tabagie, des yeux injectés, un nez tranchant et courbe pareil à une faucille.

— De quel droit tu entres chez les gens comme ça? T'as une commission rogatoire au moins, le flic?

Servaz ne dit rien. L'homme cracha à deux centimètres de ses baskets – qu'il avait visées à l'évidence.

— Ton silence me dit que tout ceci est illégal. Quelqu'un sait que t'es ici?

Servaz montra la chaise d'un geste du menton.

— Et ça, c'est pas illégal? Où il est?

— Qui ça?

— Mon collègue, le capitaine Espérandieu.

Le regard de l'homme se refroidit de plusieurs degrés. Servaz le vit gamberger. Il allait appeler les autres à la rescousse. Il fallait agir avant. Mais il n'en eut pas le temps. Sans attendre, l'homme lui fila du canon de son arme un grand coup sur la pommette gauche, que le métal fit exploser. Servaz grimaça.

— À genoux, fils de pute ! Les mains derrière la tête !

Il s'exécuta. Son cerveau tournait à plein régime. Menacer avec une arme, frapper et faire mettre à genoux un fonctionnaire de police ne pouvait signifier qu'une chose : qu'on n'avait pas l'intention de le laisser repartir vivant. *Où était Espérandieu ? Et Pierrat ?* Le sang de sa pommette éclatée pissait sur sa joue et son menton, se mêlant à l'eau de pluie sur son visage. Le reste de son sang bouillait littéralement, comme si une colonie de fourmis rouges avait investi ses artères – tandis que son cerveau cherchait désespérément une issue.

Une porte s'ouvrit soudain sur sa droite, au-delà de la chaise. Servaz vit entrer Valek et un autre homme. Ils tenaient Pierrat entre eux. Le deuxième homme lui braquait une arme sur la joue. Pierrat avait l'air plus furieux qu'effrayé, et il avait le visage ensanglanté, l'arête du nez fendue. Ils descendirent trois marches bétonnées, puis poussèrent Pierrat en avant. Il tomba à genoux sur la terre battue, se releva en jurant.

— Une autre merde de flic ? demanda Valek en désignant Servaz, et Servaz crut un instant que c'était Pierrat qui parlait tant leurs voix se ressemblaient.

L'alcoolique hocha la tête.

— Qu'est-ce qu'on va faire ? demanda-t-il sans cesser de pointer son arme sur Servaz, qui perçut un début de panique dans sa voix.

— Ferme-la, siffla Valek.

L'éclairage jaune de l'ampoule lui donnait encore plus l'allure d'un acteur médiocre dans un film de vampires du siècle dernier, avec sa longue cape noire, ses cheveux aile de corbeau et son beau visage sinistre au regard de serpent. À l'évidence, il réfléchissait sur la marche à suivre.

— Bande de connards, cracha-t-il, qu'est-ce qui vous a pris de venir jusqu'ici sans mandat ? Il y en a d'autres dehors ?

Ni Pierrat ni Servaz ne répondirent.

— Réponds ! cria l'alcoolique à Martin en lui décochant un violent coup de pied dans la cage thoracique.

Il roula sur le côté alors qu'une douleur insupportable lui coupait la respiration. Machinalement, en grimaçant, il se demanda combien de côtes ce seul coup de pied venait de lui briser.

Il n'était plus en proie à la panique à présent mais à une lucidité qui éclaircissait au contraire toutes ses pensées, les rendait nettes, précises. Il analysait chaque geste, chaque parole des trois hommes, cherchant une solution.

— Il y a d'autres flics au courant que nous sommes ici, Verhagen, lança-t-il. Ils sont à l'adresse de ta copine dans le XVIIIe. Et il y en a d'autres encore au 36 qui te cherchent. Ils savent tous que nous sommes ici. Si nous disparaissons, ils sauront que c'est toi qui as fait le coup.

Valek avait réagi quand il avait prononcé son nom. Il posa sur Servaz un regard plein de colère.

— Et alors ? C'est quoi, ta proposition ? Qu'on vous libère ? Qu'on vous laisse partir, c'est ça ? Et après ? Il se passe quoi ? Foutu pour foutu, vaut mieux qu'on efface toute trace de votre passage et qu'on disparaisse, tu crois pas ? Si jamais notre cavale se termine mal, au moins il n'y aura aucune preuve contre nous…

Qu'on efface toute trace de votre passage... Les poils de Servaz se hérissèrent.

— Andreas…, intervint l'alcoolique.

— Ferme-la, cracha Valek. J'ai besoin de réfléchir !

— Qu'est-ce que vous avez fait à mon collègue ? demanda brusquement Servaz d'une voix dure et froide comme une lame.

Valek ne répondit pas.

— Passe-leur les Serflex, dit-il, et bâillonne-les. Je veux plus les entendre.

Servaz sentit qu'on saisissait ses mains quand l'alcoolique se pencha dans son dos. L'arme de Valek était braquée sur lui, tandis que celle du troisième homme l'était sur Pierrat. Il n'opposa aucune résistance. On lui passa de minces liens en plastique autour des poignets et on serra. Puis il entendit un bruit de déchirure, juste avant qu'un large ruban adhésif ne soit collé sur sa bouche et sur ses joues. L'opération fut répétée avec Pierrat, qui eut le temps de les insulter, de se ramasser un coup de canon sur le front et de hurler de douleur et de rage. Puis l'homme qui les avait menottés récupéra leurs téléphones et les passa à Valek, qui les examina avant de retirer les cartes SIM, de les jeter au sol et de les briser à coups de talon. Servaz nota au passage un détail sans importance : ses bottes noires pourvues de boucles et de bandes de cuir qui ressemblaient à des bottes de cow-boy.

— J'ai connu un flic hollandais qui avait infiltré un réseau de trafiquants de la Mocro Maffia et qui s'est fait démasquer l'an dernier, dit lentement Valek. Ils ont eu l'idée pour le faire disparaître de le couper en morceaux et de les emporter dans une ferme à cochons. Tout le monde sait que les cochons sont des animaux omnivores, mais ce que les gens savent moins c'est qu'il s'agit d'un animal bien plus intelligent que ces foutus clébards. Un animal très sensible aussi. Pourtant, on reproche aux Chinois de manger du chien mais on n'hésite pas nous-mêmes à priver les porcs de liberté, à les traiter de manière inhumaine, à les abattre dans des conditions ignobles et à les bouffer. Un animal aussi sensible… N'est-ce pas affreusement cruel ? Je me demande si les cochons aiment la viande de flic ? À votre avis, qu'est-ce qui est le plus intelligent : un cochon ou un flic ?

Les deux autres rirent. Servaz la sentit venir. La pureté, brillante, atroce, définitive, du dernier moment. Ils avaient tué Espérandieu. Et maintenant c'était leur tour.

— J'aimerais savoir, glissa Valek d'une voix venimeuse en s'inclinant vers eux, qu'est-ce que ça fait d'être conscients qu'on va crever, enculés de keufs ? Allez, levez-moi ces connards, on s'arrache, conclut-il en se redressant.

Il respirait difficilement avec ce truc sur la bouche et cette odeur entêtante, écœurante, d'essence, d'huile de moteur et de gaz d'échappement qui lui emplissait les narines. Elle lui flanquait la nausée. Entravé par les liens en plastique – on lui en avait passé un autre autour des chevilles avant de le balancer dans le coffre de la Mercedes classe S –, il était secoué dans le noir presque complet, perclus de douleurs, bras écrasés sous lui, poignets tordus, jambes pliées dans une position antinaturelle. Ses côtes le faisaient souffrir là où l'ivrogne l'avait frappé. Il ressentait chaque cahot à travers le réseau de ses nerfs aussi sensibles qu'un sismographe, roulait d'un côté à l'autre telle une bouteille vide sur le pont d'un bateau et se cognait les genoux et la tête contre le métal dans les virages. Il devinait les accélérations aux ronflements du moteur, aux pulsations rapides de la lumière par les minuscules interstices du coffre, anticipait les coups de frein en se raidissant.

Il savait que s'il vomissait il risquait, dans la position où il se trouvait, d'obstruer ses fosses nasales et de mourir étouffé par son propre vomi – aussi s'efforçait-il de réprimer ses haut-le-cœur, les soubresauts de son estomac et la dangereuse marée qui montait et descendait le long de son tube digestif.

Combien de temps ? Il avait perdu toute notion temporelle depuis un bon moment. Une demi-heure ? Une heure ? Deux ? La douleur de ses côtes cassées lui vrillait le flanc au moindre mouvement, celle de sa pommette éclatée était plus vague, foyer chaud irradiant sa joue. Ses poignets, ses genoux et ses chevilles endoloris l'élançaient terriblement, des coups d'aiguille qui menaçaient de se transformer en crampes insoutenables. Il se demanda si de telles crampes répétées pouvaient atteindre le cœur et provoquer en fin de compte un arrêt cardiaque.

Il sentit qu'on ralentissait…

Des cahots plus nombreux, plus importants secouèrent violemment le coffre, se propageant à tout son corps, et l'arrière de son crâne cogna à plusieurs reprises.

Un chemin de terre…

Ensuite, un bruit plus doux, plus soyeux, des cahots moins sévères. On avait encore ralenti. *On roulait sur de l'herbe…* Un dernier coup de frein l'envoya valser contre la cloison. On coupa le moteur. Des portières claquèrent, des pas longèrent la Mercedes, étouffés par l'herbe. Le ronflement d'un deuxième moteur monta tout près puis s'éteignit, des freins gémirent.

Quand le coffre s'ouvrit, la première chose qu'il vit fut le ciel criblé d'étoiles : la pluie avait cessé. Puis deux silhouettes se penchèrent sur lui, quatre bras se tendirent dans sa direction. Il se rendit compte combien sa respiration était sifflante et difficile en dessous du bâillon, il éprouva une douleur fulgurante dans les côtes quand on le mit sur pied. Il ne sentait plus ses jambes, longtemps immobilisées et pliées dans le coffre de la voiture. Elles se mirent à trembler, et il crut qu'elles n'allaient pas le soutenir.

En tournant la tête, il vit Pierrat extrait de la même façon du coffre d'une Renault Talisman. Le flic parisien trébucha et s'étala dans l'herbe avant d'être relevé sans ménagement. Leurs regards se croisèrent. Et ce que Servaz lut dans les yeux de son homologue l'inonda de sueur froide.

Il détailla le paysage. De grands chênes et des bosquets s'égouttaient sous la lune après la pluie, le paysage était bleu comme dans un rêve. Plusieurs bâtiments se dressaient au-delà des arbres : une maison de deux étages sur leur gauche, au rez-de-chaussée cerné par une terrasse surélevée dont chaque angle était ponctué d'un grotesque lion de pierre, et d'autres bâtiments bas et longs à droite, aux murs chaulés et aux toits de tôle qui se détachaient dans la nuit.

C'est vers ces derniers qu'après leur avoir détaché les chevilles on les poussa en descendant une pente légère, herbeuse, rendue glissante par la pluie. Si bien que Servaz eut du mal à ne pas déraper avec ses mains liées dans le dos qui le déséquilibraient, et que Pierrat tomba à deux reprises – et reçut des coups chaque fois.

En marchant vers le bâtiment le plus proche, Servaz constata qu'il s'agissait d'une ossature métallique faite de poutres et de piliers enfoncés dans des cloisons de béton et que de la lumière brillait dans l'espace entre les murs et le toit. Mais ce qui frappa ses narines encore emplies de l'odeur d'essence, ce furent les puissants remugles d'ammoniac et de sulfure d'hydrogène provenant de l'édifice, et il comprit avec un ébranlement nerveux que l'allusion de Valek aux cochons n'avait pas été une menace en l'air.

Du reste, dès qu'ils eurent mis un pied à l'intérieur, une symphonie de grognements les entoura en même temps que l'odeur se faisait plus compacte, stagnant entre les murs comme une flaque d'eau croupie. Réveillés sans doute par l'irruption des hommes, les porcs grognaient, se poussaient, se bousculaient en une mêlée bruyante et malodorante. Et Servaz sentit ses cheveux se dresser sur sa tête, tandis que Pierrat fixait le remuant troupeau avec un regard de pure épouvante.

Dimanche 26 juin

50

Servaz observait les cochons.

Ils n'avaient pas l'air particulièrement agressifs, mais chaque fois que l'un d'eux s'approchait pour les renifler, promenant son souffle chaud sur leur visage, Servaz et Pierrat se reculaient autant que le leur permettait la grille dans leur dos.

Assis sur le sol dur recouvert de paille souillée, Servaz avait de plus en plus mal aux genoux et dans les côtes. On leur avait de nouveau attaché les chevilles, cette fois-ci avec du ruban adhésif, et on leur avait retiré les bâillons – ce qui voulait dire que le bâtiment était isolé. Cela faisait bien une heure que Valek et les siens n'avaient pas reparu. Il leva les yeux à la recherche d'une idée, d'une issue, mais les ouvertures au-dessus des parois de béton étaient hors d'atteinte et la lumière était dispensée par des suspensions sous les poutrelles métalliques de la charpente.

Un peu plus loin sur la droite, il y avait une mangeoire, de chaque côté une rigole à purin et, au-delà des porcs, une grande porte en fer coulissante montée sur un rail.

— Autant te le dire tout de suite, je vais pas tarder à chier dans mon froc, confessa Pierrat près de lui.

De grosses gouttes de sueur perlaient sur le front du flic parisien, qui avait les aisselles et la nuque trempées. Les deux hommes transpiraient copieusement à cause du stress mais aussi de la chaleur dégagée par les animaux.

— Je crève de trouille, continua Pierrat, qui respirait péniblement. On a merdé grave et maintenant on est dans un putain de film d'horreur.

Il était livide. De son front ouvert du sang avait coulé puis coagulé, dessinant deux traînées sombres de part et d'autre des ailes de son nez. Il donnait l'impression d'être sur le point de tourner de l'œil et avait le regard rivé aux suidés.

— Tu crois vraiment qu'ils peuvent nous attaquer et nous bouffer ? Z'ont pas l'air si agressifs que ça, fit-il remarquer pour se rassurer. J'ai lu quelque chose sur un fermier de l'Oregon qui est parti nourrir ses bêtes et qui n'est jamais revenu. On n'a retrouvé que son dentier. Jusqu'à ses os que ces saloperies avaient bouffés !

— Il est plus que probable que Valek et ses hommes vont nous tuer d'abord et nous donner à manger à ces petites bêtes ensuite, morceau par morceau, répondit Servaz. Une solution astucieuse pour faire disparaître un cadavre.

Pierrat déglutit, les yeux exorbités de terreur. Il avait perdu son sens de l'humour.

— Merci pour l'info, mec, dit-il.

Une énorme bête s'approcha lourdement sur ses courtes pattes ongulées et tendit son vaste groin palpitant pour le renifler. Hystérique, Pierrat se mit à lui hurler dessus :

— Barre-toi ! Dégage ! Saleté de tas de viande à la con ! Putain de charcuterie de mes deux ! Fous le camp !

— Je sais pas si c'est une bonne idée de se montrer agressif, glissa Servaz, inquiet.

Indifférent aux hurlements de Pierrat, l'animal fit placidement demi-tour et alla rejoindre ses congénères. Servaz réfléchit. S'ils ne tentaient rien, ils avaient cent pour cent de chances de terminer en nourriture pour les cochons et, sans savoir exactement pourquoi, ce n'était pas le genre de mort qu'il se souhaitait. Il n'avait pas la fibre écolo à ce point – même si certains défenseurs des animaux auraient sans doute jugé que c'était un juste retour des choses après des siècles de maltraitance. Non, ce n'était pas la mort dont il avait envie. D'autant que Valek et ses sbires allaient certainement les torturer avant de les éliminer, comme ils avaient fait avec Espérandieu. À la pensée de ce dernier, son cœur se brisa.

Où était son ami et adjoint ? Que lui avaient-ils fait ? Était-il déjà enterré quelque part ?

Il sentit qu'il était près de perdre les pédales. De voir s'envoler toute forme de lucidité. À l'image de son voisin, dans les yeux duquel Servaz lisait une flambée de peur panique et de folie.

Il lui fallait garder les idées claires, c'était leur seule chance. Trouver une faille. N'importe laquelle. Exploiter le plus infime espoir. Chercher. Une solution. Même absurde. Même impossible.

Tout plutôt que se résigner…

Soudain, une idée lui vint. Il entreprit de tourner sur ses fesses pour présenter son dos aux porcins, puis il se mit maladroitement debout, les mains toujours attachées dans le dos par les liens en plastique et les chevilles par le ruban adhésif.

— Qu'est-ce que tu fous ? demanda Pierrat avec une nuance d'incompréhension dans la voix.

Il vit Servaz sautiller à pieds joints et à reculons en direction des bêtes. Puis, quand ce dernier heurta un cochon, il lui flanqua un coup de ses deux poings réunis par les Serflex.

— QU'EST-CE QUE TU FOUS ? répéta Pierrat, plus fort.

Sans répondre, Servaz répéta l'opération. Il parvint à donner un coup directement sur le groin de l'animal, lequel secoua la tête et protesta d'un grognement.

— Martin, putain, qu'est-ce que tu branles ? T'es dingue ou quoi ? ILS VONT TE BOUFFER LA MAIN !

Nouveau coup sur le museau, pouces tendus.

— VAS-Y ! MORDS-MOI ! ALLEZ, VAS-Y, MORDS-MOI ! gueula le flic toulousain, en assenant un troisième coup, puis un quatrième.

À la cinquième tentative, l'animal lassé exhiba des dents redoutables et les referma sur un des pouces de Servaz, qui hurla de douleur.

Il se débattit comme un forcené pour extraire son pouce de la gueule du cochon. Pierrat vit que le doigt, en partie déboîté ou arraché, pendait lamentablement et pissait le sang. Servaz beugla encore une fois – de rage, de douleur ou de peur –, puis sautilla vers lui et revint s'asseoir.

Pierrat le regarda : son voisin était couvert de sueur, d'une pâleur de cire, et il serrait les dents. Ses mains s'agitaient dans son dos tandis que le sang de son doigt à demi tranché coulait comme d'un robinet sur la paille du sol, et Pierrat comprit : il vit le Toulousain parvenir en grimaçant à glisser sa main désolidarisée de son pouce hors de la boucle en plastique. Les deux mains de nouveau libres de leurs mouvements, Servaz se pencha alors en avant et commença à tirer sur le ruban adhésif autour de ses chevilles avec sa main intacte.

Quand il eut terminé, il s'approcha de Pierrat et fit de même, libérant les chevilles du Parisien.

— Putain, je sais pas si t'es un grand malade ou un génie, mon pote, mais ça a marché ! s'exclama celui-ci en se mettant debout, les mains toujours attachées dans le dos.

— Attends qu'on soit sortis d'ici pour crier victoire, tempéra le Toulousain en examinant leur environnement.

Il se faufila entre les bêtes vers la grande porte métallique dans le fond et tira sur la poignée. Sur son rail, la porte ne bougea quasiment pas. Servaz jura tout bas.

— Elle est verrouillée de l'extérieur…

Il traversa en sens inverse le groupe des suidés en écartant les bêtes, qui ne lui prêtaient pas la moindre attention. Contourna une petite grille à mi-hauteur qui ne barrait qu'une partie du hangar et derrière laquelle s'étendait un plancher en béton plein de fentes d'où montait une puanteur abominable. Servaz vit une autre herse sur sa gauche, interdisant le passage, celle-là.

Il s'engagea sur le plancher fendu couvert d'excréments et d'urine, indifférent à l'odeur. Il était bien trop focalisé sur leurs chances d'évasion et de survie. Atteignit la herse. Un loquet. Il le tira. Repoussa la grille et passa de l'autre côté. Pierrat le rejoignit. Une petite pièce avec du foin et des piles de sacs contenant peut-être des aliments pour les bêtes. Une porte face à eux. Un simple battant en bois aux planches mal jointes. Servaz s'approcha, tourna la poignée. Verrouillée.

— Merde, fit-il.

— Pousse-toi, dit Pierrat en se mettant face au battant.

Les poignets toujours joints dans le dos, il leva une jambe et donna un violent coup de pied dans la serrure, qui trembla mais résista. Puis un deuxième.

— Putain, c'est pas vrai ! s'exclama le flic parisien, rageur.

— À deux, on va peut-être y arriver, dit Servaz.

Il voulut imiter Pierrat mais grimaça. Ses côtes flambaient comme du petit bois à chaque coup de pied qu'il donnait. À eux deux, ils soumirent néanmoins la serrure à une véritable pluie de coups. Un tintement finit par s'élever quand elle rebondit sur le sol en ciment, et le battant s'ouvrit sur la nuit de la campagne.

— Bordel, j'y crois pas, on est sortis ! laissa échapper Pierrat, la voix vibrant d'espoir et d'émotion.

Servaz jeta un regard dehors. Par chance, la porte donnait du côté opposé à la maison, autrement dit sur les bois et les champs où, après la pluie, traînaient des lambeaux de brume semblables à la fumée d'un feu de tourbe qui stagne près du sol.

Des engins agricoles se profilaient dans le clair de lune, tels de grands animaux endormis. Des tas de parpaings, de planches, de tôles rouillées au milieu de l'herbe haute et des ronces. Servaz marcha jusqu'à l'une des tôles, la plaça à la verticale, en éprouva le fil de la pulpe de l'index, fit signe à Pierrat.

Celui-ci pigea. Il passa par-dessus le tranchant de la tôle le lien en plastique qui reliait ses deux poignets et se mit à faire des allers-retours pour le scier. Deux minutes environ, et le plastique céda.

— Ne traînons pas, dit Servaz en montrant les bois.

— Je crois que je ne mangerai plus jamais de porc, déclara Pierrat en le suivant.

— Tu sais que Valek et toi vous avez presque la même voix ? J'avais l'impression de t'entendre…

— Ah ouais ? dit le flic parisien en courant vers les bois. Eh ben, laisse-moi cinq minutes seul avec cette ordure et après ça il montera nettement plus dans les aigus.

51

Il y eut encore un moment de panique quand des phares apparurent sur la petite route forestière, droit devant eux, et qu'une voiture vint s'arrêter à leur hauteur.

Ni une ni deux, ils se jetèrent dans les buissons, à moins de cinq mètres de la chaussée qu'ils s'apprêtaient à franchir pour s'éloigner autant que possible de la ferme. Servaz scruta l'intérieur du véhicule à travers les fourrés, mais l'habitacle demeurait obscur. Combien étaient-ils là-dedans ? Étaient-ce Valek et ses hommes ? Pourtant, il ne s'agissait ni de la Mercedes ni de la Renault mais d'un coupé VW. Le ou les occupants laissaient le moteur tourner. Qu'attendaient-ils ? Les phares illuminaient le haut tunnel de verdure de la forêt au-dessus de la route comme le vaisseau d'une cathédrale. Servaz échangea un regard perplexe avec Pierrat dans l'ombre des buissons.

Finalement, la portière s'ouvrit côté conducteur et une silhouette descendit, marchant d'un pas mal assuré vers l'accotement. Ils virent l'homme défaire sa braguette et projeter un jet blond vers l'herbe du fossé, un jet scintillant dans le halo des phares, en poussant un soupir de soulagement quasi extatique. Pierrat sortit le premier de sa cachette.

Dès qu'il les vit, le type s'arrêta de pisser et détala à l'instar d'un lapin qui a entendu les chasseurs, gêné cependant dans sa course par sa ceinture défaite et son pantalon ouvert. Pierrat le rattrapa facilement et le plaqua contre la carrosserie. L'homme émit un petit cri effarouché, et Servaz se dit qu'il n'aurait pas aimé être à sa place, voir un Pierrat ensanglanté et surgi de nulle part lui tomber sur le paletot au milieu de la nuit et de la forêt.

— Police, déclara Pierrat. Tu pues l'alcool. On va prendre le volant.

— Prenez la voiture mais ne me faites pas de mal ! glapit l'homme.

— Tu montes à l'arrière, ordonna Pierrat en jetant un coup d'œil à l'intérieur.

Il n'y avait pas d'autre passager. L'homme s'exécuta à regret.

— On va où ? demanda-t-il d'une petite voix fluette.

— Ta gueule, dit Pierrat qui avait pris le volant et se penchait sur le GPS.

— Vous n'avez rien à craindre, on est de la police, intervint Servaz assis à l'avant en s'efforçant de paraître le moins menaçant possible.

L'homme ne dit rien. Il devait penser que c'étaient des bobards. Depuis quand les flics se planquaient en civil dans les buissons pour sauter sur les conducteurs alcoolisés tel le gendarme de Saint-Tropez sur les nudistes ? Et puis, ils avaient l'air de sortir d'un combat de MMA contre Conor McGregor et ils n'avaient pas non plus exhibé leurs cartes.

— Gendarmerie de Limours, dit Pierrat penché sur le GPS au bout de quelques secondes. C'est la plus proche. On est dans l'Essonne, à la limite des Yvelines. En route.

Il démarra.

52

Le dispo avait été monté en un temps record : GIGN, PJ de Versailles et de Paris, gendarmes, procs. Il y avait presque autant de forces de police que pour un 14-Juillet.

Le parcours de Pierrat et de Servaz à travers les bois avait été reconstitué, la ferme aux cochons rapidement localisée – il n'y en avait pas trente-six dans le secteur –, les forces déployées en moins de quatre-vingt-dix minutes autour des bâtiments.

Servaz savait déjà qu'ils ne trouveraient personne. Leurs agresseurs avaient dû s'apercevoir de leur disparition, tenter de les rattraper, puis filer à l'anglaise quand ils avaient compris que la situation était compromise.

Il avait été examiné par un toubib pendant qu'on passait des coups de fil dans tous les sens et qu'un véritable débarquement de flics, de gendarmes et d'ambulanciers envahissait la gendarmerie de Limours, qui n'avait jamais vu pareil dispositif.

— Je vous emmène à l'hôpital, avait annoncé le toubib. Il faut opérer tout de suite ou vous risquez de perdre votre doigt. Et il faut aussi faire une radio de ces côtes.

— Pas question, avait répliqué Servaz. Faites-moi une piqûre contre la rage, le tétanos ou ce que vous voudrez, posez une attelle pour le pouce et un strap pour les côtes. Quant au reste, on verra plus tard.

— Je ne peux pas faire ça, avait vigoureusement protesté le médecin en prenant un air d'autorité supérieure et indiscutable.

— C'est pourtant ce que vous allez faire, avait répondu Servaz.

— Faites ce qu'il vous dit, avait ordonné au toubib un gendarme en uniforme qui passait par là.

— Et vous, vous êtes qui ? avait demandé le praticien.

— Je suis le commandant de la compagnie de gendarmerie.

— D'accord, mais il me faut une décharge.

L'officier supérieur avait soupiré.

— C'est vous qui avez le dernier mot, doc. Vous avez un stylo ? Je vais la rédiger moi-même.

À présent, ils scrutaient la ferme à l'aide de jumelles. Trois bâtiments séparés. Une coupole de ciel étoilé au-dessus. De leur poste d'observation à une centaine de mètres au nord de la maison et de ses dépendances, ils embrassaient un paysage de champs plats et de bosquets interrompu dans le fond par une ligne basse de forêt. Servaz détailla la maison d'habitation. Une lampe extérieure était allumée au-dessus du perron et il y avait de la lumière dans presque toutes les pièces du rez-de-chaussée mais, à part ça, pas le moindre signe de vie. Pas le plus petit mouvement. *Ils étaient partis.* Ils n'avaient laissé les lumières allumées que pour les narguer et retarder l'assaut.

— Il n'y a personne, dit Servaz.

— Je sais, dit l'officier à côté de lui, celui qui allait diriger la manœuvre.

Il donna ses instructions dans les talkies-walkies et, l'instant d'après, le signal de l'assaut. Des groupes de gendarmes casqués et harnachés, lourdement armés, surgirent des bosquets et convergèrent vers la maison de trois directions à la fois. Un autre groupe se dirigea vers les dépendances.

Moins de dix minutes plus tard, un gendarme ressortait et faisait signe que la voie était libre.

Servaz baissa la tête pour passer sous les branches basses d'un grand chêne qui jetait une ombre noire sur l'herbe. Il écrasa quelques glands et entra dans la maison. À chaque pas, les élancements dans ses côtes se réveillaient et lui coupaient presque la respiration. Son pouce et sa pommette dégustaient aussi. Mais il avait quand même l'impression que la douleur commençait à s'estomper. Le toubib lui avait refilé du tramadol en lui expliquant qu'il ne devait pas dépasser les 400 mg/jour, et un antibiotique à large spectre. Et l'adrénaline le boostait. Il fit le tour du rez-de-chaussée, grimpa à l'étage et reprit son exploration, passant d'une pièce à l'autre. *Où était Espé ?* Pas la moindre trace de son adjoint.

— Ici ! lança quelqu'un au rez-de-chaussée.

Il redescendit. Un coffre-fort ouvert dans un mur. Vide. Les fuyards étaient partis avec tout le cash, les armes et peut-être la drogue qu'ils pouvaient emporter. Pierrat se rapprocha de Servaz, avec à la main un téléphone qu'il avait emprunté.

— Mes hommes ont retrouvé nos plaques et nos armes dans le pavillon de Livry-Gargan. Là-bas aussi ces salopards sont partis avec tout le cash qu'ils pouvaient.

Mes gars ont même retrouvé un ou deux billets tombés sous un meuble tellement les types avaient le diable à leurs trousses.

— Des traces d'Espérandieu ?

Le regard de Pierrat se durcit.

— Non. Rien en dehors de la chaise au sous-sol. La police scientifique est déjà sur place pour relever les empreintes et effectuer les prélèvements ADN.

— Il faut contacter le juge, dit Servaz, demander aux opérateurs la liste des téléphones qui ont borné par ici récemment et celle des appareils qui ont borné près du pavillon de Valek à Livry-Gargan, puis comparer les deux listes. Ces types ont sûrement utilisé des téléphones de guerre, mais ils ont dû passer un paquet de coups de fil quand ils ont… séquestré Vincent… et quand ils nous ont amenés ici. Une fois qu'on aura les numéros, on pourra tenter de les localiser.

— Ce sont des pros, Martin, objecta Pierrat. Il y a de fortes chances pour qu'ils se soient débarrassés des puces et des batteries et qu'ils aient tout un stock d'appareils de rechange.

— Je sais… Mais il suffit d'une petite erreur… Et on n'a rien d'autre à se mettre sous la dent.

Servaz regarda autour d'eux. Trop de monde, trop de gendarmes et de flics au mètre carré. On se serait cru à l'inauguration d'un nouveau commissariat ; ça se bousculait dans les couloirs. L'air était saturé de voix, d'appels, de piétinements et du crachotement des talkies-walkies.

Tout à coup, il eut besoin de fumer. Il sortit de la maison, tira de sa poche un paquet oublié par ses ravisseurs, qui ne comptait plus qu'une seule cigarette. Il se rendit compte qu'elle tremblait entre ses lèvres.

Au nord, l'assaut terminé, on avait rallumé les véhicules stationnés en file indienne le long du chemin, et leurs gyrophares dessinaient maintenant une guirlande de lumières clignotantes au ras des champs, pareilles à celles d'une piste d'atterrissage. Il regarda sa montre. Bientôt 5 heures. À l'est, les ténèbres viraient au gris. Il entendait d'ici les grognements des cochons dérangés dans leur enclos par les membres du GIGN. Brusquement, un cri s'éleva dans la fraîcheur matinale :

— On a trouvé quelqu'un !

Servaz sursauta. Ça venait de derrière l'enclos des cochons. Il eut l'impression que son cœur remontait dans sa gorge. Se mit à courir. Vit à peine Pierrat qui courait de même sur l'herbe à côté de lui, comme dans un film quand la caméra accompagne en un long travelling latéral la course d'un personnage.

Ils dévalèrent la pente glissante, sans trébucher cette fois. Contournèrent l'enclos en direction des voix qui continuaient d'appeler, de l'autre côté. Le cœur de Martin semblait près de jaillir de sa poitrine, le souffle lui manquait – et ce n'était pas seulement à cause du sprint.

La fosse à lisier…

Plusieurs membres du GIGN l'entouraient dans les premières lueurs de l'aube. Harnachés comme des chevaliers du Moyen Âge, ils braquaient leurs torches sur la fosse. Servaz les ignora. Il n'avait d'yeux que pour ce qui affleurait à sa surface. Il se dit que ça ne pouvait être ça. Que c'était trop inconcevable, trop insensé, trop… Pendant une seconde, il essaya de se dire qu'il s'agissait de quelqu'un d'autre, il tenta de fuir la réalité de ce qu'il voyait. C'était pire que tout ce qu'il avait redouté – et, en même temps, c'était ce qu'il avait redouté.

Sa première vision – qui le transperça telle une flèche – fut celle d'un visage flottant au milieu de la fosse brunâtre de boue et de merde, tellement réduit en bouillie que, l'espace d'un instant, il eut du mal à le reconnaître. Il semblait recouvert d'une épaisse couche huileuse de peinture rouge. Le reste du corps flottait pareillement dans la fosse. Le torse nu souillé de sang, de lisier et d'autres matières impures laissait voir de nombreuses brûlures de cigarette, en particulier autour des tétons et dans le cou. Nauséeux et hagard, Servaz aperçut, là où la peau était encore visible sous le sang et les déjections animales, des traces noirâtres de pneus : on lui avait roulé dessus. Puis il nota, en dépit de son hébétude, qu'il manquait trois doigts à la main droite de Vincent et que sa braguette était ouverte, le tissu de son jean autour de l'entrejambe imbibé d'un sang presque noir. L'esprit hurlant en silence devant l'absurdité de ce calvaire, devant l'injustice et l'horreur qu'il signifiait, Martin sentit des larmes chaudes déborder de ses paupières et couler en abondance le long de ses joues, de son menton, brouillant miséricordieusement l'infecte vision. Il sut qu'il n'oublierait jamais cette image. Qu'elle demeurerait gravée au fer rouge dans sa mémoire et sa conscience. Pour toujours.

Un froid mortel l'envahit – envahit son ventre, son cœur, son cerveau, ses testicules, son âme… Bouleversé, hébété, il recula en titubant.

Il contemplait la mort atroce d'un homme dont il avait pu apprécier au fil des ans les nombreuses qualités, un homme avec qui il avait travaillé, un homme qui lui avait fait don de son amitié, en même temps qu'il s'était montré l'un des flics les plus compétents de son groupe. Un flic qui ne serait plus là pour sa femme et ses enfants, lesquels avaient accueilli Gustav comme s'il faisait partie de la famille.

Pétrifié au bord de la fosse, Servaz regardait la dépouille de celui qui ne serait plus jamais à ses côtés pour l'épauler, l'écouter, plaisanter avec lui, débattre de leurs goûts musicaux si différents ou le ramener dans le droit chemin chaque fois qu'il s'égarait, comme il l'avait si souvent fait.

Son collègue. Son ami. Mort.

53

Horreur. Douleur. Hébétude. L'aube était venue, sortant des bois à la manière d'un animal craintif, dépourvue de joie et d'espoir. Servaz avait observé de loin le travail pénible du légiste débarqué de l'institut médico-légal de Versailles sur le bord de la fosse à lisier. Puis le départ en ambulance du sac à glissière contenant le corps martyrisé de Vincent.

Il s'était éloigné de la maison, marchant longuement dans la grisaille à travers champs, entre les boqueteaux, fumant cigarette sur cigarette d'un paquet qu'il avait emprunté, tandis que des centaines d'oiseaux saluaient gaiement le jour qui se levait. Un jour que Vincent ne verrait pas. Il avait besoin d'être seul. Il n'arrivait pas à réaliser que tout ceci était réel. Que Vincent ne serait plus là, le lendemain, ni les jours suivants, à partager avec eux les dernières informations.

C'était sans nul doute l'une des nuits les plus longues et les plus terrifiantes qu'il ait vécues.

Il était trop engourdi pour penser clairement. Mais quand il revint vers la maison, où se massaient encore un très grand nombre de policiers et de gendarmes, la nuit de son cerveau avait commencé elle aussi à se dissiper pour faire place à une aube d'une clarté glaçante. Il réunit la plupart des hommes et des femmes présents – techniciens et enquêteurs – et, le teint crayeux, les yeux rouges, déclara :

— Je veux que vous releviez chaque trace, chaque fibre, chaque empreinte, que vous examiniez chaque recoin, chaque centimètre carré de cette fichue baraque même si vous devez y passer les prochaines vingt-quatre heures, que le moindre échantillon soit envoyé au labo, que vous retourniez cette bicoque de la cave au plafond ! Et que vous oubliiez les pauses et les plaisanteries, c'est bien compris ?

Certains hochèrent la tête, d'autres le regardèrent comme s'ils avaient affaire à un fou.

— Ne t'en fais pas, intervint Pierrat. Je te garantis que l'enquête sur la mort de Vincent aura la priorité sur tout le reste. Et que la Crim va mettre toute son énergie dedans. On va retrouver ces salopards, Martin…

Le flic parisien était blême. Sa voix tremblait. Il marqua une pause, puis continua d'un air incrédule, sourcils froncés :

— Je sais qu'aujourd'hui nous autres policiers sommes devenus des cibles, mais… Ça, ce qui est arrivé à ton adjoint, ça va bien au-delà… Ça pue, si tu veux mon avis. On a marché sur un sacré nœud de vipères. Qu'ils soient prêts à torturer un flic de cette façon, ça veut dire qu'on a mis le doigt sur quelque chose de bien plus grave qu'on ne pensait.

Servaz était du même avis. Il hocha la tête. Mais, en attendant, il avait une tâche encore plus pénible à accomplir.

— Il me faudrait un téléphone, dit-il, j'ai un coup de fil à passer.

Pierrat fit signe à un technicien, échangea avec lui quelques mots. Le technicien disparut et revint au bout de trois minutes avec un appareil. Servaz s'en empara, sortit de la maison. Il s'éloigna à l'abri des oreilles indiscrètes, gagna le grand chêne touffu, sous lequel il s'assit, dos appuyé contre le large tronc, vérifia qu'il avait du réseau.

Le ciel s'était encore éclairci. Il découpait à présent les bâtiments et le moindre bosquet avec la netteté d'une photo retouchée. En d'autres circonstances, Servaz aurait pu apprécier cette vision bucolique. Mais pas ce matin. Il respira un grand coup, composa un numéro qu'il connaissait par cœur.

— Charlène ? dit-il quand on eut décroché. C'est moi… Tu es seule, là ?

54

— Tu es sûr que ça va aller ?

Pierrat s'était garé devant l'hôtel. Servaz acquiesça. Il était presque 8 heures du matin et, après une brève averse, le soleil pointait le bout de son nez.

— Tu peux venir à la maison, insista le Parisien. J'ai une chambre d'amis.

— J'ai besoin d'être seul, répondit-il.

— D'accord. Essaie de dormir un peu. On se retrouve dans quelques heures.

Il traversa le hall en direction de l'ascenseur comme un zombie, ses vêtements souillés et son visage meurtri attirant l'attention du réceptionniste. Anéanti, dévasté, éreinté, à bout de nerfs. En remontant le couloir du deuxième étage, il croisa une employée qui fit une grimace à cause de l'odeur qu'il dégageait.

Sous la douche, il songea qu'il savait à la fois tant de choses et si peu sur Vincent. Connaissait-on vraiment les gens qu'on côtoyait ? Ou chaque être humain sur cette terre n'était-il en fin de compte qu'une île de solitude plongée dans un océan de gens ? Il se récura très longtemps, frottant sa peau jusqu'à la faire rougir, comme s'il voulait se débarrasser de chaque once de l'horreur de cette nuit.

Il s'examina dans le miroir après en avoir essuyé la buée à l'aide d'une serviette. Il avait une petite cicatrice ronde de la taille d'une pièce de monnaie à côté du téton gauche, souvenir d'une balle qui lui avait traversé le cœur et d'un coma. Il avait été si souvent blessé à l'endroit du cœur. Et pas seulement par balle. Il avait deux autres cicatrices, énormes celles-là, qui le faisaient ressembler au monstre de Frankenstein, l'une sur la poitrine, l'autre démarrant sous le sternum, descendant à la verticale sur six centimètres puis obliquant vers la gauche, souvenirs d'une aventure en Autriche qui avait failli très mal se terminer.

Il s'allongea sur le lit, mais ne trouva pas le sommeil. La rumeur du boulevard traversait la fenêtre, assourdie. Dehors, on vivait. Dehors, on allait au travail ou retrouver des amis, on prenait le métro, le bus. Dehors, la vie continuait. Il essaya de chasser de son esprit l'image de Vincent dans la fosse. Ils étaient partis, se dit-il. Tous ces gens qui l'avaient quitté d'une manière ou d'une autre. Certains depuis longtemps. Comme ses parents. Ou son amour de jeunesse, aujourd'hui internée. Son ex-femme, qui avait refait sa vie. Sa fille Margot, partie au Canada. Léa, en Afrique. Et à présent Vincent. Il attrapa le téléphone qu'on lui avait donné, composa le numéro.

— Martin ?

Cette voix… l'impression d'un brusque trou d'air dans l'estomac. Il entendit d'autres voix autour d'elle. Où était-elle en ce moment ? Il lui annonça la mort de Vincent. Se souvint que Léa et lui s'entendaient à merveille. Il y eut un long silence au bout du fil.

— Oh, mon Dieu, je suis tellement désolée, Martin, finit-elle par dire. C'est horrible. Tu dois te sentir si mal…

Il ne fit pas de commentaire.

— J'aimais beaucoup Vincent, ajouta-t-elle au bout de quelques secondes. Je… oh, et puis merde, c'est tellement moche.

Nouveau silence, qu'il ne chercha pas à rompre.

— J'allais… j'allais t'appeler, reprit-elle après cette nouvelle pause. Je ne sais pas si c'est le moment mais… moi aussi j'ai une nouvelle à t'annoncer.

Il attendit la suite, les yeux au plafond.

— Martin, je rentre.

Il se redressa.

— Quoi ?

— J'ai décidé de rentrer. En France.

— Quand ?

— J'ai un avion qui part jeudi de Brazza pour Kinshasa. Ensuite, un vol de nuit pour CDG. Et puis, un autre pour Toulouse.

Il y avait quelque chose dans sa voix. Il jeta ses jambes hors du lit, sentit la douleur se réveiller dans ses côtes. Il s'assit sur le bord.

— Je vais être très occupé avec la mort de Vincent… Depuis quand tu as pris la décision de rentrer ?

Elle tarda à répondre.

— Quelques jours…

— Pourquoi tu ne m'en as pas parlé avant ?

— Je t'expliquerai… Pas au téléphone.

Oui, il y avait quelque chose dans sa voix. Un voile de tristesse. Une ombre. Que s'était-il passé là-bas ?

— Qu'est-ce que tu ne peux pas me dire au téléphone ? insista-t-il.

— Léa, tu as une minute ? dit une voix d'homme.

— Une seconde, Brian. Je suis au téléphone !

Une réponse beaucoup trop vive, trop agressive pour une question anodine. Qui était Brian ?

— À qui tu parles ?

— Un collègue…

— C'est qui, ce Brian ?

— Peu importe.

— C'est lui qui apparaît tout le temps sur tes photos ?

Un silence.

— De quoi est-ce que tu parles ?

— Tu le sais bien.

— Non, Martin, je ne le sais pas du tout. Qu'est-ce que tu essaies de me dire ? Va au fond de ta pensée…

— Léa ! lança Brian, impatient, derrière elle.

— Va te faire foutre, Brian ! hurla-t-elle. Je suis au téléphone, tu ne vois pas ?

Servaz connut une seconde de sidération. Il avait rarement entendu Léa perdre ses nerfs de la sorte. Que se passait-il ? Qui était ce Brian ? Tout à coup, il eut un goût étrange, désagréable, dans la bouche.

— Écoute, dit-elle, on en parlera quand je serai rentrée. Prends soin de toi, s'il te plaît, Martin. J'ai tellement hâte, tellement envie de te voir. Et Gustav me manque, ajouta-t-elle. Terriblement…

— Tu lui manques aussi, répondit-il sans conviction.

Elle raccrocha. Qu'est-ce qui venait de se passer ? Léa était incroyablement nerveuse et à fleur de peau. Ce n'était pas la Léa qu'il connaissait. Est-ce qu'il s'agissait d'un problème purement professionnel ou y avait-il autre chose ? Il écarta cette pensée. Il avait une enquête à mener. Il n'avait pas le droit de se laisser distraire. Il le devait à Vincent. Oui, mais… *Léa rentrait…*

Putain, il ne trouverait plus le sommeil après ça. Pas moyen. Il enfila ses chaussures. Dehors, la pluie et le soleil jouaient à cache-cache et il y avait dans l'air comme une lumière pure, lavée, brillante, qu'en d'autres moments il aurait goûtée. Il laissa ses pas le porter malgré la douleur dans ses côtes : rue de la Gaîté, boulevard Edgar-Quinet, rue du Montparnasse, boulevard du même nom.

Dimanche matin, peu de piétons, pas de circulation. La capitale reprenait son souffle. La Coupole, La Rotonde, Le Dôme. Hemingway avait célébré ce quartier dans *Paris est une fête*, Julio Cortázar dans *Marelle*. Sous la laideur contemporaine affleurait par instants – presque miraculeusement –, au détour d'une rue ou d'une façade, l'ancien coin prisé des peintres et des écrivains.

Il vira dans le boulevard Raspail, revint sur ses pas, pénétra dans le cimetière du Montparnasse par l'entrée nord.

S'enfonça dans les allées rectilignes de cette ville de pierre pétrifiée, cette cité morte au cœur de la capitale, où le bruit et l'urgence s'apaisaient pour laisser place à une quiétude, un silence d'un autre temps. Où les tombes des écrivains paraissaient modestes en comparaison des grands mausolées vides. Terriblement vides pour la plupart. Vidés de leur substance, de leur raison d'être, de toute présence matérielle aussi bien que spirituelle, réduits à d'orgueilleux mais dérisoires tas de pierre qui avaient oublié pourquoi ils étaient là – telles les ruines d'une civilisation disparue.

Était-ce la pensée de Vincent qui l'avait conduit ici sans qu'il s'en rendît compte ? Soudain, il éprouva le besoin de faire quelque chose. Là, tout de suite. Agir. D'une manière ou d'une autre. Devancer les événements au lieu de les subir. Aller de l'avant.

Il ressortit, marcha jusqu'à la station de taxis la plus proche, celle qu'il avait aperçue en passant boulevard Raspail.

— 11 *bis*, avenue de Suffren, lança-t-il au chauffeur.

Il regarda sa montre. 8 h 47. Il pensa à l'homme qui occupait l'appartement avec vue sur la tour Eiffel.

Le taxi le déposa sur l'avenue neuf minutes plus tard. Il se planta près de la double porte en fer forgé et attendit qu'un occupant se pointe. Il voulut se glisser par l'ouverture mais, en découvrant son visage cabossé, la personne qui venait de sortir de l'immeuble – une femme dans la trentaine, blonde, habillée pour la course à pied – lui demanda où il allait.

Il montra sa carte et la femme eut une mimique de désapprobation et de dégoût avant de s'élancer sur le trottoir pour son jogging matinal.

Son impatience était telle qu'il n'attendit pas le vieil ascenseur mais emprunta le large escalier de marbre hélicoïdal, ses pas étouffés par l'épais tapis rouge. Parvenu devant le double battant de chêne, il choisit de cogner plutôt que de recourir au carillon. L'apparition en tablier blanc de la dernière fois lui ouvrit la porte – elle travaillait donc aussi le dimanche – et le découvrit d'un air surpris.

— Il est là ? demanda-t-il.

Elle lui répondit d'un geste universel indiquant que Monsieur dormait.

— La chambre ? dit-il en sortant sa carte. *The bedroom ?*

Résignée, elle le précéda à travers les couloirs. Quand elle fut sur le point de pénétrer dans la chambre à coucher, il arrêta son geste, la tira doucement en arrière avant de tourner lui-même la poignée. On était dimanche. Charles Barneville faisait la grasse matinée. Il dormait à poings fermés au centre d'un grand lit, ponctuant son sommeil de ronflements presque mélodieux. Servaz hésita entre baryton et basse, puis s'avança pour interrompre le récital. Il nota au passage que les murs étaient peints dans un bleu presque noir, couverts de tableaux anciens dans des cadres dorés.

Il donna un coup léger sur la large poitrine de Barneville. Lequel ouvrit les yeux, qui s'agrandirent aussitôt de frayeur. Le barbu se redressa d'un bond. Puis il reconnut le flic. Et une partie de son assurance – une partie seulement – revint sur ses traits.

— Qu'est-ce qui vous prend, bordel ? Qu'est-ce que vous faites là ? Vous n'avez pas le droit de…

Servaz le saisit par le col de son pyjama à rayures. L'inquiétude et la perplexité réapparurent dans les yeux du type.

— Vous êtes malade, arrêtez ! glapit-il.

— Tu vas me dire tout ce que tu as vu dans cette putain de fête ! Et aussi avec qui mon collègue a parlé.

— Je vais prévenir mon avocat, gronda l'homme en reprenant du poil de la bête. C'est tout à fait illégal ! Je vais te faire saquer de la police, connard !

Servaz devait avoir un regard de fou, car Barneville ne paraissait pas totalement rassuré. Martin se pencha sur lui comme s'il voulait l'embrasser, lui murmura à l'oreille.

— Le capitaine Vincent Espérandieu, mon adjoint, est mort, dit-il. Il a été kidnappé en sortant de ta maudite fête ou peut-être même pendant… Alors, maintenant, tu vas me dire tout ce que tu sais, *connard*…

Servaz vit que la nouvelle autant que le ton employé avaient secoué Barneville. Il lut dans les yeux de ce dernier le petit calcul mesquin, l'arrogance de celui pour qui l'humanité entrait dans deux catégories : ceux qui pouvaient lui servir et les autres, la certitude aussi que le flic qui le menaçait n'était pas dans son état normal et que, dans la situation actuelle, il n'y avait donc qu'une seule chose raisonnable à faire. Parler.

— Il y a une rumeur qui court, dit-il, recouvrant son calme.

— Quelle rumeur ?

— La rumeur qu'il se serait passé des trucs pendant le tournage de certains films…

— Quels films ? demanda Servaz, impatient.

— Ceux de Morbus Delacroix.

Servaz se redressa. Son visage n'exprimait rien, mais, tous les sens en alerte, il fixa l'homme.

— Des trucs ? Quels trucs ? lança-t-il.

— Des violences sexuelles, des viols, des choses dans ce genre… sur de jeunes actrices débutantes… impliquant des personnalités…

— Qui aurait participé ?

Servaz le saisit de nouveau par le col, le barbu tressaillit.

— Crache le morceau, putain ! Quel est le rapport avec ta fête, avec mon adjoint ?

— Schrenkel ! On dit qu'Ezra Schrenkel aurait participé !

L'homme se libéra d'un mouvement du torse.

— Qui ?

— Ezra Schrenkel ! Un acteur qui monte : il a débuté avec Delacroix, il n'avait même pas vingt ans. Il était à ma fête l'autre soir ! Et je l'ai vu parler à votre collègue !

Servaz sentit le duvet sur sa nuque se hérisser.

— J'ai vu Schrenkel le conduire dans une des chambres, poursuivit Barneville, plus volubile tout à coup. Je ne sais pas ce qu'ils se sont dit là-dedans, mais quand votre collègue est ressorti de la pièce, il avait l'air secoué. C'est là que je l'ai attrapé pour lui demander qui il était. J'étais sûr de ne pas le connaître. Et je connais tous les invités de mes fêtes. Il m'a dit qu'il avait obtenu une invitation par Maximilien Renn, un youtubeur. Maintenant, je comprends : vous aviez rendu visite à ce morveux de Renn…

Servaz se redressa.

— Tu dis que ce Schrenkel aurait entraîné mon collègue à l'écart, dans une autre pièce ?

— C'est ce que je viens de vous dire !

— Et Andreas Verhagen, ça te dit quelque chose ?

Une hésitation.

— Valek ? Oui, bien sûr. Tout le monde le connaît dans le milieu. C'est un pique-assiette. Il est de toutes les fêtes. Et c'est aussi un dealer. Un magouilleur. Un sale type.

— Tu le connais personnellement ?

— Non. Pas du tout ! Il fait partie de cette clique de parasites qu'on invite presque par habitude, qui gravite autour des stars, des artistes, des agents… Valek, je m'en tiens éloigné.

— Pourquoi ?

— Parce qu'on dit qu'il trempe dans un tas de trucs pas clairs. Il a fait de la taule. Ce type est radioactif.

— Tu sais où on peut le trouver ?

— Je peux vous filer l'adresse à laquelle ma secrétaire a envoyé l'invitation, si vous voulez.

Servaz était sûr que c'était soit le pavillon de Livry-Gargan, soit l'appartement dans le XVIIIe. Barneville n'avait pas l'air de bluffer.

— Ton employée de maison, dit-il, changeant de sujet, c'est une clandestine ?

— Quoi ?

— Tu m'as bien entendu…

L'homme hocha la tête, mâchoires serrées.

— Elle habite où ?

Barneville hésita.

— Elle dort dans la buanderie, finit-il par répondre. Je lui ai installé un lit.

— Dans la… *buanderie* ? Elle n'a pas de chambre, de domicile ?

Silence.

— Tu la payes combien ?

Silence.

— Très bien. Il y a combien de chambres ici ?

— Hein ? Euh… cinq.

— À partir d'aujourd'hui, tu lui files deux jours de congé par semaine, tu lui verses le SMIC, tu la nourris avec des repas corrects, et elle dort dans une de tes chambres, t'as pigé ?

Il vit clairement Barneville le sonder de ses petits yeux fureteurs et méfiants, comme des doigts dans son cerveau, à la recherche lui aussi d'un éventuel bluff.

— Compris ?

— Oui…

— Et tu ne la réveilles pas au milieu de la nuit. T'en fais pas, on reviendra vérifier. Mon collègue et moi, on t'a à l'œil désormais. Ton Schrenkel, tu sais où on peut le trouver ?

Le barbu hésita.

— Il a un tournage du côté d'Étretat, je crois. J'en sais pas plus. Sinon il habite la résidence Montretout, à Saint-Cloud.

Servaz regarda sa montre.

— Passe un bon dimanche, déclara-t-il en se dirigeant vers la porte.

55

— Pierrat ?

— Martin, tu dors pas ?

La voix de Pierrat était celle de quelqu'un qu'on vient de réveiller. Après les événements et les émotions de la nuit, le flic parisien avait dû s'écrouler.

— Je t'attends au Suffren, dit Servaz. Il faut qu'on parle.

Un temps.

— Le Suffren ? répéta Pierrat. C'est à côté de chez Barneville, ça… Qu'est-ce que tu fous là-bas ?

— Je lui ai rendu une petite visite.

— Tu as quoi… ?

Cette fois, Pierrat était bien réveillé.

— J'ai assuré le service réveil si tu préfères. Il m'a lâché un nom : Ezra Schrenkel.

— L'acteur ? Qu'est-ce que Barneville t'a dit ?

— Qu'il a vu Vincent et Schrenkel discuter dans une pièce à part durant la fête et que Vincent avait l'air remué après ça. Et aussi que Schrenkel serait mêlé à de sales histoires.

— Quelles histoires ?

— Ramène-toi et je t'explique.

Il chercha un autre numéro. Le fit. L'image de Vincent ne le quittait pas plus que la douleur, térébrante comme jamais. Ses yeux de nouveau embués. Il les essuya d'un revers de manche en regardant autour de lui. Mais la terrasse était presque vide en ce dimanche matin. Trois sonneries. Puis on décrocha.

— Martin ?

— Salut…, dit-il.

— Qu'est-ce qui se passe ? demanda Samira, alertée par le ton de sa voix.

— Je… Écoute… Il faut que tu… saches… Vincent… Vincent… est mort…

— Quoi ?

Un blanc à l'autre bout. Un silence qui ne renfermait rien d'autre que le vide. Vide de la pensée. Vide du cœur. Il chercha ses mots, les extirpa un par un comme on extirpe des gravillons d'une plaie qui menace de s'infecter. Convoqua de nouveau l'image de Vincent flottant, le visage réduit en bouillie, dans la fosse à lisier. Il sentit qu'il respirait de plus en plus difficilement à mesure qu'il parlait. Quand il eut fini, il y eut un très long silence. Puis, sans prévenir, Samira hurla de toutes ses forces en frappant quelque chose à plusieurs reprises. Un gueulement si enragé, si forcené, qu'il en sursauta.

— Tu veux que je monte ? On va retrouver les ordures qui ont fait ça, n'est-ce pas, Martin ?

Sa voix vibrait de haine, de rage, d'impatience aussi.

— Bien sûr qu'on va les retrouver. Non, tu continues de chercher en bas.

— Je veux monter, Martin, je veux vous aider !

— Tu ne serais d'aucune utilité ici, répondit-il. Toute la Crim est sur le coup. Je veux que tu me fasses parvenir tout ce que tu trouves sur Morbus Delacroix dans les fichiers.

— Le réalisateur ? Pourquoi ?

— Il a peut-être quelque chose à voir avec la mort de Vincent.

— Comment ça ?

— Je t'expliquerai…

— Non, maintenant ! s'écria-t-elle. Putain, tu ne me laisses pas à l'écart, je veux en être, tu entends ?

Il rendit les armes, lui rapporta les deux visites à Barneville, la fête au cours de laquelle Espérandieu avait disparu.

— D'accord, dit-elle, le temps de prendre ma douche et je file au commissariat. (Elle marqua une très longue pause, exhala l'air de ses poumons.) Putain… Vincent… Oh, merde, merde, non…, gémit-elle, et sa voix se brisa sur la fin.

— Je comprends que t'aies la haine mais on ne peut pas se comporter de la sorte, dit Pierrat en tournant son café. On a déjà franchi toutes les limites.

— Ah bon ? Et ces ordures ne les ont pas franchies, elles ?

— On ne peut pas agir comme eux, tu le sais bien, protesta Pierrat à contrecœur. D'une certaine manière, ils ont la loi pour eux. Si tu veux qu'ils soient condamnés un jour pour ce qu'ils ont fait, il faut l'accepter et jouer selon les règles. Alors, c'est quoi ces « sales affaires » auxquelles Ezra Schrenkel serait mêlé, dis-moi ?

— Violences, viols… sur de jeunes actrices débutantes… agressions sexuelles pendant un tournage de Morbus Delacroix.

— *Orpheus*, articula Pierrat, on y revient…

— Possible.

— Ça rejoint ce que nous a raconté Renn. Il s'est passé quelque chose là-bas au Mexique.

— On dirait bien. On cherche le mobile de meurtres à l'évidence en lien avec le cinéma de Delacroix. Et maintenant on a un acteur qui a peut-être été le dernier à voir Vincent vivant…

— Qu'est-ce que tu comptes faire ?

— On doit parler à ce Schrenkel.

Pierrat fit la grimace.

— Aucun juge ne nous y autorisera avec ce qu'on a : propos rapportés, on-dit, soupçons…

— Je n'ai pas dit qu'on devait appeler un juge.

Pierrat sonda Servaz, l'air préoccupé.

— OK, dit-il, j'en suis. Mais après ça on retrouve le cadre légal.

Servaz jeta un coup d'œil à son téléphone. Samira lui avait envoyé un message qui contenait un lien. Il l'ouvrit. Un article de *La Dépêche du Midi*. Il lut :

Le réalisateur Morbus Delacroix
en garde à vue pour une agression
sur une étudiante en cinéma.

— Merde, dit-il.

Il parcourut l'article. Une étudiante en cinéma s'était présentée à la clinique de Paradis après la violente agression dont elle avait été victime et elle avait porté plainte contre le réalisateur qui vivait reclus dans les Pyrénées depuis plusieurs années. S'ensuivaient de brèves biographie et filmographie de l'intéressé. Il n'y avait pas grand-chose d'autre à se mettre sous la dent. Il appela Samira :

— Tu as quelque chose de plus que ce qui est écrit dans l'article ?

— J'ai eu la gendarmerie de Paradis : la victime s'appelle Judith Tallandier, étudiante à l'université Jean-Jaurès, et, d'après son témoignage, elle a été très violemment attaquée par Delacroix alors qu'elle séjournait chez lui. Il avait accepté de la rencontrer dans le cadre de la thèse qu'elle rédige sur son cinéma et lui avait offert l'hospitalité. Je peux savoir ce qu'on cherche exactement ?

— Je ne le sais pas encore. Mais je veux que tu ailles voir la victime et que tu l'auditionnes.

— On n'est pas chargés de cette affaire…

— Débrouille-toi. Appelle le juge de permanence si tu en trouves un le dimanche. Raconte-lui ce que tu veux.

Il raccrocha. À son tour, Pierrat lui montrait un article sur l'écran de son téléphone.

— Schrenkel est en train de tourner en Normandie. À Étretat.

— C'est ce que m'a dit Barneville.

— Un film intitulé *Madame Bovary et les vampires*, ajouta Pierrat en levant les yeux au ciel. Tu crois qu'ils tournent même le dimanche ?

— On peut toujours tenter le coup.

56

L'infirmier considéra Judith endormie, puis son regard revint se fixer sur le médecin.

— Je l'ai trouvée dans la salle de repos la nuit dernière pendant ma pause, expliqua-t-il. Debout derrière la porte, dans le noir. Elle se cachait. Elle était persuadée que des gens venaient pour elle et on a dû lui administrer un calmant.

— Des gens ?

L'infirmier cita le nom d'un interne et d'une infirmière.

— Ils prenaient leur service. Elle a dit qu'ils venaient probablement pour la tuer.

Il émit un soupir, porta le gobelet de polystyrène fumant à ses lèvres, grimaça.

— Ce café est toujours aussi infect, on ne pourrait pas installer une machine à dosettes à l'étage un de ces jours ? Bref, je ne suis pas un spécialiste, mais j'ai quand même l'impression qu'elle souffre d'une forme de délire de persécution.

— Comme une bonne partie de la population de ce pays, commenta, philosophe, le médecin. Pourtant, son agression est bien réelle…

— Ça, aucun doute là-dessus, admit l'autre en observant les pansements et les bandages sur le visage de Judith.

— Et on a trouvé des traces significatives de GHB dans son sang, continua le toubib.

Cette fois, l'infirmier ne dit rien.

— Donc, à sa place, je serais quand même un tout petit peu parano moi aussi, tu ne crois pas ? ajouta-t-il d'un ton condescendant.

L'infirmier se le tint pour dit et la boucla. Il ne pouvait pas blairer le médecin qui, en retour, le tenait pour un imbécile.

— Évite de jouer les psychologues à l'avenir, conclut ce dernier. C'est le boulot des gendarmes.

57

Pierrat et Servaz franchirent la Seine sur le pont de Tancarville aux environs de midi et demi, déjeunèrent en vitesse dans un restaurant proche d'Angerville-l'Orcher. Une ancienne ferme à colombages typique de l'architecture normande, une grande cheminée, des solives au plafond, un menu à 29 euros comprenant entrée, plat et assiette de trois fromages.

La salle était bondée. Pierrat dévora. Servaz toucha à peine à son assiette. Le temps s'était de nouveau gâté après Rouen, et une pluie diluvienne se mit à tomber derrière les petits carreaux sertis de plomb.

Ils pénétrèrent dans Étretat vers 13 h 40. La tempête faisait rage sur la mer. Les falaises de craie étaient à peine visibles. Servaz n'était pas venu ici depuis plus de vingt ans. L'espace d'un instant, il ne put s'empêcher de songer à Maurice Leblanc et à son *Aiguille creuse*.

— Tu as vu la série *Lupin* ? dit Pierrat.

— La quoi ?

— Laisse tomber.

Le ciel était si noir qu'on se serait cru à la tombée de la nuit. Des éclairs géants le flagellaient tel un pénitent son dos meurtri. Dans les rues de la petite cité balnéaire, ils aperçurent des écriteaux avec le mot « TOURNAGE » surmontant une flèche, et ils n'eurent qu'à suivre.

— Tu savais que Pete Doherty vit ici ? dit Pierrat.

— Qui ?

— Laisse tomber.

Ils suivirent l'avenue Jacques-Offenbach, qui descend vers le centre-ville et la mer. Derrière les murets de pierre et de hautes et épaisses haies se dissimulaient des villas qui remontaient au temps où la Normandie était la villégiature préférée de la bourgeoisie parisienne, où les rues et la plage d'Étretat se peuplaient de canotiers et d'ombrelles. Ils tournèrent dans l'avenue Nungesser-et-Coli, se haussèrent au-dessus de la ville par l'avenue Damilaville jusqu'à la chapelle Notre-Dame-de-la-Garde, qui perçait le ciel torturé. Un dernier écriteau au sommet leur indiqua que le tournage avait lieu sur les falaises et quc l'accès à celles-ci était momentanément interdit.

Quand ils descendirent de voiture, Servaz fut happé par le panorama malgré le temps épouvantable. Au pied de la chapelle de pierre brute se déployaient le croissant de la plage et les toits serrés de la petite ville jusqu'à l'autre falaise, celle d'aval, et la célèbre aiguille de roche qui a inspiré Maurice Leblanc. Les éclairs et l'orage sublimaient ce décor tout en noir et gris, en lignes verticales et horizontales, et Servaz pensa à une gravure de Gustave Doré illustrant *La Divine Comédie.*

Devant la chapelle, le terrain était marécageux. Servaz distingua le halo des projecteurs un peu plus loin. Ils s'avancèrent vers un groupe de personnes à quelques dizaines de mètres de là. Un assistant vint à leur rencontre sous un parapluie qui portait le logo d'une société de production, la main en avant pour leur interdire le passage.

— Vous ne pouvez pas aller plus loin, déclara-t-il. On est en train de tourner.

— Pousse-toi, dit Pierrat en dégainant sa carte de police.

L'assistant eut l'air choqué. Servaz sentait l'eau lui dégouliner dans le col. Il vit des câbles électriques qui couraient comme des serpents dans la boue, entre les flaques, des raies argentées de pluie dans la lumière drue des projecteurs, des gens sous des parapluies crépitants, et il se demanda comment, par un temps pareil, tout cela était sécurisé mais, après tout, d'innombrables scènes de films étaient tournées sous des déluges naturels ou artificiels.

Au-delà du premier groupe, un deuxième se tenait au bord de la falaise. Un caméraman équipé d'une *steadycam* se penchait au-dessus du vide, accompagné d'un homme qui faisait de grands gestes et du preneur de son, tandis que des sortes de zombies en costume d'époque s'avançaient lentement vers le bord. En retrait de plusieurs mètres, un jeune type à lunettes, coiffé d'un casque à écouteurs posé sur une casquette à la visière en arrière, contrôlait la scène à distance sur son combo. En voyant approcher les deux hommes, il gueula « coupez ! », retira ses écouteurs et se leva de son siège pliant.

— Vous êtes qui, putain ? Qu'est-ce que vous foutez ici, bordel ? On tourne !

— Police judiciaire, dit Pierrat. On vient voir M. Schrenkel.

— Quoi ? Non, mais vous vous foutez de ma gueule ? On est en train de bosser là !

— On a quelques questions à lui poser, insista Pierrat en échangeant un regard avec Servaz, qui s'éloigna discrètement. Ça ne sera pas long. Ou peut-être que si…

Le réal parut au bord de la crise de nerfs.

— Ils sont dingues ! Ils sont dingues ! Qui a laissé entrer ces abrutis ? Fred, appelle-moi la régie tout de suite ! Je veux qu'on me vire ces deux cons de mon plateau ! Vous avez un mandat de perquisition ?

Servaz entendit Pierrat déclarer calmement dans son dos :

— Pas la peine de s'énerver comme ça, c'est mauvais pour le cœur… On ne dit pas « mandat de perquisition », on n'est pas… euh… au cinéma… enfin… peut-être que si…

Servaz s'approcha du caméraman. Il ne voyait pas ce que celui-ci filmait : c'était en partie caché par le bord de la falaise. Il voyait seulement les trois zombies en costume d'époque qui regardaient vers le bas eux aussi, avec des gestes saccadés et grotesques de morts vivants. Au pied de l'à-pic, la mer grondait, les vagues explosaient sur les rochers en un maelstrom de vent et d'écume qui faisait trembler l'air comme si on assistait à la fin du monde. Il s'avança encore, se faufilant entre les zombies, vit enfin l'acteur qui était en dessous, debout sur un épaulement rocheux, sécurisé par un harnais dont Servaz supposa qu'il serait effacé en postprod. Il ne connaissait pas grand-chose à la magie moderne du cinéma.

À l'image des zombies, l'acteur était habillé à la mode des bourgeois du XIXe siècle, et Servaz mit quelques instants à reconnaître la photo aperçue sur Internet. Il se rappela le titre du film : *Madame Bovary et les vampires*. L'acteur avait aussi en main un pistolet d'époque, certainement factice.

— Ezra Schrenkel ? lança le flic toulousain.

— À votre avis ? Et vous, vous êtes qui ? Qui vous a fait ce maquillage ? C'est drôlement réaliste !

— Commandant Servaz, police judiciaire. J'ai besoin de vous parler.

— Quoi ? Maintenant ?

— Il y en a pour deux minutes.

— Foutez le camp ! répliqua Schrenkel en essuyant la pluie qui lui coulait sur le visage. Dégagez-moi ce type !

Son maquillage devait être *waterproof.* Il portait une perruque qui paraissait tellement postiche que Servaz se demanda comment elle pourrait faire illusion sur grand écran. Les zombies hésitaient sur la conduite à tenir. D'un côté, l'intrus était de la police, de l'autre la star du film voulait qu'on le vire. Servaz se mit à quatre pattes pour se rapprocher de l'acteur et lui coller un cliché sous le nez.

— Vous reconnaissez cette personne ?

— Jamais vue !

— Pourtant vous lui avez parlé à la fête vendredi soir, celle de Barneville, vous l'avez même entraînée dans une pièce à l'écart.

Schrenkel plissa les paupières, examina la photo.

— Ah oui… le producteur bidon, Vincent de Dangerous Zone Productions, gloussa-t-il. Alors, comme ça, c'était un flic ?

— *C'était* en effet, dit Servaz d'un ton sinistre. Et c'était aussi mon collègue et mon ami. Il a été *assassiné* – et avant ça il a été *torturé…*

Servaz sortit son téléphone : un cliché de Vincent dans la fosse. Il l'agrandit. Schrenkel eut un mouvement de recul.

— Oh, putain ! s'exclama l'acteur en détournant le regard. C'est atroce !

Servaz se pencha un peu plus.

— Qu'est-ce que vous vous êtes dit l'autre soir ? insista-t-il.

Il entendit le réalisateur gueuler derrière lui : « Virez-moi ce con de là ! » Jeta un coup d'œil en arrière. Pierrat, en lui tenant fermement le bras, bloquait le réalisateur furax qui l'insultait. Quelqu'un téléphonait, affolé.

— Rien… rien d'important ! balbutia Schrenkel. Je lui ai dit qu'il n'était pas producteur… Je l'ai chambré, c'est tout ! Merde, qui lui a fait ça ?

— Mon collègue a disparu la même nuit. Vous l'avez suivi dehors ?

— Hein ? Non ! Qu'est-ce que vous allez imaginer ? On est partis pour une autre fête avec quelques amis ! Je lui ai proposé de nous accompagner, mais il a refusé ! J'ai des témoins !

— Vraiment ? Je sais ce qui s'est passé sur le tournage d'*Orpheus* au Mexique, Schrenkel ! lança Martin froidement.

L'acteur ouvrit des yeux semblables à des billes. Il avait l'air affolé.

— Quoi ? Attendez, attendez… ! Je n'ai rien à voir avec la mort de votrc collègue, moi ! Je ne sais pas ce qui lui est arrivé, je vous jure !

— Je suis au courant pour les viols et les agressions sexuelles, poursuivit Servaz avec la voix d'un inquisiteur s'apprêtant à soumettre un hérétique à la question.

Il vit l'acteur se décomposer.

— De quoi vous parlez ? Vous ne savez rien !

— Alors, expliquez-moi…

Schrenkel avait l'air terrifié à présent. Il hésita, secoua la tête.

— Je ne veux pas foutre ma carrière en l'air, dit-il. Si je vous parle de ça, je suis mort en tant qu'acteur…

— Ça restera entre nous, vous avez ma parole, mentit le flic. Et si vous ne parlez pas, c'est la garde à vue direct, la presse, les fuites, les rumeurs et tout ce qui s'ensuit !

Il vit le regard de l'acteur vaciller, la panique prendre le dessus.

— D'accord, d'accord… Mais laissez-moi remonter et me sécher, OK ?

Servaz eut un signe d'assentiment. Il recula. Aussitôt les zombies et plusieurs techniciens se précipitèrent pour aider Ezra Schrenkel à se hisser au sommet de la falaise, tandis que l'un d'eux tirait sur le câble de sécurité. Quelqu'un apporta des serviettes. L'acteur éternua, se moucha dans l'une d'elles, sécha sa figure ruisselante avec une autre, puis se débarrassa du harnais en quelques gestes.

— Ezra, ça va ? lança le réalisateur.

— C'est bon, Jacques ! Tout va bien !

Il entraîna Servaz à l'écart, vers une série de sièges abrités sous des parasols que le vent malmenait. La pluie oblique les trempait, mais il ne parut pas s'en apercevoir : ses vêtements étaient tout aussi imbibés que les sièges.

— Alors, *Orpheus*, ça vous dit quelque chose ? demanda Servaz en se laissant tomber sur le siège voisin. Ou peut-être que le nom de Delacroix va vous rafraîchir la mémoire…

— Il ne s'est rien passé sur le tournage d'*Orpheus*, se défendit l'acteur en jetant un coup d'œil prudent alentour. Vous n'y êtes pas du tout !

— Ne me prenez pas pour un imbécile…

— C'est la vérité ! Écoutez-moi : c'était mon premier film, je n'avais même pas vingt ans. Mais j'ai entendu des bruits à l'époque. Ce que je sais, c'est que ce n'est pas sur les tournages que ça se passait !

— Quoi ?

— Écoutez ! On ne peut pas parler de ça ici ! Il y a un café en bas, Le Bussi. Là, on sera plus tranquilles.

58

Samira Cheung contemplait les bandages sur le visage de Judith, la minerve autour de son cou, sa blouse d'hôpital et la chambre, où flottaient ces émanations tenaces si typiques qu'elle détestait. Elle entendait les allées et venues des infirmières dans le couloir, le cliquetis des chariots qu'on roule.

— Vous pouvez me raconter ce qui s'est passé chez Delacroix ?

L'étudiante considéra l'étrange look gothique de cette fliquette à la laideur perturbante, au perfecto noir et clouté, qui la fixait sans ciller. Elle baissa les yeux.

— Vous voulez savoir l'histoire depuis le début ? demanda-t-elle timidement.

— Bien sûr, répondit Samira.

Judith hocha la tête, regard toujours baissé. Puis elle se tourna vers la table de chevet et prit un grand cahier. Elle en manipula la serrure à combinaison, l'ouvrit et le tendit à Samira.

— Qu'est-ce que c'est ? demanda celle-ci.

— Mon journal… Dedans, j'ai consigné tout ce qui s'est passé chez Delacroix ces derniers jours et aussi avant ça, quand on échangeait par mail…

Samira souleva la couverture, tourna les pages. Elle attrapa des bribes de phrases au passage.

« *Cinéaste maudit ? Cinéaste culte ? Génie ou faiseur ? Surfait ou sous-estimé ? Pour moi, il n'y a pas le moindre doute : Delacroix est un génie.* »

« *Ça y est : je l'ai rencontré ! J'ai bien cru qu'il allait me jeter dehors ! Mais il voulait juste me tester ! Quelle journée ! J'ai déjà plein de matériel pour ma thèse !* »

« *Hier soir, au milieu du dîner, vertiges, somnolence, perte de contrôle... Les invités ont cru que j'étais ivre. Ou peut-être ont-ils cru que j'étais stone, qui sait ? Depuis que je suis ici, je me sens bizarre. Est-ce qu'ils essaient de me droguer ? Ensuite, il y a eu ce rêve affreux...* »

« *Qu'est-ce qu'il veut ? Qu'est-ce qu'il attend de moi ?* »

« *J'ai de plus en plus peur, je suis terrifiée...* »

— Très bien, dit Samira en montrant le cahier. Je vous remercie. Je le lirai attentivement, ça va beaucoup nous aider. Mais maintenant, je veux que vous me racontiez tout ça de vive voix. Peut-être que ça fera surgir d'autres détails qui ne sont pas consignés dans votre journal, vous comprenez ?

— D'accord, dit Judith.

Elle fixait toujours le drap, menton baissé. Elle leva soudain les yeux, les planta dans ceux de la policière.

— Ce que je vais vous raconter, c'est l'histoire d'un monstre, commença-t-elle. Un monstre nommé Morbus Delacroix.

59

Dimanche, 8 heures du soir.

Ils rentrèrent dans la capitale au milieu des embouteillages qui concluent généralement les retours de week-end de Normandie à la belle saison, même si le temps exécrable avait dû retenir pas mal de gens chez eux.

— Je suis mort, j'ai qu'une envie, dormir, confia Pierrat, au volant, alors qu'ils émergeaient du tunnel de Saint-Cloud et descendaient vers la Seine.

Servaz contempla la tour Eiffel qui se hissait dans le ciel toujours aussi sombre au-dessus du bois de Boulogne, de l'autre côté du fleuve.

— Cette nuit, tu dors à la maison, décréta le flic parisien d'un ton qui ne souffrait pas de refus. Je nous fais à manger vite fait, et après ça dodo.

— Tu vis seul ? demanda Servaz en se tournant vers le visage tuméfié de son collègue.

— Divorcé. Comme tant de flics. Une bonne nuit de sommeil et demain on repart de plus belle, d'accord ?

L'appartement de Pierrat était situé sous les toits d'un vieil immeuble au croisement des rues Marcadet et du Mont-Cenis, dans le XVIIIe arrondissement de Paris, sur le versant septentrional de la Butte, et Servaz constata qu'il jouissait d'une vue impressionnante sur l'océan des toits de zinc, des antennes et des cheminées, sur l'étendue des quartiers nord et, au-delà du périphérique, sur les faubourgs de Saint-Ouen et de la Plaine-Saint-Denis. L'appartement était propre et bien rangé. Peu de meubles, peu de livres – mais un mur entier de disques de jazz.

Servaz sortit fumer sur le balcon. Accoudé à la rambarde de fer, pendant que Pierrat s'activait dans sa cuisine miniature, il laissa monter vers lui la rumeur colossale de la ville – klaxons, moteurs, sirènes – ponctuée par les tremblements assourdis de l'orage et, dans son dos, les notes d'un piano dont il n'aurait su dire si elles étaient d'Art Tatum ou de Thelonious Monk.

Il repensa à ce que leur avait dit Ezra Schrenkel à Étretat. Cela changeait tout. Absolument tout.

Toulouse, deuxième étage du SRPJ, 20 h 47. Bureaux presque déserts en ce dimanche soir. Samira Cheung lisait. Elle était plongée dans le journal de l'étudiante en cinéma. Une lecture qui la jetait à chaque page dans un abîme de perplexité. *Tous ces signes rencontrés sur la route, tous ces messages*... le tag dans les toilettes de la station-service, les initiales de Judith Tallandier gravées sur un tronc d'arbre. Samira devait retourner là-bas et les photographier.

Quelqu'un avait voulu pousser Judith à rebrousser chemin... Quelqu'un savait qu'elle allait au-devant des ennuis...

Ce quelqu'un détenait peut-être la clé de toute l'énigme.

Sur son lit d'hôpital, Judith s'était confiée à Samira. Elle lui avait parlé de sa mère, Clara Janssen, la célèbre actrice – pour fuir la curiosité des journalistes,

Judith avait pris le nom de son oncle et de sa tante qui l'avaient élevée après la mort de sa mère –, des tournages avec Morbus Delacroix, dont sa mère revenait chaque fois vidée et déprimée, de sa conviction qu'elle n'était pas morte accidentellement au Mexique, pendant le tournage d'*Orpheus ou la Spirale du Mal* – mais qu'il s'était passé là-bas quelque chose de bien plus sinistre, de bien plus grave. Quand Judith avait voulu interroger Delacroix à ce sujet, il était devenu littéralement fou, il s'était jeté sur elle.

Pourquoi ? Qu'est-ce que Delacroix cachait ? Pourquoi une réaction aussi violente ? se demanda Samira.

Brusquement, inattendue, surgie de nulle part, une image s'imposa à elle : hiver 2016, Vincent et elle au chevet de Martin plongé dans le coma[1]. Elle se rappela comment ils s'étaient rapprochés pendant les longues heures de veille alors que les médecins ne pouvaient dire de quel côté leur chef de groupe allait basculer : celui des vivants ou celui des morts. Elle s'était rendu compte à cette occasion qu'un lien indestructible les unissait tous les trois. Dès le départ, Martin les avait pris sous son aile : il avait protégé Vincent, dont tout le monde soupçonnait qu'il n'était pas attiré que par les femmes, de l'homophobie de certains collègues, et Samira du racisme d'autres membres du SRPJ – qui étaient parfois les mêmes[2].

Ils ne s'étaient pas souvent témoigné de l'affection mais elle était là : sincère, évidente. Vincent et Martin étaient certainement les deux personnes à qui elle n'aurait pas hésité une seconde à confier sa vie si nécessaire. Aujourd'hui, il ne restait plus que Martin.

1. Voir *Nuit*, XO Éditions et Pocket.
2. Voir *Glacé*, XO Éditions et Pocket.

Merde, Vincent, pourquoi il a fallu que tu ailles tout seul à cette fête ?

Elle voulut reprendre sa lecture mais sa vue s'était brouillée sous le coup de l'émotion. Elle repensa à sa conversation avec Judith. Après que Delacroix l'avait frappée, cette dernière s'était enfuie de la salle de projection et de la maison, était montée dans sa voiture et avait roulé au bas de la colline avant de se garer sur le bord de la route. Elle ne se souvenait plus combien de temps elle était restée prostrée dans sa voiture, incapable de réagir. Puis elle s'était dirigée vers l'hôpital…

Samira avait eu l'impression très nette que la jeune femme ne lui disait pas tout. Qu'elle omettait certains détails. Pourquoi ? Pour préserver la mémoire de sa mère ? Samira était convaincue qu'il lui manquait une partie de l'histoire. Elle avait aussi parlé avec les médecins des blessures de Judith.

Soudain, elle eut une idée. Elle ouvrit le TAJ. Entra « Delacroix ». Il n'y figurait pas. Elle fit de même avec « Clara Janssen », les victimes apparaissant aussi parmi les dix-neuf millions de noms inscrits. Sans résultat. Puis elle entra « Judith Tallandier ». Rien. Elle allait renoncer quand elle tapa un dernier nom à tout hasard : « Judith Janssen ».

Une réponse positive cette fois.

Judith Janssen, étudiante, apparaissait bien dans le TAJ en tant que victime présumée d'une agression par un autre étudiant un an plus tôt.

Samira se pencha vers l'écran.

L'agresseur avait été mis en garde à vue, mais relâché faute d'éléments probants. Quant à Judith, elle avait été examinée par un psychiatre. Les conclusions du psy n'apparaissaient pas. Plus Samira étudiait les données qu'elle avait sous les yeux, plus un énorme doute s'installait. Quelque chose clochait. Quelque chose ne collait pas. Comme quand on essaie de monter un meuble en kit et que deux pièces ou davantage ne s'emboîtent pas. Soit le meuble est défectueux… soit on a mal interprété la notice de montage.

Samira s'intéressa au présumé agresseur. Ronan Lefeuvre. Étudiant en esthétique du cinéma comme Judith, au département de lettres modernes de l'université Jean-Jaurès. Sa photo figurait dans le TAJ. Un visage Spontex : effaçable, du genre qu'on oublie dès qu'on l'a perdu de vue. Une bouille ronde, des yeux trop rapprochés, une barbiche blonde clairsemée qui peinait à couvrir la mâchoire, un regard timide – mais avec quelque chose de rusé derrière.

Samira sentit une intuition la remuer. Elle réfléchit. On était fin juin. La fac était fermée. Elle devait chercher une autre adresse.

Elle fixa durement l'écran et vit, comme en surimpression, le visage de Vincent.

Quel rapport entre les deux ?

Dès le lendemain, elle ne lâcherait plus les basques de cet étudiant en cinéma. Elle aurait parié qu'il adorait les films d'horreur.

À nous deux, Ronan Lefeuvre, pensa-t-elle.

Lundi 27 juin

60

Samira vit Ronan Lefeuvre sortir de chez lui, marcher jusqu'à la station de métro Minimes-Claude-Nougaro sans remarquer qu'il était suivi. Il était près de 9 heures du matin, quartier des Minimes, au nord du canal du Midi. Les rues et le métro étaient pleins de gens qui partaient au travail.

Ronan Lefeuvre descendit quatre arrêts plus loin. Il emprunta les escalators pour remonter à la surface de la station Jean-Jaurès, traversa le boulevard de Strasbourg puis suivit l'allée Franklin-Roosevelt en direction de la place Wilson. Il contourna le square, son carrousel de chevaux de bois et sa fontaine, continua tout droit dans la rue Lafayette, longeant les jardins puis le flanc de la mairie et le côté nord de l'immense esplanade du Capitole jusqu'à l'étroite rue Romiguières bordée de vitrines et de balcons en fer forgé.

Elle le vit s'arrêter sur le pavé, introduire une clé près d'un rideau de fer baissé, coincé entre un salon de coiffure et un bureau de tabac. Celui d'une librairie baptisée « AFTER MIDNIGHT ». « BD, comics, mangas, science-fiction, fantastique, horreur », clamait la devanture.

Quand l'étudiant eut entièrement levé le rideau et disparu à l'intérieur de la boutique, Samira s'approcha de la vitrine.

Les mangas occupaient les trois quarts de l'espace disponible, mais il y avait aussi des BD indépendantes, des romans de SF, une réédition préfacée et postfacée du mythique *Hypérion* de Dan Simmons et une autre – préfacée également – de *L'Échiquier du mal* du même Simmons dans une volumineuse édition de poche.

Elle se dit que cet endroit lui plaisait. Qu'il faudrait qu'elle revienne en d'autres circonstances. Elle pénétra dans la boutique. Derrière le comptoir et la caisse, Lefeuvre était penché sur son téléphone. Il leva les yeux.

— Une cliente à cette heure, commenta-t-il en souriant, vous êtes drôlement matinale.

Pas si timide que ça en fin de compte…

— Surtout que ça s'appelle After Midnight, lui répondit-elle plaisamment.

— Ha ha ! Un nom plutôt mensonger si l'on pense qu'on n'est jamais ouvert après minuit. Vous cherchez quelque chose en particulier ?

Elle compléta son examen. Il était de petite taille, râblé, vêtu d'un tee-shirt qui avait été lavé de nombreuses fois et sur lequel le xénomorphe d'*Alien* commençait à s'effacer.

— Vous avez quelque chose sur Morbus Delacroix ?

Il lui sourit – mais le sourire n'atteignit pas ses yeux qui, à présent, observaient intensément Samira.

— Je crois qu'on a un très beau livre sur son travail, répondit-il après un temps. Vous vous intéressez à Delacroix ?

— C'est un putain de génie, affirma-t-elle.

Le regard de Lefeuvre posé sur elle avait quelque chose d'enveloppant, d'interrogateur. Peut-être était-ce dû à la dégaine de Samira, ce matin-là, qui avait volontairement forcé sur le maquillage gothique, le cuir, les clous, les boucles et les lanières.

— Je suis d'accord, dit-il avant de quitter son comptoir. Venez.

Il se faufila entre les rayons, chercha un instant. Avec un sourire, il tendit à Samira un gros livre à couverture rigide : *Morbus Delacroix, le visible et l'invisible*. Elle le prit.

— On parle d'*Orpheus* là-dedans ?

Les sourcils froncés, il la dévisagea de nouveau. Il n'émanait rien de son visage souriant mais inexpressif. Il était semblable à un écran de cinéma encore vide, se dit-elle.

— *Orpheus ou la Spirale du Mal* ? Le film maudit ? Je donnerais cher pour le voir…

— Et moi donc.

— Quels films de Delacroix vous avez vus ? demanda-t-il doucement.

Elle croisa son regard : il exprimait à présent une certaine curiosité.

— Tous, dit-elle. *La Cérémonie*, *Perversions*, *Erzsébet*, *Le Monstre*, *Bloody Games*. Et vous ?

— Pareil. Je me souviens de cette scène dans *Perversions*, quand, encouragé par ses ravisseurs, le gosse défonce le crâne de ses parents attachés sur leurs chaises à coups de marteau. Vous savez : quand la scène est filmée d'en haut, en plongée presque verticale et qu'on voit les têtes s'ouvrir comme des noix. Ouah !

Samira acquiesça. Pourquoi toute cette violence ? se demanda-t-elle soudain. Dans presque tous les films, toutes les séries désormais, il y avait une ou plusieurs scènes ultra-violentes. Pour regarder de temps en temps des vieux films, elle savait que ce n'était pas le cas avant qu'elle naisse. Et ceux qui disaient que cela n'avait aucun impact sur la société se trompaient, elle en était convaincue. Soit parce qu'ils faisaient eux-mêmes commerce de cette représentation de la violence, soit parce qu'ils voulaient l'attribuer exclusivement à d'autres causes : les inégalités, la misère, la violence d'État. Alors soit : on pouvait regarder des films ultraviolents sans devenir un psychopathe. Mais qui pouvait être absolument certain que cette violence nous laissait intacts ? Était-ce à cause d'elle que Vincent était mort ? Ou à cause d'autre chose ?

— Je le prends, dit-elle. Vous avez aussi un livre sur le cinéma d'horreur ?

Il fouilla dans le même rayon, en tira un ouvrage, revint vers la caisse, son sourire factice toujours plaqué sur les lèvres.

— Votre film d'horreur préféré ? demanda-t-elle tandis qu'il scannait le code-barres.

— Mmm, difficile… *It Follows*, finit-il par répondre. Et *Hérédité*. Et vous ?

— *J'ai rencontré le diable.*

— Ouais, bien sûr, les Coréens sont super bons… *The Strangers*, ça déchire.

— Et parmi les anciens ?

— Mmm… j'ai un faible pour les vieux films d'horreur italiens, dit-il, le *giallo*, les trucs comme ça, et surtout pour la vague des films cannibales ritals des années 1980… très mauvais mais bien gores.

— *Le Dernier Monde cannibale* ? *Cannibal Ferox* ? *Cannibal Holocaust* ?

— Ouais, ouais, ces trucs-là ! Vous connaissez ? Et vous ? C'est quoi votre came ?

— Plus classique… *L'Exorciste*, *Shining*, *Rosemary's Baby*… Tu travailles ici tous les jours ?

Elle était passée au tutoiement et en même temps à une question bien plus personnelle. Il fronça les sourcils, hésita.

— Oui… pendant l'été… Je suis étudiant…

— Et tu étudies quoi ?

Soudain, il se demanda pourquoi une femme de quarante ans le tutoyait et lui posait ce genre de questions. À *lui*. Un gamin. Une cougar ? Il la détailla. Étrange, son visage était loin d'être beau – certains l'auraient même qualifié de laid – et pourtant il y avait dans ses traits quelque chose de presque séduisant, non : de terriblement attirant. Et puis, elle était sacrément bien gaulée.

— J'étudie l'esthétique du cinéma, répondit-il, à l'université Jean-Jaurès.

— Ça doit être passionnant…, commenta-t-elle. Je suis sûre que tu sais plein de choses sur les films d'horreur…

Elle avait une façon de le fixer différente maintenant. Et il sentit un petit frisson courir le long de son échine. Ce regard n'avait rien d'innocent. *Ouais, une cougar, c'est bien ça*... Un lundi matin où il était seul dans le magasin… Putain, c'était bien sa chance.

Tout à coup, un foyer de chaleur irradiante naquit à hauteur de son bas-ventre. Une bouffée de désir violent, qui se concentra en un point précis.

— Ouais, j'en sais pas mal, avoua-t-il sans fausse modestie en la dévorant ouvertement des yeux.

— Et tu regardes des films d'horreur *after midnight* ?

Elle s'était attardée sur ces deux derniers mots. La chaleur dans son ventre augmenta. Et la réaction physique ne se fit pas attendre.

— Bien sûr…

— Chez toi ?

Il la sonda. Le regard cerné de crayon noir de la cliente ne laissait guère de doute sur ses intentions. Le désir lui fouetta violemment les sangs.

— Ouais…

— Je suis sûre que tu connais des films d'horreur que j'ai jamais vus.

— Sans aucun doute…

— C'est quoi ton prénom ?

— Ronan, et toi ?

— Samira. Tu me les montreras, Ronan ?

Putain, songea-t-il en l'imaginant assise tout près de lui sur son canapé devant un film de Kimo Stamboel ou de Scott Derrickson. Il se vit la caressant, fourrant sa langue dans sa bouche, pendant qu'elle massait sa queue dure à travers son jean et que des images sanglantes passaient sur l'écran.

— *After midnight ?* dit-il d'une voix presque enrouée.

Elle lui sourit.

— Tu vis seul, Ronan ?

— Ouais. J'ai un petit studio dans le centre, répondit-il, la gorge sèche.

61

Aéroport de Toulouse-Blagnac, étage des arrivées. Samira l'attendait un peu en retrait de l'attroupement qui s'était formé au-delà des portes, guettant la sortie des passagers du vol AF 6132.

Il s'avança vers elle. Pour la deuxième fois de sa vie, Servaz n'avait guère prêté attention aux vibrations ni même aux turbulences qui avaient secoué la cabine. Quand il fut assez près, Samira lui ouvrit ses bras et elle se serra contre lui. C'était tout à fait inattendu. Jamais encore à ce jour Samira ne s'était livrée à ce genre d'effusions. Ils restèrent quelques instants enlacés. Et Servaz sentit la douleur ressurgir telle la énième réplique d'un séisme. Il bâtit une digue mentale contre l'émotion qui menaçait de le submerger, refoula le souvenir de Vincent, s'efforça de rester maître de lui-même. Samira tremblait contre lui. Il la serra plus fort. Puis ils s'écartèrent l'un de l'autre et ils restèrent un long moment silencieux. Il vit les larmes briller sur ses joues, elle les essuya.

Sur le chemin du commissariat, à la hauteur des Ponts-Jumeaux, elle lui rappela comment Vincent avait foncé en Autriche pour se porter à son secours, alors qu'il était aux prises avec le tueur en série Julian Hirtmann, sans en informer la hiérarchie. C'était l'hiver où Servaz avait clandestinement donné la moitié de son foie à Gustav dans une clinique autrichienne et où il avait failli perdre la vie en appréhendant Hirtmann presque dans la foulée. Il revit ces heures irréelles. Revit Vincent le soutenant dans la neige au milieu de la forêt glacée, alors qu'il se remettait à peine de l'opération et n'était vêtu que d'une blouse d'hôpital et d'une couverture jetée sur ses épaules. Il avait vomi dans la neige, et il avait failli s'évanouir à plusieurs reprises, mais, grâce à Vincent, il avait tenu Julian Hirtmann au bout du canon de son arme[1].

— Raconte-moi ce qui s'est passé, dit-elle.

— Je te l'ai dit au téléphone.

— Non, je veux les détails.

Il les lui donna. De nouveau, le silence s'installa entre eux. Puis elle lui parla de Ronan Lefeuvre et de la première plainte pour agression de Judith Tallandier.

— Ce Lefeuvre n'est pas clair, continua-t-elle. J'ai un rencard ce soir chez lui. J'ai bien l'intention de lui tirer les vers du nez.

— Comment ça, tu as rencard chez lui ?

— Martin, je ferai tout ce qui est en mon pouvoir pour découvrir qui sont les meurtriers de Vincent.

— Quel rapport ça a avec cet étudiant ?

— Il a lui aussi été accusé d'avoir agressé Judith Tallandier. Et quand j'ai prononcé le nom de Delacroix, je l'ai vu réagir. Il est fan de films d'horreur. Fan de Delacroix. Il connaît Judith. On sait que tout est lié aux films de Delacroix mais on ne sait pas comment. Et ce gamin cache quelque chose, j'en mettrais ma main à

1. Voir *Nuit*, XO Éditions et Pocket.

couper. Ça paraît suffisant pour se pencher sur son cas, non ?

— Et tu as rendez-vous *chez lui* ?

— Comme ça, on s'économise une réquisition du juge que, de toute façon, on n'obtiendra pas…

— Merde, Samira !

Ils étaient arrivés au SRPJ. Quand ils émergèrent de l'ascenseur au deuxième étage, un collègue vint à la rencontre de Martin.

— Le taulier veut te voir.

Servaz se dirigea vers le bureau du divisionnaire, au bout du couloir à droite. Hervelin l'accueillit la mine fermée. Il lui montra un siège. Sans un mot. Servaz s'assit.

— Mes condoléances pour le capitaine Espérandieu, dit Hervelin, c'était vraiment un bon flic. C'est une très triste nouvelle pour le SRPJ. Tout le monde ici s'associe pour déplorer la perte d'un élément essentiel de la maison…

Servaz attendit la suite. Ce n'était que le début, le hors-d'œuvre. Hervelin voulait des responsables pour la mort d'Espérandieu. Ou plutôt au-dessus de lui on voulait des responsables et donc il en voulait aussi. Et il y en avait un tout trouvé : il se tenait devant lui.

— Qu'est-ce qui s'est passé ? demanda le divisionnaire après avoir laissé planer un silence dont il espérait sans doute qu'il mettrait son subordonné sur des charbons ardents. Je veux des explications.

Servaz les lui fournit.

— Et tu as laissé ton capitaine aller seul à cette fête ?

Question purement rhétorique. Le commissaire connaissait la réponse. Servaz se contenta d'acquiescer mollement.

— Tu as fait courir un risque énorme à ton adjoint, et maintenant il est mort.

Servaz en resta muet de stupeur. Il était sidéré. Il sentit la chaleur lui monter au visage. Un élan de colère le souleva et il se redressa sur son siège.

— Vous insinuez que c'est ma faute ? Vous avez chargé mon groupe de l'investigation sur Florent Cuvelier, le type trouvé mort dans sa baignoire à Auriacombe, vous vous souvenez ? C'est pour ça que je suis rentré.

Hervelin fit machine arrière, la mine renfrognée.

— Non, non, je n'insinue rien de tel… Je dis seulement qu'on aurait pu faire autrement.

— Ah oui ? Comment ?

Il se sentait de plus en plus en colère. Il n'avait pas l'intention de faciliter la tâche à son supérieur, qui ne cherchait qu'à trouver un fusible pour ne pas en être un lui-même. Comment la police pouvait-elle s'en sortir avec une hiérarchie aussi veule et carriériste ? Où étaient les tauliers d'antan ? Ceux qui tenaient tête même aux préfets et aux ministres et qui cherchaient toujours à couvrir leurs hommes.

— À partir de cet instant tu es en congé pour deux semaines, décréta Hervelin. Tu as besoin de te reposer après ce qui s'est passé et je veux que tu voies un psychologue. Je te laisse choisir celui ou celle qui va te remplacer à la tête du groupe pendant ce temps.

— Hors de question, répondit-il fermement.

— Hein ?

— Je refuse de prendre un congé en ce moment. Vous savez que, en cas d'événements d'une gravité particulière, il peut être dérogé aux garanties minimales de repos.

Une lueur irritée passa dans les yeux d'Hervelin.

— « Ces événements obligent néanmoins l'autorité hiérarchique compétente – c'est-à-dire moi – à assurer une protection appropriée de la santé et de la sécurité des agents », cita le divisionnaire d'un ton menaçant. Article 62 de l'arrêté du 5 septembre 2019 portant sur l'organisation relative au temps de travail dans les services de la police nationale.

— « Il peut être dérogé aux garanties minimales lorsque l'exécution de ces missions ne peut être systématiquement préétablie du fait de l'imprévisibilité de l'événement pour diligenter des enquêtes longues, complexes, urgentes ou concomitantes et de la nécessité de maintenir la continuité des missions judiciaires… » Article 64, riposta Servaz d'une voix tremblante de colère.

Hervelin le dévisagea d'un air furieux.

— Très bien, Servaz, concéda-t-il, battant en retraite. Mais n'oublie pas que la limite maximale de cette dérogation est de douze jours à compter du début de la mission pour les repos journaliers et de vingt et un jours pour les repos hebdomadaires. Fais le calcul. Au-delà, je te mets en congé, est-ce que c'est clair ?

— On en est où avec Jonas Résimont ?

Le voisin de Stan Du Welz à l'hôpital Camelot jouait toujours les filles de l'air.

— Nulle part, répondit Samira.

— Et pour ce pauvre type torturé dans sa baignoire à Auriacombe ? Le preneur de son ?

— Florent Cuvelier ? On attend les résultats du labo. Aucune piste n'est privilégiée pour l'instant.

Servaz s'approcha du tableau blanc qu'il avait installé au fond de la petite salle de réunion. Il inscrivit « DELACROIX » au feutre effaçable.

— Partez du principe que le meurtre de Stan Du Welz à l'hôpital psychiatrique et celui de Florent Cuvelier dans son appartement sont liés, lança-t-il. Ces deux types avaient travaillé non seulement dans le cinéma, mais aussi sur les tournages du cinéaste Morbus Delacroix. Ça ne peut pas être une coïncidence. Cherchez s'ils ont été en contact par téléphone, par mail. S'ils se connaissaient, en dehors des tournages. On sait maintenant qu'il s'est passé des choses pas claires sur ceux-ci. Et en particulier sur l'un d'entre eux.

Il inscrivit « ORPHEUS » sur le tableau, dessina une petite spirale en dessous.

— *Orpheus ou la Spirale du Mal*. Le dernier film de Morbus Delacroix, jamais sorti au cinéma. Un tournage au Mexique qui apparemment aurait mal tourné, c'est le cas de le dire. Ce que l'on sait avec certitude, c'est que Delacroix est devenu littéralement fou là-bas, qu'il maltraitait ses acteurs, qu'il s'acharnait sur eux, qu'il les humiliait. En particulier l'actrice principale, Clara Janssen. Qu'il a créé une atmosphère délétère sur place. Et que les choses ont pris des proportions véritablement sinistres, ajouta-t-il, répétant presque mot pour mot ceux de Maximilien Renn. Peut-être même – mais cette hypothèse est à prendre avec des pincettes, vous connaissez ce genre de rumeurs… –, peut-être même qu'il a tourné une sorte de *snuff movie* là-bas, un meurtre réel, qu'il aurait glissé dans le film à l'insu de son équipe. Tout pourrait être parti de là…

— On parle d'une vengeance ? demanda Gadebois.

— Possible…

— Pourquoi le film n'est jamais sorti ? voulut savoir son compère Roussier.

— Apparemment, les distributeurs ont pris peur en visionnant les rushs. Ils ont été si effrayés par ce qu'ils avaient vu qu'ils ont décidé à l'unanimité de ne pas le distribuer. Depuis, il est impossible d'en trouver une copie. Ce n'est pas faute pour certains d'essayer.

— Le Saint-Graal des films maudits, en somme, résuma Samira, songeuse.

— Tu crois vraiment que tout pourrait partir de ce film ? demanda Gadebois à la fois dubitatif et excité, lui qui avait récemment défendu la thèse des films maudits.

— Je ne sais pas ce que je dois croire, répondit Servaz, mais ce n'est certainement pas une coïncidence si Stan Du Welz et Florent Cuvelier ont tous deux travaillé pour Delacroix et ont été tués à quelques jours d'intervalle, l'un à Camelot, l'autre chez lui. Quelqu'un peut vérifier si Florent Cuvelier a bien participé au tournage d'*Orpheus* ? Par ailleurs, Delacroix vient d'être…

Le téléphone sonna sur la table. Samira décrocha.

— … mis en garde à vue pour une agression sur une étudiante en cinéma, termina-t-il pendant qu'elle répondait.

Samira lui fit un signe muet, index levé. Il attendit qu'elle eût fini.

— La garde à vue de Delacroix s'est achevée il y a deux heures, annonça-t-elle en raccrochant. Il a été déféré devant un juge qui l'a mis en examen sans mandat de dépôt. À l'heure actuelle, il doit être chez lui à attendre la prochaine convocation du juge.

Samira regarda la porte par laquelle Martin venait de disparaître. Ils entendirent ses pas s'éloigner dans le couloir.

62

Le crépuscule incendiait le paysage boisé. Les arbres, la route, le torrent : tout prenait une teinte cuivrée, fantasmagorique, dans cette lumière précise, éclatante, rasante, qui était comme un dernier flamboiement avant la nuit. Servaz conduisait d'une main et demie sur la route étroite, au fond de la vallée, en suivant le lit encaissé du ruisseau. Le toubib du SRPJ avait examiné son pouce, les points de suture provisoires, et l'avait invité à se faire opérer au plus vite. En attendant, il avait changé le pansement et l'attelle et lui avait prescrit un autre antibiotique : de l'Augmentin. Le médecin avait aussi examiné son visage et ses côtes, mais Servaz commençait à mieux respirer.

Il y avait dans ce décor de forêt et de montagne, dans cette solitude du soir qui descendait, dans le chant humide du torrent, dans l'ombre grandissante des bois, une tristesse et une mélancolie qui l'étreignirent puissamment. Il songea de nouveau à Vincent. Aux derniers mots prononcés par Charlène au téléphone : « Tu aurais dû le protéger, tu ne l'as pas fait », et à la froideur de son ton. À Léa, qui rentrait pour une mystérieuse raison qu'elle allait bientôt lui dévoiler – et qui signifierait peut-être la fin de leur relation.

Il avait l'impression d'être un vêtement usé jusqu'à la corde qui va bientôt craquer de toutes parts. Un vêtement qui a beaucoup servi et qu'il est temps de jeter. Il était au bord de la rupture. Dans un état d'épuisement nerveux et physique extrême. Il se demanda combien de temps il tiendrait comme ça. Il savait aussi qu'il n'avait plus les idées claires. Qu'à ce stade il pouvait commettre des erreurs. Il espéra que Samira était plus lucide que lui.

Quand il attaqua les virages montant vers la demeure de Delacroix, à travers la forêt, les feuillages frémissaient à l'approche de la nuit.

C'est lui la clé, pensa-t-il. *À l'origine de tout cela, il y a cet homme, cet artiste, ce cinglé.* Cette hypothèse était la bonne, il le savait, même s'il n'arrivait pas encore à voir le tableau dans son entier, à en assembler toutes les parties. Dans les trouées sporadiques de la végétation, les montagnes se dressaient, gardiennes éternelles, indifférentes, de la région. Il remonta la longue allée coiffée d'un dais de verdure au moment où clignotaient les dernières lueurs du couchant, et il eut l'impression d'émerger de l'ombre des bois dans une lumière aveuglante, abrasive. Chaque feuille du lierre de la façade brillait telle une paillette sur une robe. Il descendit de voiture dans un grand silence ; les oiseaux s'étaient tus.

Une femme brune fit son apparition sur le perron, hiératique et fière, les épaules couvertes d'une cape sombre, en compagnie de deux gros chiens noirs. Il sortit sa carte.

— Commandant Servaz, du SRPJ de Toulouse, dit-il. Je cherche Morbus Delacroix.

La lumière rouge du couchant illuminait le visage de la femme, la quarantaine, plus grande que lui avec ses talons, belle, les cheveux bruns et raides. Une beauté ténébreuse, celle de ces actrices qu'on voyait dans les films de série B des années 1970. Une vestale entretenant le feu sacré, songea-t-il en pensant à sa présence au fond de ces montagnes, au côté de Delacroix.

— Qu'est-ce que vous lui voulez ? dit-elle. Il est déjà mis en examen. Je croyais que vous ne pouviez plus l'interroger à partir de là.

— Je ne viens pas pour cette affaire.

Elle eut l'air interloquée.

— Pour quoi alors ?

— Il est là ?

Elle lui fit signe de la suivre. Il lui emboîta le pas à travers le vestibule lambrissé de bois sombre et ouvragé, pareil au jubé d'une église.

— Morbus Delacroix agressant une étudiante, c'est d'un ridicule, s'emporta-t-elle en marchant. Et c'est partout dans la presse, évidemment. Naturellement, on n'a pas donné à Morbus la possibilité de se défendre.

Au bout d'un couloir tendu de tissu rouge, elle s'arrêta devant une porte matelassée décorée de gros clous dorés, la poussa et l'invita d'un geste à entrer, puis s'éloigna dans l'autre sens sans un mot de plus.

Il s'arrêta sur le seuil. Une salle de projection. Quelqu'un était assis au premier rang. Sur le grand écran dans le fond passaient des images représentant un paysage farci de neige à travers lequel marchait une femme vêtue d'une chemise de nuit. La caméra se déplaçait très lentement en un travelling circulaire, le plan était d'une beauté époustouflante. Une voix s'éleva :

— C'est moi que vous cherchez, commandant ?

Servaz sursauta. L'homme ne s'était pas retourné. Comment savait-il qui était là ? Il n'avait quand même pas des yeux derrière la tête. Et comment connaissait-il son grade alors qu'ils n'avaient pas été présentés ? Puis il se dit que Delacroix avait dû l'entendre parler à son épouse quelques minutes plus tôt sans se manifester et qu'il était retourné ensuite s'asseoir dans la salle de projection.

— Vous m'attendiez ? dit-il en descendant vers le premier rang.

— Depuis hier et pendant toute cette journée, confirma la voix doucereuse de Delacroix sans que son propriétaire cessât de lui tourner le dos. Mon esprit vous a suivi pendant que vous montiez dans cet avion, quand vous avez atterri à Toulouse. Il a été à vos côtés pendant que vous rouliez jusqu'à moi. Et quand vous avez traversé cette maison pour entrer dans cette salle. Il ne vous a pas lâché. Mes condoléanccs sincères pour votrc collègue.

La voix semblait remuer la pénombre de la salle comme un bâton une eau sombre. Servaz tressaillit. Il se demanda quel était ce nouveau tour. Il eut l'impression que ses tempes palpitaient.

— Comment vous faites ça ? dit-il. C'est quoi, votre truc ? Comment vous savez qui est entré dans cette salle et pour quelle raison ? Et comment êtes-vous au courant pour mon collègue ?

— « Nous vivons à l'intérieur d'un rêve. Mais qui est le rêveur ? » récita Delacroix sans cesser de fixer l'écran. C'est dans *Twin Peaks*. Vous croyez à la magie, commandant ? Celle du cinéma, j'entends…

Il se leva sans attendre la réponse, pivota vers Servaz qui avait atteint le premier rang, désigna quelque chose au ras du sol, dans l'angle entre la scène et le mur latéral : un petit miroir.

— … car, bien sûr, il n'y a aucune magie ici, poursuivit Delacroix. Ce miroir me permet de voir qui entre dans cette salle sans avoir besoin de me retourner. Et Ezra m'a appelé hier. Il m'a raconté sa rencontre avec un commandant de police sur le tournage de cette daube à Étretat. Ce con va foutre sa carrière en l'air s'il accepte d'autres navets de ce genre. Il m'a dit que ce policier cherchait à en savoir plus sur moi et sur le tournage d'*Orpheus*. Que quelque chose de grave s'était passé, qu'un flic était mort ces derniers jours et que le commandant en question avait l'air bouleversé. Qu'il faisait peur à voir avec ses blessures au visage… Je suis sincèrement désolé pour votre collègue, je tiens à ce que vous le sachiez. Si je peux vous aider en quoi que ce soit…

Il fit un pas de plus. Les lumières se rallumèrent. L'homme était de petite taille, d'une pâleur extrême, d'une laideur tout aussi extrême, mais puissante, charismatique, fascinante.

Un visage qui trahissait une autorité naturelle, un appétit d'ogre pour tous les plaisirs de la vie, mais aussi un tempérament orageux.

— Je ne crois pas à la magie, commandant, ni au diable, contrairement à ma femme.

Il marqua une pause, baissa les yeux, les releva, et la lumière provenant de l'écran sembla danser en eux. Il regarda fixement le policier :

— La vérité, nous cherchons tous la vérité, commandant, sur nous-mêmes, sur les autres, sur notre existence… La vérité se dérobe toujours. Jusqu'au bout. Mais ce soir, je vais vous la dire.

63

Il était 21 h 50 quand elle trouva l'adresse dans l'ancien quartier des Carmes. Rue de la Dalbade. Samira franchit un premier porche, traversa une cour étroite, profonde et pavée, s'engagea sous un deuxième porche qui s'enfonçait tel un tunnel sous un édifice ancien et débouchait dans une seconde cour au pavé rond et irrégulier.

C'était visiblement un vieil hôtel particulier comme il en existait quelques-uns dans la ville, aménagés en appartements ou en locaux administratifs. « La porte au fond de la deuxième cour à gauche », lui avait dit Ronan Lefeuvre.

Le jour déclinait et l'ombre buvait les façades. Deux fenêtres éclairées en tout et pour tout. Une grande partie de ces vieux bâtiments étaient peut-être reconvertis en bureaux qui se vidaient la nuit venue. Il faisait déjà sombre au fond de la cour, même si le ciel au-dessus des toits restait assez clair.

Tout à coup, au milieu de cette cour, elle se sentit loin de la ville. Il régnait ici un calme, une quiétude remarquables. Elle alla jusqu'à la petite porte vitrée au fond à gauche, dans l'angle du bâtiment. Tapa le code qu'il lui avait donné. Un grand vestibule faiblement éclairé au-delà. Une rangée de boîtes aux lettres, des murs gris. Elle constata qu'il n'y avait pas d'ascenseur. Seul un escalier à rampe de cuivre grimpait vers les étages après les boîtes aux lettres. Cela sentait l'humidité et les édifices inoccupés. Elle leva les yeux vers la cage d'escalier aussi obscure que le hall. Elle avait pourtant enclenché la minuterie. C'était un endroit lugubre, et elle se dit que Ronan Lefeuvre ne devait pas recevoir beaucoup de visites. Elle n'entendait pas le moindre bruit descendant des étages, comme si le bâtiment était désert.

Elle commença à grimper. La faible lueur des plafonniers au premier et au deuxième éclairait à peine les marches. Au troisième et dernier étage, l'ampoule était HS. Rampe branlante, marches grinçantes. Elle monta les dernières dans l'obscurité, s'avança sur l'étroit palier enténébré.

Une seule porte…

Elle cogna. Écouta. Elle se demanda si Lefeuvre n'était pas le seul occupant de l'immeuble. Elle avait vu une seconde fenêtre éclairée dans la cour, mais de l'autre côté.

Un flot de lumière illumina le palier quand la porte s'ouvrit. La silhouette de l'étudiant s'encadra sur le seuil, remplissant l'espace.

— Salut, dit-il.

La voix était calme, le regard qu'elle devinait dans l'ombre dépourvu d'affect. Elle lui tendit la bouteille qu'elle avait apportée. Un côtes-du-rhône à 10,50 euros recommandé par son caviste. Elle n'y connaissait rien en vins, elle avait tablé sur le fait que Ronan Lefeuvre était sans doute lui-même plus intéressé par les mangas et les films d'horreur que par les grands crus qu'il n'avait de toute façon pas les moyens de s'offrir.

Elle avait passé un débardeur blanc largement échancré sur sa gorge bronzée et avait un peu forcé sur le mascara noir et le rouge à lèvres, en tout cas juste assez pour lui donner l'impression qu'il avait devant lui le coup du siècle. *Petit enfoiré, tu ne sais pas ce qui t'attend.* Elle portait un pantalon en vinyle rouge et des cuissardes pleines de boucles.

Il s'effaça en souriant et Samira entra. Le petit studio sous les toits était aménagé avec soin : à droite un canapé-lit, une table basse sur un tapis à poil long, des étagères pleines de livres, de Blu-ray et de bibelots ; un frigo et un micro-ondes derrière le comptoir de la cuisine américaine à gauche ; un minuscule bureau dans le fond, sous la fenêtre donnant sur la cour, qui supportait un ordinateur et des livres. Pas plus de quinze mètres carrés en tout.

Et des affiches de cinéma partout. Elles couvraient presque intégralement les murs, comme un papier peint plein de couleurs criardes. Pas n'importe quelles affiches. Tous les films de Delacroix. De *La Cérémonie* jusqu'à *Bloody Games.* Et aussi des photos du maître sur ses tournages, penché sur une caméra, un combo, donnant des indications à un acteur. Il y avait quelques autres photos et affiches : *It Follows*, *Shining*, Kubrick, Cronenberg, Carpenter, Aja – mais Delacroix dominait largement les débats.

Elle émit un sifflement.

— Tu ne m'avais pas dit que tu étais aussi fan.

— Delacroix est un dieu, répondit-il le plus sérieusement du monde.

Elle haussa un sourcil. Ronan Lefeuvre sourit.

— Tu vois : nous avons plein de choses en commun.

Il passa derrière le comptoir de la cuisine, ouvrit un tiroir. Elle l'entendit attraper un tire-bouchon et se mettre en devoir d'ouvrir la bouteille. Puis il trouva deux verres dans un placard et les remplit. Il lui tournait le dos, elle ne voyait pas les verres. Elle se sentit un peu nerveuse quand il revint lui en tendre un.

— À une soirée inoubliable, dit-il.

Elle croisa son regard, y lut quelque chose qui n'y était pas le matin même, quand elle l'avait rencontré à la librairie. *Il n'est pas du tout timide en fin de compte.* Elle prêta de nouveau l'oreille, mais il n'y avait pas un bruit en dehors de la rumeur très lointaine de la ville, qui montait par la fenêtre entrouverte.

— C'est drôlement calme, dit-elle.

Il sourit.

— Je suis le seul occupant de l'immeuble, et un des seuls de la cour avec une vieille dame très sourde en face. Il n'y a que des bureaux ici. C'est un endroit incroyablement paisible, et comme ça les cris des films que je me passe ne dérangent personne…

Elle n'aima pas du tout la façon dont il avait prononcé cette dernière phrase, ni le sourire qui l'avait ponctuée.

— Les films d'horreur disent quelque chose sur ce que nous sommes, tu ne trouves pas ? proposa-t-il en trinquant. Sur nos tendances mortifères, sur nos cauchemars… Ils interrogent notre peur de la violence, de la douleur, des ténèbres, des prédateurs, des *monstres…* Ils donnent à voir ce que nous préférerions ignorer. En réalité, il suffit de se scruter assez longuement dans un miroir pour savoir que l'horreur est en nous, qu'elle est là, qu'elle attend, *qu'elle est nous.*

— Si on s'asseyait ? dit-elle. Ou bien on va passer la soirée debout ?

Le sourire revint. Sans atteindre les yeux cette fois encore. Il lui montra le canapé. Elle remarqua qu'il portait un sweat à l'effigie de Freddy Krueger, le célèbre tueur au chapeau, aux longues griffes et au visage brûlé qui hante Elm Street dans *Les Griffes de la nuit.*

— Tu m'as l'air passablement nerveuse, dit-il quand ils se furent assis.

Nerveuse ? Ce gamin était vraiment trop sûr de lui. Elle allait lui montrer qui était nerveux.

— Tu as envie de voir quoi ? demanda-t-il. Un truc bien flippant, bien poisseux, ou alors de l'*elevated horror* ? Un *slasher*, un vieux classique ou un truc réaliste, dérangeant et morbide ? Tu as déjà vu *I Spit on Your Grave* de Meir Zarchi, l'original de 1978 ? Kimo Stamboel, *La Reine de la magie noire*, tu connais ? Sinon j'ai aussi des vieux trucs de Jacques Tourneur et de Tod Browning.

Il fouilla dans une pile de Blu-ray par terre, à côté du canapé.

— Et puis, j'ai aussi ce petit film de 2014, *Starry Eyes*, avec cette actrice canadienne incroyable, Alex Essoe…

Elle fit mine d'observer le boîtier. Elle surveillait chacun de ses gestes. Elle était sur ses gardes mais elle n'avait pas peur. Pourquoi aurait-elle eu peur ? C'était juste un étudiant qui adorait les films d'horreur et qui aimait avoir la trouille – à l'image de millions d'autres –, un étudiant qui la contemplait certes comme s'il préparait quelque chose, mais elle savait ce que c'était. Pas de quoi fouetter un chat.

— Il y a des films qui nous possèdent, dit-il d'une voix lente et profonde à côté d'elle. On a le sentiment d'être encore vierge quand on les regarde… D'être en quelque sorte… *violé.* Ils nous contaminent. Ils nous condamnent à les revoir encore et encore… Comme un tueur en série qui ne peut s'empêcher de chercher de nouvelles victimes pour commettre le même crime encore et encore, ajouta-t-il, et ils finissent par faire partie de nous… Les films de Morbus Delacroix sont de ceux-là.

Il avait posé une main sur le genou de Samira. Elle frissonna. Elle pouvait sentir la chaleur de ses doigts à travers le latex. Sa voix aussi avait gagné en intensité, en raucité, à mesure qu'il parlait.

— Des films qui atteignent les recoins les plus sombres de notre esprit, qui réveillent en nous des choses… *interdites*. Des pulsions. Des désirs… Jusqu'à en perdre le sommeil…

Sa main remontait millimètre par millimètre. Très lentement. Avec un léger tremblement. Elle vit qu'il avait l'iris de plus en plus noir.

— Tu aimes le sexe brutal ? demanda-t-elle soudain.

La main s'immobilisa.

— Hein ? Euh… oui… et toi ?

— Oui, dit-elle d'une voix de gorge qui, elle le sut, le remuait jusqu'aux entrailles.

La main de Ronan repartit à l'assaut.

— Ce vin a un goût bizarre, dit-elle, je crois qu'il est bouchonné.

— Moi je le trouve bon, dit-il en buvant une gorgée.

— Tu as des menottes ?

— Hein ? Quoi ? Non… pourquoi ?

— Dommage. Des foulards ? Un truc pour m'attacher ? Tu aimes attacher tes partenaires ? *Tu as envie de m'attacher ?*

Elle le fixa. Ronan Lefeuvre la dévisageait d'un air interrogateur. Mais pas seulement. Il y avait quelque chose de nouveau dans son regard.

— De me *frapper*…, ajouta-t-elle.

La voix de l'étudiant rappela le son d'une vieille scie rouillée sur un bois très dur quand il parla :

— Tu as envie de *ça* ? dit-il. C'est *ça* qui t'excite ?

Elle vit que le noir avait mangé tout l'iris. Deux trous de ténèbres entre des paupières mi-closes, fripées par le manque de sommeil. À quoi passait-il ses nuits ? Sa pomme d'Adam montait et descendait.

— Et toi, petit Ronan, ça t'excite ?

— Ouais, espèce de salope, gronda-t-il avec dans la voix une note différente, très basse. Ouais, putain…

Samira sentit un nuage noir envahir son cerveau en entendant ce mot. Elle baissa les yeux et vit qu'il était excité en effet.

— Tu as déjà fait ça ?

— Ouais… ouais…

— Tu as envie de me baiser ?

— Oh, putain, ouais que j'en ai envie…

— Tu sais que baiser ça signifie mourir dans les films d'horreur ? glissa-t-elle. Surtout quand on est un jeune homme.

Il émit un petit rire sardonique, vicelard. Elle saisit la main droite de Lefeuvre et la posa sur son cou, appuya dessus jusqu'à ce qu'il sente le pouls sous ses doigts.

— Vas-y, serre…

Il le fit. La pression sur les carotides de Samira, son visage privé d'oxygène. La noirceur se répandit comme une flaque de pétrole dans le regard de Ronan Lefeuvre : les ténèbres étaient en train de lui grignoter le cerveau. Brusquement, elle attrapa son poignet et le tordit, écartant violemment la main et le bras de l'étudiant de son cou en un geste inattendu.

Il hurla de douleur.

— Aïe ! Ça fait mal !

— Ah ouais ? Judith Janssen, ça te dit quelque chose ? cracha-t-elle sans relâcher sa prise.

Un mélange de stupéfaction et d'incompréhension passa dans le regard de l'étudiant.

— Quoi ?

— Judith Janssen… tu l'as agressée ?

Il se dégagea d'une ruade, se leva d'un bond. Recula d'un pas tout en lui faisant face. Elle le sentit : il avait peur à présent.

— Qui es-tu ? lança-t-il.

Elle dégaina sa plaque. Elle vit ses traits s'affaisser comme si tous les muscles de son visage se relâchaient d'un coup.

— Encore cette histoire ! gémit-il. Je n'ai rien fait, bordel ! Elle a menti, cette…

Il ne dit pas le mot cette fois. Elle se leva à son tour. Elle le regarda froidement, droit dans les yeux.

— Alors, le moment est venu que tu me racontes ta version des faits, petit Ronan.

64

— Installez-vous, commandant. J'ai quelque chose à vous montrer.

Servaz s'assit dans un des fauteuils rouges. Delacroix se laissa tomber à côté de lui, manipulant la télécommande. Quelques scintillements sur l'écran, puis la lumière vint et enfin les premières images.

Les toits et les clochers d'une petite ville écrasée de soleil malgré l'heure matinale, dont témoignent les longues ombres dans les rues. Par-delà les toits et les terrasses, il y a une vaste étendue de désert, des routes et puis, dans le fond, des montagnes. La voix de bronze des cloches et celle des martinets autour des campaniles.

Le Mexique…

Selon toute évidence filmé d'un balcon, peut-être celui d'une chambre d'hôtel. Au premier plan un visage familier à des millions de gens. Grands yeux clairs transparents, vifs, pleins d'humour, cheveux tirés en arrière, plaqués sur le crâne, des traits d'une perfection presque surhumaine.

L'actrice Clara Janssen.

VOIX DE DELACROIX : Premier réveil au Mexique, il est 8 heures du matin. Clara Janssen, comment vous sentez-vous ?

CLARA (riant) : Arrête ça ! Arrête de me filmer. Tu n'en as pas marre de me filmer tout le temps ?

DELACROIX : Il y a deux choses dont je ne me lasse jamais, bébé : c'est de te filmer et de te baiser.

Elle rit.

CLARA (tendre) : Passe-moi une cigarette, petit con.

La main de Delacroix entre dans le champ, tend un paquet de cigarettes. L'actrice en prend une, la coince entre ses très jolies lèvres avec un geste à la fois plein de gouaille et d'élégance. La main réapparaît, tenant un briquet. Clara Janssen se penche vers la petite flamme. Il y a dans chacun de ses gestes une grâce infinie, dans ses yeux une lumière.

DELACROIX : Ce ciel bleu jusqu'au vertige, ce paysage presque blanc, ce soleil… Clara, vous en pensez quoi ?

CLARA (moue dubitative) : Moi, j'aime la pluie, les plages sous la pluie, les bords de mer pluvieux, les cieux gris, les nuages, les alignements de peupliers le long des rivières, la verdure, les champs verts, les ciels des peintres flamands…

DELACROIX (amusé) : Quel peintre en particulier ?

CLARA : Va te faire foutre !

Elle rit.

Une loge, de théâtre ou de cinéma. Le visage de Clara Janssen dans le miroir, puissamment éclairé par le rectangle d'ampoules. On devine la présence de Delacroix dans l'ombre, filmant. Elle se démaquille. Elle a les yeux rouges, des larmes ruissellent sur ses joues.

CLARA (voix à la fois geignarde, mauvaise, grinçante, vulgaire) : Arrête de me filmer, putain ! T'es un enculé, tu sais ça ? Tu vas arrêter de me traiter comme de la merde, fumier ! Si tu continues de m'humilier comme ça devant tout le monde, je m'ouvre les veines.

DELACROIX (dans l'ombre, voix basse) : Eh ben, vas-y, te gêne pas, ma poule. « Le dernier film de Clara Janssen », on va faire un million d'entrées.

CLARA : Salaud, salaud !

Elle sanglote, il filme.

CLARA : Ton film, c'est de la merde !

DELACROIX : Non, c'est ton jeu qui est de la merde, chérie. Si tu prenais moins de médocs, de poudre et de whisky, tu pourrais peut-être redevenir une actrice à peu près décente. Parce qu'au train où vont les choses, bientôt plus personne ne voudra tourner avec toi.

CLARA : Salopard. Misérable fiotte.

DELACROIX : Vas-y, continue… Déverse ta bile. Si le public voyait ces images, c'en serait fini de la divine, de la merveilleuse Clara Janssen, t'en es consciente ? Ressaisis-toi, bordel…

CLARA (vociférant) : Je t'emmerde ! Dégage ! Sors de ma loge ! Fous le camp, je te dis ! Hors de ma vue !

Servaz inspira. Une pensée le traversa. Qu'est-ce que Delacroix essayait de prouver avec ces images ? Toutes montraient une femme vulnérable sous l'emprise d'un homme narcissique et manipulateur. Pas vraiment à décharge, non ? Alors quoi ?

Un couloir aux formes géométriques, succession d'angles dans un labyrinthe obscur, des murs marron, nus, granuleux. Un sol de terre battue. Servaz reconnaît le couloir – à la lisière de l'indéfini – des clichés de Maximilien Renn. Mais en moins sombre. On voit l'équipe de tournage autour de Clara Janssen, le chef op assis derrière la caméra montée sur la plate-forme d'un travelling. Delacroix filme le dos du chef op en même temps que le reste de l'équipe et que Clara Janssen, légèrement en retrait.

DELACROIX : On la refait !

UNE VOIX : Morb, il est 3 heures du matin !

DELACROIX : Rien à branler de l'heure qu'il est. On y est presque, là !

Vêtue d'une longue robe blanche vaporeuse, les bras ballants, Clara Janssen attend. Elle a l'air hagarde, perdue. Un jouet mécanique qu'on aurait oublié de remonter. Elle tremble.

DELACROIX : Clara, tu es prête ?

Pas de réponse.

DELACROIX : Clara !

Elle hoche la tête et dodeline, le regard dans le vague.

DELACROIX : Moteur ! Ça tourne !

Elle paraît en transe. Ses yeux en particulier ont quelque chose d'effrayant, d'halluciné ; ils portent clairement la marque de la folie. Comme si elle était passée de l'autre côté du miroir. C'est une séquence empreinte de malaise. Servaz devine rien qu'aux gestes et aux attitudes la tension qui règne dans l'équipe. Elle a un couteau à la main, elle avance, titube. Soudain, elle s'entaille profondément le bras et le sang jaillit.

UNE VOIX : Coupez ! C'est pas le bon couteau ! Elle saigne ! Elle saigne !

LE CHEF OP (qui a cessé de filmer, qui se précipite) : Elle pisse le sang ! Vite ! Quelque chose pour faire une compresse !

Toute l'équipe abandonne son poste et court vers l'actrice qu'on allonge sur le sol, qu'on entoure. Seul Delacroix continue de filmer.

DELACROIX : Putain, pourquoi vous avez arrêté de filmer ? C'était la meilleure prise !

Une route déserte, la nuit, qui défile dans la lueur des phares. Pas une lumière à l'horizon. À l'avant, un homme est au volant, la personne assise sur le siège passager est Clara Janssen. Delacroix les filme depuis l'arrière. Son objectif pivote et on voit qu'il y a une quatrième personne à côté de lui sur la banquette. À cause du mouvement trop rapide, la caméra de Delacroix tarde à faire la mise au point : un homme dans la trentaine, peut-être mexicain. Il a l'air inquiet.

LE TYPE À L'ARRIÈRE (en français, avec un fort accent) : Ça n'est pas prudent de rouler sur ces routes la nuit…

DELACROIX : On sera à l'hôtel dans quinze minutes.

LE TYPE À L'ARRIÈRE : Il y a beaucoup d'enlèvements dans la région et vous êtes étrangers. Ça n'est pas prudent… Et vous roulez trop vite. Trop vite pour cette route. Vous ne voulez pas que je prenne le volant ? Votrc ami est soûl et vous aussi.

LE CHAUFFEUR (de la voix pâteuse de quelqu'un qui a bu) : Non, c'est bon. Continue, Clara.

CLARA (tout aussi soûle ou stone ou les deux) : Bon, bref, je suis dans le bureau du type et je lis le texte. Le texte est nul. Ça ne vaut pas un clou. Mais je le lis quand même, je m'applique. J'y mets tout mon cœur. Ce film a beau être une série Z, c'est mon premier rôle, tu comprends ?

LE CHAUFFEUR : Ouais, ouais…

CLARA : Donc je lis le truc, cette sous-merde qui ne devrait même pas exister, qu'on ne devrait même pas tourner – autant filer tout ce pognon à des causes plus utiles, tu crois pas ? –, et puis je lève les yeux, et là je vois que, derrière son bureau, le gros porc a baissé sa braguette, sorti son engin et qu'il se… branle.

LE CHAUFFEUR : Putain ! T'as fait quoi ?

LE TYPE À L'ARRIÈRE : Regardez la route, merde ! Et ralentissez ! Vous conduisez trop vite !

CLARA : Ben, j'ai continué à lire, tiens... C'était même pas un truc sexuel. C'était une comédie. J'étais jeune et je voulais ce rôle, tu comprends. Alors, je fais semblant d'ignorer son poignet qui s'agite frénétiquement derrière le bureau et sa respiration qui se fait de plus en plus lourde, je continue à lire jusqu'au moment où il pousse une longue plainte rauque, comme si ses poumons se vidaient, et où j'ai le malheur de jeter un coup d'œil. Et là, je vois la plus longue décharge de foutre de toute ma vie ! Ça part presque à l'horizontale, et il en met plein les papiers sur son bureau ! Un vrai geyser ! J'ai même eu peur que ça arrive jusqu'à moi !

LE CHAUFFEUR : Putain, la vache, c'est dingue ! Et après ?

CLARA : Après il m'a remerciée pour ma lecture, m'a dit que j'avais très bien lu, et je suis sortie de la pièce. Heureusement, il ne m'a pas serré la main ! Ce salopard, il a dû faire ça avec des dizaines, peut-être des centaines d'actrices débutantes... Si seulement j'avais su quoi faire ou quoi dire à ce moment-là. Mais je le voulais, ce putain de rôle. J'aurais dû partir, le dénoncer, cet enculé. Mais, bien sûr, si j'avais fait ça, ma carrière d'actrice aurait été terminée avant d'avoir commencé... parce qu'ils se seraient tous passé le mot. Quand même, j'aurais dû éviter d'être traitée de cette manière, non, t'en penses quoi ?

LE CHAUFFEUR : Et tu as décroché le rôle ?

CLARA : Non.

Ils rient. La route, défoncée, défile à grande vitesse dans les phares ; la nuit est très noire autour ; la voiture a des soubresauts à chaque nid-de-poule ; plus personne ne parle.

Soudain, une forme surgit dans le faisceau des phares, une forme vague à quatre pattes que Servaz n'a pas le temps d'identifier ; le conducteur jure, freine, donne un coup de volant, perd le contrôle du véhicule qui fait une embardée ; Clara hurle, quelqu'un d'autre hurle – peut-être le type à l'arrière – ; la voiture quitte la route, le ciel et la terre s'inversent, le pare-brise explose ; on a à peine le temps de voir l'actrice de *Pluie d'été* et de *L'Ange dans la ville*, qui n'a pas mis sa ceinture, décoller de son siège, comme en apesanteur, et traverser le pare-brise dans une pluie de verre ; puis l'image s'interrompt.

Nouvelle image. Le visage de Judith Tallandier ivre de colère et de haine. Elle fixe la caméra ou celui qui est derrière, dans cette même salle de projection. À l'arrière-plan, sur ce même écran, l'image floue et figée de Clara Janssen traversant le pare-brise au milieu d'une pluie de verre.

JUDITH : Arrête de me filmer, putain ! Arrête de me filmer ! Et arrête ce film !

DELACROIX : Judith, ta mère est morte dans un accident au Mexique… un *accident*.

JUDITH : Mensonges ! Tu l'as tuée ! Et tu as maquillé ça en accident ! Là-bas, au Mexique, tu n'as pas cessé de la harceler, de l'humilier, de la maltraiter pendant tout le tournage ! Il y a des témoins !

DELACROIX : C'est vrai. Je suis ce genre de fils de pute. Je l'admets. Je tire le meilleur de mes acteurs parce que je les pousse dans leurs retranchements. Je les oblige à se sortir les tripes. Qu'est-ce que tu crois ? Que si tu ne les secoues pas, tes acteurs vont donner le meilleur d'eux-mêmes ? Si tu savais le nombre de branleurs dépourvus de talent qu'il y a dans ce métier… Ils veulent tous être en haut de l'affiche, mais ils ne sont pas tous prêts à faire les sacrifices et les efforts que ça demande. Et je ne les force pas à jouer dans mes films.

JUDITH : Tu l'as tuée !

DELACROIX : *C'était un accident, Judith.* Je veux bien admettre que j'ai été un salaud et un fumier avec ta mère, et peut-être que je n'aurais pas dû laisser un homme ivre au volant cette nuit-là, j'étais bourré moi aussi, on l'était tous… mais je ne l'ai pas tuée.

JUDITH : Menteur ! Menteur ! Je vais te faire payer pour ça ! Je vais montrer au monde entier quel genre d'ordure immonde tu es !

DELACROIX : Que j'ai été un tyran sur les plateaux de tournage, ce n'est un secret pour personne. Mais je n'ai pas frappé ta mère, Judith. Jamais. Pas la moindre gifle. C'est elle qui m'a giflé une fois, devant tout le monde, après que je l'ai eu poussée à bout. Et je l'ai encore moins tuée… Je *l'aimais*…

JUDITH : Tais-toi !

DELACROIX : Je l'aimais à la folie, Judith ! C'est la vérité ! Je savais qu'elle pouvait devenir une grande actrice, la plus grande, mais pour ça je devais la forcer à sortir ce qu'elle avait au fond d'elle et, oui, c'était douloureux parfois.

JUDITH : Ne gaspille pas ta salive ! Vous m'avez droguée, tes amis et toi ! Qu'est-ce que vous m'avez fait après ?

DELACROIX : Tu veux parler du dîner ? Et de ton comportement ? C'est vrai que t'étais chargée. Mais c'est à moi de te poser la question : tu as pris quoi ce soir-là ?

JUDITH : C'est vous qui m'avez droguée ! Je le dirai à la police ! Ils enquêteront sur toi ! Ils découvriront ce qui est arrivé à ma mère !

DELACROIX : Je viens de te montrer les images, Judith. Tu l'as vu, tu l'as entendu : c'était un accident…

JUDITH : Ces images sont truquées !

DELACROIX : Non, on m'a déjà blanchi pour ça. Il y a des années.

JUDITH : Les juges, ils sont dans le coup, comme tous les autres ! C'est un complot, une machination !

Elle s'enfuit, remonte l'allée en courant. Delacroix la suit sans cesser de filmer. L'image saute, devient floue par moments quand la caméra refait la mise au point. Judith est déjà dans le vestibule, qu'elle traverse. Elle dévale les marches du perron. La caméra la rejoint, émerge à son tour du bâtiment, la forêt obscure à l'arrière-plan, la nuit au-dessus ; Judith court sur le gravier, contourne sa voiture, ouvre la portière ; elle s'immobilise un instant pour fixer Delacroix, dans la lueur de la lampe au-dessus du perron. L'instant d'après, elle est au volant, allume les phares, démarre en faisant gicler les gravillons sous ses pneus. Delacroix effectue un retour arrière, fige l'image à la seconde où Judith le regarde, debout près de la portière ouverte.

Il n'y a pas la moindre marque sur son visage.

Il ralluma.

— Voilà.

Servaz inspira à fond. Silence total, écran noir. Toutes ces images prises sur le vif, toutes ces images *réelles* : il se faisait l'effet d'être un voyeur. Mais, après tout, avec les réseaux sociaux et les chaînes d'info, l'humanité ne s'était-elle pas transformée en un monde de voyeurs, de censeurs et de juges qui, toujours prompts à s'ériger en tribunaux populaires, passaient leur temps à scruter la vie des autres ?

— Que les choses soient claires, déclara Delacroix, je n'ai ni frappé ni agressé Judith Janssen. Mais je suis d'accord avec vous : il se passe quelque chose en rapport avec *Orpheus* et avec mes films, quelque chose que j'ignore autant que vous – mais dont les conséquences se font sentir en ce moment même. J'ai appris que le producteur d'*Orpheus*, Kenneth Zorn, un ami, s'est suicidé la semaine dernière, que Matthias Laugier, le décorateur de mes films, est mort dans un centre hospitalier pas très loin d'ici et que, même s'il souffrait d'un cancer en phase terminale, sa mort est considérée comme suspecte par les gendarmes qui sont venus m'interroger. Et puis, il y a cette fille, Judith, qui m'accuse d'avoir tué sa mère, il y a la mort de votre coéquipier, avant cela celle de Stan Du Welz et de Florent Cuvelier, qui ont également travaillé sur mes films… Ça ne peut pas être que des coïncidences, commandant…

— Comment ça, une « mort considérée comme suspecte » ? releva Servaz. De qui parlez-vous ?

Delacroix lui dit ce qu'il savait de la mort de Matthias Laugier dans un centre hospitalier en Ariège, et de l'enquête des gendarmes de la brigade de recherche de Foix.

— Il semblerait que quelque chose ou quelqu'un soit en train de ramener le passé à la surface, commandant, et que tous ceux qui ont participé à *Orpheus* soient en danger de mort.

Mardi 28 juin

Mardi 28 juin

Le cabinet du psychiatre désespérant [illegible] de Jery Ricca.

Anne [illegible] [illegible] [illegible], [illegible] [illegible] [illegible] [illegible] [illegible] [illegible] [illegible] [illegible] [illegible] [illegible] [illegible]. [illegible] [illegible] [illegible] [illegible] [illegible] [illegible] [illegible] [illegible] [illegible] [illegible] [illegible] [illegible] [illegible] [illegible] [illegible] de Magritte [illegible] n'est pas [illegible].

[illegible] [illegible] qu'il y avait une chose qui était [illegible], c'était l'imagination.

Tout [illegible] presque [illegible] [illegible] [illegible] fallait-il y [illegible] un manque d'imagination de la part du [illegible] [illegible] de [illegible] [illegible] la nature [illegible] de ceux [illegible].

Le [illegible] était un homme [illegible] dans la [illegible], vêtu d'une chemise [illegible] et d'un jean. [illegible] [illegible] long, [illegible] regard [illegible] d'une [illegible] presque [illegible], que [illegible] [illegible] une voix douce et [illegible] avenante.

[illegible] lui avait exposé les accusations de [illegible] [illegible] et de Roman Lefauve [illegible] Delacroix.

65

Le cabinet du psychiatre ressemblait à… un cabinet de psychiatre.

Murs noirs, moquette sable, rideaux gris. Sur des étagères en verre, des objets censés matérialiser les mystères de l'esprit humain : un crâne sur lequel étaient peintes les circonvolutions cérébrales, un hibou – symbole millénaire de sagesse et de connaissance –, une reproduction d'un célèbre tableau de Magritte : « Ceci n'est pas une pipe ».

Servaz se fit la réflexion que, s'il y avait une chose qui était absente ici, c'était l'imagination.

Tout était presque trop attendu – mais peut-être fallait-il y voir moins un manque d'imagination de la part du psy que sa volonté de rassurer le visiteur sur la nature et la destination de ces lieux.

Le psychiatre était un homme grand, anguleux, dans la cinquantaine, vêtu d'une chemise à carreaux et d'un jean, le visage long, le regard plein d'une lumière presque blessante, que démentaient toutefois une voix douce et un sourire avenant.

Samira et Servaz lui avaient exposé les accusations de Judith à l'endroit de Ronan Lefeuvre et de Delacroix, comme leurs visites aux deux agresseurs présumés. Il était écrit dans le TAJ qu'il était celui qui avait examiné Judith après la « première agression », qu'il la suivait déjà à cette époque-là. Le Dr Fortuit les avait écoutés sans un mot.

— J'ai bien peur que Judith ait tout inventé, conclut-il tranquillement quand ils eurent terminé.

Un silence.

— Comment ça ? dit Samira en levant un sourcil.

— Tout. De A à Z. Cette histoire de meurtre ou de complot concernant sa mère pendant le tournage d'*Orpheus*… le graffiti dans les toilettes de la station-service… la drogue… l'agression… Delacroix… Une fable que son esprit a imaginée, bâtie, fantasmée. Et qui ne correspond à aucune réalité, mais à laquelle elle croit dur comme fer. Je suis sûr que si vous allez dans cette station-service, par exemple, vous trouverez un graffiti dans les toilettes – mais aussi un autre prénom ou un autre message que ceux que Judith a cru lire.

— Elle a bien été droguée pourtant, objecta Samira, les résultats des analyses sont formels. Et elle a été frappée.

— Ou bien elle s'est droguée elle-même pour accuser Delacroix, parce qu'elle est convaincue qu'il est coupable de la mort de sa mère… Et elle a pu se cogner toute seule : ça s'est vu.

— Oui mais… tous ces éléments qui coïncident, qui s'emboîtent…, insista la fliquette sans lui faire part de ses propres doutes.

— Ils ne coïncident que dans son esprit, répliqua le psychiatre. Judith voit des coïncidences, des symboles, des signes partout. Elle croit que ces indices ont un rapport avec sa propre histoire, de la même façon que les complotistes relient de supposées preuves à de supposés complots par des opérations mentales biaisées.

Ce qui ne veut pas dire que les complots n'existent pas, bien entendu. Et si c'était son cerveau qui la conduisait à attribuer un sens à des événements qui n'en ont pas ? Du moins pas celui qu'elle leur donne… À voir des coïncidences là où il n'y en a pas ? À construire à partir d'éléments disparates, sans rapport entre eux, un récit qui n'existe que dans sa tête mais certainement pas dans la réalité ? En vérité, Judith souffre depuis des années d'une forme d'altération de la perception bien connue, qui porte un nom : l'apophénie.

— L'« apophénie » ? répéta Servaz.

Le psychiatre acquiesça.

— Le cerveau humain, vous le savez, est la structure la plus complexe et la plus mystérieuse de toute la création. C'est aussi un incroyable ordinateur, capable d'exploits inouïs. Par exemple de reconnaître quasi instantanément un visage parmi des centaines d'autres, sélectionner et interpréter avec une rapidité et un niveau de précision hallucinants les informations pertinentes au milieu du « bruit » de celles qui ne le sont pas. Notre cerveau est tellement doué pour ça qu'il fait parfois des excès de zèle. Comme quand nous croyons reconnaître quelqu'un de loin dans une foule avant de nous apercevoir que nous nous sommes trompés. L'apophénie consiste précisément à voir quelque chose qui n'est pas là… Un cas typique d'apophénie est la paréidolie, du grec *eidôlon*, « apparence », « forme », vous savez : quand on associe à un stimulus visuel ambigu – une tache sur le mur ou un nuage – un dessin de tête d'animal ou de visage… ça nous arrive à tous. La différence entre les gens tels que Judith et nous, c'est que nous savons que c'est une illusion, que notre cerveau nous trompe, que c'est une simple coïncidence et pas un signe qui nous est envoyé par Dieu ou je ne sais qui…

Il s'exprimait d'une voix lente et calme, mais qui descendait tellement dans les graves que Servaz avait l'impression qu'elle vibrait directement contre son plexus.

— L'apophénie pathologique figure dans le DSM-5, le manuel diagnostique et statistique des troubles mentaux, parmi les troubles relevant du spectre de la schizophrénie. La forme dont est atteinte Judith n'est pas rare et en dit long sur la façon dont certains, en ce début de XXIe siècle, se perdent dans le labyrinthe des symboles et des signes qu'une certaine contre-culture fait circuler partout. Elle est à mon avis la conséquence d'une surinterprétation systématique, de cette fascination obsessionnelle d'une partie du public pour les sens cachés, les significations ésotériques, les fantasmes de grandes manœuvres orchestrées par les puissants et qu'on serait capable de démasquer rien qu'en naviguant sur un moteur de recherche et en discutant dans des forums. Nous désirons si ardemment trouver un ordre dans le désordre, une explication, avoir un semblant de contrôle sur le chaos qui gouverne nos vies. Au fond, les complotistes sont des crédules qui se prennent pour des incrédules et qui croient les autres crédules. Ce qui ne veut pas dire, je le répète, que les complots n'existent pas. C'est comme celui qui, à force de crier au loup, n'est plus écouté quand le loup survient…

Le stylo du psy battait la mesure de son discours telle la baguette d'un chef d'orchestre entre ses doigts aux ongles soignés.

— Dans le cas de Judith, cette manie d'interprétation s'est portée sur l'histoire et la mort de sa mère. Elle a cherché, *désiré* si désespérément une explication autre qu'un stupide accident : quelque chose de plus obscur mais aussi de plus logique, de plus gratifiant que la triste et banale réalité. Elle a fabriqué de toutes pièces cette histoire. Il faut dire que, là encore, toutes les rumeurs, tous les fantasmes circulant sur Internet autour de ce film soi-disant maudit, *Orpheus ou la Spirale du Mal*, ont largement contribué à sa paranoïa, lui ont fourni de la substance.

Le psychiatre leva sur eux un regard voilé par ses longs cils pâles.

— Ensuite, l'apophénie de Judith a fait son œuvre : elle a commencé à voir des signes partout. Des signes qui lui étaient adressés, à elle en particulier : ce graffiti dont vous m'avez parlé ou cette inscription sur un arbre. Je vous invite à aller sur place vous rendre compte par vous-mêmes. Il est probable que, comme dans le cas de la tache ou du nuage, ils n'ont qu'un vague rapport avec ce qu'elle a cru voir. Quand elle a porté plainte contre ce malheureux étudiant, je la suivais déjà… Depuis un certain temps, les thèmes de Morbus Delacroix, du tournage de ce film maudit et de la mort de sa mère revenaient de manière obsessionnelle dans son discours.

Il se leva, s'approcha de la fenêtre, jeta un coup d'œil à travers les stores. Le cabinet était au rez-de-chaussée de l'immeuble et un camion de déménagement s'était garé le long du trottoir. Il se retourna vers eux.

— Or, cet étudiant, qu'elle côtoyait à la fac et dont elle s'était rapprochée dans une soirée, était, si j'ai bien compris, un fan absolu de Morbus Delacroix. J'ai dit à la police, avec toutes les précautions d'usage, que l'accusation de Judith me paraissait suspecte. Qu'un légiste devait l'examiner avant que les blessures disparaissent complètement pour voir si elle avait pu se les faire elle-même. Quand l'étudiant a été relâché, elle m'a accusé de faire partie du complot, d'être de mèche avec Delacroix, avec cet étudiant, avec tous les autres – quel que soit le sens qu'elle donnait à ce mot. Elle m'en veut toujours.

Il revint lentement vers son bureau, se rassit, les fixa de son regard neutre mais perçant.

— Je dois vous avouer que le cas de Judith Janssen est l'un des plus étranges que j'aie eu à traiter. Et pourtant j'en ai rencontré, au cours de ma carrière, des patients qui vivaient dans une réalité parallèle, un monde bien à eux. Mais son apophénie est d'une complétude rarement vue. Il est certain que la mort d'une mère idolâtrée au tout début de l'adolescence a joué un rôle. Pour le reste… j'ignore comment Judith en est arrivée à cette lecture biaisée, faussée, du monde. Mais, après tout, elle n'est pas la seule aujourd'hui… C'est juste une question de degré.

— Vous pensez donc, résuma Servaz, que toutes ses accusations contre Morbus Delacroix sont fausses, que Delacroix ne l'a pas frappée et n'a pas non plus tué sa mère ?

— Pour ce qui est de la mort de sa mère, ce n'est pas de mon ressort. Pour l'agression, j'en suis convaincu. Après… le comportement tyrannique de ce cinéaste sur les tournages n'est manifestement pas une légende. Qu'il ait fait preuve de harcèlement moral, de violence psychologique à l'égard de la mère de Judith, c'est possible. Mais cela non plus n'est pas de mon ressort.

Ils se levèrent.

— Une dernière question, docteur : vous avez déjà vu un film de Morbus Delacroix ? demanda Samira.

— Oui, répondit le psychiatre. Quand Judith a commencé à parler de lui, j'ai fait mes devoirs. J'ai essayé de les trouver sur les plates-formes et j'ai acheté quelques Blu-ray.

— Et vous en pensez quoi ?

Le psy eut un mince sourire.

— Vous voulez savoir si Morbus Delacroix souffre d'un trouble mental quelconque ? Il me faudrait l'examiner pour trancher cette question. Même si je juge ses films profondément dérangeants et malsains, ce qui relève d'une activité artistique ou culturelle et ce qui relève de la psychiatrie sont deux choses très différentes. Sans quoi il faudrait se pencher sur les milliers d'artistes qui nous ont enchantés au cours des siècles, mais aussi remettre en question les religions et leurs fidèles…

— Merci, docteur.

La voiture était garée dans la rue sur un emplacement interdit. Servaz observa un instant les déménageurs qui traversaient le trottoir, entraient dans l'immeuble en portant un bahut qui avait l'air passablement lourd. Il empocha le papillon coincé sous l'essuie-glace.

— Si Judith a tout inventé et si Delacroix est innocent, pourquoi Valek a tué Vincent ? demanda Servaz.

Il y avait une note nouvelle dans sa voix : comme s'il connaissait déjà une partie de la réponse.

— Et qui a tué les trois autres ? ajouta Samira. Stan Du Welz, le spécialiste des effets spéciaux, Florent Cuvelier, le preneur de son, et Matthias Laugier, le décorateur atteint d'un cancer…

666

— Vous voulez dire que Judith Tallandier se serait fait ça toute seule ? dit l'OPJ de la brigade de recherche de Saint-Gaudens deux heures plus tard.

— C'est possible en effet, dit Samira.

Moue sceptique de la gendarme.

— C'est vrai que le légiste a estimé que les coups, répétés, manquaient bizarrement de force, les dégâts causés étant davantage dus à l'acharnement qu'à leur puissance… C'est sa conclusion.

— Si on se porte des coups à soi-même, on n'a pas le même élan, donc pas le même impact, suggéra Samira, qui s'adonnait à la boxe à ses moments perdus.

La gendarme hocha prudemment la tête, les regarda à tour de rôle.

— À supposer que Judith Tallandier se soit porté ces coups, avança-t-elle, ça a dû être extrêmement douloureux… (Ils la virent marquer une pause, réfléchir.) Son analyse sanguine a révélé des traces d'antidouleur… Et l'analyse toxicologique montre qu'elle avait fumé du hasch peu de temps avant…

— Vous avez examiné sa voiture ? demanda Servaz.

— Oui. Pas de trace de sang ni de lutte. Si c'est bien ce qui s'est passé, elle a dû se faire ça à l'extérieur du véhicule. Comment peut-on s'en vouloir au point de se défigurer de la sorte ?

— Ou en vouloir à quelqu'un d'autre, corrigea Samira.

L'OPJ de Saint-Gaudens fit pivoter son siège. Elle attrapa sur un autre bureau plusieurs feuillets agrafés ensemble, se retourna pour les leur tendre. Servaz lut :

Temps moyen de détection possible de substances toxiques dans les follicules pileux :

Alcool : 2 à 10 heures

Amphétamines : 24 à 48 heures

Barbituriques : jusqu'à 6 semaines

Benzodiazépines : jusqu'à 6 semaines en cas de forte consommation

Cocaïne : 2 à 4 jours et jusqu'à 10 à 22 jours quand la consommation est élevée

Codéine : 1 à 2 jours

Héroïne : 1 à 2 jours

Hydromorphone : 1 à 2 jours

Méthadone : 2 à 3 jours

Morphine : 1 à 2 jours

Phencyclidine (PCP) : 1 à 8 jours

Propoxyphène : 6 à 48 heures

Tétrahydrocannabinol (THC) : 6 à 11 semaines en cas de consommation élevée

— Cette fille a aussi été droguée, fit remarquer la gendarme en montrant la ligne suivante. GHB…

— Ou alors elle s'est droguée elle-même pour faire croire qu'on l'a droguée, proposa Samira. De la même manière qu'elle a écrit ce journal en sachant qu'on le lirait un jour.

L'OPJ lui jeta un regard prudent – prudence inspirée à la fois par l'hypothèse de la policière et par son accoutrement. Samira portait ce jour-là sous son blouson en cuir clouté un tee-shirt noir qui clamait, en lettres rouge sang :

DO NOT READ THE NEXT SENTENCE...
You little Rebel I like you

— Doux Jésus, si c'est ça, je n'ai jamais rencontré un cas semblable, conclut la gendarme.

Servaz contemplait la nef faiblement éclairée. Les hauts piliers de pierre lancés vers la voûte lointaine, la pénombre grise difficilement combattue par le peu de lumière qui franchissait les vitraux et, en bas, par la lueur consolante mais fragile des cierges. Il lui sembla que cette pénombre et ce silence ramenaient tous les souvenirs qu'il avait d'une enfance où sa mère – contre l'avis de son père – l'avait inscrit au catéchisme, où il avait joué les enfants de chœur, se moquant secrètement du curé avec ses petits camarades. Il leva les yeux vers une statue de saint suspendue à la muraille, détailla le visage infiniment triste incliné vers lui, se demanda à quoi était due cette tristesse : était-ce celle de l'artiste qui avait sculpté la statue ? Il y avait sans doute plus d'un motif d'affliction en ces temps-là : guerres, famines, misère, épidémies. Et aujourd'hui ? se demanda-t-il. Qu'est-ce qui aurait affligé un saint s'il avait vécu en ce siècle ? Le peuple qui se détournait de la religion ? La propension inchangée de l'espèce humaine à la cruauté et aux actes de violence ? La charité et l'humilité qui se faisaient bien plus rares que la haine en ligne, la menace, l'insulte, l'ignorance et la prétention ? Qu'aurait pensé ce saint né dans un autre siècle de notre époque ? Aurait-il tenu un blog intitulé

« Sur le chemin de la sagesse et de la foi » ? Servaz se dit qu'il aurait bien eu besoin de foi et de sagesse en ce moment. Puis il ressortit sur le parvis, suivi de Samira.

— Où est-il ? demanda-t-elle en consultant l'écran de son téléphone. Il avait dit midi.

Elle avait à peine prononcé ces mots qu'un cycliste remonta la rue principale, vêtu d'une combinaison jaune fluo, d'un casque et de lunettes de soleil à monture blanche. Il décrivit une large courbe et vint freiner devant eux.

— Bonjour, je suis le père Daniel Eyenga, dit-il. Désolé, ma petite sortie à vélo a pris plus de temps que prévu : j'ai crevé sur le chemin du retour.

Servaz sourit quand le prêtre mit pied à terre, retira son casque, essuya son visage en sueur et se gratta le crâne.

— Bonjour, mon père. Je suis le commandant Servaz et voici le lieutenant Cheung.

— Cheung ? répéta Eyenga en dévisageant Samira.

— Père chinois, mère franco-marocaine, précisa-t-elle en souriant. Je ressemble plus à ma mère qu'à mon père, comme vous pouvez le voir. Je m'appelle Samira.

— Et vous ? demanda l'ecclésiastique à Servaz.

— Euh… Martin.

— Bien, Samira et Martin. Veuillez me suivre.

Il pénétra dans la nef en poussant son vélo à côté de lui, ses chaussures de cycliste produisant un bruit de claquettes fort séculier sur la pierre du sol, remonta l'allée centrale, saluant une vieille femme agenouillée derrière un banc, vira à gauche devant l'autel. Servaz se demanda s'il s'amusait à faire du vélo dans l'église une fois celle-ci fermée.

Ils le suivirent dans la sacristie. Une pièce minuscule. Des masques africains et des tissus colorés aux murs.

Un meuble bas pour les objets du culte. Une petite bibliothèque. Servaz s'en approcha. Des écrits chrétiens, mais aussi *Sous le soleil de Satan*, *Léon Morin prêtre*, *Là-bas*... Il vit même des romans de Stephen King.

— Donnez-moi une minute, dit le prêtre.

Il disparut dans la pièce voisine, revint peu après en habit ecclésiastique : col romain, chemise noire amidonnée et veste noire, croix sur la poitrine.

— La douche attendra, dit-il. Désolé pour le retard. Mes journées sont des marathons. Ce dimanche, j'ai célébré la messe dans une église faite pour accueillir trois cents fidèles et nous étions onze. À la campagne, les distances isolent souvent mes ouailles, elles ne peuvent pas toujours se déplacer. J'enchaîne les réunions, les rencontres, avec les vieux comme avec les jeunes. Mon temps est chronométré, mais j'essaie quand même de trouver celui de faire du sport. Je donne aussi des cours de cuisine africaine. Je crois que c'est ma cuisine qui attire certaines personnes, ajouta-t-il en souriant, plus que la religion.

Ses traits se durcirent.

— Mais vous n'êtes pas là pour parler de ça...

— Non, en effet, fit Servaz, qui s'impatientait. Les gendarmes nous ont dit que vous les aviez contactés au sujet de Matthias Laugier, un décorateur de cinéma atteint d'un cancer, dont la mort au centre hospitalier d'Ax-les-Thermes fait l'objet d'une enquête. Or ce Laugier a longtemps travaillé sur les tournages de Morbus Delacroix, un réalisateur de films d'horreur. Il se trouve que nous enquêtons de notre côté sur des crimes qui semblent liés – je sais que ça peut paraître bizarre dit ainsi – au cinéma de Morbus Delacroix. Et les gendarmes de Foix nous ont dit que vous leur aviez aussi rapporté d'autres événements – dont une histoire avec un producteur de films...

— C'est exact.

Servaz attendit la suite.

— Matthias Laugier a été assassiné, j'en ai la conviction, déclara d'emblée Eyenga. Et j'ai l'intuition que sa mort cache quelque chose de profondément sinistre, de *mauvais*, si vous préférez. Il s'est passé des événements tout à fait étranges.

Servaz écouta un instant le silence et la paix qui régnaient dans l'église. Une paix qui semblait avoir déserté le prêtre.

— Racontez-nous, mon père.

L'ecclésiastique le fit en prenant tout son temps : il leur parla de la nuit d'orage où il avait donné à Matthias Laugier l'onction des malades dans le petit centre hospitalier d'Ax-les-Thermes, de l'enveloppe que lui avait confiée celui-ci avec une spirale dessinée dessus (Servaz se raidit en entendant le mot), de l'insistance de Laugier pour qu'il la remette en mains propres, de sa visite à Kenneth Zorn, un producteur qui vivait sur une île bretonne, et des étranges propos qu'avait tenus ce Zorn, qui lui avait fait l'effet d'un homme possédé par une forme de folie très particulière. Du suicide de ce dernier après sa visite. En parlant, le prêtre se revit face à lui. À sa morgue. À son délire. Et il frémit. Enfin, il leur fit part de la mort de Laugier sur son lit d'hôpital, et du fait qu'elle avait été qualifiée de « suspecte » par le personnel médical. Un filet de sueur brillait sur le visage de l'homme d'Église, ses yeux jetaient des flammes. Servaz devina la tension qui l'habitait.

— Cette enveloppe, vous savez ce qu'elle contenait ?

Le curé acquiesça.

— Une clé USB.

— Et vous savez ce qu'il y avait sur cette clé ? s'enquit Samira, qui sentait une fascination morbide s'emparer d'elle à mesure que le prêtre parlait.

— Oui… Une vidéo…

Martin et elle échangèrent un regard.

— Vous l'avez visionnée ?

La question émanait de Samira. Il régnait un calme surnaturel dans la sacristie. Une atmosphère d'incertitude et de menace. Ou peut-être était-ce le cerveau de Servaz qui lui jouait des tours. Inexorablement, ils s'approchaient de la vérité. Et il y avait dans cette progression quelque chose d'effrayant : il redoutait de plus en plus ce qu'ils allaient trouver. Le prêtre hésita.

— Kenneth Zorn l'a visionnée devant moi, mais je l'avais visionnée avant cela, répondit-il, se souvenant de son mensonge au producteur. Avant de remettre l'enveloppe à cet homme, je l'ai décollée à la vapeur. Après tout, à aucun moment Matthias Laugier ne m'avait interdit de l'ouvrir, ni d'examiner son contenu. Je voulais savoir ce qu'elle contenait. Si elle ne renfermait rien d'illégal. Ni rien… d'immoral.

Eyenga leur décrivit ce qu'il avait vu sur la vidéo : un homme – Matthias Laugier – qui promettait l'enfer à d'autres personnes, qui se repentait de ce qu'il avait fait, quoi que ce fût. Il leur parla aussi de la peur dans les yeux de Zorn quand ce dernier l'avait visionnée à son tour, de ses questions au producteur, de la façon étrange dont celui-ci l'avait congédié.

— Vous n'auriez pas fait une copie par hasard ?

L'homme d'Église hocha la tête.

— Si. Avant de partir pour la Bretagne, j'avais fait une copie de sauvegarde du contenu de la clé par prudence. Ça avait l'air si important pour ce pauvre homme que je voulais être sûr de ne pas égarer le fichier.

Le père Eyenga avait la respiration sifflante et rauque à présent. Servaz l'observa. *Il a peur. Peur de ce que nous allons découvrir. Peur d'avoir été malgré lui le complice d'un crime terrible.*

— Et elle est où, cette copie ? demanda-t-il.

L'homme d'Église prit une profonde inspiration.

— Je l'ai remise aux gendarmes.

— Ceux de la brigade de recherche de Foix ?

— Oui.

Les mêmes qui avaient rendu visite à Delacroix et lui avaient annoncé la mort de Kenneth Zorn et celle de Matthias Laugier. On en revenait toujours à Morbus Delacroix, à ses films.

De nouveau, le prêtre hésita.

— Ce cauchemar ne me concerne plus, dit-il. Je ne sais pas exactement ce qui s'est passé, ni quel est le lien entre tous ces événements. Mais j'ai déjà vu le visage du Mal, sur ce continent et sur celui d'où je viens. Et je sais qu'il est à l'œuvre ici…

Oui, se dit Servaz, le flic et le prêtre. Ils avaient ça en commun. Puis sa pensée revint à Delacroix. Stan Du Welz, son ancien spécialiste des effets spéciaux, et Florent Cuvelier, son ancien preneur de son, avaient été torturés et tués à Toulouse. Kenneth Zorn, son ancien producteur, s'était suicidé après avoir visionné une vidéo enregistrée par Matthias Laugier, autre membre de la bande à Delacroix. Après quoi, ce même Laugier avait peut-être été assassiné dans le centre hospitalier où, jusque-là, il se mourait d'un cancer. Tous dessinaient une spirale qui pointait vers un seul centre : Morbus Delacroix.

Et si Judith n'avait pas affabulé ? Et si, d'une manière ou d'une autre, elle avait eu raison ?

Enfin, quel était le rôle de Valek dans tout ça ? Pourquoi avoir torturé et tué Vincent ? Qu'est-ce que son adjoint avait découvert qui lui avait coûté la vie ? Servaz commençait à avoir sa petite idée sur la question, et il sentait la rage revenir. Il en voulait à la terre entière pour la mort de Vincent.

— Putain, c'est quoi le fin mot de cette histoire ? s'exclama Samira en ressortant de l'édifice qui montait dans le ciel gris comme un appel à l'aide. C'est à devenir chèvre.

Pourtant, ils s'approchaient. Il en avait la conviction. Encore une ou deux pièces et l'image du puzzle serait complète.

— Direction Foix, dit-il. Il faut qu'on voie cette vidéo.

67

Au 36, rue du Bastion, l'humeur était aussi morose que le temps. Valek évaporé, aucune info ne remontait des « tontons ». Pierrat, de son côté, essayait de se souvenir de quelque chose que Servaz avait dit la nuit où ils avaient été kidnappés. *Il avait le sentiment que c'était important.* Mais il n'arrivait pas à mettre le doigt dessus.

Il ne pouvait s'empêcher de penser à cette terrible nuit. De revivre le kidnapping, l'évasion de l'enclos aux cochons, la découverte du corps de Vincent. Il sentait poindre les symptômes d'un effondrement nerveux. À quoi bon tout ça ? Il porta son gobelet de café à ses lèvres, contempla le ciel gris qui collait aux vitres. Un des membres du groupe entra dans le bureau.

— On a fait un karaoké hier soir avec des amis, j'ai plus de voix ! lança-t-il.

Pierrat se tourna vers lui.

— Qu'est-ce que t'as dit ?

L'autre flic le regarda, surpris par le ton.

— On a fait un…

— Non : après !

— J'ai plus de voix…, ajouta son équipier.

— Putain !

— Qu'est-ce qu'il y a ?

— Trouve-moi un portable à carte prépayée ! Vite ! (Pierrat arracha le combiné du téléphone sur son bureau.) Gargamel, on a le numéro et l'adresse de cet acteur, Ezra Schrenkel, quelque part ?

— Sais pas, je regarde, répondit Gargamel, ainsi baptisé parce qu'il avait travaillé un temps au « Schtroumpf », le Syndicat des commissaires et hauts fonctionnaires de la police.

Trois minutes plus tard, la réponse tombait : le numéro et l'adresse de l'acteur figuraient dans la procédure.

— Allons-y ! dit le colosse en attrapant sa veste kaki quand son collègue fut de retour avec le téléphone à carte prépayée.

— Où ça ?

— Devant chez Schrenkel…

— L'acteur ?

Pierrat ne prit pas la peine de répondre. Il s'était creusé la cervelle pour se rappeler ce que Martin avait dit. Quelque chose comme quoi lui, Pierrat, avait presque la même voix que cette ordure de Valek. Qu'on aurait quasiment pu les confondre.

Ouais, c'était ça... Une idée lui était venue.

Comme d'habitude, les accès au périphérique étaient congestionnés et la circulation difficile, encore plus depuis que Paris était devenu un gigantesque chantier à ciel ouvert et, par conséquent, un vrai Rubik's Cube pour les automobilistes. Un fleuve de métal se déplaçait dans un chuintement permanent, et Pierrat se dit que le rêve des écolos de faire de Paris une ville sans voitures n'était pas près d'être atteint. Ils mirent la sirène et le gyro, quittèrent le périph à hauteur de la porte de Saint-Cloud, traversèrent Boulogne-Billancourt par la route de la Reine, axe qui n'avait plus rien de royal, mais qui était en revanche une succession sans grâce d'immeubles, d'arbres poussiéreux, de commerces et de feux de circulation. Ils franchirent la Seine et ses péniches par le pont de Saint-Cloud : Ezra Schrenkel habitait les beaux quartiers à l'ouest de Paris, plus précisément le parc de Montretout, sur les hauteurs, résidence sécurisée et parcourue d'allées verdoyantes où il avait quelques voisins encore plus célèbres que lui.

Un hôtel particulier du XIXe niché dans un jardin luxuriant planté d'érables, de tilleuls, de pins et de saules, derrière un mur. Toits de zinc, fenêtres mansardées, perron massif encadré de topiaires et marquise. Ils durent montrer patte blanche à l'entrée de la résidence avant de pouvoir se garer avenue du Parc, à une dizaine de mètres du portail. Pierrat se demanda en voyant ces maisons de maître ce qui faisait qu'à la loterie de la vie certains touchaient le gros lot et se retrouvaient à vivre dans un quartier pavé d'or tel que celui-ci, tandis que d'autres devaient se contenter d'un logement avec vue sur le périphérique et de s'entasser dans des métros et des trains bondés aux heures de pointe. Pierrat adorait la science-fiction – genre que son ex-épouse, qui collectionnait les prix littéraires comme d'autres les timbres-poste, considérait avec mépris –, et il se souvenait d'avoir lu il y a très longtemps un roman de Philip K. Dick, *Loterie solaire*, dans lequel le destin de chacun était régi par un genre d'algorithme aléatoire grâce auquel celui qui tirait le bon numéro pouvait finir par gouverner le monde. C'était à ses yeux une des peintures de l'existence les plus justes qu'il ait jamais rencontrées.

— Le téléphone à carte prépayée, dit-il en tendant la main.

Son voisin le lui passa. Pierrat consulta le numéro qu'il avait noté sur un papier, le composa. Il tomba sur un répondeur. Merde. Il attendit le bip et laissa son message :

— Schrenkel ? C'est Andreas… Verhagen, ajouta-t-il. Il faut qu'on parle, c'est important. Rappelle-moi. *Dans ton intérêt…*

Il coupa la communication. C'était un sacré pari. Il n'était même pas sûr que Schrenkel et Verhagen fussent proches à ce point. Et s'ils se connaissaient, Pierrat ne savait pas quelle était la nature de leur relation. Ni si l'acteur avait quelque chose à perdre à ne pas répondre. Mais il avait senti, en observant Schrenkel et en écoutant Servaz lui rapporter leur échange, que l'acteur n'avait pas exactement tout dit, qu'il avait peut-être des choses à cacher.

— Qu'est-ce que tu fous ? demanda son adjoint, celui qui s'appelait Dino.

— Tu vois pas ? répondit-il.

Il fixait les nuages qui glissaient dans le ciel, équivalent gratuit d'un jardin zen ou d'une séance de reiki, quand son téléphone sonna. *Le numéro de Schrenkel…*

— Ouais, dit-il calmement dans l'appareil.

— Qu'est-ce que tu veux ? demanda Ezra Schrenkel au bout du fil.

Bon sang, ça avait marché ! Le flic déglutit, conscient qu'il devait en dire le moins possible pour ne pas se trahir mais suffisamment pour appâter l'acteur. Il marchait sur un fil.

— Il faut qu'on parle…

Un soupir à l'autre bout.

— De quoi ?

— Tu le sais bien… de ce qui s'est passé.

— Je n'ai rien à voir avec…

— Écoute-moi bien, connard, l'interrompit Pierrat d'une voix mauvaise, je suis dans la merde à cause de vous ! Alors, t'as pas le choix : ou tu te pointes ou je balance tout ce que je sais sur toi à la presse.

Un temps.

— Où ?

Pierrat leva un poing serré en signe de triomphe, tout en jetant un coup d'œil à son équipier. C'était maintenant le moment le plus délicat.

— Tu sais très bien où me trouver, répondit-il.

Nouveau silence. Trop long.

— OK, dit finalement Ezra Schrenkel, et il raccrocha.

— Putain de bordel de merde ! s'exclama Pierrat en tambourinant sur le tableau de bord. Putain de bordel de merde !

Le portail noir surmonté de pointes s'ouvrit lentement, et une Porsche jaillit du jardin dans l'avenue du Parc.

— C'est parti, commenta Dino en mettant le contact.

— Va doucement. Qu'on se retrouve pas collés derrière son pare-chocs à la sortie de la résidence. Il m'a vu sur cette falaise à Étretat : il pourrait me détroncher.

Dino prit tout son temps ; ils ne risquaient pas de perdre la Porsche dans les allées de Montretout. Ils parvinrent à la sortie de la résidence au moment précis où Schrenkel s'élançait vers la rue Dailly, qui descend en lacet vers la Seine, entre des immeubles neufs et anciens. Ils dévalèrent la colline à sa suite jusqu'à l'échangeur du pont de Saint-Cloud, traversèrent le fleuve en direction de Paris cette fois, avant de virer à droite pour longer ses rives côté Boulogne, passant devant le club nautique, l'école de plongée, puis sous le pont de Sèvres. Apparut derrière le rideau d'arbres la bulle étincelante de La Seine Musicale, la salle de spectacle posée à la pointe de l'île Seguin. Quai du Point-du-Jour ensuite, voie Georges-Pompidou, pont du Garigliano : ils remontaient vers le cœur de la capitale.

— On va à Paris, constata Dino.

— Non, sans blague ? ironisa Pierrat.

Il sentait cette bonne vieille adrénaline lui courir dans les veines. Trocadéro. Musée d'Art moderne. Cours Albert-Ier. Quai des Tuileries. Ils passaient tout le Paris des touristes en revue, à travers le battement rapide des essuie-glaces. Juste après l'Hôtel de Ville, Schrenkel quitta brusquement les rives de la Seine, obliquant à gauche dans l'étroite rue de Lobau, en direction de la rue de Rivoli et du Marais.

— Le fils de pute, je le crois pas, lâcha Pierrat.

Ils regardèrent Ezra entrer dans le Cabaret Rouge, vêtu d'un pantalon en cuir noir et d'un manteau de fourrure fauve malgré la chaleur.

Pierrat fit la grimace.

— Merde ! Il y a sûrement des sorties de secours. Si Valek est là-dedans, il a la possibilité de filer par-derrière. Dans moins de cinq minutes, Ezra aura pigé qu'il s'est fait avoir et Valek qu'on est là : on n'a pas le temps d'attendre les renforts.

— Qu'est-ce qu'on fait ? demanda Dino, qui n'avait pas compris si cette tirade signifiait qu'il n'y avait rien à faire ou au contraire qu'il fallait agir.

— À ton avis, dugland ? On fonce ! lança Pierrat en sortant son arme et en faisant monter une cartouche dans la chambre. On a encore pour nous l'effet de surprise…

Il claqua la portière, traversa au triple galop la rue des Archives, franchit en trombe la porte du Cabaret Rouge et fit irruption l'arme au poing dans la grotte de velours incarnat. Personne derrière le comptoir.

Mais une caméra de surveillance placée dans un angle du plafond. Il écarta le rideau de la salle de spectacle ; la scène était éteinte, les chaises retournées sur les tables. Se rua en direction de la petite porte dérobée donnant sur le couloir étroit et sombre qui menait au bureau d'Arkhane. Personne à l'horizon. Mais les secondes s'égrenaient. Si quelqu'un les avait vus sur les écrans, ce devait être la débandade. À moins que Valek ne les attendît l'arme à la main.

Pierrat avait l'impression que son sang était en ébullition. Il connaissait par cœur ce shoot puissant, cette drogue très pure, ce crépitement pareil à des bulles de champagne dans son sang. Il avait l'impression que quelqu'un avait rallumé des zones cérébrales jusque-là en sommeil.

Où était Ezra ? Où était Valek ? Où était Arkhane ?

Son cerveau tournait comme une centrifugeuse. Il poussa la porte du bureau, bondit à l'intérieur. Arkhane était assis derrière sa table de travail, au milieu de ses photos encadrées, de ses crânes, de la multitude d'objets étranges sous le ciel étoilé du plafond. Il fit mine de lever vers eux un regard surpris, mais c'était un très mauvais acteur. Pierrat balaya les coins du canon de son arme.

— Où ils sont ? beugla-t-il.

— De qui tu parles ? C'est quoi, cette arme ?

— Ne me prends pas pour un con ! Où est Valek ? Tu imagines ce qu'ils vont te faire en taule avec ta gueule !

Arkhane parut peser le pour et le contre, ses yeux rouges posés sur Pierrat trahirent même une certaine inquiétude. Ses tatouages dessinaient comme un masque arachnéen sur son visage dans la petite pièce faiblement éclairée. Soudain, Pierrat perçut un bruit. Ça venait de l'extérieur. Il bouscula Dino, ressortit dans l'étroit couloir. Il y avait une seconde porte dans le fond.

— Reste avec lui !

Il s'élança. L'atteignit. L'ouvrit à la volée. S'écarta au dernier moment. Des loges… Désertes à cette heure. De grosses ampoules blanches disposées autour de miroirs, éclairant des fauteuils vides, des boas en plumes et des tissus bariolés sur des portemanteaux, des pots de pinceaux, des nécessaires à maquillage. Pas âme qui vive. Mais Pierrat vit une nouvelle porte se refermer à l'autre bout de la galerie. Il traça, manquant de renverser un ou deux fauteuils, franchit l'obstacle à tout berzingue. Derrière, un couloir encore plus étroit partait à angle droit des loges, s'enfonçant tel un boyau dans les entrailles de l'immeuble. Murs noirs et plafond fait de pavés de verre qui l'éclairaient d'une clarté grise. Pierrat sentit ses muscles se durcir, sa tension grimper en flèche.

La dernière porte, métallique, était une sortie de secours qu'on ouvrait à l'aide d'une barre horizontale. Pierrat se précipita, émergea dans la rue. Ezra Schrenkel se tenait devant lui, sur le trottoir, agitant les mains, l'air affolé.

— J'ai rien fait ! C'est lui qui m'a menacé ! J'ai rien fait !

Il sanglotait presque. Le flic parisien tourna la tête, son regard balayant la rue. Là-bas ! Valek courait, sa longue cape déployée derrière lui comme dans un film de série Z. Le flic écarta l'acteur sans ménagement, l'envoyant valdinguer sur le capot d'un SUV – il s'occuperait de son cas plus tard –, et se lança à la poursuite de l'autre. Rue Sainte-Croix-de-la-Bretonnerie. Il y avait toujours autant de monde dans le quartier. Pierrat comme Valek sprintaient en zigzaguant dans le flot des piétons. Le flic vit le fuyard changer subitement de trottoir au milieu de la circulation, déclenchant quelques coups de klaxon fébriles. Il allait l'imiter quand un autobus lui barra le passage. Pierrat attendit. Son sang se ruait dans ses veines. Il allait le perdre. Le bus s'écarta. À temps pour que le flic vît Valek bifurquer dans la venelle menant au charmant petit square plein de terrasses qui s'appelle Sainte-Croix-de-la-Bretonnerie lui aussi. Ici, on ne parlait pas de cafés, de restaurants et de boutiques, mais de bistronomie, de *fooding* et de *concept stores*.

Pierrat s'élança. Un hurlement de gomme sur le bitume à sa gauche, un coup de frein désespéré. Heureusement pour lui, le Marais était au bord de l'asphyxie et les voitures ne dépassaient pas les 20 kilomètres/heure. Il eut tout juste le temps d'esquiver d'un bond le pare-chocs de la Lexus, se retrouva assis sur le capot ruisselant, entrevit les yeux écarquillés du chauffeur et de sa passagère. Il s'éjecta et reprit sa course folle, accéléra. Il donnait des cours de boxe aux gamins de son quartier, il tenait la forme. Mètre par mètre, Pierrat gagnait du terrain.

Arrivé à hauteur du square, Valek commit l'erreur de s'engager à droite, dans un étroit passage piétonnier encombré de tables, de chaises et de parasols. Pierrat connaissait l'endroit. Un cul-de-sac. Valek était fait comme un rat. Le fuyard s'en rendit compte trop tard. Pierrat le vit tourner sur lui-même, hésiter à entrer dans une épicerie italienne. Le flic retint son souffle. Si Valek y pénétrait et sortait une arme au milieu des clients, il ne pourrait rien faire à part attendre le RAID, et on lui reprocherait d'avoir foulé aux pieds la procédure. Il vit Valek faire un pas vers le magasin. *Putain, ne fais pas ça.* Un pas de plus… Et si ce fumier prenait des otages ?

Pierrat entendit trop tard la cavalcade légère qui approchait dans son dos. Le gosse le dépassa en courant et s'engouffra dans l'impasse, entre les tables, cartable sur le dos. Sans doute habitait-il là et rentrait-il de l'école. Pierrat le vit foncer, insouciant, en direction de Valek, galopant sur ses petites jambes. Valek le vit aussi. Son regard devint celui d'un serpent qui a aperçu une souris. *Merde*... Pierrat sut ce que Valek allait faire à la seconde même où il posa les yeux sur le môme, mais ce dernier était dans l'axe de tir. Trop risqué.

Pierrat fut parcouru par une décharge électrique. Tout se déroula si vite qu'il eut à peine le temps de crier : « NON ! » Valek se contenta de tendre le bras au passage du garçon, un geste presque élégant, nonchalant, de le saisir et de le tirer à lui. Le gamin eut l'air surpris, puis carrément furax. L'instant d'après, il se débattait contre Valek, mais ce dernier le maintenait fermement contre lui. Pierrat lisait la colère sur le visage du môme. Il n'avait pas peur. Le flic parisien en revanche était mort de trouille. Car la grise lumière du jour se reflétait sur le canon du Glock que Valek pointait sur la tête du garçon.

— Fais pas le con, Verhagen, lâcha Pierrat d'une voix sans timbre, le dos instantanément inondé de sueur. Déconne pas... C'est qu'un gosse...

Valek tourna vers lui un regard vacant. Puis ses yeux balayèrent l'espace. Il cherchait une issue.

— Tu vas faire quoi ? insista Pierrat. Buter le gamin ? Buter tout le monde ?

Autour de lui, les clients évacuaient les terrasses et s'empressaient de déguerpir en poussant des piaillements de moineaux affolés – à part un qui avait sorti son smartphone et qui filmait l'intervention, anticipant la mort du flic, celle du voyou ou celle de l'otage.

— Laisse-moi partir, poulet, dit Valek d'une voix trop haut perchée. Laisse-moi partir et je lui laisse la vie sauve.

— Compte pas là-dessus.

— Si tu essaies de m'arrêter, ça va être un carnage, insista Valek en montrant le gosse. Tu es sûr que tu pourras assumer ça pour le restant de tes jours ?

Un fourmillement nerveux parcourut la nuque de Pierrat.

— Déconne pas, répéta-t-il. Tu sais ce que ça coûte de s'en prendre à un môme… Et toi, Stanley Kubrick de mes deux, tu dégages, dit-il au vidéaste amateur, qui ne demanda pas son reste.

— On fait quoi alors ? demanda Valek.

— Tu te rends. Il est encore temps… Et on oublie le môme.

Tu l'as pas pris en otage, j'ai rien vu.

Valek eut un petit rire amer.

— Prends-moi pour un con… Y a cet abruti qui a tout filmé avec son téléphone. Suis sûr que c'est déjà sur les réseaux sociaux. Et y a des dizaines de témoins. Et je vais pas retourner en taule, mec. Pas question.

— Oh que si, tu vas y retourner, dit une voix derrière Valek, qui sentit le métal froid d'une arme se poser sur sa tempe.

Au même instant, le gosse mordit la main de Valek, qui poussa un cri, et il se libéra. Pierrat vit le gamin détaler à toutes jambes. Il sourit.

— T'as merdé, Valek, dit-il en tenant Verhagen en joue. Vache de môme, hein ?… Bien joué, Dino. Par où t'es passé ? C'est une impasse.

— Par l'épicerie, elle a plusieurs entrées, répondit Dino en prenant l'arme de Valek. Allonge-toi par terre, raclure.

— C'est bon, lança le beau brun. C'est bon. Rangez vos *guns*.

Ils n'en firent rien.

— C'est pas moi qui ai buté ton collègue, répéta Valek quand Pierrat le poussa, menotté, à l'intérieur du fourgon de police.

— Ta gueule.

— C'est pas moi, putain !

— Tu vas en prendre pour perpète, cracha Pierrat, la rage au ventre, en suivant des yeux Ezra Schrenkel et Arkhane qu'on conduisait vers un autre fourgon, un peu plus loin. Buter un flic : tu sortiras pas avant vingt ans !

Il contempla la petite foule des badauds qui avaient dégainé leurs téléphones pour filmer l'acteur que les flics faisaient monter, menottes aux poignets, dans le second fourgon en compagnie d'Arkhane – c'est-à-dire, pour les curieux, en compagnie d'un grand type très maigre et très étrange qui ressemblait à un extra-terrestre. La scène était illuminée par les gyrophares en rotation. Un sacré scoop pour le journal télévisé, se dit Pierrat. Peu intéressé de son côté par le spectacle, Valek plongea son regard dans celui du flic, l'air aux abois.

— Vous voulez vraiment savoir qui est derrière tout ça ? Je vais tout vous dire ! Je suis qu'un fusible, merde ! Il y a des gens beaucoup plus importants que moi derrière tout ça ! Je vous balancerai leurs noms mais, putain, c'est pas moi qui ai buté votre collègue, je le jure !

68

« *Salut, Zorn...* »

Servaz fixait le visage de Matthias Laugier sur l'écran. Des traits ravagés par la maladie. Un teint crayeux qui contrastait avec les ombres noires sous ses yeux, lesquels brillaient d'une fureur démente.

« Je vais crever, Zorn… L'enfer m'attend… Et ce n'est pas ce prêtre qui est venu me voir qui pourra y changer quoi que ce soit. Si tu me regardes, tu sais de qui je parle. Parce que ça veut dire qu'il t'a remis l'enveloppe… »

Servaz lança un coup d'œil à Samira, qui le lui rendit.

« Cancer de l'amiante. Il y en avait partout à l'époque, tu te souviens ? (Laugier marqua une pause, paupières baissées, cils frémissants, comme s'il se concentrait, avant de river de nouveau son regard féroce à l'objectif.) Mais toi aussi tu es promis à l'enfer, Zorn. Toi et les autres… Car, avant de mourir, je vais tout raconter. Je parie que tu ne t'es jamais repenti. Que tu as continué. Vous irez tous en enfer, je vous y attendrai. À bientôt, Zorn… »

Laugier fixa la caméra une dernière fois et l'image s'arrêta.

Fondu au noir.

Silence.

— Ce n'est pas fini, les avertit le gendarme.

Il manipula le gros bouton rond pour passer en avance rapide. Rien d'autre que du noir sur l'écran. Puis, soudain, une autre image. Une jeune femme assise sur une chaise au centre d'une pièce brillamment éclairée. Face à elle, quatre personnes filmées de dos, alignées derrière une table.

Une audition. Un casting.

La caméra zooma sur le visage de la jeune femme. Servaz ne lui donnait pas plus de dix-huit ans.

UNE VOIX : C'est bon, on enregistre ?

UNE DEUXIÈME VOIX : Ça tourne.

LA PREMIÈRE VOIX : Vous vous appelez comment ? Votre prénom suffira pour l'instant.

LA JEUNE FEMME : Mia.

LA PREMIÈRE VOIX : Enchanté, Mia. Vous avez appris votre texte ?

LA JEUNE FEMME : Oui. Je suis prête.

LA VOIX : Très bien. Vous avez compris de quoi ça parle ?

LA JEUNE FEMME : Oui. Il s'agit d'une jeune femme possédée qui fait une crise…

LA VOIX : Oui. C'est le moment précis où le démon prend possession d'elle. Elle veut l'empêcher d'entrer, mais en même temps quelque chose en elle *a envie qu'il entre*.

Servaz considéra le gendarme :

— C'est une audition. Quel rapport avec ce qu'on a vu avant ?

— Attendez, dit l'officier de gendarmerie.

Ils se tournèrent vers l'écran.

LA VOIX : Vous comprenez, Mia ? Elle souffre, elle a mal, mais elle ressent aussi du désir, du plaisir, une extase de plus en plus forte. Au fur et à mesure, elle entre en transe, elle ressent quelque chose qu'elle n'a jamais ressenti avant cette nuit. Vous saisissez ?

LA JEUNE FEMME : Je crois…

LA DEUXIÈME VOIX : Pour vous mettre à l'aise, pour vous permettre d'oublier notre présence, d'habiter le texte, nous allons éteindre toutes les lumières, Mia. La caméra qui est là est équipée d'une vision infrarouge, vous serez donc filmée et nous, de notre côté, nous allons nous concentrer sur votre voix, votre respiration, vos intonations. Vous êtes prête ?

LA JEUNE FEMME : Oui…

Le reste de la scène était en effet filmé en infrarouge. Un lugubre théâtre de lueurs et de ténèbres où la jeune femme jouait les possédées avec une conviction que la couleur écarlate dominante et les ombres très noires rendaient encore plus inquiétante. Quand elle eut terminé, les lumières furent rallumées. La jeune actrice avait l'air épuisée. Hagarde, les pupilles dilatées. La sueur collait ses cheveux à son front.

Tout à coup, un visage surgit dans le coin supérieur droit de l'écran, les faisant presque sursauter. Une face rigolarde filmée en gros plan, tournant le dos à la jeune femme dans le fond. Un sourire la fendait comme une blessure : une expression d'un cynisme absolu, où se mêlaient malveillance, rouerie, malice et cruauté : « Comment vous la trouvez ? N'est-elle pas phénoménale ? Elle fera l'affaire, qu'est-ce que vous en pensez ? »

Valek…

— C'était quoi, ça ? dit samira quand le gendarme eut rallumé la lumière dans le petit bureau sans fenêtre.

— Ce type, là, le dernier qui apparaît, celui qui dit « elle fera l'affaire », c'est Andreas Verhagen, alias Valek, déclara Servaz. Il fait partie de ceux qui ont… tué Vincent.

Sa voix s'était ébréchée sur ces derniers mots.

— Merde, souffla Samira, estomaquée.

— Apparemment, le prêtre n'a pas été jusque-là, ajouta-t-il. Il a dû croire que la vidéo se terminait au moment du fondu au noir.

— L'un des deux hommes qui parlent à la jeune actrice, c'est Kenneth Zorn, le producteur qui s'est suicidé, précisa le gendarme, celui à qui le père Eyenga a remis cette même vidéo. La jeune femme auditionnée, le deuxième homme et la femme qui sont de dos n'ont pas encore été identifiés.

— Je sais qui est la femme de dos, annonça Servaz.

69

— Qu'est-ce qu'a voulu dire ce… Valek avec son « elle fera l'affaire » ? demanda Samira.

Servaz eut une infime hésitation.

Son cœur tapait dans sa poitrine. *Ils étaient tout près.* Il allait émettre une hypothèse quand son téléphone vibra. C'était Gadebois. Il écouta ce que son adjoint avait à lui dire. Samira vit son expression changer. Elle l'entendit répondre : « On arrive. »

— Jonas Résimont a été arrêté, dit-il après avoir mis fin à la communication.

— Quoi ?

— Une bagarre au couteau entre deux sans-abri pour une histoire de tente sur le bord du canal, d'après Gadebois. Les gardiens de la paix sont intervenus. Les types ont été mis en garde à vue et leurs empreintes ont parlé. Résimont dormait sous une tente à moins de cinq cents mètres du commissariat ! Changement de programme : on rentre au bercail.

Jonas Résimont n'avait l'air ni suffisamment doué pour jouer les passe-murailles ni de quelqu'un capable de massacrer son voisin en l'attachant sur un lit de contention avant de le taillader et de lui fourrer des abeilles dans la bouche. L'homme, blond, pâle, était penché en avant. Il triturait ses mains noueuses entre ses genoux, le regard éteint, l'air résigné. Quelqu'un qui a passé sa vie à se laisser ballotter par les événements, pensa Servaz. Ils l'avaient forcé à prendre une douche, mais ses vêtements gardaient l'odeur de son séjour dans la rue.

— Jonas, je ne crois pas que tu aies tué Stan Du Welz, attaqua-t-il d'entrée.

— Commandant, vous n'avez pas à tutoyer mon client, intervint l'avocat commis d'office assis à côté de Résimont. Et j'exige qu'une expertise psychiatrique soit effectuée toutes affaires cessantes.

— Maître, soupira Servaz, vous avez eu votre heure. Et votre client a été examiné par un médecin, qui a estimé son état compatible avec la garde à vue.

Il se tourna vers Résimont.

— C'est pas moi, bégaya celui-ci, j'aimais beaucoup Stan. Il était chouette…

— C'est qui alors ? demanda Samira avec une douceur inhabituelle.

— Je peux pas le dire.

— Pourquoi ?

— Ça non plus je peux pas le dire.

Servaz regarda par la fenêtre. L'orage était de retour. Dans le ciel noir, les éclairs éclataient telles des surcharges électriques, mais il ne pleuvait pas. On avait le sentiment d'un moment suspendu, d'une attente. Derrière son bureau encombré de paperasse, il observa Résimont. Jonas avait peur. De qui ? De quoi ?

— On lui a apporté du café, de l'eau ? Jonas, tu veux boire quelque chose ?

— Je veux bien un caramel macchiato.
— On n'a pas ça ici, Jonas.
— Alors un verre d'eau.
— Moi aussi, dit l'avocat.
Samira se leva.
— Jonas, rien de ce qui se dit ici ne sortira de cette pièce. Personne ne saura ce que tu nous as dit. Personne…
— Oh si, elle le saura…
— *Elle* ?
Il vit Résimont devenir tout rouge.
— Elle t'a menacé, c'est ça ?
Jonas hocha la tête.
— Elle a dit quoi ?
— Qu'elle reviendrait pour me tuer si un jour je parlais à la police…
— Et tu l'as crue ?
Il lut une hésitation dans les yeux du blond.
— Ça s'est passé quand ? Ça, tu peux me le dire.
— Je peux pas vous parler, s'obstina Jonas.
— Ce sera notre secret…
Jonas lorgna l'avocat à côté de lui avec défiance.
— Maître…, dit Servaz.
— Je ne bougerai pas d'ici, rétorqua l'avocat.
— Maître, s'il vous plaît… Deux minutes…
Le baveux soupira, se leva.
— Ce sera notre secret, hein, Jonas ? répéta Servaz. Vous étiez où quand elle t'a menacé ?
— À Cam.
Servaz supposa qu'il parlait de Camelot.
— Raconte-moi.
Il vit Résimont hésiter. Il contemplait ses mains serrées entre ses genoux. Servaz attendit, les nerfs à vif. C'était le moment où Jonas pouvait s'ouvrir

ou au contraire se fermer définitivement. Les yeux de Résimont roulèrent dans leurs orbites.

— Elle est venue me voir et elle m'a dit que je devais m'enfuir ou je serais accusé d'un crime terrible. Elle a dit qu'elle allait m'aider à sortir, mais que si je restais elle me tuerait. J'ai eu très peur… Elle me terrifiait… Pourtant, elle était pas bien grande… et si jeune… Vous n'avez pas idée de ce dont elle est capable, oh non ! Elle est folle, vous savez ? (Il mit un doigt contre sa tempe.) Complètement dingo.

Samira était revenue, elle avait posé tout doucement le verre d'eau devant Jonas.

Elle adressa à Servaz un regard qui disait : « On pense à la même personne ? » Servaz poussa lentement un cliché vers Résimont.

— C'est elle ?

Jonas hocha la tête affirmativement. *Judith…*

— Oui. Mais elle n'était pas habillée comme ça.

— Elle était habillée comment ?

— Tout en blanc. Vous savez, comme les infirmières de Cam.

Servaz hésita sur la direction à prendre.

— Comment tu as fait pour t'enfuir ?

— C'est elle qui m'a fait sortir.

— La nuit où elle est venue te voir, c'est ça ? Il était quelle heure ?

Servaz pensa à la fausse infirmière passant devant la caméra de surveillance après la visite du Dr Rollin et celle de la première soignante. Jonas secoua la tête en signe de dénégation.

— Non, non… Pas la nuit. Il faisait jour.

— Hein ? Comment ça ?

— Elle est venue en plein jour, pendant que Stan était en promenade. Elle m'a menacé. Ensuite elle m'a accompagné tranquillement jusqu'à la sortie, m'a mis dans un bus. Comme ça. Devant tout le monde. *Pschuitt.*

Bon sang ! songea Servaz. Il se leva. Samira l'imita. L'avocat les regarda passer devant lui, désarçonné.

— Vous pouvez le rejoindre, maître, lui lança Servaz. Merci !

Ils filèrent dans le bureau de Samira.

— La fausse infirmière, dit-il. C'était Judith. C'est elle qui l'a fait s'évader !

— Mais les images la montrent de nuit, objecta Samira. Et Jonas vient de dire que c'était en plein jour…

— Tu ne comprends pas ? Elle est venue une première fois en plein jour pour sortir Jonas de l'hôpital et une deuxième fois à la nuit tombée pour torturer Stan Du Welz. Elle voulait être tranquille. Et nous lancer sur une fausse piste. Elle a dû entrer dans l'hôpital à plusieurs reprises pour observer les allées et venues. Elle a compris que nous ne visionnerions pas les enregistrements avant la visite du Dr Rollin puisque celui-ci avait vu Stan Du Welz vivant. Après tout, nous n'avions aucune raison de le faire.

— Mais la première infirmière aurait dû noter l'absence de Résimont, objecta Samira, perplexe. Tout comme le psy.

Servaz réfléchit. Samira avait raison. À moins que…

— Rollin a dit que Résimont dormait. Peut-être n'a-t-il fait que jeter un coup d'œil à travers le hublot et n'y avait-il sous les couvertures que quelques oreillers évoquant une forme humaine. Qui aura aussi trompé l'infirmière. Il faudra leur demander ce qu'ils ont vu exactement ce soir-là.

— Elle devait bien se douter qu'on finirait par retrouver Résimont et qu'il dirait ce qu'il avait vu…

— Et après ? Une *fausse infirmière* ? Ça pouvait être n'importe qui… Quelle était la probabilité qu'on fasse le lien avec elle ? Une étudiante en cinéma qui n'avait jamais rencontré Stan Du Welz avant ça. La vidéo de la caméra de surveillance, dit-il. Vite !

— Oui, oui, fit Samira en s'asseyant devant son ordinateur et en fouillant dans ses fichiers.

Elle mit quelques secondes à trouver la vidéo, en lança la lecture.

— Avance rapide, dit-il.

Le Dr Rollin et la première infirmière se succédèrent à l'écran. La seconde infirmière apparut à son tour. Samira figea l'image, revint en arrière, repassa en lecture normale. Ils la virent entrer dans le champ. Samira fit de nouveau un arrêt sur image, puis avança image par image jusqu'à en avoir une nette. Après quoi elle zooma. Pas le moindre doute : *bien qu'elle baissât le visage et portât des lunettes aux verres teintés, c'était bien Judith Tallandier…*

Il se redressa.

— Appelle le juge ! Et trouvez-moi où elle habite, si elle a une piaule en ville ou une adresse ailleurs !

— C'était quand même drôlement risqué, dit Samira en attrapant son téléphone. Ils auraient pu découvrir que Résimont avait disparu avant qu'elle ne revienne s'occuper de Stan Du Welz.

— On entre dans les grands établissements de ce genre comme dans un moulin, dit-il. D'après Rollin, il y a 1 200 agents à Camelot, qui ont la charge de 13 000 patients. Un cas de figure pas si rare dans les grandes villes. Elle était sûrement planquée quelque part, déguisée en infirmière, à surveiller tout le monde et à attendre son heure, avec ses abeilles en poche. Elle savait, quand elle est entrée dans le pavillon pour la seconde fois, que ni l'infirmière ni le psy n'avaient remarqué l'absence de Jonas. Sans quoi ils auraient donné l'alerte. Elle était tranquille pour la nuit... Elle est convaincue que Delacroix a tué sa mère. Elle souffre de ce truc dont a parlé son psychiatre : l'apophénie. Elle a torturé Stan Du Welz pour obtenir des infos, on en a la preuve maintenant. Parce qu'elle le croyait complice, ou au moins au courant, de ce qui s'était passé. Elle a sans doute torturé et tué Florent Cuvelier, le preneur de son, pour les mêmes raisons. Pourquoi eux ? Peut-être parce qu'ils vivaient dans la région, qu'ils étaient donc plus faciles à atteindre. C'est sans doute pour ça qu'elle a commencé par eux...

Pierrat appela une demi-heure plus tard. Valek avait été appréhendé, il était immédiatement passé à table, accusant ses complices du meurtre de Vincent. Pierrat en avait profité pour le cuisiner « à chaud ». En écoutant le flic parisien lui détailler la confession de Valek, Servaz pensa au casting de la jeune actrice débutante, à la fin duquel Vergharen apparaissait, aux autres personnes présentes. *À celle qu'il avait reconnue et à ce qu'avait dit Schrenkel*... Il venait à peine de mettre fin à la communication quand Samira fit irruption dans son bureau :

— On a un problème. Judith loue bien un studio en ville. Mais son psychiatre vient d'appeler : il l'a eue au téléphone en fin de matinée, elle voulait lui parler de sa prétendue agression par Delacroix. Il lui a dit qu'en effet ils devaient parler, qu'il avait reçu la visite de la police à ce sujet. Selon lui, elle a eu l'air très surprise et elle lui a fait répéter deux fois qu'il s'agissait bien de la police et non des gendarmes. Et Roussier et Gadebois viennent d'interroger ses voisins, des étudiants comme elle, qui ont un boulot l'été : ils l'ont vue charger des affaires dans sa Lancia il y a environ une heure…

— Merde ! hurla Servaz. Fais circuler le mandat d'arrêt dans tous les commissariats et toutes les gendarmeries de la région ! Et ramenez Résimont dans l'aquarium. On verra ce qu'on fait de lui… J'ai besoin de fumer une cigarette. Après, on n'aura plus qu'à aller appréhender celle qui est derrière tout ça.

— Judith ? Mais je viens de te dire que…

— Non, l'autre.

Samira le regarda sans comprendre.

— Quelle autre ? C'est Judith qui a tué Stan Du Welz : on en a la preuve maintenant.

— Et aussi, selon toute évidence, Florent Cuvelier, ajouta-t-il. Mais je ne crois pas qu'elle ait tué Matthias Laugier…

— Ah bon ? Qui d'autre alors ?

— Une autre femme… Déguisée sans doute elle aussi en infirmière cette nuit-là. Curieux parallèle, non ?

Il repensa à ce que lui avait dit Ezra Schrenkel à Étretat. Que des choses se passaient en marge des films de Delacroix, qu'on avait proposé à l'acteur de participer et qu'il avait eu la faiblesse d'accepter. Qu'il avait été horrifié par ce qu'il avait vu. *Delacroix n'était pas présent.* En revanche, l'acteur connaissait bien certains des participants. Servaz sortit de la pièce et se dirigea vers l'ascenseur.

Dehors, il aspira une bouffée de l'air électrique, alluma une cigarette. Le vent le dépeigna. Ça sentait l'ozone, la foudre. Mais il ne pleuvait pas. Il pensa à Vincent et son cœur se brisa une fois de plus, à Léa qui rentrait au pays mais qui n'avait plus donné signe de vie depuis leur dernier échange, à leur fils mort qu'elle avait porté. Il pensa à Delacroix, à Judith, à ce qu'Ezra et Valek avaient dit. Aux stratagèmes qu'on déploie pour se mentir à soi-même et pour mentir aux autres. Pour se convaincre qu'on est quelqu'un de bien et que ce sont les autres, les salauds. Pour trouver un semblant de logique et d'ordre dans un monde qui n'en a pas. Il pensa aux prédateurs qui rôdent et qui portent des masques : ceux de l'art, de la culture, de la création.

Il pensa à la mort.

70

Dès qu'elle les vit au loin, à hauteur du péage, elle comprit. Comprit qu'ils faisaient tous partie de la même machination. Ça allait encore plus loin qu'elle ne l'avait pensé. Visiblement, le cinéaste avait des complicités jusque dans les plus hauts échelons de l'État.

Car ces véhicules avec le mot « DOUANES » sérigraphié sur la carrosserie n'étaient pas là par hasard : *ils étaient là pour elle*.

Péage de Lestelle-Saint-Martory, sur l'A64. L'autoroute qu'on appelait « la Pyrénéenne », celle qui reliait Toulouse à l'océan Atlantique. Elle avait compris, en parlant avec le psychiatre au téléphone, qu'elle était démasquée. À son ton, à cette histoire de police. Si la police s'en mêlait, cela ne pouvait être à cause de ses accusations contre Delacroix, qui étaient du ressort de la gendarmerie. Comment avaient-ils fait pour remonter jusqu'à elle ? Elle avait filé sans demander son reste. Elle avait l'intention de passer en Espagne, se disant que les tentacules de la pieuvre Delacroix ne s'étendraient pas jusque-là. Mais l'hydre ne lui avait pas laissé le loisir d'atteindre la frontière.

Elle ralentit, cherchant une issue.

Il n'y en avait aucune. Elle était sur une autoroute, elle ne pouvait pas faire demi-tour. Elle l'avait dans l'os. Non : elle devait franchir ce péage coûte que coûte. Elle était à moins de cinquante kilomètres de la frontière. Une fois de l'autre côté de cette barrière, il lui faudrait une demi-heure pour gagner l'Espagne.

Elle avança au ralenti derrière les autres véhicules. Une douanière en uniforme se penchait sur la portière du conducteur qui la précédait, lui prenait ses papiers par la vitre entrouverte, les contrôlait. Deux autres douaniers se tenaient autour de la barrière. Et il y en avait encore au-delà. L'espace d'une seconde, elle envisagea de forcer le passage. Refus d'obtempérer, ça s'appelait. Il y en avait des dizaines chaque jour en France.

Combien de chances que tu échappes à leurs véhicules surpuissants avec ta Lancia Ypsilon et ses 200 000 kilomètres au compteur, à ton avis, ma belle ?

Aucune…

Fais profil bas, Jude... Reste naturelle, reste cool. Dis-en le moins possible. Tu es juste une étudiante qui rentre chez elle.

Elle appuya un peu trop sur l'accélérateur quand ce fut son tour d'avancer, fit une légère embardée.

Putain, Jude, qu'est-ce que tu fous ?

Elle s'arrêta à hauteur de la douanière, descendit sa vitre. Plissa les lèvres en un grand sourire maladroit dont elle comprit instantanément qu'il la faisait paraître louche.

— Bonjour, dit la douanière en la dévisageant par-dessus la vitre baissée.

Une blonde aux cheveux courts et aux yeux bleus qu'elle détesta immédiatement pour son petit air supérieur.

— Bonjour.

— Je peux voir vos papiers ?

— Bien sûr.

Elle se pencha vers la boîte à gants. Brusquement, sa main fut prise d'un tremblement. Elle essaya de le maîtriser. Rien à faire. Elle saisit son permis de conduire et sa carte grise, se tourna vers la femme, pria pour que celle-ci ne remarque pas sa main tremblante.

— Vous allez où ?

— Je rentre chez mes parents… Je suis étudiante, j'ai un job d'été, mais j'ai pris quelques jours pour voir mon père malade…

— Ils habitent où ?

— Saint-Gaudens.

Sa gorge était aride. Elle était sûre que sa voix trahissait son émotion. La femme hocha la tête. Son regard allait de son permis de conduire à Judith.

— Vous cherchez quoi ? finit-elle par dire sur le ton de la plaisanterie, pour meubler le silence. De la drogue ?

Bon Dieu, ferme-la, Jude !

Le mot aiguisa immédiatement l'intérêt de la douanière. Celle-ci braqua ses yeux d'un bleu de glace sur la conductrice. Nota sa pâleur, sa nervosité.

— Pourquoi vous demandez ça ? Vous en avez ?

— Hein ? Non, bien sûr que non ! Vous pouvez fouiller si vous voulez !

Elle eut l'impression qu'elle n'arrivait plus à contrôler son pouls. Son cœur battait si fort qu'elle crut que l'autre l'entendait.

— C'est ce que nous allons faire, répondit la douanière calmement. Veuillez vous garer là-bas, ajouta-t-elle en faisant signe à ses collègues.

Elle regardait fixement leurs uniformes. Ils portaient tous le même symbole : une espèce de cor de chasse surmonté d'une boule et d'une flamme. Qu'est-ce que ça signifiait ? Elle était sûre que ce symbole avait un sens caché. Elle entendait les messages échangés, le crépitement des radios. Ils parlaient d'elle. *À qui ?*

Ce n'était certainement pas un hasard s'ils s'étaient trouvés là, sur cette autoroute, à ce péage. Tout collait. Ils avaient reçu des ordres, évidemment. Morbus était un homme puissant. Un homme né le 6/6/1976. Encore un signe…

On ne me la fait pas, se dit-elle, *pas à moi…*

Elle était si douée pour découvrir des correspondances secrètes dissimulées sous la surface des choses, pour voir ce que les autres ne voyaient pas, et qui était pourtant là, sous leur nez. Il suffisait de savoir relier A à B, puis B à C, et ainsi de suite… Pourquoi les gens étaient-ils si naïfs, si crédules ? Il y avait pourtant des tas de forums et de sites sur Internet où la vérité apparaissait…

Tous ces complots dont était victime le peuple, tous ces crimes, toutes ces injustices, des gens en parlaient sur les réseaux sociaux et dans les livres.

De temps en temps, les douaniers l'observaient à travers le pare-brise. Ils savaient certainement qu'elle les avait percés à jour. Ils étaient au courant. Perdu pour perdu, elle décida de les fixer à son tour, un petit sourire provocateur aux lèvres, un petit sourire qui disait : *Je sais qui vous êtes et ce que vous faites, mais vous ne m'aurez pas avec vos manigances, je vous ai démasqués.*

— Judith Janssen vient d'être arrêtée au péage de Lestelle-Saint-Martory sur l'A64 par la brigade de surveillance intérieure des douanes de Frouzin, annonça Samira en entrant dans le bureau. Ce qui les a alertés, c'était sa nervosité. Ils ont alors consulté les mandats de recherche récents. Bon réflexe. On a eu de la chance pour une fois.

Oui, songea Servaz, pensif. Il était temps que la chance tourne.

71

Servaz conduisait. À travers la forêt. La route, étroite et sinueuse, était rendue glissante par l'humidité et les feuilles mortes de l'automne précédent. Ils avaient essuyé une grosse averse sur le trajet mais il ne pleuvait plus. À présent, les feuillages au-dessus de la route s'égouttaient sur le toit de la voiture avec des *floc* sonores.

L'atmosphère était lourde, chaude, poisseuse, et la montagne leur présentait ce soir-là ses teintes les plus sombres.

Dans cette région, il était rare qu'il ne plût pas, même en été. C'était un pays de pluie, de silence et de secrets. Un pays où les bouleversements du monde n'arrivaient qu'amortis, filtrés par des siècles de patience, et Servaz se dit qu'un jour peut-être il y trouverait refuge, comme Delacroix l'avait fait. Ils franchirent une voie ferrée désaffectée, au ballast envahi par les ronces, la mousse et les pousses d'acacia, qui creusait une tranchée dans la forêt, émergèrent des bois peu après.

— Là, dit Samira, la station-service…

Il se gara entre la supérette et les pompes. En descendant de voiture, il leva les yeux vers les nuages qui défilaient, accrochant leurs vapeurs aux sommets, tandis que la forêt dévalait les pentes telle une noire armée de spectres sous le ciel gris ardoise. L'air était chaud, un parfum de sous-bois et d'orage planait dans le crépuscule.

Toutes les lumières étaient allumées dans la supérette, qu'ils traversèrent sous l'œil méfiant de l'homme derrière sa caisse. Ils pénétrèrent dans les toilettes pour dames. Samira vit tout de suite le graffiti évoqué par Judith dans son journal.

JULIETTE, VILAINE PETITE CURIEUSE

Juliette, pas Judith... L'inscription s'adressait à une autre, mais Judith Janssen l'avait prise pour elle.

— Qu'est-ce que vous foutez là ? dit une voix derrière eux. C'est les toilettes pour dames ici, pas pour messieurs.

Servaz dégaina sa carte, et l'homme repartit en grognant quelque chose où il était question de police et d'abus de pouvoir. Ils reprirent la route et Servaz se dit que quand on cherche des signes partout on finit par en trouver. Chaque coïncidence vient renforcer notre conviction qu'il existe un sens secret, un message qui nous est destiné, que nous sommes seuls à voir, pendant que les autres sont aveugles.

Bien qu'il fût déjà venu, il faillit rater l'embranchement sur sa droite, dissimulé par le bouquet d'acacias et de noisetiers. Pas le moindre panneau de direction. Rien qu'une borne kilométrique blanche dans l'herbe haute. Laissant dans le fond de la vallée la départementale, ils se mirent à grimper à travers la forêt, que Servaz devinait profonde et mystérieuse dans la pénombre.

— Stop ! cria Samira, qui scrutait les abords de la route.

Il freina.

— Fais marche arrière, lui enjoignit-elle.

Il s'exécuta, redescendit la pente en reculant à vitesse réduite.

— Là, c'est bon, arrête-toi, merci.

Elle descendit de voiture, marcha vers les fûts verticaux des troncs dressés au bord de la chaussée, de l'autre côté du fossé. Il l'imita, laissant le moteur tourner.

Elle avait attrapé son téléphone et l'avait mis en mode torche pour mieux éclairer le tronc rugueux sillonné de stries profondes que la lueur des phares avait frappé un instant au sortir du virage.

†
JD

Le symbole était là : une croix – mais pas inversée comme Judith l'avait écrit dans son journal –, et c'étaient d'autres initiales que les siennes.

Encore une des innombrables ruses d'un cerveau atteint d'apophénie. Qui jouait avec des évidences trompeuses, construisait son propre récit. L'éclat spectral d'un éclair illumina la forêt pendant une fraction de seconde. Ils remontèrent en voiture.

La demeure de Delacroix apparut au bout du tunnel de végétation. Servaz eut l'impression que le ciel était devenu plus sombre, même s'il faisait encore jour. En sortant de la voiture, il se rendit compte à quel point l'air était anormalement lourd et humide. Il n'y avait pas le moindre souffle de vent pour agiter le lierre de la façade. Seulement des éclairs de chaleur silencieux. À la lueur de l'un d'entre eux, il vit la porte d'entrée grande ouverte. Ils appuyèrent sur la sonnette, entendirent son timbre résonner dans les profondeurs, mais personne ne vint. Il traversa le vestibule lambrissé de bois verni telle une chapelle, Samira sur les talons, s'engagea dans le couloir, s'immobilisa aussitôt.

Il y avait une forme noire là-bas, allongée sur le sol, à une douzaine de mètres environ, et il sentit ses nerfs se tendre d'un coup.

Il devina qu'à côté de lui Samira sortait son arme de son étui. Il ne put réprimer un frisson en marchant rapidement vers la silhouette. Il savait ce que c'était. L'un des chiens d'Artemisia. Le gros animal était couché sur le flanc, lequel ne se soulevait plus du tout. Mort. Des petits yeux éteints dans un faciès tout noir et un bout de langue rose qui émergeait d'un museau aplati. Il n'y avait pas de trace de sang ni de blessure. La bête avait dû être empoisonnée.

— C'est elle qui a fait ça, dit une voix lugubre, et Servaz leva les yeux.

Morbus Delacroix se tenait debout devant eux, dans le couloir, en robe de chambre. Il pleurait comme un enfant.

— Elle a tué ses chiens et elle ne va pas tarder à se tuer aussi. Elle ne voulait pas les laisser derrière elle. J'étais en train de regarder un film, je ne me suis rendu compte de rien… Elle savait que vous étiez en route… *Je ne sais pas comment elle a fait pour savoir ça.*

Servaz frissonna derechef. Delacroix était l'image même de la dévastation. Il était encore plus pâle que d'habitude, d'une lividité de cadavre, le bord des paupières rouge vif et les lèvres incolores.

— Il n'y a rien que vous puissiez faire, dit-il. C'est trop tard…

Puis il se retourna et se mit en marche lentement, comme pour les inviter à le suivre. Ce qu'ils firent. Servaz pensa à Vincent et la fureur lui obscurcit aussitôt le cerveau à la manière d'un jet d'encre ; il regarda Samira : ses pupilles noires étincelaient de rage.

Delacroix poussa une porte sur le côté et ils descendirent des marches. Cette partie de la maison avait dû être aménagée à une date récente, car l'escalier était en béton peint en blanc, les murs sentaient la peinture fraîche et le sous-sol luisant avait un aspect neuf. Ils suivirent un couloir brillamment éclairé, et Servaz flaira l'odeur chlorée qui flottait dans l'air, aperçut les reflets irisés dansant au plafond avant même de découvrir la piscine intérieure – un grand bassin bleu illuminé – derrière un mur de verre.

Servaz franchit la paroi vitrée à la suite de Delacroix, s'avança sur le bord de la piscine et stoppa net, pétrifié.

Il se dit qu'il n'oublierait jamais cette image, pas plus qu'il n'oublierait celle de Vincent dans la fosse à lisier. Au milieu du bassin, Artemisia Delacroix était assise sur un de ces fauteuils gonflables qu'il n'avait jamais vus ailleurs que dans des films. Un machin rose plein de boudins. Elle n'était pas en maillot de bain, mais drapée dans sa grande cape noire à capuche ouverte sur des sous-vêtements, noirs également. Ses jambes fuselées et ses pieds nus battaient la surface de l'eau en cadence, faisant naître des vaguelettes.

La salle était plongée dans la pénombre, les seules sources de lumière provenant de la piscine et du couloir. Elle éclairait le visage d'Artemisia par en dessous – et Servaz pensa à une scène de *Carrie au bal du diable*, un des rares films d'horreur qu'il ait vus dans sa vie.

Il resta un long moment paralysé, tétanisé, les yeux rivés à cette vision, à cette pure scène horrifique.

Car le visage d'Artemisia était couvert de sang, et pas seulement le visage : les épaules, les seins, le ventre, le corps entier, couvert de son sang qui, par les dizaines de petites coupures qu'elle s'était faites à l'aide du cutter qu'elle avait dans la main droite, fuyait ensuite en rigoles qui évoquaient un coulis de fraise sur le caoutchouc rose du fauteuil gonflable, se répandait dans l'eau, formait près de la surface un nuage écarlate de plus en plus étendu.

Et ça n'était pas tout…

La main gauche brandissait un briquet dont la flamme s'élevait. Petite, jaune, fragile, vacillante. Un briquet doré. Il se fit la réflexion que le sang d'Artemisia avait un aspect étrange sous cet éclairage, un aspect *huileux*. Tout comme l'eau rougie autour du fauteuil. Qui était pleine de reflets iridescents et gras. Il sentit alors l'odeur d'essence qui parvenait jusqu'à eux, aperçut le bidon qui flottait derrière elle, et il jeta à Samira un coup d'œil désemparé.

— Artemisia, je t'en prie ! lança Delacroix en sanglotant. Artemisia, ne fais pas ça !

Mais elle ne lui prêta pas la moindre attention. Elle les fixait, eux.

— Je savais que vous alliez venir, leur dit-elle d'une voix anémiée, et Servaz se demanda quelle quantité de sang elle avait déjà perdu.

— Comment l'avez-vous su ?

— J'ai tiré les cartes, il y a une heure. Et elles m'ont dit que vous étiez en route… Vous m'êtes apparu, commandant : votre carte, c'est la 13. « L'Arcane sans nom ». Celle qui annonce la fin… Sa faux est tranchante et son action définitive… Une telle carte invite à ne pas s'opposer à l'inéluctable…

— Et vous, quelle carte êtes-vous ? dit doucement Samira.

Servaz vit son adjointe regarder discrètement à droite et à gauche en parlant. Comme lui, elle cherchait une issue. Il se demanda quel était le truc cette fois. Comment Artemisia avait-elle pu anticiper leur venue, choisir le bon moment pour tuer les chiens et se préparer à les accueillir en se tailladant le visage et le corps et en s'arrosant d'essence ?

— C'est évident, dit Artemisia en souriant de ses lèvres que le sang teintait, pareil à du maquillage, je suis « le Diable ». L'arcane de tous les excès… Dans le tarot de Marseille, le Diable est androgyne. Son magnétisme lui permet d'asseoir son pouvoir, de manipuler et d'asservir les autres. Il met son esprit brillant et sa volonté au seul service de ses appétits. Des appétits sans limites. Comme ceux de Kenneth et des autres membres de notre petite… *confrérie*. Vous n'imaginez pas le nombre de gens qui ont des fantasmes de pouvoir, de richesse et de sexe, commandant, et qui seraient capables des pires choses si on leur donnait la possibilité de les vivre et surtout s'ils étaient sûrs de ne pas être pris… Des fantasmes qu'ils ne réaliseront jamais, bien entendu. Nous, on ne se contentait pas de rêver…

— *Nous* ? demanda-t-il.

— Kenneth Zorn, une poignée d'autres et moi…

— Vous avez tué Matthias Laugier ?

Elle opina. Cligna des paupières. Eut du mal à relever le menton, qui s'était abaissé l'espace d'une seconde. *Elle s'affaiblissait...* Quand elle lâcherait le briquet, l'essence prendrait feu. Elle émit un ricanement méprisant.

— Ce pauvre Matthias, il avait des remords. Il avait peur de mourir, il s'était mis à croire en Dieu…

Il voulait se racheter en se dénonçant… en *nous* dénonçant… Il a toujours été faible… Comment vous nous avez trouvés, commandant ?

Servaz avait l'impression d'être trempé de sueur, l'impression aussi que son cœur était devenu trop gros pour sa poitrine, un gros organe qui continuait de battre alors que lui-même était incapable de bouger.

— Judith Janssen, ou Tallandier, répondit-il. L'étudiante que vous avez reçue ici… À cause d'un trouble psychique qu'on appelle apophénie, Judith Janssen voit des signes partout et elle s'est inventé une histoire au sujet de la mort de sa mère, une histoire qui se serait passée pendant le tournage d'*Orpheus ou la Spirale du Mal*, une histoire selon laquelle votre mari l'aurait assassinée. Pour le confondre – lui et ses soi-disant complices –, elle n'a pas hésité à torturer et à tuer. Mais, sans le savoir, en tuant deux membres de l'équipe du film, qu'elle soupçonnait d'avoir participé ou au moins assisté à ce crime imaginaire, elle a déclenché notre enquête et nous a mis involontairement sur la piste de crimes bien réels, des crimes tout aussi épouvantables que celui imaginé par Judith – des crimes dont Valek vient de faire la liste à la police parisienne. Des crimes que vos amis et vous avez perpétrés. Bien entendu, Andreas Verhagen se dédouane en prétendant que son rôle s'est limité à recruter des victimes pour vos petits jeux sadiques, qu'il ne savait pas ce qui leur arrivait ensuite…

— Il ne s'agissait pas de jeux, le corrigea-t-elle, avec un brusque regain d'énergie. Ça a commencé à la fac, il y a plus de vingt ans… On était deux amis, Kenneth et moi. Kenneth ne s'appelait pas encore Zorn ni Kenneth mais Kern. On s'intéressait tous les deux à l'occultisme, à l'ésotérisme, au spiritisme.

Ce genre de choses… Tout a débuté comme un jeu entre étudiants, c'est vrai : magie sexuelle, pseudo-messes noires, tirages des cartes du tarot, tables tournantes, vous voyez le topo. On invitait d'autres étudiants à se joindre à nous. De la rigolade. Du moins au début. Car, petit à petit, l'air de rien, on a commencé à y croire. On étudiait tout ce qui nous tombait sous la main : Aleister Crowley bien sûr, mais aussi Maria de Naglowska, Julius Evola, l'histoire de la Golden Dawn, l'OTO, Éliphas Lévi, le satanisme, l'hermétisme, l'orphisme… On s'adonnait à la dépravation sexuelle la plus extrême. La croyance crée la magie, qui alimente elle-même la croyance…

Servaz écoutait et réfléchissait. La colère ne l'avait pas quitté. Mais il était à la fois plein de colère contre ce que les complices de cette femme avaient fait à Vincent, et désespérément en quête d'une solution pour l'empêcher de s'immoler par le feu.

— Kenneth était un esprit brillant, curieux, dépourvu de tout sentimentalisme comme moi, commandant, de toute faiblesse. Nos convergences morales et philosophiques étaient remarquables. C'est au cours de nos échanges et de nos expériences que notre projet a pris forme. Il ne s'agissait pas de vulgaires orgies, mais de rituels complexes, exigeants, dangereux. Très vite, on s'est rendu compte qu'on avait besoin de sujets extérieurs innocents pour nos rituels, de jeunes femmes aussi belles que possible, et c'est Kenneth qui a eu l'idée d'utiliser les castings pour trouver du sang neuf, repérer les plus vulnérables, les plus manipulables, les plus dociles…

Elle baissa la tête et il crut qu'elle allait perdre connaissance. Il fixait la petite flamme jaune et bleu du briquet. Mais le briquet se referma. Et la flamme disparut. Il respira. Elle releva sa face ensanglantée, les considéra comme si elle venait d'émerger d'un rêve :

— Pendant les rituels, on les droguait et on leur faisait toutes sortes de choses en leur faisant croire que le rite leur ouvrirait les portes du succès et de la gloire. Elles étaient toutes si avides de célébrité… Mais, au fil des ans, notre « religion » s'est faite de plus en plus obscure, de plus en plus violente. Comme des junkies, nous avions besoin de doses de plus en plus fortes… Savez-vous que le sang et le sperme sont des fluides très puissants pour les rituels, commandant ? Et, chaque fois, on faisait entrer dans notre cercle d'initiés de nouvelles personnes, des gens influents, puissants et blasés, ayant déjà tout essayé : des chefs de grandes entreprises, des politiques, des gens du cinéma aussi, avec qui Kenneth avait l'habitude de travailler, comme Matthias – très peu d'acteurs : Kenneth se méfiait d'eux, il les trouvait trop égocentriques, trop bavards. Il y a eu quelques accidents, naturellement… On persuadait les victimes de ne rien dire, soit contre de l'argent, soit par la contrainte et des menaces explicites… C'était une autre époque. Tout était tellement plus facile…

Un frisson d'horreur incrédule le parcourut. Un tel appétit pour la violence, la destruction. Tortures, viols, mutilations. Meurtre. Jusqu'où la monstruosité du groupe était-elle allée ?

Et ils avaient tué Vincent…

— Et puis, un jour, dans un casting, on a trouvé le sujet parfait, le sujet idéal.

Servaz surveillait Samira du coin de l'œil. Elle avait commencé à lentement se déplacer sur le côté droit du bassin. Où allait-elle ? Qu'avait-elle en tête ?

— Elle s'appelait Mia. Non seulement elle était très belle, mais elle avait cette espèce de pureté, de lumière, que très peu d'actrices ont en elles. On aurait dit, oui, un ange. Ça n'était pas une très bonne actrice, mais on ne cherchait pas une bonne actrice. C'est Valek qui l'avait dégottée. Lorsqu'elle a passé l'audition, on a immédiatement compris qu'elle était celle qu'on attendait…

Artemisia tourna un instant son regard vers Samira – qui s'immobilisa. Puis elle fixa de nouveau Servaz. Et Samira, lentement, reprit sa progression, sans quitter Artemisia des yeux.

— Avec Mia, on a poussé le rituel plus loin qu'on ne l'avait fait jusque-là. Les hommes se sont déchaînés. Les forces occultes aussi. Je n'avais jamais senti ça auparavant. On aurait dit qu'une porte s'était ouverte sur l'autre monde, sur *l'enfer…* Qu'on avait libéré je ne sais quel démon… Jamais je n'avais senti une telle énergie obscène me posséder, me traverser. Et j'ai vu que c'était pareil pour les autres. Ils étaient littéralement en transe. Je me souviens qu'il y avait parmi nous, cette fois-là, un homme politique, un chef de parti, un homme qui joue les forts en gueule à la tribune mais qui, cette nuit-là, était aussi terrifié qu'un petit garçon.

Elle ricana, dodelina de la tête. Il se remémora la phrase de Delacroix : « Je suis d'accord avec vous : il se passe quelque chose en rapport avec *Orpheus* et avec mes films, quelque chose que j'ignore autant que vous, mais dont les conséquences se font sentir en ce moment même. »

— Quand le rituel s'est terminé, dit Artemisia en rassemblant ses forces, Mia était morte. J'ignore ce qui l'a emportée : la drogue, un arrêt cardiaque dû à la terreur, une hémorragie interne à cause des coups ou tout simplement *l'entité monstrueuse que nous avions libérée…*

Il avait la bouche sèche. Dans l'angle de son champ de vision, il vit Samira se déplacer le long du grand côté du bassin, s'approchant toujours plus d'Artemisia.

— Comment vous avez fait disparaître le corps ? demanda-t-il, autant par curiosité que pour distraire son attention.

— Très simple. Où cacher un galet ? Sur une plage. Où cacher un cadavre ? Dans un cimetière. Avec la complicité d'un employé de crématorium grassement payé, on a réduit le corps en cendres et on les a dispersées.

Servaz se demanda soudain combien de crématoriums en France avaient déjà servi des intentions criminelles.

— C'était une réalité, insista Artemisia, nos rituels fonctionnaient… C'est après un rituel que j'ai rencontré Morbus et qu'il m'a offert mon premier rôle. C'est après un autre rituel que Kenneth a trouvé l'argent pour produire *La Cérémonie* puis *Perversions*. À mesure que nous obtenions plus de pouvoir, d'argent, de puissance, nous poussions nos liturgies de plus en plus loin.

Au fond, la folie de Judith ne différait pas tellement de celle de la personne qu'il avait en face de lui, songea-t-il. Les deux relevaient d'une forme de pensée magique, qui voulait donner du sens à ce qui n'en a pas. Tout comme les fans de Morbus Delacroix voyaient dans ses films des choses qu'il n'y avait pas mises.

— Et puis, le mouvement #MeToo est arrivé… Les filles ont commencé à parler. On a compris que c'était fini, que notre époque était révolue. On a arrêté, bien sûr. Ça devenait trop risqué. Et, comme par hasard, notre pouvoir, nos gains se sont amenuisés, nos réussites se sont espacées. C'est à ce moment-là que j'ai décidé de mettre un terme à ma carrière d'actrice, ça ne m'amusait plus.

Samira était parvenue à la hauteur d'Artemisia, qui flottait au milieu du bassin, à quatre mètres environ de la policière.

— Vous n'êtes pas obligée de faire ça, Artemisia, lança-t-il malgré sa colère.

— Bien sûr que si ! Car je ne serai pas condamnée seulement pour les horreurs qu'aux yeux du monde j'ai commises, mais surtout pour ma façon de penser, pour ce que je représente, *pour ce que je suis*. Est-ce qu'Isis et Osiris, Shiva et Vishnou, Zeus et Pan, Thor et Freya, Abraham et Jésus étaient des fictions ou des réalités pour ceux qui vivaient en ces temps-là, commandant ? Et nos nouvelles religions, d'après vous : sont-elles réelles ? À toutes les époques, il a fallu chasser l'hérétique, le libre-penseur, le persécuter, le tuer physiquement et virtuellement, au nom d'une croyance ou d'une autre… Demandez-vous qui, aujourd'hui, sont les nouveaux inquisiteurs, les faux vertueux, les nouveaux bourreaux. Ce monde n'est plus le mien, commandant…

Elle ferma les yeux, pencha en avant son visage couvert de sang, le releva, les rouvrit.

— Écoutez-moi, poursuivit-elle en regardant enfin son mari, Morbus n'a jamais participé à tout ça. Il n'en a même jamais eu connaissance. C'est un enfant qui joue avec ses jouets. Et il n'a jamais su que nous utilisions les castings pour recruter de nouveaux sujets. Il ne savait rien du tout. Oh, il connaissait ma passion pour l'occulte, il n'ignorait pas que je rencontrais des gens qui avaient les mêmes centres d'intérêt que moi, mais il n'a jamais cherché à en savoir plus. Il n'y a que son cinéma qui compte pour lui… Rien d'autre.

Il prit le temps d'observer Samira à la dérobée. Elle avait le regard rivé à Artemisia, *la main près de son étui*…

— Pourquoi cette mise en scène ? demanda-t-il ensuite, la gorge aussi aride qu'un désert.

Ce fut Delacroix qui répondit cette fois, d'une voix infiniment triste :

— Artemisia a toujours considéré que son meilleur rôle était celui de la sorcière dans *Erzsébet*. Elle en était très fière. Vous connaissez la légende de la comtesse hongroise Erzsébet Báthory, commandant ? Dans mon film, Artemisia joue une sorcière qui la convainc qu'en se baignant dans le sang de jeunes vierges Erzsébet conservera la jeunesse éternelle. Dans la toute dernière scène du film, après avoir arrêté la comtesse, les villageois lapident la sorcière, puis la conduisent au bûcher… C'est un des plus beaux moments de cinéma que j'aie tournés.

— Morbus est un génie, renchérit Artemisia, voilà pourquoi. Il est la personne la plus extraordinaire que je connaisse. Cette mise en scène, c'est en son honneur, parce que ses films resteront… et parce que je resterai à travers eux. Parce que le monde est plein de gens pour qui la grandeur et le génie sont des notions vides de sens. Parce que les artistes comme Morbus ne sont compris que des décennies plus tard et que cela participera à sa légende. À *notre* légende… Et puis, le feu purifie, le feu magnifie, commandant, ajouta-t-elle en rouvrant le briquet et en faisant de nouveau jaillir la flamme. Savez-vous que, dans les crémations rituelles, le feu est le véhicule qui transporte du monde des vivants vers celui des morts ?

Il ne bougea pas, se contentant de la fixer. Fut frappé par sa propre apathie, sa propre incapacité à réagir. Frappé par le côté étrangement logique de tout cela.

Il devina, plus qu'il ne la vit, Samira qui sortait son arme, la levait. L'espace d'un instant, il se demanda si elle avait l'intention d'abattre l'actrice pour lui épargner les souffrances atroces d'une immolation par le feu.

Mais, au lieu de ça, elle tira à trois reprises dans les boudins gonflables du siège, à quelques centimètres sous Artemisia. Les balles filèrent ensuite dans l'eau jusqu'au fond du bassin en dessinant de brefs tourbillons. La détonation produisit un bruit assourdissant dans l'espace clos, se répercutant sur les murs, et Servaz grimaça à cause de la pression sur ses tympans. Il vit Delacroix porter les mains à ses oreilles. Les boudins se dégonflèrent d'un coup, tous du même côté, et Artemisia, déséquilibrée, bascula dans l'eau, l'essence et le sang.

Dès que le briquet toucha la flaque huileuse, celle-ci prit feu. Mais Artemisia s'était déjà enfoncée sous la surface et Servaz vit Samira plonger tout habillée dans la piscine, d'un mouvement vif et fluide, nager sous l'eau vers l'actrice qui, peut-être réveillée par le contact de l'eau ou effrayée en dernier ressort par la nappe enflammée au-dessus d'elle, tentait maintenant d'échapper au piège. Elles émergèrent à distance de l'incendie et nagèrent de conserve vers le bord, Samira soutenant sa voisine très affaiblie.

Elle poussa Artemisia vers Servaz accroupi au bord du bassin, qui tira cette dernière hors de l'eau. Puis Samira se hissa à son tour, ruisselante.

— Allez chercher des peignoirs, des serviettes et des pansements, magnez-vous ! cria-t-elle à Delacroix.

Le cinéaste parut sortir de sa léthargie. Il partit au trot. Servaz sortit son téléphone pour appeler les secours. De son côté, la fliquette se pencha sur Artemisia qui, étendue sur le carrelage, semblait sur le point de perdre connaissance, la gifla à deux reprises pour la maintenir éveillée. Très fort.

— Tu ne t'en tireras pas comme ça, salope, gronda-t-elle quand Artemisia écarquilla les yeux. À cause de toi, mon équipier est mort. Tu n'as pas le droit de crever, t'entends ? Je te l'interdis !

72

— Comment elle a fait pour savoir qu'on venait ?

Adossée à la voiture, Samira était enveloppée dans une couverture de survie, métallisée, que les gyrophares tournant en silence incendiaient. Elle avait aussi emprunté un sèche-cheveux au cinéaste et remplacé ses chaussures trempées par des souliers bien secs.

— Facile, répondit-il, quelqu'un a dû l'informer que Valek et Arkhane venaient d'être arrêtés, elle se doutait que Valek allait se mettre à table et les balancer tous. Ce n'était pas difficile d'en déduire que pour elle ce n'était plus qu'une question d'heures.

Samira hocha lentement la tête, elle n'avait pas l'air convaincue. Autour d'eux, les illuminations des véhicules de secours et des fourgons peignaient les arbres de couleurs vives.

— Mais ces blessures, elle se les est faites juste avant que nous arrivions, et avant ça il lui a fallu empoisonner les chiens. Comment pouvait-elle être sûre qu'on allait arriver *à ce moment-là* ? Pas plus tard ou même le lendemain ? Une demi-heure de plus et on l'aurait trouvée morte… Plus tôt et elle n'aurait pas eu le temps… Le timing était serré.

Servaz sourit malgré lui.

— Tu crois quoi ? Qu'elle l'a lu dans les cartes du tarot, c'est ça ?

Samira lui lança un regard mi-figue, mi-raisin. Il sentit quelque chose vibrer dans sa poche. Son téléphone. Il écouta les explications du labo. Samira vit qu'il était bouleversé quand il mit fin à l'appel.

— Qu'est-ce qu'il y a ? demanda-t-elle.

— Où est Delacroix ?

— À l'intérieur. Pourquoi ?

Un coup de tonnerre retentit sur les montagnes. Il se dirigea vers le perron sans répondre, grimpa les marches.

— Putain, Martin, tu peux me dire ce qui se passe ? gueula-t-elle derrière lui.

Il se retourna, le lui dit, puis il disparut à l'intérieur.

Et merde, pensa-t-elle.

La salle de projection... Une voix féminine s'en élevait. Servaz vit la lueur palpitante de l'écran se refléter dans le couloir tendu de tissu rouge, car la porte matelassée était grande ouverte.

Il entra.

Delacroix était assis à la même place que la dernière fois. De son fauteuil au premier rang il contemplait le visage en gros plan de Clara Janssen. Pas la Clara perdue, hagarde, échevelée des clichés de Maximilien Renn. Mais celle incroyablement belle, triste et mystérieuse qui avait si souvent fait la une des magazines. Celle qu'on avait portée aux nues, celle que le public avait adorée, celle que la presse avait couverte de louanges avant de commencer à fouiller, tel un chien truffier, dans sa vie privée pour servir aux amateurs l'éternel brouet de voyeurisme et de scandale qu'ils attendaient. Sur l'écran, son visage avait la taille d'un vitrail de cathédrale et elle regardait un interlocuteur qui tournait le dos à la caméra. Au moment où elle allait parler, Delacroix figea l'image.

— Vous êtes toujours là, commandant ? Ils ont emmené Artemisia ?

— Oui, dit Servaz en descendant les marches.

Il longea ensuite la première rangée de sièges.

— Je viens de recevoir les résultats des analyses ADN effectuées sur les prélèvements des scènes de crime. Ils ont confirmé que Judith Janssen a bien été présente non seulement dans la chambre de Stan Du Welz à l'hôpital Camelot mais aussi dans l'appartement de Florent Cuvelier, votre ancien preneur de son. Elle est auditionnée en ce moment même au SRPJ de Toulouse. Mais il y a autre chose…

Delacroix pivota vers lui, avec dans les yeux une douceur mêlée de tristesse qui serra le cœur de Servaz.

— Vous savez ce que sont les centimorgans ? demanda ce dernier.

— Non.

— Ce sont des unités de connexion génétique entre deux individus qu'on mesure en comparant deux ADN. Il ne s'agit pas seulement de savoir combien d'ADN, mais aussi *quels* segments d'ADN deux individus partagent. En effet, plus les segments partagés sont longs, plus la probabilité est élevée que l'ancêtre commun soit proche dans le temps.

— Où voulez-vous en venir, commandant ?

— Votre ADN a été prélevé à l'occasion de votre garde à vue et celui de Judith Janssen au cours de la sienne. Les résultats viennent de tomber. *Judith Janssen est votre fille.*

Devant l'absence de réaction du cinéaste, il faillit répéter. Puis il vit une larme unique perler au coin de ses paupières, avant de rouler sur sa joue pâle.

— Merci, commandant.

Ce fut tout. Un faible « merci », qui voulait aussi dire « adieu ». Servaz acquiesça, puis il prit la direction de la sortie. Il était à mi-chemin de la porte quand la voix diaphane, éthérée, sublime de Clara Janssen s'éleva dans les haut-parleurs : « *C'est la fin, Johnny... Qu'est-ce que nous avons vu ?... Une histoire ? Un rêve ? Un tour de magie ? Une supercherie ?... Ou le mystère caché derrière les ombres ?* »

Il se retourna à temps pour voir le mot « FIN » s'incruster sur le visage de l'actrice, puis le générique commença à défiler par-dessus ses merveilleux traits immobiles.

— « Le montage, c'est donner la vie à des images mortes », lança Delacroix de son fauteuil. C'est Robert Bresson qui a dit ça. Bonne nuit, commandant.

Servaz s'en alla sans répondre.

Épilogue

De la musique. Last Shadow Puppets. The Strokes. Gutter Twins. War on Drugs.

Servaz ne connaissait aucun de ces groupes. Le rock indé était une langue étrangère en ce qui le concernait. Comme le rock tout court du reste.

Mais les images qui défilaient sur l'écran lui étaient familières. Vincent levant son verre au milieu des collègues pendant un pot au commissariat. Vincent en compagnie de Flavien et de Megan tout petits sur une plage, construisant le plus extraordinaire des châteaux de sable. Vincent seul, souriant à l'objectif et sans doute à Charlène, devant les maisons bleues de Jodhpur. Vincent et les enfants encore… Vincent et Charlène…

La salle du crématorium de Cornebarrieu – le seul de l'agglomération toulousaine – pouvait accueillir officiellement trois cents personnes, mais il aurait juré qu'il y en avait bien cent de plus. Des proches, des amis – et 90 % de flics. Des flics venus de tous les services de la ville, de toutes les unités.

Même les anciens du commissariat – ceux qui avaient raillé Vincent au début pour ses manières

« efféminées » – étaient présents. Et aussi le maire. Et la préfète. Sanglée dans son uniforme, Michèle Saint-Hamon n'en attirait pas moins les regards. Servaz avait croisé le sien en entrant et elle lui avait adressé un petit signe, un discret geste de connivence. Presque intime. Qui l'avait surpris. L'autre personne au centre de l'attention était Charlène. Elle avait un mouchoir roulé en boule dans la main et les yeux humides.

Flavien – son filleul – et Megan entouraient leur mère. Il avait noté que, chaque fois qu'il jetait un coup d'œil dans leur direction, ils détournaient le regard. Celui que Charlène avait braqué sur lui en revanche était de glace, et son estomac s'était retourné.

Assis au bout de la rangée à côté de Samira, il ne pouvait s'empêcher d'observer les réactions des autres personnes présentes. Tristesse, colère, peur. Être flic désormais, c'était se sentir menacé, en danger. Être exposé à une violence irrationnelle. Et, pour certains flics, répondre à ces agressions répétées par une violence tout aussi démesurée.

Un cercle vicieux. Une *spirale*.

Ses pensées se bousculaient. Peut-être trop. Peut-être négatives. Et peut-être était-ce dû aux antalgiques qu'il continuait de prendre s'il se sentait aussi vaseux. Il avait été opéré du pouce la veille. Le chirurgien lui avait dit qu'il avait eu de la chance, qu'il était passé « à un doigt » de l'amputation. Ce que le toubib ignorait, c'est qu'on l'avait amputé d'une partie bien plus importante de lui-même : on l'avait amputé de son meilleur ami – et du meilleur élément que son groupe ait connu avec Samira. On l'avait amputé de tout un pan de sa vie.

Il réalisa que, depuis que l'affaire était résolue, le dossier clos, depuis que son esprit n'était plus aussi accaparé par les détails de l'enquête, il ne se passait pas un matin sans qu'au réveil il eût une pensée pour

Vincent. Et pourtant la vie continuait. Car la vie continue toujours, n'est-ce pas ? Elle continuerait de même quand il ne serait plus là pour ceux qui l'avaient côtoyé.

Il ne reconnut pas plus Scott Walker chantant *Where Does Brown Begin* qu'il n'avait reconnu les chansons précédentes, mais l'infinie mélancolie du morceau tira pas mal de larmes autour de lui.

Et quand s'élevèrent les accents mélodramatiques d'un quartet à cordes jouant le *Mishima Closing* de Philip Glass, tout le monde avait la gorge suffisamment nouée et, l'espace d'une seconde, il dut fermer très fort les yeux pour empêcher les larmes de sortir.

Charlène eut un mouvement de recul quand il voulut la prendre dans ses bras. Comme si elle avait peur qu'il morde. Comme s'il était contagieux. Au lieu de l'accolade prévue, elle lui serra la main trop brièvement, trop sèchement. Flavien accepta qu'il le presse contre lui, Megan refusa en regardant ailleurs.

Qu'est-ce qu'ils s'étaient dit ? Que c'était sa faute si Vincent était mort ?

Une fois les condoléances terminées, une grande partie de l'assistance quitta le bâtiment pour rejoindre les voitures sur le parking. D'autres, moins nombreux, suivirent la famille pour assister à l'incinération. Il allait pénétrer à son tour dans la pièce de l'incinérateur quand Charlène fit volte-face.

— Je préfère que tu ne viennes pas, dit-elle. Va-t'en d'ici, Martin, s'il te plaît.

Ce que son visage avait de beau et de triste avait disparu pour faire place à un masque d'une froideur telle qu'il en eut le souffle coupé. Il gagna la sortie l'esprit vide, s'empressa d'allumer une cigarette. Sa main tremblait. Il sentit le choc le frapper à retardement. C'était terminé. Il allait arrêter ce métier. C'était fini.

Il comprenait la réaction de Charlène, bien sûr. *S'il n'avait pas laissé son mari seul à Paris, peut-être serait-il toujours vivant.* Est-ce que la comprendre l'aidait en quelque façon ? Absolument pas. Il aurait aimé que Léa soit là, avec lui.

Il tourna la tête en entendant le bruit, contempla l'Airbus A320 qui s'élevait lentement. Les pistes de l'aéroport étaient à moins d'un kilomètre. Il se dit qu'après tout, s'il y avait des riverains que ça ne devait pas déranger, c'étaient bien ceux qui reposaient ici, car le crématorium de Cornebarrieu se dressait au milieu du cimetière.

Samira l'attendait dans la voiture. Il vit à ses yeux rouges qu'elle avait profité d'être seule pour pleurer. Il se dirigeait vers la portière côté passager quand un message tinta dans son téléphone. Un SMS.

Une photo de l'aéroport Roissy-Charles-de-Gaulle avec un tableau d'affichage des horaires de départ – dont celui d'un vol CDG-Toulouse.

Un SMS de Léa... Dans quelques heures, elle atterrirait sur ces mêmes pistes d'où il voyait décoller les avions…

Il sourit. Puis l'inquiétude revint. Pourquoi rentrait-elle ? Qu'allait-elle lui annoncer ? Que s'était-il passé là-bas, en Afrique, pendant ces deux années ?

Il reçut l'appel alors qu'il récupérait son véhicule dans le parking du commissariat. Numéro inconnu. Indicatif 31. Les Pays-Bas. Il fut tout de suite en éveil.

— Commandant Servaz ?

— C'est moi.

La voix était celle d'un homme encore jeune. Surtout, elle avait un léger accent. Hollandais ou allemand.

— Je m'appelle Gerrit Nooteboom, je suis officier de liaison Europol à La Haye.

Europol… Il attendit la suite. Il avait l'impression de savoir ce qu'on allait lui annoncer. Il guettait cette nouvelle depuis des années. Il avait toujours su qu'elle arriverait un jour.

— C'est vous qui avez permis l'arrestation de Julian Hirtmann, n'est-ce pas ?

— C'est moi qui l'ai arrêté, corrigea-t-il.

— Il s'est évadé.

— Quoi ?

Il coupa le moteur. Regarda droit devant lui à travers le pare-brise, la respiration coupée.

— Il y a trois jours. De la prison de Leoben. Il s'est plaint de douleurs thoraciques. Selon la police autrichienne, il a été transféré sous bonne escorte à l'hôpital. Mais il semble que leurs services aient quelque peu sous-estimé le bonhomme : il n'y avait qu'un seul garde devant la porte de sa chambre, que des complices ont neutralisé, apparemment.

— Vous voulez dire qu'il est… dans la nature ?

— Dans la… « nature » ? Je ne comprends pas.

— Laissez tomber… Trois jours ? Il peut être n'importe où ! Pourquoi on ne m'avertit que maintenant ?

— J'ai trouvé votre nom et votre numéro au fond de son dossier. « Personne à prévenir en cas d'urgence ». Et je n'ai reçu le dossier qu'hier soir. Visiblement, personne n'a jugé bon de le faire avant moi.

Hirtmann en liberté… Pourquoi n'était-il pas surpris ? Il remercia le flic néerlandais, chercha fébrilement dans son répertoire le numéro de Radomil, le cœur battant à tout rompre. Le répondeur… *Merde !* Il fit crier ses pneus sur le revêtement du parking en s'éjectant de sa place, fonça à toute vitesse vers la sortie.

Sirène, gyrophare. *Poussez-vous, bordel !* Ça urgeait, putain !

Il zigzaguait entre les voitures. À droite, à gauche… Un camion de livraison sur la voie des bus. Le type avait ouvert sa portière, bloquant presque deux files à lui tout seul. Il la referma fissa, se plaqua contre la carrosserie en voyant la voiture de police arriver sur lui, sirène hurlante.

Avenue Honoré-Serres. Boulevard d'Arcole. Boulevard de Strasbourg. Rue du Rempart-Matabiau. Place Victor-Hugo…

Il se gara le long du trottoir, au pied de l'immeuble. Coupa la sirène. Bondit comme un fou hors de la voiture. Il lança un regard vers le ciel sombre, vit un énorme éclair le fendre avec un roulement de canonnade. L'image resta imprimée sur sa rétine. Il essaya de la chasser en clignant des yeux, mais cette fracture rémanente et blanche traversait tout ce qu'il regardait.

Pendant que la cabine grillagée de l'ascenseur se hissait dans les étages, il refit le numéro de Radomil.

— Martin ?

— Gustav est avec toi ? s'écria-t-il.

— Oui, il joue avec Anastasia, pourquoi ? Qu'est-ce qui se passe ?

— Bougez pas, j'arrive !

Radomil lui ouvrit la porte, les yeux agrandis d'inquiétude. Avec sa barbe bouclée et ses cheveux longs, le grand musicien bulgare, premier violon à l'orchestre national du Capitole, était l'image même de l'artiste bohème et romantique. Il avait un certain charme tsigane avec ses sourcils charbonneux et sa voix de rogomme teintée d'accent d'Europe centrale.

— Martin, qu'est-ce qu'il y a ?

Servaz le lui dit. Radomil blêmit. Il était depuis longtemps au fait des exploits de son voisin. Non pas que Servaz s'étendît facilement sur le sujet. Mais la curiosité aidant, Radomil avait épluché sur Internet tous les articles où Martin apparaissait et toutes les affaires auxquelles il avait été mêlé – et il y en avait un paquet.

Et, parmi toutes celles qui avaient fait l'objet d'articles dans la presse, la plus célèbre était sans nul doute celle qui concernait le tueur en série suisse Julian Hirtmann.

— Qu'est-ce que tu vas faire ?

— Demander une protection, répondit Servaz. Et éviter de vous mêler à ça, Anastasia et toi ! Je vais prendre quelques jours de congé.

Debout sur le balcon, il inspectait la rue. On aurait dit le calme avant la tempête. La ville était étonnamment silencieuse pour un soir de juin. Peut-être parce que la plupart des étudiants étaient rentrés dans leurs familles et ne reviendraient qu'à la rentrée.

La patrouille n'était toujours pas là. Hervelin lui avait promis qu'elle serait là pour la nuit. Certes, la nuit n'était pas encore tout à fait tombée, mais le divisionnaire lui avait fait cette promesse trois heures plus tôt. Il termina sa cigarette, revint dans le salon. À l'intérieur aussi, la soirée était paisible. Gustav était déjà couché. On n'entendait même pas le violon de Radomil. Il monta le son de la *Cinquième* de Mahler, prit un livre sur un rayonnage. René Girard, *La Violence et le Sacré*. Consulta son téléphone.

Il avait envoyé plusieurs messages, via WhatsApp, à Léa – sans lui parler d'Hirtmann, il ne voulait pas l'affoler –, mais elle n'avait pas répondu. Il avait pourtant constaté aux doubles croches que les messages lui étaient parvenus. Mais elle ne les avait pas lus.

Il se dit qu'elle voulait lui faire la surprise, qu'elle allait sonner à sa porte sans crier gare. Il regarda l'heure.

21 h 37.

Il sentait les battements de plus en plus lourds de son cœur. Où était Hirtmann ? En train de rôder pas loin comme un fauve qui retourne sur son territoire, ou au contraire très loin d'ici ?

La première possibilité était la plus effrayante, mais aussi, malheureusement, la plus probable pour celui qui connaissait le Suisse mieux que personne.

Il considéra le pistolet posé sur le guéridon, dans le halo de la lampe, le prit, le glissa tout en bas de la bibliothèque, derrière le canapé. Il lui faudrait songer à le planquer mieux que ça quand Léa serait là et surtout quand Gustav serait réveillé.

21 h 40.

Il essayait de lire, mais ses yeux glissaient sur les mots imprimés sans rien enregistrer.

Le timbre de la sonnette…

Il sursauta. Fixa la porte de l'appartement. Il arrêta la musique, prêta l'oreille, mais ne perçut que le silence sur le palier, de l'autre côté de la porte.

La cadence de ses battements se fit plus véhémente. Se penchant derrière le canapé, il tendit le bras et attrapa l'arme. Fit monter une cartouche dans la chambre. Respira profondément. Puis il se leva et gagna la porte, l'arme au poing. Écouta.

Pas un bruit. Il tira le verrou. Ouvrit.

— Bonsoir, Martin.

COUPEZ

APPENDICE

L'ENFER DU CINÉMA

150 FILMS D'HORREUR SÉLECTIONNÉS PAR L'AUTEUR
(classiques, cultes, terrifiants, maudits, malades, chocs, poisseux, pervers, déments, mutants, flippants, gores, dérangeants, morbides, scandaleux, et dont certains peuvent sévèrement choquer le spectateur sensible).

Le Cabinet du docteur Caligari, Robert Wiene, 1920.
Le Docteur Jekyll et Mr. Hyde, John S. Robertson, 1920.
Häxan, la sorcellerie à travers les âges, Benjamin Christensen, 1922.
Nosferatu le vampire, Friedrich Wilhelm Murnau, 1922.
Le Fantôme de l'Opéra, Rupert Julian, 1925.
La Chute de la maison Usher, Jean Epstein, 1928.
The Cat Creeps, Rupert Julian et John Willard, 1930.
Dracula, Tod Browning, 1931.

Frankenstein, James Whale, 1931.
Docteur Jekyll et Mr. Hyde, Rouben Mamoulian, 1932.
L'Île du docteur Moreau, Erle C. Kenton, 1932.
Les Chasses du comte Zaroff, Ernest B. Schoedsack et Irving Pichel, 1932.
Vampyr, Carl Theodor Dreyer, 1932.
Freaks, la monstrueuse parade, Tod Browning, 1932.
White Zombie, Les Morts-vivants, Victor Halperin, 1932.
La Fiancée de Frankenstein, James Whale, 1935.
Les Mains d'Orlac, Karl Freund, 1935.
Le Comte Lazare, Max Castle, 1938.
La Féline, Jacques Tourneur, 1942.
Vaudou, Jacques Tourneur, 1943.
Le Récupérateur de cadavres, Robert Wise, 1945.
L'Invasion des profanateurs de sépultures, Don Siegel, 1956.
Rendez-vous avec la peur, Jacques Tourneur, 1957.
Le Cauchemar de Dracula, Terence Fisher, 1958.
Psychose, Alfred Hitchcock, 1960.
Les Yeux sans visage, Georges Franju, 1960.
Le Village des damnés, Wolf Rilla, 1960.
Le Voyeur, Michael Powell, 1960.
Le Masque du démon, Mario Bava, 1960.
Le Moulin des supplices, Giorgio Ferroni, 1960.
La Maison du diable, Robert Wise, 1963.
Kwaidan, Masaki Kobayashi, 1964.
2000 maniaques, Herschell Gordon Lewis, 1964.
Répulsion, Roman Polanski, 1965.
L'Heure du loup, Ingmar Bergman, 1967.
La Nuit des morts-vivants, George A. Romero, 1968.
Rosemary's Baby, Roman Polanski, 1968.
La Baie sanglante, Mario Bava, 1971.

La Longue Nuit de l'exorcisme, Lucio Fulci, 1972.
L'Exorciste, William Friedkin, 1973.
Ne vous retournez pas, Nicolas Roeg, 1973.
The Wicker Man, Robin Hardy, 1973.
Cérémonie sanglante, Jorge Grau, 1973.
Black Christmas, Bob Clark, 1974.
Massacre à la tronçonneuse, Tobe Hooper, 1974.
Carrie au bal du diable, Brian De Palma, 1976.
La Malédiction, Richard Donner, 1976.
Eraserhead, David Lynch, 1977.
Suspiria, Dario Argento, 1977.
Âmes perdues, Dino Risi, 1977.
La colline a des yeux, Wes Craven, 1977.
Halloween. La nuit des masques, John Carpenter, 1978.
I Spit on Your Grave, Meir Zarchi, 1978.
Furie, Brian De Palma, 1978.
Alien, Ridley Scott, 1979.
Nosferatu, fantôme de la nuit, Werner Herzog, 1979.
Amityville. La maison du diable, Stuart Rosenberg, 1979.
Fog, John Carpenter, 1979.
Shining, Stanley Kubrick, 1980.
Maniac, William Lustig, 1980.
Cannibal Holocaust, Ruggero Deodato, 1980.
Vendredi 13, Sean S. Cunningham, 1980.
Evil Dead, Sam Raimi, 1981.
Possession, Andrzej Zulawski, 1981.
The Thing, John Carpenter, 1982.
Poltergeist, Tobe Hooper, 1982.
Dead Zone, David Cronenberg, 1983.
Vidéodrome, David Cronenberg, 1983.
Les Griffes de la nuit, Wes Craven, 1984.
La Mouche, David Cronenberg, 1986.
Les Envoûtés, John Schlesinger, 1987.

Aux frontières de l'aube, Kathryn Bigelow, 1987.
Hellraiser. Le pacte, Clive Barker, 1987.
Faux-semblants, David Cronenberg, 1988.
Chucky (Jeu d'enfant), Tom Holland, 1988.
L'Échelle de Jacob, Adrian Lyne, 1990.
Candyman, Bernard Rose, 1992.
Dracula, Francis Ford Coppola, 1992.
Entretien avec un vampire, Neil Jordan, 1994.
L'Antre de la folie, John Carpenter, 1995.
Scream, Wes Craven, 1996.
Funny Games, Michael Haneke, 1997.
Ring, Hideo Nakata, 1998.
Vampires, John Carpenter, 1998.
Le Projet Blair Witch, Daniel Myrick et Eduardo Sanchez, 1999.
Audition, Takashi Miike, 1999.
Sleepy Hollow. La légende du cavalier sans tête, Tim Burton, 1999.
Stigmata, Rupert Wainwright, 1999.
La Cérémonie, Morbus Delacroix, 2000.
Anatomie, Stefan Ruzowitzky, 2000.
Hollow Man. L'homme sans ombre, Paul Verhoeven, 2000.
L'Échine du diable, Guillermo del Toro, 2001.
Trouble Every Day, Claire Denis, 2001.
Les Autres, Alejandro Amenábar, 2001.
Kaïro, Kiyoshi Kurosawa, 2001.
Ju-on : The Grudge, Takashi Shimizu, 2002.
28 jours plus tard, Danny Boyle, 2002.
Dark Water, Hideo Nakata, 2002.
Perversions, Morbus Delacroix, 2002.
Le Monstre, Morbus Delacroix, 2003.
Saw, James Wan, 2004.
L'Armée des morts, Zack Snyder, 2004.
The Descent, Neil Marshall, 2005.

Hostel, Eli Roth, 2006.
The Host, Bong Joon-ho, 2006.
Ils, Xavier Palud et David Moreau, 2006.
La colline a des yeux, Alexandre Aja, 2006.
L'Orphelinat, Juan Antonio Bayona, 2007.
REC, Jaume Balagueró et Paco Plaza, 2007.
30 jours de nuit, David Slade, 2007.
Erzsébet, Morbus Delacroix, 2007.
Martyrs, Pascal Laugier, 2008.
Morse, Tomas Alfredson, 2008.
Antichrist, Lars von Trier, 2009.
Thirst, ceci est mon sang, Park Chan-wook, 2009.
The Human Centipede, Tom Six, 2009.
Esther, Jaume Collet-Serra, 2009.
Bloody Games, Morbus Delacroix, 2010.
Blood Island, Jang Chul-soo, 2010.
A Serbian Film, Srdjan Spasojevic, 2010.
J'ai rencontré le diable, Kim Jee-won, 2010.
Insidious, James Wan, 2010.
Malveillance, Jaume Balagueró, 2011.
Sinister, Scott Derrickson, 2012.
Insensibles, Juan Carlos Medina, 2012.
Conjuring. Les dossiers Warren, James Wan, 2013.
American Nightmare, James DeMonaco, 2013.
The Green Inferno, Eli Roth, 2013.
It Follows, David Robert Mitchell, 2014.
Starry Eyes, Kevin Kölsch et Dennis Widmyer, 2014.
Goodnight Mommy, Veronika Franz et Severin Fiala, 2014.
The Witch, Robert Eggers, 2015.
Crimson Peak, Guillermo del Toro, 2015.
Dernier train pour Busan, Yeon Sang-ho, 2016.
The Strangers, Na Hong-jin, 2016.
Grave, Julia Ducournau, 2016.
Split, M. Night Shyamalan, 2016.

Under the Shadow, Babak Anvari, 2016.
Get out, Jordan Peele, 2017.
Hérédité, Ari Aster, 2018.
Ghostland, Pascal Laugier, 2018.
Sans un bruit, John Krasinski, 2018.
Midsommar, Ari Aster, 2019.
La Reine de la magie noire, Kimo Stamboel, 2019.
Invisible Man, Leigh Whannell, 2020.
Scare Me, Josh Ruben, 2020.
Last Night in Soho, Edgar Wright, 2021.
The Sadness, Rob Jabbaz, 2021.
The Feast, Lee Haven Jones, 2021.
Smile, Parker Finn, 2022.

Crédits et remerciements

Ce roman n'aurait certainement pas pris la forme qui est la sienne, et le discours de Morbus Delacroix aurait sûrement perdu en acuité et en exactitude, si je n'avais lu avant de l'écrire quelques inestimables ouvrages sur le cinéma, dont les deux remarquables livres de François Theurel (je lui ai même emprunté une phrase que j'ai placée sans vergogne dans la bouche d'un de mes personnages) : *Camera obscura* chez Hoëbeke et *T'as vu le plan ?* chez Tana éditions, auxquels il faut ajouter *Faire un film* de Sidney Lumet (pour l'anecdote sur Kurosawa) chez Capricci, *Leçons de cinéma* de Laurent Tirard chez Nouveau Monde éditions (dans lequel trente-neuf cinéastes parmi les plus grands offrent un point de vue rare sur leurs méthodes de travail), *En un clin d'œil* de Walter Murch, monteur attitré de Francis Ford Coppola, chez Capricci également, et enfin le très curieux et stimulant *100 films de genre à (re)découvrir* de la revue *Mad Movies* chez Hachette. Car, vous l'aurez compris, c'est bien de genre qu'il s'agit ici.

Je dois aussi saluer tous les cinéastes qui, des mois durant, m'ont nourri de leurs œuvres fascinantes, terrifiantes, mutantes, et vous trouverez ici une liste de 150 films d'horreur que j'ai sélectionnés parmi celles-ci. Je les ai tous visionnés entre 21 heures et 1 heure du matin, pendant des mois, et je suis sorti de cette éprouvante expérience avec la bizarre impression d'avoir séjourné dans une des bolges de l'Enfer de Dante pleine de hurlements, de corps suppliciés, d'âmes damnées, d'images chocs, une géhenne pourtant étrangement jubilatoire.

Je dois aussi remercier les deux personnes qui ont corrigé ce texte avec toujours le même brio et la même patience (Dieu sait que je ne suis pas un « client » facile quand il s'agit de toucher à mes phrases) : Sarah Hirsch et Ève Sorin.

Et, bien entendu, toute mon amitié va à Bernard Fixot et à Édith Leblond, sans oublier leur équipe et celle de Pocket (avec une dédicace spéciale à Pauline Ricco, dont le talent a donné un sacré coup de jeune à mes couvertures en poche).

Enfin, ce livre n'aurait pas été tout à fait le même sans l'œil affûté et l'esprit brillant de Laura, *siempre*.

PLUS DE LIVRES POUR LES AVEUGLES !

Chère lectrice, cher lecteur,

Je suis le parrain de l'association **CTEB (Centre de transcription et d'édition en braille)**.

Reconnue d'intérêt général, elle permet depuis trente ans la transcription en braille de l'actualité littéraire aux déficients visuels francophones.

Défendre l'accès au livre et à la culture pour tous les publics, c'est défendre l'éducation et la formation, l'égalité des chances et l'autonomie.

Un œil dans la nuit ainsi que *Lucia*, mes deux derniers livres, ont été transcrits en braille par le CTEB et sont disponibles, au même prix que l'édition originale pour voyants, sur le site : **www.cteb.fr**.

Un livre en braille coûtant très cher à produire, vous pouvez aider le CTEB dans ses missions en faisant un don sur : **www.cteb.fr/faire-un-don-au-centre-de-transcription-en-braille/**

Bernard Minier

Cteb

Centre de Transcription
et d'Édition en Braille

Association loi 1901 reconnue d'intérêt général

Imprimé en France par
CPI Brodard & Taupin
en mars 2024
N° d'impression : 3056087

Pocket – 92 avenue de France, 75013 PARIS

S34005/01